美国南方穷白人“粗悍文学”

李 杨　于诚　詹春娟　著

同济大学出版社
TONGJI UNIVERSITY PRESS

目　　录

引　言

美国南方文学驰名美国乃至世界文坛，成就卓著，地域特色鲜明。令人印象深刻的除了其所展示的独特的南方风情、景观，便是其塑造的经典的人物形象：绅士、淑女、穷白人、非裔美国人。这是文学的再现，也是历史的写真。"南方文艺复兴"作家、著名南方作家沃克·珀西(Walker Percy)的叔父威廉·珀西(William Percy)在其《防洪堤上的灯笼：种植园主之子回忆录》(*Lanterns on the Levee: Recollections of a Planter's Son*)里就以凝练的笔触为此提供了一个概览。珀西把20世纪20年代后期他的家乡密西西比河三角洲的人口划分为三个社会群体，以此为缩影，极为生动地勾画出了当时南方的社会组成版图：

> 和整个南方一样，三角洲人口这块布料的纤维是由三股不同的线织成的，只有这三股线。第一股是过去的奴隶主、乡绅、统治阶级，虽然他们已经不复存在，但是他们并没有断子绝孙，他们有后代，而这些后代的生活观和他们相近。第二股是穷白人，他们没有奴隶，因为要凭力气和努力竞争，所以他们的劳动也就失去了尊严，他们租种着收益微薄的土地，乡绅不把他们当回事，奴隶也看不起他们。第三股就是黑鬼了。①

① Percy, William. *Lanterns on the Levee: Recollections of a Planter's Son*. Baton Rouge: Louisiana State University Press, 1973, p.19.

这一人物群像为人们铭刻下太过深刻的记忆，就仿佛是南方文学的徽标，三位一体，缺一不可，若缺少其中一种便会使南方文学的辨识度大为减弱，便很难说这是真正的南方文学。在这三位一体的组合里就有穷白人。关于穷白人这一指称的历史经纬和寓意、性质，安纳利·纽兹（Annalee Newitz）和马修·瑞（Matthew Wray）进行了考察。在他们看来，这种穷白人或者“白人渣滓”是一种模式化形象，一般是指美国南方——比如阿巴拉契亚山区等——穷困潦倒的乡下白人。他们认为，这一称谓的产生最早可上溯至19世纪初，[①]而且，瑞发现其实早在这一标签问世前的18世纪初在美国的文学叙事里，比如威廉·伯德二世的《弗吉尼亚与北卡罗来纳的边界史》（*The History of the Dividing Line betwixt Virginia and North Carolina*），就已经出现了其雏形。[②] 之后，经过一代又一代作家持续的加工、强化，穷白人的形象逐渐定型，成为南方文学里一个不可或缺但并不光彩且被他人形塑的地域符号。厄斯金·考德威尔（Erskine Caldwell）、“纳什维尔重农派”（the Nashville Agrarians）、福克纳（William Faulkner）、奥康纳（Flannery O'Connor）、韦尔蒂（Eudora Welty）等20世纪“南方文艺复兴”作家，均从局外视角代为讲述穷白人的故事，将穷白人喜剧化、妖魔化，使其“粗鲁无知、自私狡诈、无法无天”[③]的形象广为人知。这其中，尤以福克纳笔下的斯诺普斯家族最名闻遐迩，将这种模式化推向了极致以至于穷白人的形象代言似乎非斯诺普斯莫属。对于局外人所强加给该群体的标签和认知，穷白人愤愤不平。吉姆·高德（Jim Goad）在其《红脖宣言》（*The Redneck Manifesto*）里就怒斥美国大众媒介对穷白人的模式化：“ 我渐渐明白了，白人劳动阶级就是二维动画/

---

① Newitz, Annalee, and Matthew Wray. “What is ‘White Trash’? Stereotypes and Economic Conditions of Poor Whites in the United States.” *Whiteness: A Critical Reader*, ed. Mike Hill. New York: New York University Press, 1997, p.170.

② Wray, Matthew. *Not Quite White: White Trash and the Boundaries of Whiteness*. Durham: Duke University Press, 2006, p.17.

③ Carpenter, Brian. “Introduction.” *Grit Lit: A Rough South Reader*, ed. Brian Carpenter & Tom Franklin, Columbia: University of South Carolina Press, 2012, p.xxv.

带着杆枪、吃鼻涕、啤酒肚，一身猪膘。”①面对这种阶级偏见和歧视，穷白人在相当长的历史时期里因为在经济、政治、文化等领域不拥有话语权而处于失声、沉默的状态，无法自我表述，只能任别人观察、想象并代为讲述其故事，勾勒其形象，评价其品质。甚至其中相当部分人对自己的家族、阶级身份产生强烈的自卑、耻辱感，选择逃避、掩盖，这也客观上助长了对穷白人的偏见和歧视。所以，尽管穷白人在南方数量众多，却沦为“南方最无处不在又最受误解的”②社会群体。

进入 20 世纪下半叶，随着美国南方经济、社会、文化各领域持续发展及民主进程推进，这样的局面逐渐发生了改变。像哈瑞・克鲁斯（Harry Crews）这样出身贫寒的穷白人作家在 60 年代开始进行文学创作，发表作品。从 80 年代起，克鲁斯以及莱瑞・布朗（Larry Brown）、李・史密斯（Lee Smith）、多萝西・艾莉森（Dorothy Allison）、蒂姆・麦克劳林（Tim McLaurin）、瑞克・布鲁格（Rick Bragg）等穷白人作家跻身文坛，以其为代表的南方“粗悍文学”（Grit Lit）应运而生。这是穷白人打破长久以来的缄默状态，首次以局内视角讲述自己、家族或本阶级故事，用朴实简约却直击人心的笔触再现其穷困潦倒、冷峻灰暗的生活，因而相较之前的关于穷白人的叙述，具有显著的真实权威性。“粗悍文学”作家克里斯・奥弗特（Chris Offutt）就坦承：

> 我的作品里 50%是自传，50%是创作。为了产生戏剧效果，我创作了很多内容。它们大部分来自我的生活经历、我的观察或者我认识的人。③

---

① Goad, Jim. *The Redneck Manifesto: How Hillbillies, Hicks, and White Trash Became America's Scapegoats*. New York: Simon and Schuster, 1997, p.16.

② Carpenter, Brian. “Introduction.” *Grit Lit: A Rough South Reader*, eds. Brian Carpenter and Tom Franklin, Columbia: University of South Carolina Press, 2012, p.xxv.

③ Rea, Robert. “The Art of Grit Lit: An Interview with Tom Franklin and Chris Offutt.” *The Southern Quarterly*, Vol. 50, no. 3 (Spring 2013), p.85.

这与“南方文艺复兴”及之前的南方作家大多从局外人的视角讲述穷白人的故事具有本质不同,它如同一股飓风刮进了南方文坛,掀翻了其原有的固定格局,催生了其重组。在历经曲折后,“粗悍文学”逐渐赢得了南方乃至美国文坛的认可和重视,有些作家荣膺南方图书奖、南方图书评论界奖、美国艺术文学院奖等权威奖项,或获普利策奖、美国国家图书奖等最终提名,或进入美国国家图书奖最终候选名单,接受全国广播公司、有线新闻网等美国顶级新闻媒体电视采访,作品或被《纽约时报》评为年度最畅销书或被搬上银幕。“粗悍文学”这一术语被正式列入荟萃了南方文学权威学者编纂的、泱泱千余页的南方文学大典《美国南方文学指南》(*The Companion to Southern Literature: Themes, Genres, Places, People, Movements and Motifs*)。2012 年,南卡罗来纳大学出版社出版了美国第一部“粗悍文学”作品选集《“粗悍文学”:暴戾南方读本》(*Grit Lit: A Rough South Reader*)。纵观“粗悍文学”,其作家并非是零星散发,而是呈整体崛起之势,人数众多,代表地域广泛,蔚为壮观。其中,较为著名作家有来自佐治亚州的哈瑞·克鲁斯,来自北卡罗来纳州的多萝西·艾莉森、蒂姆·麦克劳林、罗恩·拉什(Ron Rash),来自密西西比州的巴瑞·汉纳、莱瑞·布朗、刘易斯·诺丹,来自弗吉尼亚州的李·史密斯,来自路易斯安那州的蒂姆·高楚(Tim Gautraux),来自亚拉巴马州的瑞克·布鲁格,来自南卡罗来纳州的乔治·辛格尔顿(George Singleton),来自西弗吉尼亚州的平克尼·本奈克特(Pinckney Benedict),来自田纳西州的威廉·盖伊(William Gay),来自肯塔基州的艾利克斯·泰勒(Alex Taylor)等 20 余位。他们的创作使南方的“粗悍文学”从几乎零起点迅速成长壮大为南方文学一个重要类型(genre),而他们也成了当代南方白人文学的主力军,书写着南方文学的新篇章。

追根溯源,“粗悍文学”这一名称至少从 20 世纪 80 年代中期就已流行起来。《“粗悍文学”:暴戾南方读本》编者之一布莱恩·卡朋特(Brian Carpenter)推测,“粗悍文学”之名极有可能是因 70 年代后期哈瑞·克鲁斯在为《绅士》(*Esquire*)开设的一个专栏“悍人”(Grits)里经常使用“悍人”来指代“红脖子”而逐渐传播开来。那么，“粗悍文学”的定义是什么呢？应当说，对此的具体解读、阐释不尽相同。按照《“粗悍文学”：暴戾南方读本》另一位编者汤姆·富兰克林（Tom Franklin）之见，那“是人们不带《随风而逝》狂热爱好者那样的浪漫情调和怀旧思绪而目睹的肮脏的南方。……那里的人通常是白人，通常是红脖子，斯诺普斯那样的人。他们身无分文，妻离子散，暴戾凶悍”①。依据《南方文学指南》，“‘粗悍文学’是幽默的速写式小说，专门写生活的缺憾，或是写当地普通人或喜剧人物或两者都写。这些普通人的故事植根于污秽的现实，一般讲述南方穷白人冷峻的、有时暴力肆虐的故事。”②另外，“粗悍文学”的作家出身于穷白人家族，甚至本人就属于社会下层。这之前，虽然厄斯金·考德威尔等作家早在20世纪初也写过一些穷白人的故事，但其阶级身份与“粗悍文学”作家有明显不同，他的父亲是佐治亚州长老会的牧师，母亲是教师。故此，考德威尔基本上是从观察者、局外人的视角写穷白人，而且他笔下对穷白人有调侃、戏谑处理的痕迹，有沿袭旧南方主流文学再现模式，迎合其审美情趣之嫌，谈不上是穷白人作家。同样来自佐治亚州的克鲁斯认为，一个特定阶级的人无法穿越障碍去了解其他阶级的真实生活，像考德威尔这样写穷白人的作家也并不真正理解他在南方的生活经历，因为考德威尔与他的家庭背景是不同的。③ 在很多人的心里，“粗悍文学”创作者主要来自美国南方，与此同时，其疆界又具有一定的宽松度，并非仅绝对局限于南方，亦可延伸至美国其他区域，比如来自俄亥俄、密歇根、俄勒冈、印第安纳等地的作家也有进行这类创作的，甚至其他国家也有人从事此类创作。

---

① Franklin, Tom, Preface, in Brian Carpenter & Tom Franklin (eds.), *Grit Lit: A Rough South Reader*. Columbia: University of South Carolina Press, 2012, p.viii.

② Joseph M. Flora and Lucinda H. Mackethan (eds), *The Companion to Southern Literature: Themes, Genres, Places, People, Movements and Motifs*. Baton Rouge: Louisiana State University Press, 2005, p.319.

③ Crews, Harry. *Getting Naked with Harry Crews*. Gainesville: University Press of Florida, 1999, p.193.

“粗悍文学”首先是文学叙事，在一定程度上蕴涵、延续了南方文学传统中的恐怖、怪诞、暴力元素，又有着多姿多彩的艺术方式，写实主义、自然主义、魔幻现实主义、极简主义、后现代主义、南方哥特、乡村黑色小说等，丰富、拓展了南方文学的表现形式及表现力，为南方文学注入了新的生机。与此同时，穷白人所遭受的苦难在“粗悍文学”作家的心里打下了深深的、梦魇般的烙印。因而，相当一部分“粗悍文学”作家又具有坚定的政治立场和鲜明的意识形态取向和为本家族、阶级发声、正名的强烈使命感，通过其作品讲述本家族、阶级过往的经历，实现其述说、表达、阐释自我，观察、认识、评说南方、人生的愿望。他们一开始就对自己的文学创作明确定性，以“劳动阶级作家”①自称或将其作品归类于“劳动阶级文学”。② 其中，克鲁斯、布朗、史密斯、艾莉森即是典型代表，其《童年：一个地方的传记》（*A Childhood: The Biography of a Place*）、《脏活》（*Dirty Work*）、《卡罗来纳的私生女》（*Bastard out of Carolina*）、《人渣》（*Trash*）等是此类代表作。显然，这些作家没有将文学创作单纯当作艺术行为，而是重视其对意识形态的影响、改造功能。他们明白并相信要彻底扭转穷白人境遇，制度、政策固然关键，话语的力量也能介入改变命运。他们通过重塑穷白人在南方的社会历史定位，诉说其冷峻灰暗、穷困潦倒的乡村生活，打造其多维人性化形象，表达其对人生、阶级、社会、时代的独特认知，对抗、置换将其污名化、他者化的旧南方主导话语，驳斥、解构与颠覆“南方神话”，进而消解中上阶层意识形态权威，为穷白人正名，还原穷白人本真。

“粗悍文学”重塑了南方叙事母题及内容，改写了南方文学的意识形态属性，推动南方文学视角由中上阶层权贵向贫民大众转向，堪称 20 世纪

---

① Watson, Jay (ed.). *Conversations with Larry Brown*. Jackson: University Press of Mississippi, 2007, p.16.

② Watson, Jay (ed.). *Conversations with Larry Brown*. Jackson: University Press of Mississippi, 2007, p.195.

南方文坛的最大变革。如果说,“南方文艺复兴”主要是旧南方中上层阶级在20世纪初南方处于重大历史变革之际的一次强力发声,释放、表达了其所来自社会群体的意旨、立场、愿景,“粗悍文学”则可被视为穷白人系统、清晰的阶级反话语,类似于福柯所说的,“隶属于或来自同一构成系统的一套陈述”①,与“南方文艺复兴”呈针锋相对之势,驳斥、解构与颠覆了其所演绎、强化的“南方神话”,俨然是阿尔都塞的弟子皮埃尔·马歇雷(Pierre Macherey)提出的:“以意识形态挑战意识形态。”②实际上,有的“粗悍文学”作家就直接将揶揄、颠覆矛头指向“南方文艺复兴”作家。克鲁斯就宣称,造就穷白人的不是福克纳诺贝尔奖获奖词里赞美的仁爱、信仰等真理、美德,而是暴力及暴力威胁。③ 尊严、荣誉、体面,听着高尚,但对在生死线挣扎的穷人来说则空洞抽象甚至虚伪,他们没有践行这些美德的物质基础,其价值观中没有“怜悯”“同情”这样的语汇。④ 南方文学曾被比喻分成铁路两边,一边是在韦尔蒂小姐庭院里悠闲品尝薄荷酒的正道,一边是舞刀弄枪的歧途。汤姆·富兰克林就幽默且带些许自嘲地表示:“需要的话,……我也想溜达到路那边喝口冰镇薄荷酒。”⑤显示了其作为穷白人作家对把握自己命运的信心与洒脱以及对旧南方精英的平视。而且,他们旗帜鲜明地与旧南方上流社会价值观以及内战、奴隶制、“南方神话”等“南方文艺复兴”经典主题划清界限,保持自身纯正独立性,声称“如果这些作家不痛惜‘失败的事业’或难以忘怀的旧南方,那首先是因为那些根本不属于

---

① Foucault, Michel. *L'archéologie du savoir*. Paris: Gallimard, 1969, p.153.

② Macherey, Pierre. *A Theory of Literary Production*. London: Routledge & Kegan Paul Ltd, 1978, p.133.

③ Carpenter, Brian & Tom Franklin (eds.). *Grit Lit: A Rough South Reader*. Columbia: University of South Carolina Press, 2012, p.xxii.

④ Crews, Harry. *A Childhood: The Biography of a Place*, reprinted in *Classic Crews*. New York: Poseidon, 1993, p.158.

⑤ Rea, Robert. "The Art of Grit Lit: An Interview with Tom Franklin and Chris Offutt." *Southern Quarterly* Vol. 50, no. 3 (Spring 2013), p.82.

他们”①。

长期以来，在美国南方文学研究领域，由于“南方文艺复兴”的巨大成就和广泛影响，学术界对福克纳、奥康纳、韦尔蒂、麦卡勒斯等人的研究持久不衰，成果卷帙浩繁。穷白人则长期处于中上阶层话语霸权垄断下，游离在社会边缘，集体失语，无缘跻身文坛，讲述自己的故事，故此，真正的穷白人文学在20世纪80年代前基本处于空白状态，更不必说与之相关的研究。80年代以来，南方穷白人作品不断问世，发展成为南方文学新的增长点，美国南方学术界对其的重视与日俱增，出现了对相关作家的访谈、学术论文。在这些研究中，囿于南方文学研究既往的模式和关注焦点，亦由于“粗悍文学”的哥特叙事、暴力等写作手法较为突出，哥特暴力成为学术界研究的一个维度。也有些学者摆脱常规，从更广的视野评说这一文学，注意到了穷白人在南方的强势崛起所引发的南方文学大众转向，在2000年前后掀起了一波研究热潮，出现了针对个别作家的专题研究，如《直面哈瑞·克鲁斯：访谈录》（*Getting Naked with Harry Crews: Interviews*, 1999）、论文集《透视哈瑞·克鲁斯》（*Perspectives on Harry Crews*, 2001）、《莱瑞·布朗与蓝领阶级的南方》（*Larry Brown and the Blue-Collar South*, 2008）、《美国作家多萝西·艾莉森作品评论文集》（*Critical Essays on the Works of American Author Dorothy Allison*, 2004）等。早期克鲁斯研究的重要学者弗兰克·谢尔顿（Frank W. Shelton）最先明确地指出了克鲁斯作品与旧南方文学传统截然不同的阶级视角，认为克鲁斯前所未有地从穷白人局内视角进行书写，打破了旧南方文学的写作范式，并剖析了克鲁斯对自身身份由羞愧逃避到自豪认领的态度转变。他首次在论文《穷白人视角：佐治亚作家中的哈瑞·克鲁斯》（*The Poor-Whites' Perspective: Harry Crews among Georgia Writers*, 1988）中提出：“克

① Carpenter, Brian & Tom Franklin (eds.). *Grit Lit: A Rough South Reader*. Columbia: University of South Carolina Press, 2012, p.xxviii.

鲁斯在南方作家群体中绝对独树一帜,他从穷白人的角度描写生活。他的写作视点源于(穷白人)阶级内部,而不是采用南方白人作家的传统视角,从外部进行观察。”[①]这为“粗悍文学”研究打下了重要的基础,但谢尔顿没有继续深入挖掘,而是着墨于克鲁斯作品中畸形元素的非传统审美意义,以及人们在南方社会转型时期的精神挣扎。90 年代的“粗悍文学”研究进一步加深了对其从阶级角度的探究,詹姆斯·沃特金斯(James H. Watkins, 1998)进一步考察了克鲁斯对自己佃农之子身份的态度转变,表明克鲁斯逐渐意识到正是其“可怕又美好”的经历造就了他对世界的认知,克服了其早年对自身身份的羞愧、恐惧和厌恶,正视并坦然接受劳动阶级的出身,并由此为基点进行大量文学创作。伦尼·克里斯多夫(Renny Christopher)评述了艾莉森如何运用暴力和语言手段反击社会压迫、寻求正义和生存机会、确立自我认知、进行阶级逾越,等等。部分学者对具体作家、作品进行探究,如克里斯多夫·里格尔(Christopher Rieger)论证了布朗用工业符号、城乡流动对旧南方农业叙事发起的颠覆和嘲弄。

21 世纪初,“粗悍文学”这一新兴概念开始被更多提及并展开探讨,研究的视角、论题进一步丰富、拓展。学者们分析“粗悍文学”作家的观念、作品主题、崛起路径、写作手法等及其所蕴涵的意识形态元素,研究内容大致分为阶级身份、价值取向、形象建构等。艾瑞克·布莱索(Erik Bledsoe)在论文《南方红脖和白人渣滓作家的崛起》(*The Rise of Southern Redneck and White Trash Writers*, 2000)中进一步将“粗悍文学”当作一个崛起的文学类型予以探讨,他关注到南方文学的阶级性转向,认为福克纳等作家从局内视角将穷白人再现为恶棍、受害者、丑角三种模式化形象,而来自“红脖颈”或“白人渣滓”世界的作家迫使读者“重新审视根深蒂固的模式化形象及阶级观念,同

① Shelton, Frank W. “The Poor Whites’ Perspective: Harry Crews Among Georgia Writers.” *Journal of American Culture* 11.3 (1988): 47–50, p.47.

时挑战传统南方文学赋予穷白人的角色"①。

马修·奎因(Matthew Guinn)在专著《南方现代主义之后:当代南方小说》(*After Southern Modernism: Fiction of the Contemporary South*, 2000)序言中便论及了克鲁斯、布朗、艾莉森等穷白人阶级视角的书写对旧南方文学的反叛,认为他们的作品对旧南方田园理想的解构及其自然主义的社会认知皆是阶级产物,"粗悍文学"拓宽了南方文学的再现疆域。奎因在正文第一章当中将克鲁斯当作当代南方文学的首要代表人物进行探讨,重点强调了克鲁斯的反农业主义立场,认为其笔下的乡村残酷、凄凉,反击了旧南方文学的农业主义叙事,暴露了旧南方社会的制度缺陷及下层阶级遭遇压迫等问题,也造就了穷白人为了生存到城市打拼的选择。此外,生活动荡和资源匮乏使布朗的写作蒙上浓重的自然主义色彩,奎因指出布朗笔下穷困潦倒的穷白人无法自主选择自己的生活,其艰辛劳作出于一种无可奈何的必须,自然的反复无常往往决定着靠天吃饭的乡村穷白人的生死,环境塑造制约着人的生活,使人变得丧失理性,以自我利益为上。奎因对穷白人阶级立场及其反农业主义意识形态等问题的分析更为深入、详尽,并且与"南方文艺复兴"贵族作家的农业主义叙事进行对比,做出了一定的突破。但其视角较为局限在农业主义与反农业主义之间的对立,而没有从更为广阔的视域系统呈现穷白人对中上阶层权力的反叛。

布莱恩·卡朋特与汤姆·富兰克林在共同编纂的穷白人作品集《"粗悍文学":暴戾南方读本》的序言里梳理、论述了"粗悍文学"从无到有,从被主流文坛拒之门外到"庶民翻天"的发展历程,明确提出"粗悍文学"所引发的南方文学的转向,即从"旧时温文尔雅的农业主义权贵视角向……来

① Bledsoe, Erik. "The Rise of Southern Redneck and White Trash Writers." *Southern Cultures*, 6.1 (2000): 68-90, p.68.

自‘生活……暴戾地带’的、无特权的‘粗悍穷人’①视点转变”②，提到甚至有人将其称为“白人渣滓文艺复兴”（White Trash Renaissance）③。卡朋特还进一步阐释了穷白人作家对自身身份从羞愧逃避到自豪认领的心路历程，指出文学话语对于他们精神重塑的重要意义：“就克鲁斯和艾莉森而言，讲述这些故事的机会就是认领他们作为南方下层阶级儿女身份的一个途径。”④他认为作家们试图通过“劳动阶级文学”的书写在阶级高度建构身份认同，重新定义长期备受污损的穷白人身份，进行自我辩护和正名，以摆脱中上阶层强加的耻辱标签。他还阐释了暴力美学潜藏的政治、经济意义，认为穷白人贫困潦倒、被孤立压抑的生存状态造就、形塑了其诉诸暴力手段争夺生存资源的无奈之举。虽然卡朋特指出了“粗悍文学”对于穷白人阶级身份建构、形象重塑的重要意义，发现了其所引发的南方文学转向，但是他的评论只出现在序言和每个作品节选的介绍部分，限于篇幅，其分析仅是点到为止，没有展开翔实的论述。

最近几年，对穷白人文学的探讨仍是学界关注的焦点。莎拉·罗伯森（Sarah Robertson）在论文《近期南方小说中的穷白人》（*Poor Whites in Recent Southern Fiction*, 2012）中梳理了近期南方小说中的穷白人形象流变，指出穷白人作家开始摆脱贬损、扭曲穷白人形象的旧南方主流传统叙事范式，用勤劳、诚实、正直的新形象消弭其长期背负的刻板印象，将穷白人当作闪光点与缺陷并存的普通人，客观再现了更为复杂敏感、富有人情味的穷白人群体，消解其边缘化的社会地位。扎克瑞·沃农（Zackary Vernon）在论文《将

---

① Gingher, Robert. “Grit Lit.” *The Companion to Southern Literature*, eds. Joseph Flora, et al. Baton Rouge: Louisiana State University, 2002, p.319.

② Carpenter, Brian, “Introduction.” *Grit Lit: A Rough South Reader*, eds. Brian Carpenter and Tom Franklin. Columbia: University of South Carolina Press, 2012, p.xix.

③ Carpenter, Brian, “Introduction.” *Grit Lit: A Rough South Reader*, eds. Brian Carpenter and Tom Franklin. Columbia: University of South Carolina Press, 2012, p.xix.

④ Carpenter, Brian, “Introduction.” *Grit Lit: A Rough South Reader*, eds. Brian Carpenter and Tom Franklin. Columbia: University of South Carolina Press, 2012, p.xvii.

暴戾南方浪漫化：当代文化的直白性及粗悍文学的崛起》(*Romanticizing the Rough South: Contemporary Cultural Nakedness and the Rise of Grit Lit*, 2016)中指出，“粗悍文学”拓宽了南方文学的视域，标记着边缘群体的起势，它用穷白人局内视角如实记录其极端贫困、暴力、艰苦的生活故事，消解歧视性的穷白人模式化形象。但是他更侧重于论述在全球化、同质化的后南方语境下，“粗悍文学”对于留存南方的地方感及重建南方地域身份的重要意义。这些论文或专著依然延续对个别作家或作品进行单一角度分析的模式，并未对作家们再现的穷白人世界及其所代表的劳动阶级话语进行整体探究和深入分析。从阶级、意识形态视角进行的研究主要聚焦了“粗悍文学”作品独特的穷白人视角，及其所再现的贫困乡村及社会不公等主题，较少学者能够将“粗悍文学”放置于南方文学的发展历程之中，以“南方文艺复兴”及之前的南方文学为参照，阐释这一新兴文学类型对旧南方主导话语的挑战与颠覆。即使有学者做出相关诠释，也仅是简短结论或者主题论证的附带说明。而且，这些对“粗悍文学”的讨论仅局限于少数概述性的文章或段落。

综上所述，美国学术界对南方“粗悍文学”所表达的穷白人的价值观念、身份认知、形象塑造等进行了梳理、审视、解析、评说，洞察了“粗悍文学”的崛起所引发的南方文学的转向，提出了犀利、富有见地的观点，言之前所未言或讳言，为后续的研究提供了有益的参考与导向。但与此同时，研究多是讨论某一作家的单部或数部作品或某一方面，见诸书籍、学刊、报章杂志单个篇章，多部代表作品尚未受到应有重视，且研究一般仅对作品映射的社会不公、阶级歧视、城乡文化冲突等问题浅尝辄止，未将南方“粗悍文学”作为一个文类、一个群体，从根本上系统梳理。瑞克·查纳(Ric Jahna)认为，从总体来看，“粗悍文学”尚未得到学界应有的关注，被严重忽视或视角单一、有限。① 这客观上致使对“粗悍文学”的阐释尚处支离散碎状态，视域完整

① Jahna, Ric. "'Perspectives on Harry Crews' by Erik Bledsoe." *Studies in the Novel*, Vol. 36, No. 1 (spring 2004), pp.128-130.

度、宽度与认识深度均有待进一步整合、拓展、推进，与其当今地位与影响很不相称。而且，穷白人问题归根结底是一个阶级问题，以阶级为基本视域，将"粗悍文学"作为一个文类及其所代表的社会群体展开系统、多方位考察更能充分揭示这一文学之于穷白人、南方文学南方的意识形态的意义与价值。

本书经过综合、深入探讨发现，"粗悍文学"自豪认领穷白人身份，重塑了穷白人在南方的社会、历史定位，打破了旧南方文学中将穷白人污名化、边缘化、他者化的话语机制，消解了穷白人这一称谓的消极喻指。长期以来，人们对于穷白人的认识主要来自中上阶层的局外讲述，穷白人曾被主导意识形态的书写肆意污损和抹黑，使其真实面貌被遮蔽；"粗悍文学"提供了穷白人建构话语体系的平台，克鲁斯等代表作家的写作基点即为穷白人群体代言，其"红脖自传"使穷白人可以自我言说，用直接经验消解间接言说的不实与偏差，释放了穷白人渴望为自我、家族、阶级正名，争取应有权利和地位的政治欲望。他们重新界定穷白人身份铭牌的情感色彩，改写其灰暗、低劣意义，助力穷白人实现身份主体化，对抗使其受挫、失败的不平等的权力关系。

另外，"粗悍文学"前所未有地从局内视角全面展现了穷白人的生存现状和思想意识，曝光了被"南方神话"无视、隐藏的穷白人困顿、暗淡的生活，宣示其生存至上及反农业主义的价值选择。中上阶层利用话语霸权建构起以绅士淑女、荣誉怜悯、田园牧歌等为主要内容的价值体系，将其纳入意识形态领域并使之广泛而深远地作用于个体，"粗悍文学"揭露了"南方神话"的片面性以及对于穷白人这样的社会下层群体的虚幻缥渺性，打破主导势力的统摄，诉说造就其生存至上人生信条的阶级不公的社会大环境，解答其拒斥乡村的历史选择，用局内视角叙事呈现穷白人思想价值观念，揭开其被掩盖的真实样貌，使人们客观认知、重新评判这一长期受误解的社会群体。

"粗悍文学"推翻了模式化穷白人形象的文学生产程式，建构起多维立体的穷白人形象。这就改写了中上阶层倾向于将穷白人塑造为懒惰自私、卑鄙邪恶的劣等单向度形象，诉说了穷白人长期遭受歧视、压迫的历史真相，塑造了良莠不齐的穷白人人性化、复合式形象，既有寻衅滋事、沉溺酒精和暴力的一面，也有诚信劳动、兢兢业业的一面，有助于消解加诸他们身上的阶级歧视与偏见，冲击了中上阶层的话语霸权及统治优势。

鉴于此，本书以“粗悍文学”著名作家克鲁斯、布朗、艾莉森、史密斯、诺丹等15人的23部（篇）的代表作品为研究文本展开探讨，其中包括克鲁斯幼年在南方乡村的生存困境的回忆录《童年：一个地方的传记》，布朗再现了最为艰辛、残酷的底层乡村生活的小说《脏活》和《乔》，艾莉森半自传体小说《卡罗来纳的私生女》及还原了一个穷困潦倒、充满阶级歧视的令人窒息的南方的短篇小说集《人渣》等。本书采取宏观历史、社会语境审视与微观作家作品解析相结合，既揭示作品、作家的独特性又注重寻觅其相互间内在关联及共同性，对“粗悍文学”作家群的思想意识、价值观念做总体梳理、提炼、归纳、统合，探讨并阐释“粗悍文学”作品的意识形态指涉及对曾被忽视、压抑、无机会讲述的穷白人思想价值观念、话语的建构，从而还这个人数庞大的社会群体以迟到的公正认知和客观评价。在此过程里，提取“粗悍文学”对穷白人政治经济关系、生存困境与利益诉求的洞察性思考和人性化表达，有助于准确把握这一新兴文学类型鲜明的意识形态属性。本书选取可以较为全面展现穷白人本真及其思想价值观念的身份认同、行为准则、时空抉择、种族立场、性别格局、形象建构六个核心板块展开研究，重点展现穷白人认领、重塑劳动阶级身份对历史污名的清洗，阐明社会不公对其原始的生存法则的造就，论证其所勾勒的贫困、黑暗乡村对浪漫田园神话的消解，以及穷白人在种族、性别问题上的态度，认识穷白人多维的人性新形象对其被妖魔化叙事的颠覆，多层面认知、客观评价这一长期沉默群体的真实样态。穷白人之所以“大名”鼎鼎，决非偶然，其中既有历史的沉积，亦有文学的塑形，“南方文艺复兴”就与之密切相关。故此，仅孤立地从“粗悍文学”本身对其进行审视无异于管窥，有必要以“南方文艺复兴”及之前南方文学涉及穷白人的作品为比照做探讨，以穷白人对个体与社会、理想与困境、历史与命运的思考为基点，聚焦“粗悍文学”话语的生成对其历史污名、模式化形象的洗刷，对浪漫理想、田园情结的拒斥，进而考察“粗悍文学”在意识形态领域对中上阶层权威性发起的挑战和颠覆，关注“粗悍文学”对重塑南方叙事母题和内容，激发新的学术对话的积极意义，以“粗悍文学”为比较，反观“南方文艺复兴”及之前南方文学投射出的中上阶层意识形态，领悟其较为刻板的穷白人叙事范式所潜藏的阶级局限性，发现话语权被剥夺的穷白人缺席南方文学所导致其文学再现的片面性，引发对南方文学的再审视、再思考，对原来认识误区进行纠偏，旨在推动学术观点的更新与南方文学研究的发展、深化，准确识别南方文学的当代嬗变与转型，跟进南方文学由农业主义权贵视角向粗悍穷人视点的转向，了解南方文学拼图缺失版块的回归对多样话语生成的推进，以期较为全面、系统揭示南方“粗悍文学”的发生对南方、南方文学、美国文学的意义和价值，进而把握文学转型映射的民主化、大众化时代潮流，清晰、准确洞察，客观、深刻认识南方乃至美国的政治生态。此外，“粗悍”文学的崛起表明，穷白人与美国非裔、亚裔、拉丁裔、女性、同性恋等少数族裔、边缘群体在不约而同地打造自身的话语体系，消弭他者身份，顺应当代民主社会朝向特权扩散、多元共生、平等中立的发展趋向，为认知话语权力在当代美国的盛衰更替提供了更为广阔的视域。

第一章　暴力选择：名誉、生存、宣泄

提及“粗悍文学”，不可避免要涉及暴力。在《“粗悍文学”：暴戾南方读本》和《美国南方文学指南》对“粗悍文学”的定义中，不约而同地将暴力列为这一文学的标志特征，显示了“粗悍文学”之为“粗悍文学”，名副其实。汤姆·富兰克林在接受采访时将“粗悍文学”的粗悍特质进一步解释为有时是被酒精、毒品、暴力甚至是性点燃起的强悍。① 可以说，暴力在“粗悍文学”里如影相随，挥之不去。汤姆·富兰克林认定：“在大部分这些小说里，暴力都是始终存在的一种威胁。”②审视这一现象，可以说这其中有其区域的一般性，同时，它又有其阶级的特殊性，两者叠加交织在一起。

说其具有区域的一般性，意在表明暴力在南方并非孤立现象，也并非为“粗悍文学”所专有，而是与南方这片土地一脉相承，宛如南方固有的一种内设文化基因和符码，源远流长，广为人知。“几个世纪以来，人们一直认为美国南方比北方更为暴戾。”③因此，围绕南方的暴力问题进行的学术专题研究不乏其例。比如，美国心理学者理查德·内斯贝特（Richard E. Nisbett）和多弗·科恩（Dov Cohen）曾分别从南方的历史、气候、政治、经济体制与格局方

---

① Rea, Robert. “The Art of Grit Lit: An Interview with Tom Franklin and Chris Offutt.” *The Southern Quarterly*, Vol. 50, no. 3 (Spring 2013), p.83.

② Carpenter, Brian, “Introduction.” *Grit Lit: A Rough South Reader*, eds. Brian Carpenter and Tom Franklin. Columbia: University of South Carolina Press, 2012, p.xxi.

③ Nisbett, Richard E. and Dov Cohen. *Culture of Honor The Psychology of Violence in the South*. Boulder: Westview Press, 1996, p.5.

面对南方的暴力问题进行了多方位解析。他们认为,追根溯源,南方初期的移民是这一地区暴力问题的始作俑者,他们"是些从不列颠边缘区过来的苏格兰-爱尔兰的牧民,而因为更容易失去其主要资产——牲畜,所以,世界上的牧民更倾向于咄咄逼人,诉诸暴力"①。他们列举了此前他人研究得出的四点主要结论:南方的高温导致人性情暴躁,易于动粗。奴隶制也难辞其咎,奴隶主以强力手段维持社会统治。白人对黑奴施暴,习惯成自然,对穷白人同胞也并不留情。南方一直以来都是美国最穷困的地区,贫穷推高了凶杀案的发案率,财富分配不公滋生了暴力。南方人主要是来自不列颠的风格剽悍的牧民和他们的后裔,声誉对他们至关重要,一旦财产受到威胁就暴力解决。以内斯贝特和科恩之见,在上述四点中,对个人名誉的看重超过其他,是引发暴力的最主要因素。② 植根、浸淫在这样的地理、文化语境、氛围里萌生发展的南方文学,暴力成为其重要元素或标配就自然而然了。此类作品可谓不胜枚举,福克纳、沃伦、卡波蒂、奥康纳、韦尔蒂、麦卡勒斯等均有这类作品甚至名作。"粗悍文学"作家对"粗悍文学"里的暴力也予以坦率承认。克里斯·奥弗特在谈到"粗悍文学"的暴力问题时就从南方的历史、地域维度对穷白人的声誉意识提出了自己的观察、感悟、阐释,似乎呼应了之前内斯贝特和科恩的个人声誉说:"在南方,个人的胆量和本事意识比在美国其他地方都重要。南方有个传统,年轻人就是用对方、自然界、更广阔的天地考验自己。这事关个人身份和过去流传下来的男子汉意识。传统上就是采用暴力方式衡量胆量和本事,比如像橄榄球、摔跤、飙车、朝对方开枪。"③故此,从广义上讲,"粗悍文学"里的暴力可谓是对南方文化、文学传统的继承、延续。

---

① Nisbett, Richard E and Dov Cohen. *Culture of Honor The Psychology of Violence in the South*. Boulder: Westview Press, 1996, p.i.

② Nisbett, Richard E and Dov Cohen. *Culture of Honor The Psychology of Violence in the South*. Boulder: Westview Press, 1996, pp.3-4.

③ Rea, Robert. "The Art of Grit Lit: An Interview with Tom Franklin and Chris Offutt." *Southern Quarterly* Vol. 50, no. 3 (Spring 2013), p.91.

说"粗悍文学"里的暴力具有阶级的特殊性,则是指穷白人这一社会群体在南方深陷的贫困处境加剧了暴力的滋生,可视为点燃暴力的最大黑手。如上所述,以内斯贝特和科恩的观点,在南方人的心目中,个人名誉被放在最高位置,若受到威胁或损害则会诉诸暴力捍卫。但这一论断是泛泛而论,具体到不同社会群体,情况又非千篇一律,似乎并不完全适用于"粗悍文学"。"粗悍文学"作品中固然有人为名誉动武,但总体来看,点燃暴力更主要的导火索还是为生存而战以及因这种生存衍生的消极情绪而采取的极端宣泄渠道。迈克尔·卡道斯(Michael Kardos)在评说《"粗悍文学":暴戾南方读本》的作品时一语道破问题的症结:"除了地点都是写南方乡村,始终贯穿这些作品的基本要素就是贫穷,而且似乎正是贫穷引发了酗酒、暴力,进而导致了各种毁灭和自毁行为。"①无独有偶,克鲁斯在谈到生活在穷困和孤独里的自己的家人时也深有体会地如是说,"他们被封闭进的社会环境"引发了他们"满腔怒火,懊恼沮丧,就通过残暴的方式发泄情绪"②。

第一节　守卫名誉的最后屏障

现实和文学再现里的美国南方有多重版本,浪漫、闲适、优雅、阳光明媚的乐土是其一,而"粗悍文学"则截然相反,致力于表现的是南方生活阴暗的一面,愚昧、原始,充斥着不确定性、焦虑、恐惧、危险、贫穷、死亡,俨然是两

---

① Kardos, Michael. "*Grit Lit: A Rough South Reader* ed. by Brian Carpenter, Tom Franklin (review)." *Mississippi Quarterly*, Volume 65, Number 4, Fall 2012, p.620.

② Crews, Harry. "The Violence That Finds Us." *2 by Crews*. Northridge, California: Lord John Press, 1984, p.16.

个世界。按照克鲁斯的说法,每一天都面临生存的考验。身处这样的环境,像其他南方人那样,保护自己的名誉不受损害不可避免地一次次成为穷白人所要经历的挑战,必须勇敢面对。否则,便没有自己的安身立命之地。这不但成为他们人生的必由之路,也是传统南方文化信奉的铁律,“能保护自己的人才能受到一定的尊重”。① 在传统南方文化中,人们常常将暴力和声誉联系起来,必要时采用暴力行为保卫自己的声誉不受侵犯。南方习俗为这一行为背书,将其正当化。

“粗悍文学”作品里的一些暴力行为的发生是在为名誉而战。布朗在其《脏活》里讲述了主人公沃尔特小时候遭受同学麦特·门罗欺凌,最终忍无可忍,奋起反抗,维护父亲和自己的名誉的经历,俨然是一篇简写版的成长小说。沃尔特的父亲因为有个人可能对自己妻子行为不端而枪杀了他,被抓进监狱。沃尔特和母亲相依为命。沃尔特一次去小店购物时路遇人高马大的门罗,门罗打了他一拳,并抢走了他买的饮料。幼小的沃尔特环顾四周,其他人都在冷眼旁观,“他们都在看我是不是有种。他们看出来了。孬种一个”。② 沃尔特回家后渴望得到母亲的同情,出乎他意料的是,母亲听后勃然大怒,摇晃着他质问:“就这样认了,没还手?”沃尔特顿时感到羞愧难当:“我现在明白了,母亲为我感到羞耻。不是我爸的儿子。见鬼,我自己都觉得羞耻。”③母亲随后说的话令他终生难忘:

> 孩子,我跟你说。这世界上如果你自己遇事不应对,没人会为你出头。你让他揍倒你一次,他就会一而再,再而三。你现在得教训他一顿,让他知道这不行。④

---

① Nisbett, Richard E. and Dov Cohen. *Culture of Honor The Psychology of Violence in the South*. Boulder: Westview Press, 1996, p.91.

② Brown, Larry. *Dirty Work*. Chapel Hill: Algonquin Books, 1989, pp.40-41.

③ Brown, Larry. *Dirty Work*. Chapel Hill: Algonquin Books, 1989, p.41.

④ Brown, Larry. *Dirty Work*. Chapel Hill: Algonquin Books, 1989, p.42.

他母亲敏感地意识到门罗霸凌的起因可能牵涉到丈夫坐牢的问题，于是提前防范，明确地告诫沃尔特：

> 不能让任何人说你爹的坏话。你听清了？我不管你怎么干。就不能让这样的事发生。①

之后门罗又几次挑衅和羞辱沃尔特，而且果然骂他的父亲是杀人犯、骂他是狗崽子，沃尔特终于忍无可忍，鼓足了勇气，摆脱了怯懦，狠命地捅了门罗一刀，仅离心脏一英寸，完成了一个从怯懦的孩童向一条硬汉的蜕变。这其中，沃尔特遇到门罗的欺凌后周围人无动于衷的旁观以及沃尔特母亲语重心长的一席话令人震惊又发人深思。但这似乎不完全是他们本身对弱者甚至亲生骨肉缺少起码的怜悯同情之心的问题，而是以这种直白得令人心颤的言传身教演绎了他们在严酷的环境里所奉行、遵守的行为准则、世界之道：强者生存。沃尔特选择极端的暴力方式，仿佛完成了一个仪式，彰显了自己的血性，证明了自己的胆量，在无路可退的境地中守住了最后一道防线，从而建立了自己和父亲不可侵犯的声誉，当地人都大吃一惊，对他刮目相看。沃尔特特别强调，他母亲没有惊讶。② 言外之意，母亲感到这才像他父亲的儿子。克鲁斯在《童年：一个地方的传记》里的讲述异曲同工，表明南方乡村的人们信奉的是武力，是弱肉强食的丛林法则。邻里间的矛盾全靠武力摆平，要表现出自己的强硬，打出自己的威风。如果走法律途径去报警，则会被视为无力怯懦的表现，会被当作软弱可欺的对象，威胁、伤害会接踵而至，甚至因此遭受无休无止的暴虐之行。对名誉的重视甚至导致暴力的滥用，以至于人们杀人并非一定是被害者犯下了杀身之罪，而可能仅仅是因为冒犯了谁。对人的冒犯也会被当作对声誉的不敬和破坏而受到暴力回击。这样的回击在布鲁格的作品《艾娃她男人》里表现得淋漓尽致。小说的

---

① Brown, Larry. *Dirty Work*. Chapel Hill: Algonquin Books, 1989, p.42.

② Brown, Larry. *Dirty Work*. Chapel Hill: Algonquin Books, 1989, p.48.

主要人物查理的三个酒友三更半夜无视查理的警告，强行破门而入邀他喝酒。其实他们并无恶意，只是醉醺醺的行为鲁莽欠考虑而已，结果惊扰了查理的妻儿，查理怒不可遏，抡起大一把锤将酒友砸跑，之后又抄起枪打伤其中一人的腿。三个人狼狈逃走，查理为此感到骄傲。这类暴力不但是布鲁格的文学创作，而且真切地就发生在他的家族历史里。他酿威士忌为营生的祖父赤手空拳和人打斗，他父亲曾预谋干掉当地一名暴戾的警长。现实生活的民风造就了这些为名誉而战的图像。

第二节　经济困境的终极出路

南方一直是美国最为贫穷的地区，也是美国凶杀案发案率最高的区域。研究表明，这两者之间有着明确的相关性。有学者指出，“财富的不均酝酿了暴力。”①在“粗悍文学”中，暴力与生存、利益密不可分，或者更具体地说与保障生存、利益的物质资源息息相关，成为穷白人活下去的本能选择和他们心目中最终选择的解决方案。在此情况下，冲动战胜了理性，需求取代了规则和秩序。正如克鲁斯所说，穷白人的暴力生活方式是由于生活的残酷和无常。② 因而，“粗悍文学”相当一部分作品表现了穷困或与穷困相关的因素对人的暴力行为或倾向的决定影响和作用，不堪承受的生存之重对人的精神的极度压抑往往会产生强烈的心理反弹、暴发，而物资匮乏滋生的是穷白人对有限资源的极度渴望，促其狭隘偏激，不计代价地保护自己既有物质

① Nisbett, Richard E. and Dov Cohen. *Culture of Honor The Psychology of Violence in the South*. Boulder: Westview Press, 1996, p.4.

② Abernathy, Jeff. “Agrarian Nightmare: Harry Crews’ Dark Vision in ‘Naked in Garden Hills’.” *The Southern Literary Journal* 34.1 (2001), p.75.

资源或残酷争夺他人的合法资源，将暴力当作达此目的的最终路径。克鲁斯不否认暴力是穷白人生存下去的必然选择，他也清楚这种暴力行为不具有普世先进性，有悖文明世界的发展大势，极具道德争议，遂分辩说这并不必然关乎人品德的高下：“我认为暴力不能说明我们是恶人，那只是人性使然。”①试图揭示这一行为在局外人看似的极端，但又被他们认定是符合人性最大诉求——生存的正当、合理性。

克鲁斯是这么说的，也是这么写的。在他的作品《童年：一个地方的传记》中，克鲁斯讲述了自己一家在佐治亚州遭到房东无情驱逐的凄惶无告的经历，房东在寒冷的雨天将他们家的东西丢到路边，迫使他们流离失所。他们生存最基本的居留空间被无情剥夺，走投无路，不知应该去向何方，如同被一步步逼到了墙角的动物。为了自保，不难想象他们有多么怒不可遏，会做出怎样的过激反应，克鲁斯和哥哥就“都确信如果那晚有人来的话，妈妈会攻击他们的。她的东西被丢在人行道上，在那种状态下，她会把他们的脖子咬断”②，穷途末路之下不惜置对方于死地。在克鲁斯的叙事里，穷白人对于自己的生活区域、财产极为看重，不容许外人分毫的僭越。这本来符合美国宪制、司法保护公民个人财产不受侵犯的原则和实践。然而，这其中不同寻常之处在于，他们在此问题上过度敏感、极端狭隘偏激，对越界行为会不由分说地拿起武器来处置，并将其作为最终解决手段，而无其他考虑。就在《童年：一个地方的传记》中，克鲁斯提到培根县的乡亲理所当然地认为“个人土地不可侵犯，如果你到别人的土地上，那个人可以向你开枪且免受追责”③。乡民司格特和邻居“独眼龙”卡特因一头猪起了争执，司格特跨过卡

① Crews, Harry. "The Violence That Finds Us." *2 By Crews*. Northridge, California: Lord John Press, 1984, p.16.

② Crews, Harry. *A Childhood: The Biography of a Place*. Athens: University of Georgia Press, 1995, p.154.

③ Crews, Harry. *A Childhood: The Biography of a Place*. Athens: University of Georgia Press, 1995, p.28.

特家的栅栏到其土地上挑衅,这显然触犯了两点大忌:对卡特名誉的挑战,对其财产的侵犯,因而被卡特残暴地严惩。冤冤相报,恶性循环,最终卡特也在劫难逃,被杀死。这场因一头猪爆发的纠纷,最后以一残一亡的代价收场,荒诞至极。双方这种触目惊心的对物质和界限近乎癫狂的计较、维护恰好投射出他们备受穷困压抑、被严重扭曲的生存状态和认知能力,促使他们将物质的价值及个人的欲望无限度放大,摆放到至高无上的位置,而同时视他人的权益为草芥,通过毫无节制的暴力,不顾一切地竭力防守自己占据的在一般人看来微不足道的物质资源和物理空间来保障自身的生存可能。根据克鲁斯的观察,这种舍命抓芝麻的事件在南方乡村并不罕见,而是司空见惯。他在《童年:一个地方的传记》中感慨:"在佐治亚州南部,人们可能会因为捕鸟犬、栅栏线等琐事丢掉性命。"①赤贫、闭塞的生活扭曲、异化了人性,狭隘偏激、绝境求生的极度欲望迫使他们将自我利益摆在至高无上的位置而罔顾或无情践踏、剥夺他人的权益,点燃本能冲动,诉诸暴力。布鲁格对这种现象的分析可谓一语中的:"穷白人的生活常态就是,害怕生命中美好的事物转瞬即逝,有些人可以将它们夺走,因为你除了蛮力外,没有任何力量去阻止。"②

应当说,"粗悍文学"作家中从环境角度思考、阐释穷白人暴力现象的不乏其人。布朗的作品就多是以环境为主要表现维度,透视穷白人的暴力行为。他在作品也写出了似乎无法理喻的暴力情节:小说《乔》中的人物韦德为了和陌生人争夺食品优惠券而下毒手。这里应当指出的是,所谓不可理喻是不考虑具体语境按照常理的判断,一张小小的食品优惠券对于衣食无忧的人来说根本不值一提,但若放在韦德的生存环境里,便价值飙升,绝不是芝麻,而是活下去的希望和前提,比天还大,必为之搏命相争。克鲁斯清楚认识到贫穷生活对人的原始本能的激发、调动作用,对人的暴力倾向的

---

① Crews, Harry. *A Childhood: The Biography of a Place*, Athens: University of Georgia Press, 1995, p.10.

② Bragg, Rick. *All over but the Shoutin'*. New York: Vintage Books, 2010. p.297.

驱使作用，称“它使人变得对动物，对自己都很残忍。它使人冷酷无情……”①正如自然主义学者唐纳德·皮泽(Donald Pizer)所说，让人物角色变得残忍的首要原因就是经济落后。②

那么，南方穷白人的贫困究竟到了怎样的境地？克鲁斯、布朗、艾莉森、布鲁格等“粗悍文学”作家对穷白人穷困潦倒的状况一向不吝笔墨，如实道来，因为这塑造了他们的命运，为他们和家族人生经历中带来了太多的伤痛和不堪回首的记忆。在他们的心目中，这种贫穷的体现是全方位的。这样的事例信手拈来。首先，如上文克鲁斯所述，居无定所。其次，环境恶劣。由于历史的原因，穷白人世代不曾拥有土地，或者无力购买优质土地。而南方的经济体制决定了良田大部分都集中到了大农场主手中，所以，穷白人要么做佃农，要么只能接手大农场主遗弃的盐碱地。克鲁斯这样描述培根县的农民的农业生产条件：“这里几乎没有肥沃的低洼地。多数土地十分贫瘠，养分流失为盐碱地，商品化肥价格贵得出奇。”③这些土地的生产力极为低下，只能广种薄收，即使他们付出加倍的劳动，也难以获得相应的回报，这就注定了他们贫困的命运。穷白人中，有的人要不断搬家，颠沛流离。布朗的小说《乔》开头便描绘了一幅破败不堪的乡村景象：一条被废弃的、荒草丛生的公路，周围是干旱、晒焦的田地，残破的房屋已无人居住，只有田鼠和猫头鹰出入，无家可归的琼斯一家耐着酷暑，背着变形的衣服、生锈的锅碗瓢盆、发霉的被褥等全部家当，寻觅落脚的地方。有地方住的人居住条件也是脏乱差。在蒂姆·高楚的短篇小说《可悲的血统》(*Sorry Blood*, 1999)中，穷白人安迪蜗居在低矮的砖房中，室内污秽不堪、气味难闻，零星的家具破败

---

① Crews, Harry. *Getting Naked with Harry Crews*. Gainseville: University Press of Florida, 1999, p.57.

② Pizer, Donald. *The Theory and Practice of American Literary Naturalism: Selected Essays and Reviews*. Carbondale and Edwardsville: Southern Illinois University Press, 1993, p.188.

③ Crews, Harry. *A Childhood: The Biography of a Place*. Athens: University of Georgia Press, 1995, p.16.

斑驳。再次，物质极度匮乏。在布鲁格的回忆里，他们家里的孩子穿的是捐赠的或是从旧货店淘来的二手衣服，母亲只有一毛钱买来的不合身的裙子，而布鲁格经常穿着哥哥穿不下的破旧衣服。他们还经常到垃圾场捡垃圾，搜寻任何可以卖钱的东西，铜丝和可乐瓶、橘汁瓶等散发着腐臭的东西，对他们来说却是可以卖到一分钱的“宝贝”。“我们穿的是别的孩子穿过的旧衣服和别人给我们的救济，睡的床单是亲戚们用装‘肖特’牌猪饲料的布口袋改的。”①克鲁斯的父母皆是佃农，即使拼命劳动也难使家境有起色，这迫使克鲁斯从小就不得不卖报纸、捡垃圾以贴补家用。由于无钱购买生活物资，人们想方设法将得之不易的食材物尽其用，克鲁斯详尽地描写了乡民烹煮猪肉的程序：将内脏炖汤，肠子用来灌香肠，所有边角料做成肉冻，猪蹄、肥油等用来熬制肥皂，只为将猪身上所有的东西充分利用。《乔》里的琼斯家实在衣食无着，甚至到了用自己的孩子与别人换物资的地步。

“粗悍文学”作家零掩饰地描绘这些似乎难登大雅之堂的社会底层故事及生存惨象，是述说也是控诉，有效增进了人们对穷白人境遇的了解，也为作品里的暴力现象提供了客观的背景和注解，赋予了看似属于逞凶斗狠的个人行为以一定的政治、社会认识、批判功能。

第三节　重压下情绪的恣意释放

穷白人在不公的社会机制下，难以摆脱自身的劣势地位，被禁锢在社会底层，被排斥在主流社会之外，受到异化感和边缘感的折磨。他们长期穷困，遭受鄙夷、歧视，这样的环境因素对人心理上的持续的消极刺激会投下

---

① Bragg, Rick. *All Over but the Shoutin'*. New York: Vintage Books, 1998, p.63.

巨大的阴影，引发过分的情绪唤起，导致其认知能力降低、自我概念不清等，妨碍人正确评价现实情境、选择应对策略和发挥应对能力，导致痛苦、抑郁、绝望、自暴自弃等负面情绪的产生。在绝望、无助的困境之中，压力不断累积发酵，引发一系列心理变化，这些变化均具有攻击性，促使他们急切地寻找精神宣泄途径，暴力、酗酒在一定程度上驱使其选择一些不同于“常态”的生活方式，成为其缓解焦虑的出口。所以，暴力也是这些应激反应在“粗悍文学”里的一种典型体现，见诸不同的作品。盖瑞·戴（Gary Day）在其研究中也注意到了穷困与暴力的关联，指出：“一个人贫穷的生存环境与其情感世界的残酷与匮乏是相伴相生的。”①

探究“粗悍文学”里贫穷与暴力的问题，其对穷白人的思维的扭曲，在穷白人心中激起的怒火、仇恨所致的暴力倾向值得关注。读艾莉森作品，总能体察到字里行间燃烧着愤懑的火焰。实际上，艾莉森将为穷白人发出愤怒的呐喊视为中心任务，称艺术创作的核心动力是作为“土包子的愤怒与悲伤”②。《卡罗来纳的私生女》就一再述说这种过激的情绪怎样折磨着女主人公安妮。安妮曾一度幻想自己能脱胎换骨，成为故事中美丽、高贵的女主人公，后来逐渐意识到自己的阶级身份，看到像自己家人一样劳碌奔波的人以及妈妈被汗水弄脏的头发，污迹斑斑的工服，突然明白自己不会是《飘》里面颊红润的斯嘉丽，而是污泥斑斑的茅草屋里的底层，心理落差巨大，顿时怒从心头起：“与黑鬼打架，忘恩负义地从比我们生活优越的人那里偷窃，愚蠢、粗鲁，天生注定蒙受耻辱，遭受死亡。想到这里我气得发抖。”③她看到商店里琳琅满目的商品后，想到这些完全和自己无缘，自己被这个世界抛弃了、异化了，感到失落，妒火中烧：“我看到周围的漂亮发梳、发带，各式内裤和袜子、笔记本、洋娃娃、气球。我感到一种强烈的原始渴望，从内心深处颤

---

① Day, Gary. *Class*. (New Critical Idiom Series). London & New York: Routledge, 2001, p.187.

② Allison, Dorothy. *Trash*. Firebrand Books, 1989, p.12.

③ Allison, Dorothy. *Bastard out of Carolina*. New York: Dutton, 1992, p.206.

动，就像愤怒耗尽了我的所有能量……。”①由愤怒而心生刻骨的仇恨，如同毒液流进她的心，教她憎恨那些憎恨她的人。他们以为自己是谁？在商店遭受店主的轻视、白眼后，安妮怒不可遏，恶向胆边生，“有一种带着憎恨和痛苦的强烈愿望，想要报复式地伤害他人”。② 多年以后，她对此事仍耿耿于怀，终于伺机半夜潜入超市损毁商品，发泄了自己的积怨，报复外界对穷白人的鄙夷。阶级歧视给安妮带来巨大痛苦，导致她对这类外部刺激极其敏感，她总是羞耻难耐、愤怒难忍，称：“我能感到眼中有一股火光，可以点着我所看到的一切。那个火光，它很危险。它想喷涌而出，烧掉一切，一切我们不能拥有的东西，一切让他们认为比我们优越的东西。”③显然，绵延不断的阶级歧视对她的心灵似乎已造成了重度的摧残，仇恨紧紧攫住了她，将她变成了“非人”，将她推入走火入魔的地步，深深陷于以暴力还击的执念不能自拔。④

克鲁斯曾称穷白人佃农总是处于物质匮乏状态，别人可以获得医疗救治，丰衣足食，而穷白人却什么都没有，总是被逼到绝境，精神世界发生异化。他们所处的逆境和劣势地位使其时常被缺失感、剥夺感和焦虑感折磨，易于冲动之下动用暴力手段发泄愤懑。虽然看似不计后果的暴力是自我毁灭式的生活方式，但并未吓阻人们畏缩不前，克鲁斯依然主张“任何有意义的事都值得纵情恣意地去做”⑤，不确定性形塑了其及时行乐的态度，他打架、酗酒、飙车、冒险，作品聚焦纵情喝酒、热烈讨论、努力生活、走投无路的社会异类⑥。克鲁斯在《拳击大师》中时常流露出对森严阶级壁垒的困惑、愤

---

① Allison, Dorothy. *Bastard out of Carolina*. New York: Dutton, 1992, p.98.

② Allison, Dorothy. *Bastard out of Carolina*. New York: Plume, 1993, p.98.

③ Allison, Dorothy. *Bastard out of Carolina*. New York: Plume, 1993, p.103.

④ Allison, Dorothy. *Bastard out of Carolina*. New York: Dutton, 1992, p.262.

⑤ Crews, Harry. *Getting Naked with Harry Crews*. Gainseville: University Press of Florida, 1999, p.229.

⑥ Crews, Harry. *Getting Naked with Harry Crews*. Gainseville: University Press of Florida, 1999, p.234.

懑,甚至绝望。小说多次提及动物园中的狮子,笼中困兽无处可逃,仿佛是对穷白人“被绑住的”①人生困境的一种类比。小说主人公尤金感同身受,产生共鸣,感到自己也仿佛被牢牢囚禁,看不见的铁栏强行将其囿于吃苦受穷的宿命,无法挣脱,这使尤金心里时常翻腾着无名的愤怒:“他不知道愤怒的对象是谁……没人逼他做任何事。但是愤怒总是挥之不去。”②

这种非常规的暴戾倾向、行为构成了“粗悍文学”中的标志性审美要素,是对弱肉强食下南方社会底层境遇触目惊心的再现。作品人物诉诸这种极端思维、行为方式,追逐刺激,制造快感,自我减压。穷白人长期因穷困遭受的歧视和白眼及各种生存压力也是对其精神、心理空间的挤占和侵袭,在人生受到捆绑、束缚的情况下,具象的暴力行为成为他们已知的、仅有的武器和力量,用来宣泄所积郁的负面情绪,是一种狂欢化手段,以个人的、非理性甚至不计后果的方式对抗、复仇压制穷白人的社会等级秩序。即使对这种秩序或体制毫无影响,个人也算是获得了暂时的快感和释放。

客观地看,“粗悍文学”里的暴力的功能是多重的。首先作为文学作品,暴力无疑为其增加了审美张力,是出于艺术的考量。像“粗悍文学”作家克里斯·奥弗特就申明:

> 我在作品里仅是把暴力用作手段,将作品的戏剧性最大化,表达我的情感。在我的电脑上方有一句福楼拜的引语:人的生活应该井井有条,以便使其作品能暴力、原始。③

但就“粗悍文学”而言,暴力的作用显然还不止于此,其对于南方现实的反映、感悟、认知甚至揭露价值也是显而易见的,具有较强的意识形态的意义和喻指。充斥暴力的故事如同穷白人的阶级告白,也是其对所处的政治、

---

① Crews, Harry. *The Knockout Artist*. New York: Perennial Library, 1989, p.200.

② Crews, Harry. *The Knockout Artist*. New York: Perennial Library, 1989, pp.100–101.

③ Rea, Robert. “The Art of Grit Lit: An Interview with Tom Franklin and Chris Offutt.” *Southern Quarterly* Vol. 50, no. 3 (Spring 2013), p.91.

社会、经济制度的控诉。

穷白人的模式化形象的特质之一就是狂放不羁，“无法无天”①，给人留下的印象是似乎他们生性低劣冥顽，喜爱舞刀弄枪。对此，“粗悍文学”作家做出了他们的申辩。克鲁斯说：“他们不是暴力的人，但是他们的生活充满了暴力。”②显然，他并不认为人之初，性本恶，而是强调环境造就人。他与其他一些“粗悍文学”作家的作品表明，穷白人生活的南方乡村暴力的盛行，法制松懈、腐败也难脱干系。比如，查理暴力伤人后，当地棉农兼警察沃尔特上门调查讯问案情。在欣然享用了查理奉上的他们家早餐仅有的咖啡和饼干后沃尔特起身离去，临走时撂下了一句话：“干吗不杀了那小狗崽子？”③而在克鲁斯的作品里，乡村警察向当事人暗示，与他人的纠纷应自行摆平。所以，在当地寻求法律途径处理纠纷被视为懦夫、出格之举，令人蔑视。无疑，布朗、克鲁斯特意选择讲述这样的情节矛头指向明显，意在昭示穷白人中之所以暴力猖獗，无效的社会治理难辞其咎。《童年：一个地方的传记》中，卡特和司格特之间的纠纷不断激化的过程中警察是完全缺场的，而是任由矛盾升级，致使这场冲突最终演变成恶性事件。具有讽刺意味的是，即使这些警察履职，也并不是依法办案、伸张正义，而是几乎被剽悍的民风同化了，习惯性秉持了当地流行的“强者生存”信条，意识、觉悟无异于平民百姓，非但未起到制止、惩戒暴力之责，反而扮演了教唆犯罪的角色。这也使法制在当地形同虚设，人们除了以暴制暴解决问题、纠纷，别无选择。而布鲁格的父亲要除掉警长，直接与公权力较量，看似不自量力，匪夷所思。但显然凶神恶煞的警长不文明执法，滥用权力，激起了民愤，成了当地的一害，致使布鲁

---

① Carpenter, Brian and Tom Franklin (eds.). *Grit Lit: A Rough South Reader*. Columbia: University of South Carolina Press, 2012, p.xxv.

② Crews, Harry. *A Childhood: The Biography of a Place*. Athens: University of Georgia Press, 1995, p.7.

③ Carpenter, Brian and Tom Franklin (eds.). *Grit Lit: A Rough South Reader*. Columbia: University of South Carolina Press, 2012, p.49.

格的父亲忍无可忍才铤而走险。提及环境造就人,《脏活》里的沃尔特再典型不过。他原来只不过是一个单纯、胆小怕事的小小少年,一张白纸,也就是克鲁斯所说的"他们不是暴力的人,但是他们的生活充满了暴力"①。在遭到门罗欺凌后,非常惶恐,但是"我还有一丝自尊,不能用小孩子最胆小鬼的方式躲到老师的裙子后面自保"②。他突然变成持刀捅人的凶手,是受到了"强者生存"丛林法则的逼迫式引领,只能采取这种极端武力方式了断。显然,他的父母都是个人声誉的坚定维护者。在他们不容分说的绝对影响下,沃尔特被硬性培养为个人声誉的铁杆卫士。在他遭到门罗欺凌后,母亲根本就没建议他报警或向学校老师告状,而是直接执着地督促他采取行动。而作为小学生,向老师投诉也完全不在他考虑之中,因为老师拉丝克小姐之前刚因门罗对其他同学的恶行而用码尺暴揍他,把他打得皮开肉绽,等于向他做出了以暴制暴的示范。

实际上,这种以暴力维护个人声誉的行为不只是布朗的文学创作,在内斯贝特和科恩的科学调查研究里也得到了充分的数据支持。内斯贝特他们发现,南方的体制对涉及维护个人声誉的暴力犯罪认可度更高。他们所查询的档案和搜集的证据表明,南方的社会体制及当代公共政策就是植根于名誉文化,包括认可以暴力手段保护财产和个人及国家名誉的行为。③ 由此,克鲁斯笔下从个人(沃尔特的父母)到政府人员(乡村警察、查理那里的片警)对暴力普遍的笃信、纵容甚至教唆等在其他地区或国家一般被视作不可接受的行为,放在南方的文化语境里居然大行其道就不难理解了,无可争辩地证明了环境造就人。正如吉恩·卡什(Jean W. Cash)在《莱瑞·布朗和蓝领阶级的南方》一书中所强调那样,布朗并不考察小说人物的普遍天性,

---

① Crews, Harry. *A Childhood: The Biography of a Place*. Athens: University of Georgia Press, 1995, p.7.

② Brown, Larry. *Dirty Work*. Chapel Hill: Algonquin Books, 1989, p.45.

③ Nisbett, Richard E. and Dov Cohen. *Culture of Honor The Psychology of Violence in the South*. Boulder: Westview Press, 1996, pp.xvii-xviii.

而是更多的着眼于这些人物所处的特殊环境所赋予的有限可能性。“这些人物的生活环境——尤其是贫困、缺乏家庭和社会的关爱,无法形成自我认同——总是会将他们引入冲突和暴力的道路,他们做出的决定并不总是正确的。”①

“粗悍文学”的暴力及其所映射的南方生活戳穿了流传了几个世纪的、风光无限的、令人心驰神往的“南方神话”乃至美国梦的片面性,曝光了一个自诩,也被普遍以为文明富强的美国一个广袤地区长期未经充分揭示的残酷现实,一个庞大社会群体所处的社会不公、贫富悬殊、暴力猖獗、公序良俗缺失的“悲惨世界”。它真切地反映出即使进入了20世纪的现当代阶段,穷白人并未共享南方大环境进步繁荣带来的福祉。他们仿佛被抛出发展高速路而遗落在与时代脱节的居留地,停滞在蒙昧、原始、看不到希望的荒原,在煎熬、危险、痛苦中艰难挣扎度日。

① Cash, Jean W. and Keith Perry (eds.). *Larry Brown and the Blue-Collar South*. Jackson: University Press of Mississippi, 2008. p.xxix.

第二章 身份认同:阶级正名洗刷耻辱标签

身份是社会成员在社会中的位置,决定着个人或群体的权利、义务、归属及行事规则,是其感知、应对外部世界,立足社会的基点,同时制约着人们对该个体或群体的接受和期待,因而,无论对于个体还是对于其所属的群体,其重要意义不言而喻。然而,在南方相当长一段的历史进程中,穷白人的身份一直受到污名化,被贴上了“红脖颈”、“白人渣滓”、“山里人”(hillbilly)等标签,被中上阶层轻蔑地定义为低等、愚蠢、卑贱之徒,鲜廉寡耻、低人一等。回顾个人、家族以及本阶级过去的屈辱经历,“粗悍文学”作家痛感,想要摆脱被肆意叙述、塑造,受压迫,遭歧视的命运,为穷白人夺回在南方社会应有的权益和地位,必须洗去身份的污渍、改写传统表达范式,主动建构、重新定义自己的身份。历经长久的挣扎,他们逐渐摆脱对自己下层出身的恐惧和羞愧,转而自豪认领穷白人身份;同时,对穷白人在社会历史文化中所扮演的角色进行重新定位,面对被主导话语规训的“人渣”身份,针锋相对地提出自己是社会历史主人和建设者的自我认知。

第一节 认领身份,化耻为荣

早在殖民地时期,一些英国底层的白人贫民、流浪汉、罪犯、债务者等便随殖民者来到美国南部定居,靠卖苦力谋生,因经济窘迫、社会地位低下,这些人被蔑称为“废物”（waste people）。[①] 种植园时期，大种植园主粗放式经营农场致土地肥力丧失，接手的自耕农持续亏损、愈发困顿，沦落为穷白人，南方逐渐形成了鲜明且稳固的种植园主、穷白人、黑奴三级社会架构。[②] 内战后，一些无力抵御战争风险的白人处境恶化，只得依附大的土地所有者，成为佃农。由此，形成了穷白人这样一个在历史上长期存在，且人数庞大的底层群体，他们在政治、经济、文化等领域皆深陷边缘地带。奥康纳在短篇小说《天启》（*Revelation*, 1965）中就生动揭示了穷白人在南方社会等级架构中的劣势地位：最底层是有色人种，接下来，并不在他们之上，只是略有差距的，就是“白人渣滓”；之后他们的上一层是有房子住的人，再上面是自己是这种房屋、土地的所有者。[③] 由此可知，历史上穷白人境况与非裔美国人相差无几，同处社会最底层，是绅士、淑女的陪衬。久而久之，人们对穷白人的歧视、轻蔑积重难返，从形形色色的污名化称号中可见一斑，如“傻大个”（lubbers）、“垃圾”（rubbish）、“贱民”（mudsills）、“无赖”（scalawags）、“啃土汉”（clay-eaters）、“黑脚跟”（tar heels）、“白人黑鬼”（white niggers）等。

实际上，穷白人污名盛行的，背后有着深久的意识形态根源，中上阶层通过宗教、科学、文学等意识形态国家机器助推阶级歧视：一方面，新教树立起天道酬勤的教义，将一个人的财富等同于其勤劳程度，贫穷则被视作懒惰、不道德的代名词，是被上帝否定的标志；另一方面，社会达尔文主义借用“物竞天择，适者生存”的理论，为将不同族群进行优劣区隔提供了科学理论基础，人被划分为三六九等，穷白人被划归为一个特殊的、病态的、粗

---

① Isenberg, Nancy. *White Trash: The 400-year Untold History of Class in America*. New York: Penguin, 2017, p.20.

② 克林斯·布鲁克斯：《普通人——自耕农、佃农和穷白人》，陆凡译，《福克纳评论集》，李文俊编选，北京：中国社会科学出版社，1980 年，第 98 页。

③ 弗兰纳里·奥康纳：《上升的一切必将汇合》，北京：人民文学出版社，2016 年，第 245—246 页。

鄙的物种，[①]被认为是自然存在、难以通过后天教养进行改造的，这就使阶级歧视固化、自然化、合理化，从而为社会特权阶层的形成、对贬损穷白人不公社会机制的维护等提供了意识形态支撑。

在文学领域，穷白人污名身份也不断被强化和巩固。早在18世纪威廉·伯德就将北卡罗来纳伐木工人称作为粗笨懒汉。在“南方文艺复兴”文学中，厄斯金·考德威尔《烟草路》(*Tabacco Road*)中的穷白人愚昧、落后、放荡；“农业主义者”约翰·克罗·兰瑟姆(John Crowe Ransom)称穷白人是不同于“优良阶层”的低贱族群，显然属于“人类藏污纳垢的部分”。[②] 同样出身贵族的威廉·珀西则表示：“我可以像上帝那样宽恕他们，但是欣赏他们、信任他们、热爱他们，没门。他们在智力和精神上比非裔美国人还要低下。”[③]福克纳更是塑造出无耻之尤的斯诺普斯家族，使得斯诺普斯甚至成为穷白人的代名词。即使像希尔兹·麦考文(Shields Mcllwain)等对穷白人持同情态度的作家，在其作品中也大肆运用“人渣”(trash)、“土包子”(bumpkins)、“懒鬼”(laggards)等称谓来指代穷白人。这些作家无一例外皆出自中上阶层，代穷白人言说，依照自己的认识和感觉为其赋予身份意义，而在社会生活方方面面皆处于弱势的穷白人沦为强势群体的叙述对象，被动接受其强制性的负面叙事，丧失自我言说的机会。由此，穷白人成为一种臭名昭著的身份符号，并“在所有最可鄙的类型排行中都名列前茅”。[④] 这一称谓具有鄙夷意味，不仅指经济落魄及社会地位卑微，还暗含文化的缺失和道德的堕落，受世人的嘲讽、憎恶和蔑视。

---

① Isenberg, Nancy. *White Trash: The 400-year Untold History of Class in America*. New York: Penguin, 2017, pp.135,137.

② Twelve Southerners. *I'll Take My Stand: The Southern Agrarian Tradition*. New York: Harper and Brothers, 1930, pp.23,10.

③ Percy, William Alexander. *Lanterns on the Levee: Recollections of a Planter's Son*. Baton Rouge: Louisiana State University Press, 1988, p.20.

④ Carr, Duane. *A Question of Class: The Redneck Stereotype in Southern Fiction*. Bowling Green: Bowling Green State University Popular Press, 1996, p.7.

更为可悲的是,这种污名化不止来自外部,甚至来自内部。艾莉森的短篇小说《最坏的女人离开了田纳西》里,曾祖母雪莉来自于农场主之家,19 岁下嫁给麦蒂的父亲塔克后,觉得自己面临着无休止的生儿育女的麻烦和看不到尽头的苦日子,对这个家庭恨之入骨,憎恶自己的孩子,看不起自己的丈夫,处处以上层阶级有品质的生活为标准。她恶毒地把孩子叫作怪物、人渣,辱骂他们就像寄生虫,命如草芥,一文不值,却丝毫没有意识到自己就是他们的母亲。在艾莉森的《卡罗来纳的私生女》中,出身于中产阶级的凯南娶了穷白人女孩安妮的母亲,但他并没有把自己视为是这个波特莱特家族的成员。在他心目中,这一家人就是"白人渣滓"的代表,懒惰无能,缺乏教养。他动辄就对安妮大打出手,强迫她认识到自己就是白痴、人渣。显然,在污名化问题上,穷白人处在两面夹击的困境里。

面对中上阶层的强势定义,穷白人如何看待自己的污名身份便成为一个至关重要的命题,是其建构身份认同的基点。身份认同即个体通过身份的主动选择和建构而获得对自身的认知和描述①,其首要任务是回答"我是谁""我与什么认同"的问题,以此界定自身、获得归属。个体对自身的看法会直接助长或是反作用于外部对自身的界定,建立积极的身份认同,可以破坏既定的身份系统,进而冲击原有的权力关系框架,引发社会资源重新配置;而身份认同困境则会助长特权阶级对自身的污蔑和损毁,加剧自身的边缘化程度。应当说,"粗悍文学"作家对自己穷白人身份的直面、认同是经历了漫长的内心挣扎的,因为南方有史以来对穷白人的歧视与偏见深深嵌入、弥散在这一区域人们的思想意识,形成了强大的、似乎不可抗拒的认知、舆论、评价氛围,严重压抑、阻碍甚至扭曲了穷白人的身份认同,致使其做出了否认、逃避的本能反应。"粗悍文学"作家在作品中通过各种人物的故事,再现了他们对自己的身份认同从回避到面对、接受的曲折路程。

① 张静:《身份:公民权利的社会配置与认同》,见张静主编《身份认同研究》,上海:上海人民出版社,2006 年,第 4 页。

旧南方中上阶层作家、“农业主义者”斯塔克·杨曾公开声称对自己的高贵出身感到自豪、光荣,并认为种植园主阶层是德行的榜样,应该维持其血统的纯正性,威廉·珀西在《防洪堤上的灯笼:种植园主之子回忆录》标题里也自豪显露其精英属性:在家族墓园中长时间徜徉,追溯、致敬自己的祖先,使自己充满归属感,建立起与家族认同的牢固身份认知。恰恰与之相反,“粗悍文学”作家之前几乎无人有勇气宣称自己是穷白人后代,那样无异于自我抹黑,因为穷白人在旧南方主体叙事中是穷酸、低贱、下作的代名词,穷白人遮盖唯恐不及。因而,他们不仅对强权界定的污名逆来顺受,更对自己的身份产生厌恶、羞耻、畏惧情绪,想尽一切办法逃避,陷入身份认同困境。克鲁斯年轻时对自己佃农之子的身份感到难以启齿:

> 我一想到自己来自奥克弗诺基沼泽地区……就感到羞愧难当,我不忍去想,更难以置信。我所写的一切都是出于对自己出身的恐惧和憎恶,想要假装自己不是这样的出身。①

艾莉森对此深有同感,也对自己的穷白人出身表示厌恶与逃避,坦承自己在过去一些年曾经极力想“摆脱或否认自己的身份”②。

与“南方神话”中聚在门廊下歌颂家族历史的贵族不同,穷白人对自己的故事讳莫如深,主动对其进行否定、抹除。珀西在《防洪堤上的灯笼:种植园主之子回忆录》中骄傲地回忆了祖父辈优雅、体面的生活,对考究的穿衣打扮、饮食起居等生活习惯如数家珍,自豪地咏颂家族传承了几百年洋溢着浪漫和英雄主义的历史。然而,“粗悍文学”作家艾莉森则表示:“我们家的人都守口如瓶,或者只透露只言片语,”③在人数众多的大家族中,“有一

---

① Crews, Harry. “Television's Junkyard Dog.” *Esquire*, October 1976, p.128.

② Allison, Dorothy. “Introduction: Stubborn Girls and Mean Stories.” *Trash*. Atlanta: Firebrand Books, 1989, p.vii.

③ Allison, Dorothy. “Introduction: Stubborn Girls and Mean Stories.” *Trash*. Atlanta: Firebrand Books, 1989, p.vii.

半人的故事我说不上来”。① 因曾祖母的形象没有留下任何影像资料,无从考证,她不得不凭自己的想象编造其形象和事迹。同样,布鲁格所知道的家族往事也是无据可查,都是在“可爱又可恨”②的棉花田旁听人口口相传,鲜见文字记载,他也只能基于趣闻轶事对外祖父查理的形象进行建构。克鲁斯甚至连自己亲生父亲的故事都知之甚少,只能靠田间地头乡亲们模糊的记忆,拼凑出父亲的形象。这种自卑、怯懦、逃避情绪无疑助力了中上阶层的话语霸权,强化了穷白人长期以来的边缘身份,加深了阶级之间的区隔。

穷白人对自己的身份自惭形秽、避之不及主要是因为在旧南方主流叙事中,主导势力不断重复、强化穷白人的低等身份,灌输阶级歧视意识形态的结果。穷白人接受并内化其污名身份形成了自我否定和自卑意识,并逐渐丧失自我认同的能力,引发穷白人的集体身份认同缺失的危机。这种接受甚至迎合主流社会对穷白人身份的否定与污化,为避免别人的轻蔑眼光而选择隐蔽自己真实身份的内化机制,实际上印证了阿尔都塞所提出的“质询”理论。阿尔都塞认为统治阶级用符合自己利益的观念、意识召唤、培训被统治阶级,使得被统治阶级形成对既有秩序和社会观念的顺从与臣服,使其接受社会秩序为其指定的位置,并主动承担社会秩序为其赋予的角色,从而使个体成为特定形式的属民,即主体(Subject)。也就是说,意识形态通过主体的质询而赋予个体某种身份,进而影响个体的自我认同。这种质询过程往往是隐蔽性的,在无意识中成为意识形态的共谋,中上阶层作家利用其统治地位进行阶级歧视意识形态的文学生产,使穷白人在潜移默化中接受并内化自身劣等身份,其实质是生产关系的再生产,是对既存社会秩序和规范的服从,对中上阶层统治地位的维护和巩固。由于身份与剥夺感长期捆绑,他们往往无法自洽,对自身产生消极评价,否认自己的价值,或自暴自

---

① Allison, Dorothy. “River of Names.” *Trash*. Atlanta: Firebrand Books, 1989, p.56.

② Bragg, Rick. *All Over but the Shoutin'*. New York: Vintage Books, 1998, p.xvii.

弃,或妄自菲薄。在克鲁斯的个人经历及其作品中,皆体现了阶级歧视意识形态统摄下的穷白人对自身劣等身份的内化,他们也倾向用社会看待穷白人的眼光看待自身,从而滋生了强烈的自卑和厌恶情绪,其多部作品的主人公均主动承认自己低人一等的身份,像《伤疤迷恋者》(*Scar Lover*)中皮特就不停地自我贬低:“自己的血统本身就是麻烦。”“并不是非裔美国人才是黑鬼,跟种族无关。很多白人、东方人都是黑鬼,意味着羞愧、低下,毫无价值。”①同样的言论在《拳击大师》(*The Knockout Artist*)中重复出现,尤金说自己也是黑鬼,黑鬼和肤色无关。② 他们时常急于否认和掩盖自己内心深处的羞耻感和恐惧感,而这种做法实际上却是一次次地将自己的羞耻感曝光,是对内化了的污名身份的重复与强化,并将这种羞耻感传导给他人,造成群体性身份认同的丧失。《健美之躯》(*Body*)中多萝西妈妈反复向家人强调,希望他们注意言行:“方思,我最后说一遍。我们这里人生地不熟的,我不想让他们把我们当作下三滥家庭。”③他们在社会生活中缩手缩脚、小心翼翼,生怕让别人瞧不起,其实也是自身的弱势心理在作祟。

经过激烈思想斗争,“粗悍文学”作家下定决心要推翻被强加给自己的污名,将打破阶级歧视意识形态的质询机制,质疑、反抗污名身份,建构积极的身份认同作为安身立足、文学言说的起点。他们将认领身份视为第一要务,祛除污名内化所引发的自卑感和屈辱感,对本阶级、家族和血统公开表达肯定与珍视,不再以自己的贫寒出身为耻,转而引以为荣,利用话语建构本阶级身份的荣耀感以带动社会对穷白人群体的正面评价,意欲对穷白人身份进行脱污,重新界定穷白人身份铭牌的情感色彩,改写其灰暗意义与低劣属性,瓦解中上阶层与穷白人之间的优劣的划定。由此,身份认同成为“粗悍文学”一大主题。他们用文学话语作为直面、认领身份的手段,着力表

---

① Crews, Harry. *Scar Lover*. New York: Poseidon Press, 1992, pp.14,25.

② Crews, Harry. *The Knockout Artist*. New York: Perennial Library, 1989, p.167.

③ Crews, Harry. *Body*. New York: Touchstone, 1992, p.197.

达对穷白人身份的承认与自豪,正如布莱恩·卡朋特所言:"就克鲁斯和艾莉森而言,讲述这些故事就是认领他们作为南方下层阶级儿女身份的一个途径。"①这是"粗悍文学"兴起的基石,具有划时代的决定性意义。这些穷白人作家痛感要堂堂正正自立于南方,须先拆除心理障碍,解决身份体认问题,以勇气和尊严直面"我是谁"。他们以家族为起点,以阶级为平台认领穷白人身份,不再以家庭出身为耻,不再企图挣脱穷白人出身,"洗白"自己,转而珍惜自己的血缘,以祖、父辈为荣并情真意切向其致敬。蒂姆·高楚深深感到忘本是大逆不道:"回顾那段历史和悲惨遭遇,假如不尊重自己先辈和他们建造的地方,就觉得自己像叛徒。"②他认为作为一名作家,绝对不能忘记自己的出身,因为"后天发觉的事情绝没有自己童年时见证的家庭和文化更为真实可信,你所发觉的永远比不上你亲身经历的"③。他对于一些试图逃避自己出身的人提出了尖锐的批评:"你开始想要摆脱自己平凡的出身。我认为那样很可悲。你开始丢失了对历史和过去的感知,这也导致你失去了感知当下重要性的能力。"④瑞克·布鲁格则从面朝黄土背朝天的艰辛劳作里、物质财富的生产中体察到闲适优雅生活不可比拟的美,更珍视家族亲情:"我一直觉得棉花地比沙龙舞厅有意思多了……无论好与坏,我都会接受我的亲人。"⑤这些作家在其叙事透射出穷白人鲜有的自信、自豪,坦然面

---

① Carpenter, Brian. "Introduction." *Grit Lit: A Rough South Reader*, eds. Brian Carpenter and Tom Franklin, Columbia: University of South Carolina Press, 2012, p.xvii.

② Gautreaux, Tim. "A Conversation with Tim Gautreaux." Interviewed by Dayne Sherman. *Conversations with Tim Gautreaux*, ed. L. Lamar Nisly. Jackson: University Press of Mississippi, 2012, p.263.

③ Gautreaux, Tim. "A Conversation with Tim Gautreaux." Interviewed by Dayne Sherman. *Conversations with Tim Gautreaux*, ed. L. Lamar Nisly. Jackson: University Press of Mississippi, 2012, p.157.

④ Gautreaux, Tim. "A Conversation with Tim Gautreaux." Interviewed by Dayne Sherman. *Conversations with Tim Gautreaux*, ed. L. Lamar Nisly. Jackson: University Press of Mississippi, 2012, p.114.

⑤ Carpenter, Brian. "Introduction." *Grit Lit: A Rough South Reader*, eds. Brian Carpenter and Tom Franklin, Columbia: University of South Carolina Press, 2012, p.47.

对外界凝视的目光。他们对穷白人身份的体认对于他们长期背负的由别人强加他们这一群体的命名产生了脱污作用,促进了“穷白人”从一个曾经刺耳的蔑称演化为渐趋中性的词汇,甚至在电影、电视、T 恤、帽子上公开使用,成了流行标签。作为一个最典型的例证,艾莉森甚至似乎已感觉“穷白人”这一命名稀松平常,干脆再进一步,堂而皇之将其标志性短篇小说集定名为《人渣》(*Trash*, 1989)。在谈到为什么这样做时,她给出了这样的解释,是为了“直面并骄傲地认领这个词。……通过这个词,我们可以看出它美化谁,抹黑谁”①。

哈瑞·克鲁斯是穷白人传记写作的先驱,为艾莉森、布鲁格等后起之秀的写作生涯树立了典范,开拓了道路。克鲁斯是佐治亚州培根县一个佃农的儿子,是他们家第一个高中毕业生。由于经济状况落魄,无力负担子女的学业,在他之前,他那个家族无人完成高中课程,更不必说进入大学深造了。他依靠坚韧不拔的毅力和对文学的热爱,从社会底层一路披荆斩棘,凭借独树一帜的作品跻身南方文坛。早在 20 世纪 60 年代末,他便在多个期刊上开设专栏评述南方乡村的贫苦生活,笔耕不辍至 21 世纪初,创作出《福音歌手》(*The Gospel Singer*)、《吉普赛的咒语》(*The Gypsy Curse*)、《捕蛇狂欢节》(*A Feast of Snakes*)、《童年:一个地方的传记》等 20 余部作品,取得了令人瞩目的成就,荣获美国文学艺术研究院奖、海明威奖等文学大奖。他的作品人物以穷白人为主,其中很多主人公是以作者自身为原型,如同样出身于佐治亚州培根县的佃农之家,从事拳击、跆拳道等竞技运动等,这就奠定了作品鲜明的劳动阶级立场。虽然克鲁斯的写作依然围绕南方的水土和乡亲,也继承了哥特、怪诞等南方文学传统,但其作品更多地展现出颠覆性,他首次将被“南方神话”回避、掩盖的南方最穷困人口推入人们视野,宣示本阶级人生观、价值观、时代观,消弭穷白人的污名化、边缘化形象,建构劳动阶级文

① Carpenter, Brian, “Introduction.” *Grit Lit: A Rough South Reader*, eds. Brian Carpenter and Tom Franklin. Columbia: University of South Carolina Press, 2012, p.xvii.

学话语对抗中上阶层的意识形态权威。因此,克鲁斯与南方文学传统相背而驰,被称为当代南方小说的三大“坏小子”(bad boys)之一,是“嘲弄……南方传统……(或是)把它掀个底朝天”的作家①,对旧南方文学发起猛烈的攻击和颠覆。马修·奎因称克鲁斯从穷白人视角书写的作品是独树一帜的,呈现出一种势不可挡的趋向,即从曾被南方文化、神话抛弃的本土子女的角度去“批判性”地书写南方②。

克鲁斯在克服对出身的耻辱感、恐惧感后,发觉贫苦的经历不是负资产,反而铸就了其体察世界的独特视角和坚强的品格,从而选择坦然面对、自豪认领穷白人身份:

> 这世上我所追求的和能够拥有的就是那片沼泽……以及所有其他美丽、可怕、悲惨的境遇,所有这些造就了我,让我现在是并且一直会是一个坚毅之人。曾被我引以为耻的一切造就了我看待世界、人生的方式,我意识到这一点时,便彻底踏实了……从那时开始,我便发现了自己永久的魅力。③

他将这一转变看作是“拯救其人生”的启示和“坚定信仰”,与自己的过去达成和解,立场鲜明地认领穷白人身份,并在访谈和作品中多次声明“我是佃农的儿子”④,或是“我来自佐治亚州的培根县……我的一切都是从那里开始。我来自那里的穷苦乡民。不论何时何地,我都是其中一员”。⑤ 他不

---

① Brinkmeyer Jr., Robert H. “Beyond the Veranda: Trends in Contemporary Southern Literature.” Paper presented at Oklahoma Foundation for the Humanities Symposium “Southern Fried Culture: A New Recipe, A New South, A New Conversation”, Tulsa, Okla., March 1, 1996.

② Gray, Richard and Owen Robinson (eds.). *A Companion to the Literature and Culture of the American South*. Malden, MA & Oxford, UK: Wiley-Blackwell, 2004, pp.571-572.

③ Crews, Harry. “Television’s Junkyard Dog.” *Blood and Grits*. New York: Harper Perennial, 1988, p.145.

④ Crews, Harry. “Television’s Junkyard Dog.” *Blood and Grits*. New York: Harper Perennial, 1988, p.146.

⑤ Crews, Harry. *Getting Naked with Harry Crews*. Gainseville: University Press of Florida, 1999, p.129.

再将自己的出身当作负担,而是将其转化为力量和灵感,从中挖掘乡亲的故事为写作主题,用文学话语作为建构身份认同的方式和途径,找到了自己作为一名作家的声音。克鲁斯意识到穷白人被歧视、被边缘化的状态是话语建构的结果,旧南方主导话语具有鲜明的阶级性,是中上阶层的言说,而穷白人丧失话语权,无法为自己正名,深陷弱势地位无法翻身。因此,把握话语权进行自我表达,对于穷白人摆脱中上阶层的中伤和污损具有十分关键的作用。他强调话语建构的重要性:"在一个讲故事的群体里,没有什么是消亡的。所有的事情,好的坏的,都叠加在一起,一代传一代。一切被传承的东西都被讲述的人润色、塑造。"①克鲁斯通过记叙自身和家族故事,建立起自身与家人、乡亲、祖先等的血缘、精神联系,从而获取自身的定位与坐标,以解答"我是谁""我与什么认同"的关键问题。

克鲁斯的自传《童年:一个地方的传记》可被视作其认领穷白人身份的宣言,通过描述自己亲身经历的赤贫、绝望、黯淡的生活,他坦然地向世人讲述自己贫苦不堪的童年,不再像曾经那样觉得有什么不可告人之处:"我要把我的故事都写下来,不像多年以来用小说中无关痛痒的喻指来写,而是赤裸裸地写,不用第三人称加以掩饰。只有用可爱又可怕的第一人称,才能达到我的目的。"②他强调了从局内视角直接、客观再现自身故事的重要性,第一次毫无掩饰、言之凿凿地站在穷白人的立场上发声,使其言说具有小说所不可比拟的权威性和准确性。霍尔认为自传这种特殊的文体不仅是个体自我故事的书写,更是其对自身在历史、文化语境中所处位置的解读,因此,自传具有自我建构的作用,可对作者的身份进行表征。克鲁斯通过自传梳理、串联起穷白人的过去与现在,记录了他们在变迁的社会环境中的代际传承,强化其身份感知。他在《童年:一个地方的传记》中讲明自己写书的目的:

---

① Crews, Harry. *Classic Crews*. New York: Simon & Schuster, 1993, p.21.

② Crews, Harry. *A Childhood: The Biography of a Place*. Athens: University of Georgia Press, 1995, p.21.

"（弄清自己的身份）正是我写这本书的原因，因为我从不确定自己是谁。"[①]在书中，克鲁斯毫不避讳自己的贫困出身，自称来自"佝偻病和十二指肠虫地带"（Rickets-and-hookworm Belt），[②]这里食物短缺，医疗、教育等资源更是匮乏，甚至"都没有足够的钱让死人瞑目"[③]。贫穷艰辛生活经历的详细述说强化了其劳动阶级的身份。此外，自传还是穷白人追溯家族历史的重要手段，他们一改对家族故事避讳、缄默的态度，转而珍惜家族传统。克鲁斯担忧自己去世之后，孩子们也要通过他人之口了解自己，自己的形象也会变得模糊不清甚至烟消云散。为了让自己的故事真实可靠，让后世了解家族的传承，克鲁斯和其他穷白人作家不再畏缩、隐瞒，选择将自己的故事写下来，在历史上留下声音。他热情赞颂了穷白人乡亲在艰难困苦中坚韧的生命力，热切地向其致敬并引以为豪。谢尔顿称《童年：一个地方的传记》是克鲁斯"对其乡下出身和父老乡亲的接受与热爱"[④]的明证。克鲁斯用"悍人"（Grits）来指称家乡穷白人，彰显其坚定、刚毅、吃苦耐劳等特质："我把别人所说的'红脖子'称为大写的'悍人'。他们是普通人，是我的乡亲，是坚毅的人。在我的词典中，他们遵从价值观，重视家庭，推崇你能想到的所有美德……没错，我赞美他们。"[⑤]他对穷白人顽强、坚韧的品格不吝赞美之情，肯定他们兢兢业业、自强不息的一面，有力回击了"人渣""红脖子"等污名对穷白人的轻蔑与贬低。克鲁斯将自己的血统当作宝贵财产，认为穷白人身份对自己产生了终生的影响，即使离开家乡以后，也难以脱离这一传统："我站

---

① Crews, Harry. *A Childhood: The Biography of a Place*. Athens: University of Georgia Press, 1995, p.6.

② Margaret, Eby. *South Toward Home: Travels in Southern Literature*. New York: W. W. Norton & Company, 2015, p.98.

③ Crews, Harry. *A Childhood: The Biography of a Place*. Athens: University of Georgia Press, 1995, p.7.

④ Shelton, F.W. "The Non-Fiction of Harry Crews: A Review." *Southern Literary Journal*, 16, 2(1984): 132-135.

⑤ Lytal, Tammy, Harry Crews, and Richard R. Russell. "Some of Us Do It Anyway: An Interview with Harry Crews." *The Georgia Review* 48.3 (1994): 536-553.

在那里，感受到我已经离开这片土地、乡亲很久，但同时也知道我永远不会完全离开他们。不管我走到哪里，他们都会伴我一生。"①字里行间传递着克鲁斯对其穷白人身份的接受与珍视，及其基于穷白人视角观察这个世界的阶级立场。实际上，正是克鲁斯的穷白人出身给了他的文学创作丰富的源泉和灵感，使他在文学领域辟出了一条新路，创出了一方天地。所以，他对自己贫寒出身的珍视并非虚言。

《童年：一个地方的传记》标志着穷白人作家自传式写作的开始，艾米·威尔登（Amy E. Weldon）称："《童年：一个地方的传记》直白、令人震惊，又有一种怪异的美丽，是第一本由曾受珀西嘲笑的穷白人为自己和本阶级发声的南方传记。"②后起之秀艾莉森、布鲁格等一批"粗悍文学"作家也纷纷选择通过自传体、半自传体、回忆录等纪实文学展现穷白人面临的经济、社会、文化困境，改写有关穷白人的"官方"历史记录。作家们不约而同地将写作当作认领其下层身份的途径，并且意识到讲故事给他们这些历史上无名的、被边缘化的人群以"前所未有的权力"③。他们追溯过往、评述现在、展望未来，较为完整地记录了穷白人沦落为边缘、他者群体的历史语境，及其在社会环境变迁下的应对和反击。南方文学评论家詹姆斯·沃特金斯（James Watkins）敏锐地指出了穷白人自传作品引发的南方文学转向及其对于穷白人身份认同建构的独特意义：20 世纪 70 年代中期以前，南方文学由中上阶层作家把控，如今来自贫穷、劳动阶级家庭的作家用自传式的写作认领其特定的阶级身份。④ 穷白

---

① Crews, Harry. *A Childhood: The Biography of a Place*. Athens: University of Georgia Press, 1995, p.182.

② Weldon, Amy E., "When Fantasy Meant Survival: Writing, Class, and the Oral Tradition in the Autobiographies of Rick Bragg and Harry Crews." *The Mississippi Quarterly*, 12/1999, Vol. 53 No. 1, p.91.

③ Weldon, Amy E., "When Fantasy Meant Survival: Writing, Class, and the Oral Tradition in the Autobiographies of Rick Bragg and Harry Crews." *The Mississippi Quarterly*, 12/1999, Vol. 53 No. 1, p.105.

④ Watkins, James H., "Contemporary Autobiography and Memoir." *The History of Southern Women's Literature*, eds. Perry, Carolyn, and Mary Louise Weaks. Baton Rouge: Louisiana State University Press, 2002, p.451.

人作家借助纪实文学这一平台发声,生动传递其人生故事,表达其贫困生活中的辛酸与挣扎,建立、完善自我感知,是其拥抱、认领其劳动阶级身份的一种方式,他们以写作为己任,为身处弱势、被历史遗忘的穷白人发声。南方著名学者弗雷德·霍布森(Fred Hobson)对此持相同观点:“这些并非来自特权阶层或书香门第的年轻南方作家……并不试图掩饰自己的出身。”①他们用真实的故事、第一人称的叙事方式给人们了解、走近这一长期被歪曲、抹黑的群体打开了一扇窗,有力地消解了旧南方中上层阶级话语的权威性和中心地位,进而消除了人们对穷白人的误解与偏见,清洗了穷白人污名,为其赢得“历史上文学、电影里曾拒不给予他们的尊严”②。他们通过不懈努力,助力扭转了“穷白人”一直以来高敏感、强刺激的负面喻指,使其蜕变为中性词汇,常被公开援用而不必再当禁忌。正如《红脖宣言》的作者吉姆·高德所言:“渣滓正在发起反击。”③克鲁斯等“粗悍文学”作家以认领身份作为还击、抵制主流话语的基点,他们深信,只有明确并拥抱自己的身份,才能构筑起自身坚定、清晰的发言立场,进而形成强有力的话语向主导势力发起反击。

在克鲁斯其他小说作品中,身份也是一个主要命题。他在与出版社编辑的通信中毫不掩饰地指出其小说“全部都关乎身份问题”④。克鲁斯主张正视、立足穷白人身份,肯定穷白人文化中的积极一面,并认为穷白人因自身身份感到羞耻的心态是不可取的。他在采访中坦言:“我不欣赏有所掩饰的人,即掩饰他的身份、家庭、出身、信仰。当揭开所有的掩饰,他就成为一

---

① Hobson, Fred. *The South Writer in the Postmodern World*. Athens: University of Georgia Press, 1991, p.22.

② Vernon, Zackary, “The Enfreakment of Southern Memoir in Harry Crews's A Childhood.” *Mississippi Quarterly*, Spring 2014, p.195.

③ Goad, Jim. *The Redneck Manifesto: How Hillbillies, Hicks, and White Trash Became America's Scapegoats*. New York: Simon and Schuster, 1997, p.255.

④ Carlson, Douglas. “‘A Writer's Face’: The Letters of Harry Crews.” *The Georgia Review* 61.4 (2007): 755.

个我们所有人都不会感到骄傲和欣赏的人"①,强调穷白人必须要接纳自己的身份和过去。身份认同的主题在克鲁斯小说作品中多有体现,有的穷白人主人公再现了作者自身的经历,展示出从逃避、厌弃到接受、认领这一艰辛的心路历程,最后拥抱自我并获得新生;也有人拒绝与自己的穷白人身份达成和解,甚至渴望抹去其穷白人出身这一事实,以消除污名身份给自己带来的耻辱,而这样的尝试往往以失败告终。《健美之躯》开篇便点明了穷白人身份对主人公意味着什么,"任何名叫多萝西·特尼普锡德(Turnipseed,字面意思为萝卜种子)的人都永远不会成为宇宙小姐"②,因为其乡土气息浓厚,易于人联想到穷白人的名字带来的是不良感受,是其事业和社会上升流动中的绊脚石,大有一名定终生的可能。所以,多萝西渴望摘除自己穷白人的身份铭牌,因而她选择对自己进行包装,掩盖本名,使用商业色彩浓厚的新名字谢瑞尔·杜邦(Shereel Dupont),并改掉家乡口音,希望隐藏自己的贫寒出身。健美大赛决赛前,家人专程从遥远的家乡赶来为她加油助阵,她非但没有任何欣喜、感恩之情,反而如临大敌,千方百计避免与家人碰面,视其为对自己新身份的威胁。随后,面对家人对其新名字的不解,她直言:"多萝西已经死了",代表其对穷白人身份的厌恶与逃避,宣告着其与穷白人身份的决裂,因而当她难以完成新身份的蜕变时,便不可避免地走向了毁灭。由于健美比赛最终失利,多萝西精心构筑的新商业身份失效,最终选择了自杀。克鲁斯在采访中立场鲜明地道出造成多萝西自杀悲剧的根源在于其无法建构积极的身份认同:"如果她能接纳自己,她最后就不会选择自杀。"③与歇斯底里想要摆脱过去的多萝西形成并置和对照的是比利·巴特,同样出身南方乡村的健美运动员,他最终选择拥抱穷白人身份,停止了自我毁灭的

① Jeffrey, David K., and Donald R. Noble. "Harry Crews: An Interview." *Southern Quarterly* 19.2 (1981): 65.

② Crews, Harry. *Body*. New York: Touchstone, 1990, p.20.

③ Crews, Harry. *Getting Naked with Harry Crews*. Gainseville: University Press of Florida, 1999, p.278.

进程。多萝西与比利·巴特对身份的接纳与否直接导致了生存还是毁灭截然不同的两种结局。

克鲁斯对个体身份从排斥到接受的转变也体现在对南方劳动阶级语言的运用上。语言是话语最基本的表现形式,是一种具有规约性和社会性的表述系统,构成人们对生活形式的理解,如语言哲学家维特根斯坦所说:“想象一种语言就意味着想象一种生活形式。”①语言对于人们看待自身、理解自身与社会的关系有着至关重要的意义,它在穷白人建构身份认同过程中的作用也不言而喻。“语言不仅描述事物,而且参与建构事实”②,因此,语言在很大程度上参与着个体身份的建构,在文学作品中往往用语言标示人物出身、雕饰人物形象。不论是克鲁斯本人,还是小说《拳击大师》中的杰克、《健美之躯》中的多萝西、《伤疤迷恋者》中的皮特,都曾因污名身份的内化作用对自我加以否定,急于逃避自己的出身,他们采取的最直接的手段就是摒弃乡音。克鲁斯在采访中提及自己年轻时期曾因自己的出身和说话方式感到羞愧,并想要隐藏其佐治亚乡村口音。这一拒绝乡音的举动在投射着作者影子的人物形象皮特身上有所体现,同作者一样,皮特也出生于佐治亚培根县的乡村,为了逃离贫困的乡村生活而选择参军,在军队中因为乡音备受嘲笑,为了避免他人的歧视眼光,他费尽心机掩饰自己的出身,苦练标准英语的语法和发音:“花数百个小时练习,直到他认为自己听起来像个播报员……他到基地的图书馆找到所有关于语法和发音的书,甚至还请了家教,直到有一天最专业的语言学家也听不出来……”③皮特对南方乡村英语的排斥、对标准英语的崇尚实则是在努力摆脱自己劳动阶级身份,以及对将污名化穷白人的主流话语的顺从与趋同。语言选择的背后渗透着权力的运作,

① 路德维希·维特根斯坦:《哲学研究》,李步楼译,北京:商务印书馆,1996年,第17页。

② 约翰·塞尔:《心灵、语言和社会——实在世界中的哲学》,李步楼译,上海:上海译文出版社,2001年,第6页。

③ Crews, Harry. *Scar Lover*. New York: Poseidon Press, 1992, p.35.

人们对上流社会标准英语的推崇及对穷白人南方乡村方言的鄙夷投射出上流社会的权力优势地位,穷白人亦可通过广泛运用其阶级语言打破这种权力不平衡的关系,确认劳动阶级身份。在历经曲折之后,克鲁斯在自豪认领自己穷白人身份的同时,意识到语言代表着一个人的出身,是其身份、地方文化传承的标志,开始接受并大方使用南方乡村穷白人语言,并将其作为劳动阶级身份建构的重要途径。即使成为一名大学教授之后,他“仍然喜欢把佐治亚州南部的方言挂在嘴边”①。此外,他还特意在作品中保留了大量的方言,还原真实的生活场景,提示人物贫寒乡村的出身背景。他在塑造穷白人的时候,对其语言精雕细刻,使之更符合人物特点,比如他会在人物对话的直接引语中使用很多南方乡村的俗语、土话,像是用“日头落下时”来表达时间节点,而不是用“傍晚”“下午五点”等表达方式,以暗合人物日出而作日落而息的乡村生活习惯及其劳动阶级身份;他还使用一些语法不规范的语句,像是错误的动词时态和语态、情态动词的省略、代词和冠词的非规则表达,或者用单词的错误拼写突出人物不够标准、口音浓重的发音作为人物的阶级、地域的语言身份符号。

克鲁斯还选取穷白人日常生活、风土人情等具有身份标识意义的事物或活动,以强化其穷白人的身份认同。食物作为人们生活中的必需品,自然就成为建构身份的重要因素,尤其在美国南方,个体的阶级身份往往与吃的食物种类及烹制食材的方法紧密相连②。珀西就在《防洪堤上的灯笼:种植园主之子回忆录》中夸赞了南方不胜枚举的“黄金食谱”:弗吉尼亚火腿、马里兰甲鱼,查尔斯顿鱼子及鲳参鱼、红鲷鱼等海鲜,还有上百种烹饪方法,③用种类

---

① Crews, Harry. *Getting Naked with Harry Crews*. Gainseville: University Press of Florida, 1999, p.127.

② Reimers, Hill, Darlene. "'Use To, the Menfolks Would Eat First': Food and Food Rituals in the Fiction of Bobbie Ann Mason." *Southern Quarterly* 30.2 (1992): 81.

③ Percy, William Alexander. *Lanterns on the Levee*. Baton Rouge: Louisiana State University Press, 1973, p.11.

丰富、食材考究、制作精细的食物匹配了自己的尊贵身份。在穷白人生活中,粗碾谷物、救济食品、猪零杂碎等中上阶层所不齿的食材往往指涉其地位低下的身份,克鲁斯也借助特定的食物来标记自己的穷白人出身。在南方,负鼠被人认作落后、穷酸的食物,而克鲁斯却把吃负鼠描述成一种美餐,对负鼠这种底层食物的接受象征着克鲁斯对穷白人身份的体认。此外,克鲁斯还记叙了很多被看作穷白人专属的风俗活动,像是乡下一年一度的宰猪盛事,亲友们欢聚一堂,烹饪、熏烤接下来一年的肉食,是穷白人贫苦生活中难得洋溢着喜悦与欢愉氛围的时节;他们惯常举办斗狗、舞蛇等竞赛活动,缓解、释放巨大的生存压力,激荡着粗悍的民风;聚焦劳动传统,其笔下人物多从事种田、摘棉花等农活,或是作为屋顶工、木匠、水管工等靠苦力维生。这些元素都参与着克鲁斯的身份建构,宣示其穷白人的身份归属,他在看似已远离家乡之后,依然秉持穷白人的身份遗产,诉说自己与故土乡亲千丝万缕的联系。

艾莉森对待其穷白人身份的认识、态度经历了和克鲁斯相同的从抗拒到坚定、衷心接受的质变。依据她的叙述,寒酸的家庭背景在她的心里播下了挥之不去的耻辱和恐惧感。她称自己童年“恒定的主题就是耻辱”①。她在故事《阶级问题》(*A Question of Class*)中披露了自己的身世和羞耻感的利刃在她心灵上划出的巨大创伤:

> 我人生中最主要的情况就是我生于1949年的南卡罗来纳州格林维尔市,是一名赤贫家庭白人女性的私生女,在此一年前,妈妈在上七年级时辍学,当过服务生,生我时只有十五岁一个月。我家境贫寒,可社会认为我们可耻、令人鄙视、罪有应得,现实就是这样,摆脱不了,和我如影相随。我用了一生的时间来克服或否定它。②

① Allison, Dorothy. *Skin: Talking About Sex, Class and Literature*. Ithaca, New York: Firebrand, 1994, p.229.

② Allison, Dorothy. *Skin*: *Talking About Sex, Class & Literature*. Ithaca, New York: Firebrand Books, 1994, p.15.

在南卡罗来纳州阶级偏见根深蒂固的山麓地带，弱势群体被主流社会划为另类，被冠以“他者”称谓。这使她懂得了自己和中上层阶级之间横亘着难以逾越的鸿沟。在《人渣》中，妈妈从小就告诫女主人公“我”：

> 别想得太高，也“不向别人交心。我们不安全。有人活得安生，但‘那些人’跟‘我们’不一样。别露怯，那样会惹来大祸”。①

由此，穷白人主动将自己禁声，并与主流社会割裂，这种疏离和退缩是一种自我保护，同时也无形地加深了阶级之间的裂缝。人人都知道她家，知道他们是下三烂，似乎这就意味着他们注定穷困潦倒，注定要干报酬可怜的脏活、累活，十几岁就生孩子。在世人眼中，艾莉森家族的女人“大屁股、大脸盘意味着愚蠢，大手掌说明你是干粗活的人，头发干枯、眼神疲惫，摩挲着杂志上与自己天差地别的女人的照片”。② 她对于这样的生活感到十分恐惧，羞愧难当。③

> 我所知道的贫穷十分可怕、令人窒息。她明白自己属于一个边缘的群体，那么容易地自生自灭，其存在对于社会不仅多余，而且是一种威胁或污点，“被毁灭或否定，以便使那些‘真正’的人们，重要的人物感到安全”。④

看到悲惨的命运毁灭了那么多她所爱的人，为了生存，她年轻时本能的反应是逃避、隐藏，知道如果她讲述自己的家庭、自己的历史的真相，就会被推入“他们”的范畴，可能会永远失去命名、拥有、理解自己生活的机会。这种逃避的冲动也是她家庭的其他成员所共有的。当厄运降临，生活难以为

---

① Allison, Dorothy. *Trash*. Atlanta: Firebrand Books, 1988, pp.36-38.

② Allison, Dorothy. *Two or Three Things I Know for Sure*. New York: Plume, 1995, p.33.

③ Allison, Dorothy. *Skin: Talking About Sex, Class & Literature*. Ithaca, New York: Firebrand Books, 1994, pp.17-18.

④ Allison, Dorothy. *Skin: Talking About Sex, Class & Literature*. Ithaca, New York: Firebrand Books, 1994, p.14.

继的时候,改名换姓,搬往别处,销声匿迹,重新开始。这种冲动的背后隐藏的是自我的否定,认定自己的生活和身份没有任何价值。

艾莉森的代表作、半自传体小说的《卡罗来纳的私生女》,进入 1992 年美国全国图书奖最终提名名单并被搬上了银幕。该书以她在南卡罗来纳州的童年个人和家庭的遭遇为基础写成,记载了她对自己是穷白人这一事实的耻辱感以及耻辱感阴云笼罩下暗无天日的时光。作品的标题一语双关,不仅点明了女主人公个人的身份,而且从象征的意义来讲也绝妙地表现了以她为代表的边缘群体与南方神话之间的关系。他们犹如非婚生子女,遭受冷遇、歧视,被丢弃、遗忘在了浪漫的神话王国的边界之外。马修・奎因称这部作品"如同克鲁斯的小说,它也对南方文学做出重要贡献,从底层阶级的重要视角审视这个地区的文化,拓宽了南方小说的权贵农业主义视角"①。在她的叙述里,南方是一个等级制度森严,贫穷落后,令人窒息的地方。私生女安妮自小感受到社会的歧视眼光,甚至在安妮随家庭颠沛流离的路途中,她可以从暂时就读的学区的老师眼睛里看出轻蔑的神情:"我在她的眼睛里看到了耗尽的耐心,些许怜悯的意味,还有轻蔑,那轻蔑就像我从她教室窗外看到的红土山一样由来已久。"②

罗斯玛丽・汤姆森(Rosemarie Thomson)称:"污名起着社会泥垢的作用"③,认为污名化是一个相互作用的社会过程,在这个过程中,主导势力往往将一些人的特点视作与众不同,甚至反常怪异。与主导势力的品位和观念相对照,污名化通过贬低、异化弱势权力群体,以强化主导势力的理想化自我陈述,将自身定义为正常、合法群体。④ 污名将穷白人划入有缺陷的、不

---

① Guinn, Matthew. *After Southern Modernism: Fiction of the Contemporary South*. Jackson: University of Mississippi Press, 2000, p.30.

② Allison, Dorothy. *Bastard out of Carolina*. New York: Dutton, 1992, p.3.

③ Thomson, Rosemarie Garland. *Extraordinary Bodies: Figuring Physical Disability in American Culture and Literature*. New York: Columbia University Press, 1997, p.33.

④ Thomson, Rosemarie Garland. *Extraordinary Bodies: Figuring Physical Disability in American Culture and Literature*. New York: Columbia University Press, 1997, p.31.

能满足社会标准的社会群体,引发其羞耻感,使其视自身身份为被损毁的、一无是处的,从而威胁积极身份认同的建构。这种羞耻感其实就是污名身份的内化机制所致,它不仅使穷白人否认自身价值,还具有传染性,造成群体性身份认同的丧失。为了挣脱外界歧视目光带来的羞耻感,安妮妈妈的应对措施就是千方百计想要去掉女儿出生证上"私生"的印章,于是她不停地到政府大楼要求换取新的出生证明。此外,当牧师跟安妮母亲说她的羞愧只存在于她与上帝之间,"没有必要在孩子身上留下印记"时,安妮母亲却十分生气且急迫地反驳道:"我没有感到羞愧……我不需要谁对我的小孩指指点点。"①安妮母亲急于否认和掩盖自己内心深处的羞耻感和恐惧感,实际上欲盖弥彰,是对内化了的污名身份的重复与强化,并将这种羞耻感传导给女儿安妮,使其对自己身份甚至其自身的存在产生怀疑。随着安妮不断长大,她建立起与穷白人亲戚相认同的身份,并继承了穷白人污名带来的耻辱感。姥姥称五岁的安妮为"好看的丑八怪……你是博特赖特家族的一员没错"。② 姥姥居然用丑陋当作博特赖特家族的名片,并将其作为表达爱意和亲昵的一种方式,怪诞畸形的做法突显了污名身份机制下穷白人对自身的贬低与轻视,以致安妮最终也视自己为博特赖特家的丑小孩。这种歧视逐渐内化,安妮自我厌恶,甚至想要消失,她称自己是一个带着耻辱烙印的蠢笨、丑陋的"白人渣滓"。在阶级歧视意识形态质询机制的作用下,安妮接受了其低人一等的身份设定,评价自己和家人懒惰无能,也使得安妮主张放弃自己的权益,而将自身所遭受的不公待遇或继父虐待归咎于自身,从自身查找问题,责备自己不够漂亮,才会遭人厌弃,招致祸端:

> 有时我抬头看他通红的面孔和愤怒的双眼,我知道并不是因为我做了什么他才打我。仅仅是我,我存在这一事实,在他眼中和我自己眼

---

① Allison, Dorothy. *Bastard out of Carolina*. New York: Dutton, 1992, p.14.

② Allison, Dorothy. *Bastard out of Carolina*. New York: Dutton, 1992, p.21.

中的我这个人。我是个孽种。是的。我自己承认,紧紧握住拳头,闭上眼睛,不去看我理解不了的一切。①

如同莫里森《最蓝的眼睛》里非裔美国人姑娘对自己的族裔身份感到自卑,以白人女孩为审美标准,盼望自己能有她们那样的碧眼,安妮对上流社会心生向往,异想天开地憧憬自己能跨越阶级的边界,“像故事书里的女孩们一样,像那些拥有雪白肌肤和柔软心灵的公主一样。”②她渴望的其实是中上阶层淑女的生活方式,主导话语为其灌输中上阶层价值观,进行规训和同化,使其盲目以中上阶层的文化为价值导向,从而干扰了对自己身份的正确认知。她感到自己和主流文化中穿着“白色尼龙衬裙,戴着蓝色绸缎发带”的女孩形象没有任何相似之处,那种女孩人见人爱,而自己丑陋卑微,令人厌恶。她还接受穷白人毫无价值的人生设定,认为“自己的身体,像姨妈们的身体一样,生来就是操劳、磨损、被丢弃的命运”。③ 穷白人遭受主流价值观的否定,安妮也逐渐接受外界对自己的评判,失去主体意识,以淑女形象为衡量自身价值的标准,否定自己作为下层阶级一员的价值。

面对“白人渣滓”的污名称号,安妮十分无奈,称“妈妈痛恨别人叫我们下三烂,过去的每一天都不堪回首,她弓着腰为别人摘花生,摘草莓,而那些人却在那里巍然屹立,好像她就是地上的一块石头”。④ 安妮称在他人眼中,身为穷白人的妈妈就像一块石头,这就展现出阶级歧视意识形态下的穷白人遭受着异化、他者化,甚至非人化的不公待遇,他们在被社会忽视、遮蔽、遗忘的生存状态下,穷白人经受着“社会性死亡”⑤。为了逃避社会的歧视眼

① Allison, Dorothy. *Bastard out of Carolina*. New York: Dutton, 1992, p.110.

② Allison, Dorothy. *Bastard out of Carolina*. New York: Dutton, 1992, p.209.

③ Allison, Dorothy. *Bastard out of Carolina*. New York: Dutton, 1992, p.21.

④ Allison, Dorothy. *Bastard out of Carolina*. New York: Dutton, 1992, p.3.

⑤ Coleman, Lerita. “Stigma: An Enigma Demystified.” *The Dilemma of Difference: A Multidisciplinary View of Stigma*. Ed. Stephen Ainlay, Gaylene Becker, Lerita Coleman. New York: Plenum Press, 1986, pp.226-227.

光，安妮极力拒绝自己的穷白人身份，“她嘴角扬起弯曲而蹩脚的微笑，竭尽全力否认格林维尔县想要强加给她的名字。”①在这样的环境的高压之下，出于人的一种本能，她小小的年纪就懂得了维护自己尊严的重要，但在当时的条件下，她又确实毫无保卫自尊的资本。为了隐瞒自己卑微的身世，赢得别人暂时的羡慕，她在班上介绍自己时信口开河，编造了一套谎言，声称自己的家刚从大城市亚特兰大搬到这里，以此显示自己身世不凡，实际上她从来就没有到过亚特兰大。与此谎言如出一辙，在故事《姓名的长河》（*River of Names*）中，投射着作者身影的主人公“我”将身上总是一股汗臭和鼻烟味的奶奶描述成散发着薰衣草香的优雅形象，以此掩盖自己卑微的出身，羞于告诉爱人自己的耻辱、恐惧和自我厌恶。安妮的母亲千方百计地想要摆脱“白人下三烂”的污名，企图通过婚姻高攀，改变自己的命运，嫁给了出身中上阶层家庭的格伦，但事与愿违，她一次又一次地容忍格伦阴晴不定的脾气和他对女儿的拳脚相向，结局可悲。

无论是对自己穷白人出身的愤怒、遮蔽还是逃离，其实质都是穷白人身份认同困境的表现，他们在身份污名机制下走投无路，或自暴自弃，或妄自菲薄。在他人歧视目光的凝视下，安妮愈发自卑，逐渐用外界的眼光审视自己，她在镜子中看到一个“丑陋、苍白、麻木”的自己，毫无自信。这种自卑和自我厌恶的情绪使安妮甚至想一死了之，因为在整个阶级歧视的社会语境下，她无处可逃，“一切都没有希望……感觉像是滑进一个无底洞，看到自己在洞底肮脏、褴褛、贫穷、愚钝。”②在穷白人污名的内化机制作用下，安妮丧失建立身份认同的能力，助长了其对穷白人身份的畏缩和逃避。安妮最终在亲人的帮助下逃出了继父控制，在姨妈露丝和雷琳那里寻得安全感，这使她逐渐放下了对穷白人出身的排斥与羞耻感，接受自己博特赖特家族女性的身份。在此基础上，安妮还建构起对穷白人身份的认同感和自豪感，她认

---

① Allison, Dorothy. *Bastard out of Carolina*. New York: Dutton, 1992, pp.3-4.

② Allison, Dorothy. *Bastard out of Carolina*. New York: Plume, 1993, p.209.

为穷白人“聪明、出色、有力”，并“为自己感到自豪”①。由此，安妮建立起与穷白人家族一致的身份认同，在此基础上构筑起家族荣耀感。在停止逃避与自我否认之后，安妮终于能与自己达成和解，直面自我、迎来新生。

同样，艾莉森在饱受多年的心理煎熬后，最终得以有勇气正视自己的出身，摆脱掉恐惧、羞愧心理，自豪认领穷白人身份并热情歌颂家族历史。她意识到话语权对于表达“我是谁”，建构积极的身份认同，引发他人对穷白人改观的重要意义，以写作为武器，表达其对本阶级身份的自豪。曾经的穷白人对自己家族的故事讳莫如深，艾莉森在故事《姓名长河》中描述了家人们在历史上的无声状态，“他们去世了，而且并不被怀念。我家人数众多，其中一半人的故事我说不上来。”②她一改往日穷白人避讳谈论家族历史的消极态度，转而惊叹家族在艰难困苦中顽强的生命力：“我有时觉得惊讶，我们家是怎么活下来的，劳动阶级的女人和家庭是怎么活下来的。有的竭尽全力，却一无所有……。我在文学中看不到足够的记述，看不到向其表达了足够的敬意。”③她决定不再躲藏与逃避，而是真诚面对家族历史，寻求、表达自己的归属，并将家族故事公布于众，使人们走近、了解穷白人这一群体。她称：“只有写作能帮我度过那些（难熬的）时光……写出我的人生故事。我把一切我能记得的，一切听说过的故事、名字、地点、形象都写出来……我家人的故事、我童年的故事，曾被我隐藏的持续、要命的贫穷和羞愧感。”④艾莉森把写作当作认领穷白人身份的重要手段，并以此整合自我认知，构筑身份认同，她十分肯定文学话语赋予自身的权力和意义：“把那些故事都写下来使我的心灵得到净化。那些故事从噩梦中走出，展现到书面上，让我最终可以面对它

---

① Allison, Dorothy. *Bastard out of Carolina*. New York: Dutton, 1992, p.217.

② Allison, Dorothy. *Trash*. Atlanta: Firebrand Books, 1988, p.75.

③ Carpenter, Brian & Tom Franklin (eds.). *Grit Lit: A Rough South Reader*. Columbia: University of South Carolina Press, 2012, p.17.

④ Carpenter, Brian & Tom Franklin (eds.). *Grit Lit: A Rough South Reader*. Columbia: University of South Carolina Press, 2012, p.19.

们，这让我几乎爱上自己。更奇妙的是，这让我爱上我所写的人们。”①她将其短篇小说集定名为《人渣》，宣称“直面这一标签（渣滓），当荣誉认领”②，不再避之唯恐不及而是自豪、勇敢接受，将耻辱标牌变成荣誉勋章。“白人渣滓”由此被赋予了反抗意义，是对穷白人原本蕴含的耻辱、羞愧、隐形、弱势等内涵的拒绝与回击，对穷白人身份予以维护和正名。艾莉森在日渐崛起的劳动阶级队伍中找到了自己的身份归属，分享其特有的生活方式，即便知道自己的下层出身备受鄙夷，仍乐于并勇于认领其阶级文化传统。她不再回避和掩饰自己贫困的成长经历，明确表示要“真实地立足于世，摒弃谎言、逃避或甜言蜜语的胡说八道”③，渴望通过这种赤裸裸的再现传达她在贫困环境下成长的“羞耻、愤怒、骄傲和固执”④。为了更具信服力地展现贫穷对人的摧残，艾莉森毫不畏缩地讲述自己了家族的故事，并公然声称自己家的人是“‘穷人里的坏蛋’——男人酗酒、保不住工作，女人总是未婚先孕，并且由于过度劳作和过度生育而早衰，身材走样，小孩鼻涕邋遢、品行不正”⑤，由此呼吁人们关注那些被忽视、不被认可的人及其所承受的苦难，重新赋予这些生命以意义和尊严。她还力求通过写作“挑战这个地区的社会结构”⑥，拒绝接受“白人渣滓”毫无个人发展空间、只能逆来顺受的固定角色。

像克鲁斯、艾莉森等人一样，布鲁格对自己的穷白人身份也经历了从羞于面对，到后来醒悟再到自豪接受的认知过程。布鲁格称自己在 12 岁时开

---

① Carpenter, Brian & Tom Franklin (eds.). *Grit Lit: A Rough South Reader*. Columbia: University of South Carolina Press, 2012, p.19.

② Carpenter, Brian & Tom Franklin (eds.). *Grit Lit: A Rough South Reader*. Columbia: University of South Carolina Press, 2012, pp.xv-xvi.

③ Allison, Dorothy. *Trash*. Atlanta: Firebrand Books, 1988, p.12.

④ Allison, Dorothy. "Introduction: Stubborn Girls and Mean Stories." *Trash*. Atlanta: Firebrand Books, 1989, p.xii.

⑤ Allison, Dorothy Allison. "Introduction: Stubborn Girls and Mean Stories." *Trash*. Atlanta: Firebrand Books, 1989, p.xii.

⑥ Guinn, Matthew. *After Southern Modernism: Fiction of the Contemporary South*. Jackson: University of Mississippi Press, 2000, p.4.

始察觉自己与他人不同,他和家人从未到过大宅做客,也未踏足过高档商店,甚至到一毛钱商店闲逛的时候也被店主充满警惕性的目光紧紧盯住。布鲁格深切体会到了被放逐在中心之外的痛楚和孤独,体面、光鲜的生活看似就在眼前,但对于自己又遥不可及:“不知为什么,我在书上读到的和从黑白电视上看到的东西都好像和我们的生活毫无关系。”[1]因为文学与电视等媒介传递的是中上阶层的生活形态与理念,穷白人作为他者阶级,无缘成为参与者,只能是看客。这使得布鲁格逐渐意识到自己的穷白人身份。他在圣诞夜被夹杂在开着豪车、衣着光鲜、家世显赫的人群中间接受救济,他觉察到阶级之间的巨大差异,并对这种不公的社会等级架构感到不堪忍受。他开始滋生自卑与厌恶情绪,想办法隐藏自己的穷白人身份以躲避他人的冷眼,在谈恋爱的时候也闭口不谈自己的情况,从不提及自己的家庭背景,谈的是除了自己以外的任何事。[2] 即使在成家立业、生活安定之后,穷白人身份仍是布鲁格内心深处“最最难言的耻辱和担忧”[3]。对身份的恐惧和逃避最终导致了他婚姻的失败。无独有偶,不仅他本人,他的母亲也时常因其穷白人身份感到羞怯,例如她从不参加布鲁格兄弟的家长会,怕孩子会因为自己而难为情,也从未到赛场上看他们的篮球赛和棒球赛,因为自己衣着寒酸。

随着阅历的增加和思维的成熟、深化,布鲁格最终战胜了自己内心对穷白人身份的厌恶,开始正视出身,他第一次感到自己十分重要,认识到了自己的价值,摆脱了穷白人污名内化机制下自轻自贱的心理。这使布鲁格感到心头轻松了一些。[4] 布鲁格自幼家境贫寒,父亲常年酗酒,游荡在外,全靠母亲用捡棉花、打零工的微薄收入将他们兄弟三人一手养大。布鲁格年幼时便跟着母亲到垃圾场捡垃圾,搜寻任何可以卖钱的东西贴补家用。母亲

---

① Bragg, Rick. *All Over but the Shoutin'*. New York: Vintage, 1998, p.82.

② Bragg, Rick. *All Over but the Shoutin'*. New York: Vintage, 1998, p.89.

③ Bragg, Rick. *All Over but the Shoutin'*. New York: Vintage, 1998, p.124.

④ Bragg, Rick. *All Over but the Shoutin'*. New York: Vintage, 1998, p.284.

则为了孩子能穿上校服，18 年没买过一条新裙子。布鲁格在彻底矫正了扭曲的心态之后，将这些不堪回首的往事以另一种思维方式重新评判，便逆转、升华为激励他奋进、自信地自立于世的精神财富，是家族在艰难困苦的逆境中坚忍不拔的光荣历史，可以讲给任何人听，也是在他心目中唯一值得记载的故事，他说：“无论是作为一个在地里摘棉花、往家里带洗熨衣服的女人的儿子，还是作为在《纽约时报》里工作的记者，我始终为我自己的为人和出身自豪。”①这种对出身的自豪在他的《艾娃她男人》中也得到了体现。布鲁格借乡民之口向作品的穷白人主人公查理表示敬重，提议：“应该给他（查理）建个纪念碑，因为像他一样的人都不在了。”②

布鲁格意识到旧南方主流话语建构对将穷白人打入另类，推向边缘所起的推波助澜的作用，这种压制造成的后果是穷白人在历史记录中难觅踪影。与徜徉在家族墓地慎终追远的珀西不同，穷白人没有家族墓地或相关的故事记载，像是布鲁格尚在襁褓中的三弟因无钱医治便死去，连名字都没有，墓碑上仅刻着“布鲁格家的幼子”。布鲁格评述道：“很明显，医院里的人不会费力去记下一个拾棉花女人的死婴的名字。从官方来说，他从未存在过。”③克鲁斯也洞察到旧南方主导话语的阶级性，称只有那些有权有钱的人才能在历史上留下痕迹，穷白人则是无声无形的存在，他们的生死仅被教堂里的老妇人记在圣经的空白页上，或者是她们的脑子里。当“粗悍文学”作家意识到了话语的力量，他们选择以文学作为武器，记录自己家族的故事，写出这些背负着苦难的人的经历，避免他们的存在如过眼云烟，不忍他们的努力付诸东流，试图将穷白人纳入南方主流叙事。布鲁格认识到追溯家族故事对于其身份认知及建构的重要意义，认为人们需要通过与家庭、乡亲的集体经历来理解自己到底是谁：“一个人没有家庭就没有根基，没有责任感，

---

① Bragg, Rick. *All Over but the Shoutin'*. New York: Vintage, 1998, p.8.

② Bragg, Rick. *Ava's Man*. New York: Vintage, 2002, p.12.

③ Bragg, Rick. *All Over but the Shoutin'*. New York: Vintage Books, 1998, p.71.

就不是一个真正的人。”①所以,他一反穷白人逃避、掩盖家族故事的态度,通过梳理、记载乡亲事迹,表达对祖父辈情真意切的尊敬和缅怀,建立其自身与穷白人群体的本质关联:他将家乡的穷白人称作自己的“故土乡亲”,旗帜鲜明地站在他们一边,成为布鲁格认知自我的基点。他决意将这些看似无足轻重的人物的故事记录下来。在书写的过程中,他发现了文学话语的反抗性、颠覆性力量,对布鲁格来说,话语最重要的不是给予他做什么事的权力,而是使其有了抵抗、反击强加于自己的规训力量的权力。他明白,母亲从来没有过那种权力,一天都没有过,而自己会拥有它。据此理念写出的《南方纪事》记叙了自己、外祖父查理和父亲查尔斯祖辈三人的故事。这些作品“悲伤、美丽、有趣、感人……道出了被遗忘的白人渣滓心底的声音”②,用最真挚的情感勾勒了南方的底层图景及社会变迁,荣登《纽约时报》年度畅销书榜单。

克鲁斯不仅自豪认领穷白人身份,他还清楚意识到“南方文艺复兴”等旧南方主流文学话语在南方文坛的统摄,故此主动与其思想价值体系及内战、奴隶制、“南方神话”等经典叙事母题划清界限,以保证自身劳动阶级身份的纯正独立性。旧南方上流社会出身,也是“南方文艺复兴”时期的“农业主义者”之一的安德鲁·里托尔(Andrew Lytle)悉心培养了克鲁斯,带他走上文学创作之路,但克鲁斯清楚意识到自己与老师的根本不同,称:“我不属于他那种南方文学传统”③,这是因为“他不是佃农的儿子,而我是”④。克鲁斯言简意赅地道出了他区别于恩师的原因在于迥异的阶级身份。“南方

① Bragg, Rick. *All Over but the Shoutin'*. New York: Vintage Books, 1998, p.xvi.

② Walton, Anthony. “The Hard Road from Dixie.” review of *All Over but the Shoutin'* by Rick Bragg. *New York Times*, September 14, 1997.

③ Fonta, Anne, “Interview with Harry Crews, May 1972.” *Recherches Anglaises et Americaines* 5 (1972), pp.207-225.

④ Crews, Harry. *Getting Naked with Harry Crews*. Gainseville: University Press of Florida, 1999, pp.106-107.

神话”只是中上阶层的神话，与穷白人无关，中上阶层作家以南方的主人自居，认为南方理应归其所有并赋予其特权。远不同于对于奴隶制、种植园的消逝无法释怀、频频回望的中上阶层，未曾拥有过这一切的穷白人对此无动于衷。卡朋特直言不讳地说“如果这些（‘粗悍文学’）作家不痛惜‘失败的事业’（指内战）或难以忘怀的旧南方，那首先是因为那些根本不属于他们”①。就像《拳击大师》中尤金的朋友让他畅想一下拥有六千名黑奴是什么感觉时，尤金漠不关心的反应：“我想那干嘛。”②“粗悍文学”作家与中上阶层划出了泾渭分明的界限，在写作中最大化地强调其穷白人身份的唯一性，也是其正面看待、积极拥抱自我身份的表现。至此，克鲁斯等“粗悍文学”文学作家克服了对穷白人身份的恐惧和厌恶，用文学作为彰显自我意识和身份归属的发声平台。这是他们重新认识自我，重新构筑自身与南方、社会、历史等关系的基石，其对自身身份的自信、自豪认领有助于洗去穷白人身份铭牌的负面喻指，褪除其污名化意义。这有助于穷白人冲破边缘化的生存状态，改写被消音、抹黑、压抑的历史，建构自己的主体身份，获得其在南方社会、历史应有的位置。

第二节　重新定位，回击污名

由于被贴上渣滓、懒汉等污名化标签，穷白人长期被主流社会拒之门外，沦为边缘群体。实际上，威尔伯·卡什（Wilbur Cash）早在20世纪初就观察到了这一现象，曾在他的名著《南方思想意识》（*The Mind of the South*，

---

① Carpenter, Brian & Tom Franklin (eds.). *Grit Lit: A Rough South Reader*. Columbia: University of South Carolina Press, 2012, p.xxviii.

② Crews, Harry. *The Knockout Artist*. New York: Perennial Library, 1989, p.199.

1941）中如此描述穷白人被排斥、挤压的生存状态："在他们（上层阶级）下面拥挤着一个群体，统称穷白人，实际常称白人渣滓……他们与统治阶层之间存在着无法逾越的鸿沟，他们的观点与情感亦无法进入南方文明主流框架。"①在"南方文艺复兴"及之前的南方文学中，所书写的种植园、奴隶制、内战等历史主要是绅士、淑女的传奇，所推崇的文化及价值观等皆是中上阶级意识形态的体现和引领，穷白人的边缘、他者身份导致其在旧南方叙事中难觅踪影或是以不光彩的配角出现。布鲁格曾愤愤不平地感叹："作为南方的穷白人，除非你把哪位阔佬从马上撞翻下来，否则是不会在历史上留下痕迹的。"②同样，丹尼斯·考温顿（Dennis Covington）也提出："穷白人是美国唯一没被获准拥有自己历史的族群。"③穷白人在历史中备受忽视与冷落，无法自我言说，只得被动接受将其定义为危害、破坏社会固有秩序的毒瘤、负资产，或是社会污点与负担的主流叙事，加深了人们对其的鄙夷与排斥。像福克纳的作品里就将斯诺普斯家族贬低为人性缺失的败类，将其比作"跟一群群耗子或白蚁那样，只不过是耗子和白蚁而已"④，认为其难改寡廉鲜耻的卑贱本性。

福柯主张回到社会空间、历史结构下研究话语机制对弱势、边缘群体的排斥和隔离，因此，对穷白人的污名化分析同样应在历史语境中探查该话语形成的条件，即主导话语是如何将穷白人界定为绝对的他者、低等群体并将其排斥在外的。身份作为话语建构的产物，受到权力的操控与规训，并通过权力机制被规定、被等级化，⑤主导势力操纵权力肯定自身身份，并将自身身份作为同一化基准，对相异因素进行否定、压制、排斥，于是产生了"他者"。由此可见，"社会身份的构成是权力的行为。"⑥在"南方文艺复兴"及之前的

① Cash, Wilbur. *The Mind of the South*. New York: Vantage Books, 1941, p.ix.
② Bragg, Rick. *All Over but the Shoutin'*. New York: Vintage Books, 1998, p.xvi.
③ Covington, Dennis. *Salvation on Sand Mountain*. New York: Addition Wesley, 1997, p.xviii.
④ Faulkner, William. *The Town*. New York: Random House, 1961, p.40.
⑤ 朱迪特·勒薇尔：《福柯思想辞典》，潘培庆译，重庆：重庆大学出版社，2015 年，第 81 页。
⑥ Laclau, Ernesto. *New Reflections on the Revolution of Our Time*. London: Verso, 1990, p.33.

南方文学中，中上阶层利用话语主导权对阶级身份进行二元对立式分化，如同白人与非裔美国人、男人与女人之间的二元区隔一样，中上层阶级和下层阶级也形成一种对立关系。在二元模式中，几乎不存在中性的、绝对的对立，通常二元中的一极，处于支配地位，把另一极纳入其掌控之下，[①]因此，在旧南方权力机制中，中上阶层占据着居高临下的主体功能位置，在政治、经济、文化等领域方方面面压抑、限制穷白人，使其消音、隐形和污名化。中上阶层将自身等同于“文明”，将穷白人作为“蒙昧”的代表，视其为与自身在外形、智力、道德等各方面都大相径庭的异质族群，通过这种二元对立机制的建立将穷白人的他者身份予以固化。例如“农业主义者”弗莱彻公然宣称穷白人为“劣等人”，理应依附“上等人”存在；斯塔克·杨(Stark Young)则提出穷白人比非裔美国人还低等，更懒惰、没有自尊，应将其严格隔离于上层社会之外。彼得·普利斯(Peter du Preez)一针见血地指出主导话语不断规训、强化阶级身份差异的意识形态动机：“政治确立和维护某种身份系统，是为了使社会的某一部分能获得较优越的地位。”[②]为了维护自身利益，权力发出者突出、彰显代表自己的话语，同时压制、排斥与主流话语相异、具有潜在威胁性的话语体系，“权力的最普遍表现就是对任何一个社会中的话语生产进行控制、选择、组织和再分配；尤其是对那些具有潜在威胁性、危险性和煽动性的话语形式，掌握权力的人总是千方百计地企图施加影响和控制。”[③]穷白人他者、人渣的身份定位实质是中上阶层巩固、维护自身主导地位的一种话语建构，用以压制与自身相异、具有潜在威胁性的社会群体，通过规训和劝诫使其驯服，将其边缘化以维护自身的主导权力。

然而，有权力的压制，就有对压制的抗争。福柯认为，权力是一张流动

---

① 武桂杰：《霍尔与文化研究》，北京：中央编译出版社，2009年，第193页。

② Preez, Peter du. *The Politics of Identity: Ideology and the Human Image*. Oxford: Basil Blackwell, 1980, pp. 1-2.

③ 张之沧：《福柯的微观权力分析》，《福建论坛》(人文社会科学版)2005年第5期，第45页。

性的关系网络,渗透在社会各个空间、每个个体之间的权力网络中遍布无数冲突点与动荡中心,“每一点都可能发生冲突、斗争,甚至暂时颠倒原有的权力关系”①,这就为个体反抗权力体制提供了依据,因为“个人不仅流动着,而且总是既处于服从的地位又同时运用权力”②。也就是说,在一个时刻处于流动状态的权力关系网中,个体既是被规训、控制的对象,也可以是执行权力的主体,因此,反抗与权力是“共生的、同时存在”③。福柯主张在社会最边缘、最底层去研究权力关系,由于权力是非中心化的,一切边缘、弱势、受压迫的群体都可以发出自己的声音,提出自己的政治欲望,通过话语斗争以争取其应得的权利。由于细微的权力关系渗透于话语之中,主导话语与边缘话语之间可以相互斗争和转化,促使边缘话语产生颠覆主导话语的力量,一成不变的主导性话语是不存在的。穷白人选取文学话语作为反抗权力的突破口,并使之成为权力的“障碍、绊脚石、抵抗点和一种相反策略的起点。论说(话语)传递和产生权力,它既使之加强,又可削弱它和揭露它,使之脆弱,并使得有可能挫败它”④。他们系统、清晰构筑起与主导话语相对立的反话语模式,即运用差异、多元性文本对主导话语发起冲击和解构,抵制和反叛主导势力的规训与支配,消解其霸权和中心地位。因此,穷白人可以借助话语的力量对抗、置换将其污名化、他者化的旧南方主导话语,对自身身份的脱污与重新定义彰显权力机制的流动性,展现挑战、颠覆优势权力的可能性,使之成为穷白人发起、实施权力的阵地,为其冲破旧南方歧视、排斥穷白人的话语霸权提供渠道,助其打破阶级二元区隔,运用话语的力量改变命运,改写穷白人在社会、历史中的边缘、他者身份,构建属于穷白人的思想、价值表意体系,为穷白人正名,消解中上阶层意识形态权威。

---

① 米歇尔·福柯:《规训与惩罚:监狱的诞生》,北京:生活·读书·新知三联书店,2003年,第29页。

② 米歇尔·福柯:《必须保卫社会》,钱翰译,上海:上海人民出版社,1999年,第28页。

③ 米歇尔·福柯:《权力的眼睛》,严锋译,上海:上海人民出版社,1997年,第46页。

④ 米歇尔·福柯:《性史》,黄勇民、俞宝发译,上海:上海文化出版社,1988年,第82页。

在“粗悍文学”作家看来，穷白人长期被排斥在主流话语之外的话语机制是旧中上阶层对其进行扭曲化、消极化、污名化定义的结果，他们也可以反其道而行之，运用话语的力量回击阶级歧视意识形态，对穷白人身份做出再评价，以清除曾长期投射在穷白人身上的傲慢与偏见。故此，重新评价、定义穷白人身份，是在意识形态阵地拨乱反正必须率先解决的大是大非问题。他们紧握话语权，积极进行身份言说，清洗污名、改写传统叙事范式，破除旧的身份体系，力图挣脱被肆意叙述、塑造的命运。福柯在《主体与权力》中强调了主体反抗权力的重要意义：“也许今天的目标不是去发现我们之所是，而是去拒绝我们之所是……我们必须通过拒绝这种几个世纪以来强加给我们的个体性来促成新的主体性。”①马克思主义学者斯图尔特·霍尔(Stuart Hall)也提出身份认同是“一种建构，一个永远未完成的过程——总是在建构中”②，随着社会、历史、文化的变化而变化，因此，身份不是固定的、静态的，而是不断流动转化的；个体可以能动地重构自己的话语以塑造自身期许的新身份，打破其被话语规训的被动性，即建构主体性身份。在旧南方宗教、科学、文化等意识形态的运行下，穷白人污名化身份被认作是先在的、不可变更的，而“粗悍文学”作家则认为身份污名并非亘古不变、牢不可破，他们拒绝接受一成不变的弱势身份，主张通过建构穷白人身份的主体性来改写穷白人在人们心中根深蒂固的边缘化、他者化身份。“粗悍文学”可谓旨在彰显穷白人的自我意识和身份归属，消解中上阶层对其身份边缘化定义的反话语，通过重新定义穷白人身份，反抗权力机制的规训作用，改变穷白人在权力关系中的被动、从属地位，改写话语生产机制中说话人与听话人之间的主客体关系，冲击旧南方中上阶层在南方历史进程中所构建的中心、

① Foucault, Michel. "The Subject and Power." *Michel Foucault: Beyond Structuralism and Hermeneutics*, eds. Hubert L. Dreyfus and Paul Rabinow. Chicago: The University of Chicago Press, 1982, p.214.

② 斯图亚特·霍尔等:《文化身份问题研究》，庞璃译，开封:河南大学出版社 2010 年，第 3 页。

主导地位,及其发散的、绵延的遗风和影响,分解其权力,进而打破中上阶层主导的等级关系框架及阶级二元身份体系。克鲁斯等"粗悍文学"作家积极书写穷白人群体的主体性,使其从边缘到中心,化客体为主体,解构穷白人在主流话语中的"他性",从而拓宽自身生存发展空间。由此,原本被抹黑、被蔑视的边缘、他者因素得以释放与彰显,反击主导话语以削弱、揭露、挫败不平等的权力关系,[①]助力穷白人实现身份"主体化"。"粗悍文学"以为穷白人正名为首要目标,即霍尔所说的"我们将成为谁,我们如何表征"[②]。要想争取权力,首先要改变身份立场,"粗悍文学"作家即通过改写穷白人身份,将南方变为自己的南方,赢回自身应得的权益,分解、消除旧南方中上阶层的对南方的主导权在南方意识形态领域的影响。

阶级是对个人身份属性的一种定位,穷白人建构主体性身份,首先须明确其身份的阶级性。在讲述个人故事,赞美家族、血缘传统并与之相认同的基础上,克鲁斯等"粗悍文学"作家进一步认识到,穷白人污名的产生不是某个个人或家庭的不幸,而是阶级歧视的产物,须以本社会集团名义抗争,从阶级的高度予以反击。故此,"粗悍文学"作家以"劳动阶级作家"自称,对自身身份进行边界清晰的"阶级化"定位,暗含着对其弱势经济地位、身份地位所遭受的发展限制的控诉,使人们关注到不平等的社会关系中的压迫与不公,这种阶级身份宣言本身就具有意识形态的对抗性。他们打破了旧南方文学对不平衡权力关系的粉饰和掩盖,转而对其进行揭穿与反抗,使文学成为"一个暴露意识形态,并对其进行检验、质疑的领域",因而,"文学是意识形态的手段,同时又是使其崩溃的工具"[③]。这就使人们意识到污名蕴含的意识形态内涵,从而打断了污名机制的社会再生产。他们试图破解等级体制的科学性和正统性,表明将穷白人视为低级血统的说辞不过是主导权势

---

① 米歇尔·福柯:《性史》,黄勇民、俞宝发译,上海:上海文化出版社 1988 年,第 82 页。

② Hall, Stuart and Paul de Guy (eds.). *Questions of Cultural Identity*. London: Sage, 1996, p.4.

③ 乔纳森·卡勒:《文学理论》,李平译,沈阳:辽宁教育出版社,1998 年,第 41 页。

的话语建构，将看似牢不可破的自然科学“法则”转化为可解构的社会话语，以便运用反话语策略发起反击。“粗悍文学”作家进而将其作品定义为“劳动阶级文学”①，构筑起阶级反话语回击主导话语对整个穷白人群体的扭曲和诋毁。克鲁斯就在《童年：一个地方的传记》中着重刻画其贫穷佃农的家庭出身，强调其阶级身份。他们建立其阶级主体意识，用自我言说置换他人局外视角的讲述，反抗旧南方主流、权威话语对他们社会、历史角色的抹除。边缘群体往往借助自身与外界的联系对自身身份予以定义，因而，“粗悍文学”作家以穷白人在社会、历史、南方中的定位为切入点，重构主体性身份。他们清楚意识到，穷白人主体性身份的建构与究竟应怎样客观看待这一社会群体在南方历史、社会的作用问题息息相关，相辅相成，而穷白人的作用在过去被严重低估、扭曲、抹黑。因而，他们试图站在历史宏观高度抚今追昔，纵览南方的运行轨迹，给出他们对穷白人的认识和论述，以最直白、毋庸置疑的语言昭示，穷白人不是南方渣滓或侵害其秩序的病毒，而是南方社会的主人翁、历史创造者，还穷白人在其自我认知中他们在南方本该拥有的位置，助力“他者”走出被忽视、贬损的阴影，实现身份主体化，以反击旧主导话语的一元独尊，削弱、揭露、挫败不平等的权力关系②。

在旧南方文学中，无论是殖民地时期的拓荒建田、内战战场上浴血奋战还是战后重建，皆是中上阶层在主导，宛如历史的创造者，如威廉·珀西追溯百年前祖先迁居三角洲地区开垦森林、修建堤坝的事迹，福克纳热情赞咏祖先在内战中的英勇事迹并对先辈的辉煌业绩倍感荣耀，斯塔克·杨公然提出只有种植园主阶层才有资格代表南方，旧南方令人自豪的传统都是来自上流阶级，并非来自底层大众，而“懒惰、缺乏自尊”的穷白人群体无法“为南方文明留下印记”，低估、抹杀了穷白人在南方历史、社会中的作用，将其

① Day, Orman. “The Secret Code.” *Conversations with Larry Brown*, ed. Jay Watson. Jackson: University Press of Mississippi, 2007, p.195.

② 米歇尔·福柯：《性史》，黄勇民、俞宝发译，上海：上海文化出版社，1988 年，第 82 页。

排除于南方的历史叙事之外。故此,他们的作品中,中上层社会的绅士、淑女或后裔往往占据故事的中心。对此,克鲁斯提出通过讲故事树立穷白人的主体性,“理解我们的生存方式,并且捍卫它”,用文学话语反击主导话语规训下的他者、人渣身份,针锋相对提出其亦是南方社会历史“主人”的自我评价,他回顾祖先的事迹,还原穷白人在南方历史进程中本该拥有的位置,也借此确立这一位置的正当性。克鲁斯认为其祖先是南方最早的定居者之一,他们在南方创建、发展过程中发挥着自己的作用,是南方历史重大事件的参与者。他追根溯源,谈及祖先早在18世纪早期就迁居到佐治亚州,并抵挡住了西班牙人的侵袭,理应是南方的主人,是南方家园的保卫者、垦荒者。同样,布鲁格宣称其祖先“是19世纪初第一批定居在南方山区的白人之一”①,贾尼西·瑞(Janisse Ray)强调其祖先“在此定居有180多年”②。这些观点、表述相互支撑、佐证,彰显了穷白人的历史地位,回怼了将穷白人排除在历史叙事之外的主流话语。克鲁斯还对曾外祖父在内战期间战死沙场的往事念念不忘,彰显在这场决定南方命运与前途的战争里成千上万穷白人付出了怎样巨大的代价和牺牲。他还在访谈中动情地谈及自己和哥哥都曾参与美国历史上影响深远的战事,哥哥在前线冒着枪林弹雨,他本人虽未上战场,但也积极参与了后方物资的筹备和运送。他表达出穷白人参与历史进程的巨大热忱:“我是自愿参加的,他们都不用来要求、强制我”③,并表示如有需要,他会做出同样选择。克鲁斯另在《伤疤迷恋者》中谈及佐治亚州南部的几乎所有人纷纷响应政府号召参军入伍,这些人为书写南方历史奉献了自己的青春年华,力证穷白人亦为南方奉献了力量乃至生命,是南方的重大政治、军事事件的积极参与者,强调了其南方的主人翁意识和担当。

---

① Bragg, Rick. *Ava's Man*. New York: Alfred A. Knopf, 2001, p.32.

② Ray, Janisse. *Ecology of a Cracker Childhood*. Minneapolis: Milkweed Editions, 1999, p.84.

③ Crews, Harry. *Getting Naked with Harry Crews*. Gainseville: University Press of Florida, 1999, p.314.

布鲁格也提到出身贫寒的南方小伙子们，在内战等美国历史上的重要战役中冲锋陷阵，出生入死，为南方奉献了自己的青春、健康甚至生命，他们战胜艰苦卓绝的生存环境，在战争中受伤、牺牲，各种身心创伤在战后仍带给幸存者们无尽的折磨。这些人都参与着南方和美国历史的建构，决定其进程和走向，因而穷白人在历史中的角色和作用不应被抹杀。

不仅如此，克鲁斯认为穷白人是南方建设奠基者和区域经济建设发展的主力军。南方有今天，他们功不可没。他的《童年：一个地方的传记》讲述了父亲瑞为南方基础设施建设流血流汗开荒拓土的真实事迹。瑞曾作为高速公路建设的先遣人员，在水深齐腰的沼泽地里作业，住在简陋的工棚中，每天伴着挖煤船的轰鸣声入眠，蚊虫肆虐，简直要“被成群的蚊子生吞掉”①，并且因为恶劣的生存条件感染疾病，落下病根。他每天要工作 12 个小时以上，如此奉献了六年青春，从“17 岁开始参加塔米亚米步道（美国第 41 号高速公路）的建设，一直工作到 23 岁……他带着攒下的存款和刻着‘塔米亚米步道先锋建设者——瑞·克鲁斯’字样的金表回到培根县。塞西尔（瑞的朋友）和另外几个干满整个工期的人也得到了这样一块表”②。这条步道至今仍是美国南端的一条要道，他们收获的奖章无疑是对其历史贡献的肯定与褒奖。同样，布鲁格以充满敬意的笔触讲述了其先辈在这片土地上立下的难以磨灭的业绩，作为平凡而伟大的建设者，他们用双手铸就了南方样貌，绘制了它的色彩，“他们一锤一锤敲出座座城镇，铺铁轨，开道路，他们雕刻出的景观至今仍矗立在这里。”③他的曾祖父参加过内战，战后与其他穷白人一起投身南方城镇的重建，其辛勤的付出时至今日仍有迹可循，布鲁格声

① Crews, Harry. *A Childhood: The Biography of a Place*. Athens: University of Georgia Press, 1995, pp.3-4.

② Crews, Harry. *A Childhood: The Biography of a Place*. Athens: University of Georgia Press, 1995, p.5.

③ Bragg, Rick. *Ava's Man*. New York: Vintage, 2002, p.34.

称:“我曾赤脚走过他们修建的铁路支架和枕木”①,以这种独特的方式亲身感受穷白人在南方建设中的铁证。旧南方主导话语体系中,穷白人是种植园主的接济对象、社会负资产,而克鲁斯则指出穷白人无时无刻不在勤勤恳恳地从事最为基础且艰辛的劳动生产,他们贫困潦倒,甚至沦落至接受救济,是因为社会体制不公,剥削是问题的始源,他称:“我听过最傻的话就是说如果你不想生活在贫民窟,就要努力工作。这些人贫穷,未受过教育,但是他们是我所知道工作最努力的人。而那些不用真正付出劳动的人却把钱都赚走了。”②他用自己祖先的真实故事反驳了穷白人是社会负资产的主导话语,力证为南方流血流汗、奉献青春和生命的穷白人绝不是主导话语中无足轻重的存在或为人不齿的渣滓,肯定了其为社会进步和经济建设做出的不可磨灭的功绩,将穷白人重新定位为南方平凡而伟大的建设者,从而打破了旧南方主导话语对穷白人历史贡献的无视、否定,消解其他者、人渣的污名,用文字在曾经的空白中为祖先树立起了一座丰碑。

文化定义着一个族群共同的历史经验、习惯风俗、精神信仰等,在其身份建构的过程中扮演着重要角色。穷白人虽属于白人这个群体,却带有鲜明阶级色彩,拥有相异于主流白人文化的独特身份,只有明确其文化身份,才能保证穷白人作为一个特定族群的生存、发展权利。珀西曾轻视穷白人的口述文化,称其无足轻重,肤浅且无法形成持久、严肃的文明,并将此归咎于穷白人不学无术、智力水平低下的本性,得出穷白人永远无法与之比肩的结论,由此彻底抹杀穷白人的文化身份。克鲁斯试图构筑起穷白人独特的文化身份,强调穷白人在南方文化领域扮演着创造者和中坚力量的重要角色,正如麦克劳林在《月亮的守望者:南方的童年》(*Keeper of the Moon: A Southern Boyhood*, 1990)讲到穷白人社区时掷地有声地说:“这地方人和美国

---

① Bragg, Rick. *Ava's Man*. New York: Vintage, 2002, p.34.

② Crews, Harry. *Getting Naked with Harry Crews*. Gainseville: University Press of Florida, 1999, pp.312-313.

成千上万类似的人构成我们文化的脊梁。”①被著名《书目》(*Booklist*)杂志冠以“白人渣滓之王”的布朗被问到文学是否该写社会上流人士时斩钉截铁:“我认为最伟大文学恰恰源于这些普通人,作为劳动者的男男女女。”②克鲁斯笔下的穷白人不是精神空虚、无所传承的群体,他们充满了智慧和想象力,其民俗文化多姿多彩,世代相传。在克鲁斯看来,这一文化不但是他个人后来文学创作之路的起点和源泉,也是属于南方的集体经历、记忆、想象和传统。如《童年:一个地方的传记》中聚在一起缝制被子的妇女讲述了大量或恐怖阴森、或天马行空的故事,形成了丰富的口头文学资源,激发了克鲁斯的想象,成为包括克鲁斯在内许多作家的写作的素材和毕生精神财富。耳濡目染之下,他早年培养起编故事的习惯和能力,和小伙伴威乐礼为购物手册上的人物编造人生故事,在此之中发现了现实生活所缺失的美好,也使其多年之后意识到话语对抗现实、建构新秩序的力量。传奇故事、民间传说、习俗、民歌等通过口述传统得以传承,是保留集体价值观,抒发情感、表达思想的途径,像是《童年:一个地方的传记》中家族间恩怨争斗,对自然、神明的敬畏等传奇故事就传递出穷白人理解、应对这个世界的独特方式,在倾听、再次讲述祖父辈故事的过程中延续了身份认同,对于穷白人建构文化身份具有重要意义。此外,穷白人在南方的音乐、宗教、习俗等文化领域也扮演着重要角色,发挥着关键作用,布鲁格就通过再现穷白人特定的文化活动定义、确认自身身份。比如,母亲拖着沉重的棉花袋子在地上行走的声音奏成一曲劳动乐章;外婆,像所有的当地人那样,被来自亚拉巴马州奥利佛山的穷白人歌手汉克·威廉姆斯迷得如痴如醉,他的歌声里有一种精神和肉体均被扭曲的意境。这些皆构成其生活的背景音,参与着身份的建构。此

---

① McLaurin, Tim. *Keeper of the Moon: A Southern Boyhood. Grit Lit: A Rough South Reader*, eds. Brian Carpenter & Tom Franklin. Columbia: University of South Carolina Press, 2012, p.35.

② Watson, Jay (ed.). *Conversations with Larry Brown*. Jackson: University Press of Mississippi, 2007, p.7.

外,牧师铿锵有力的口头传教,及其讲述的穷白人故事都成为布鲁格写作的宝藏。“粗悍文学”作家对民俗文化的生动鲜活的呈现打破了旧南方高雅文化的一元独尊,致使穷白人作为大众文化的建设者,用通俗、原生态的文化成分增添了南方文化的多样性,促进了文化的大众转向,同时建构起穷白人从无到有的文化身份,成为穷白人主体性身份的重要一环。

穷白人对自身在历史、经济、文化语境中所处的位置进行全新解读和表征,为其反击中上阶层霸权,改变穷白人权力关系中边缘、被动、从属地位提供了明确、坚实的立场。“粗悍文学”改写了穷白人这一身份铭牌的污名化内涵,将所指意义从懒惰、低劣的他者、人渣扭转为勤劳勇敢的社会历史主人、文化脊梁。在建构穷白人主体性身份的过程中,“粗悍文学”作家不仅目光向外,对穷白人在历史、经济、文化等宏观语境中的身份进行了重新定位,还目光向内,再次审视穷白人如何看待自己在人生中所扮演的角色,变自我价值的否定者为自我人生的主宰者,夺回个人发展的主动权。

在污名化机制下的穷白人遭遇社会不可见性、自我否定性。污名化实质是意识形态对不平等的阶级体制的再生产,意图实现阶级身份的固化,使既得利益群体隐秘地维持并扩大其权力优势,而阻断弱势群体的发展机会、压缩其生存空间。社会达尔文主义推崇的人种划分作为一种意识形态,将穷白人的失意人生归咎于其低等族群出身,将其拮据的经济状况、不平等的社会地位、毫无希望的挣扎等抹上一层无可奈何、不能避免的宿命色彩。久而久之,穷白人逐渐内化这种宿命论,正如伊森伯格所说:“如果你被归入这个族群,意味着你不能控制自己是谁,也无法扭转你的宿命。”①在“粗悍文学”作家看来,他者、人渣的身份铭牌不仅引发世人对其误解与歧视,否认其在历史中的作用与贡献,更剥夺了穷白人自身在社会生活领域中的进步权益,中上阶层对身份所做的二元分化也使得穷白人被区挡在发展轨道之外。在中上

① Isenberg, Nancy. *White Trash: The 400-year Untold History of Class in America*. New York: Penguin, 2017, p.314.

阶层主导的权力关系框架下,穷白人接受主流话语的规训,内化自身的劣势地位,这种污名身份的内化力量不仅加固了粘贴在穷白人身上的耻辱标签,更降低了穷白人的自我期许,认为自己的人生没有希望,滋生罪恶感并自暴自弃,主动放弃发展的可能,不仅在中上阶层权力优势力量下被圈禁在狭窄空间之中,更自怨自艾地放弃对广阔天地的寻求。污名身份的内化还使穷白人主动放弃自己应得的权益,在受到不公待遇时,他们往往会将原因归咎于自己低微的出身。就像《健美之躯》中伊琳住进高级酒店后,竟然踮着脚尖悄悄地溜过自己的房间,感觉自己不属于这个地方,莫名其妙地一阵做贼心虚的感觉突然袭来,荒诞地害怕被人发现和质问,而且这种感觉并不陌生,已伴随她一生,是"一种被人发现有罪的感觉,尽管她不知道自己何罪之有"①。这是在长期被剥夺的社会机制下不断被规训的结果,他们的心理已经被扭曲,不能做出正常的思考与反应,不相信他们拥有什么权益,更不敢去追求。

福柯认为身份的建构不仅包括规训与召唤,还在于个体去译解、辨识和认可他们自己作为愿望主体,在他们之间发生某种联系允许他们去发现他们存在的真相。因此,只有扔掉"人渣""他者"的身份铭牌,打破这种低等身份内化机制,夺回自我建构的主动权,重新塑造、定义穷白人身份,建立其对自身身份的认可和自尊,才能避免他们沦落为主流话语下消极、被动的牺牲品,突破污名身份对人生可能性的禁锢,跨越旧中上阶层为其设置的人生路径的藩篱,刷新、拓宽穷白人的人生意义。克鲁斯等"粗悍文学"作家在自传性叙事中进行主体性身份建构,突显自我意识,通过对具体语境与事件主动建构、维系、巩固其自我身份,化被他人形塑的客体身份为把控自我人生的主体身份。穷白人自主、创造性地定义个人的存在与发展,夺回人生书写的主动权。身体是个体成为独立主体的物质性基础,对身体的掌控与否决定着自我主体的建构与身份的确立。福柯认为规训权力的主要功能是通过"'训练'把大量

① Crews, Harry. *Body*. New York: Touchstone, 1992, p.95.

混杂、无用、盲目流动的肉体和力量变成包含多样性的有机自治体"①，使其驯顺。因此，身体是带有权力关系的。不论是《汽车》中试图吃下汽车的赫尔曼，还是《健美之躯》中想要练就完美身材赢得比赛的多萝西，又或是《空手道是一种精神》中不停练习空手道的开蒙，他们都渴望通过控制身体，来追求身份主体性的实现，正如开蒙想让所有人都承认他的存在，让他们都看到自己，做一个有血有肉的个体，而不是可有可无的空气。他们都意图通过实现身体的主体性，彰显自身的主体性身份，从而被外界接受、承认。在《拳击大师》中，带有作者影子的主人公尤金就通过重拾对身体的掌控权而实现了自我意识的觉醒和自我价值的追寻。刚到城市中的尤金在金钱社会的冲击下迷失自我，一味迎合上流社会的价值观，放弃自我。他开始将其畸形、残缺的身体作为迎合上流社会的工具，学着利用自己脆弱的下巴击倒自己，成为助兴表演的怪人，其对身体的放纵象征着对主体身份的放弃。在痛苦的内省中，尤金决意丢弃一切，从头开始，以此作为找回自我、重塑自我的起点。他拒绝盲从上流社会对金钱的追逐，也停止出卖身体，夺回对自己身体的主动权，以建构曾被压抑、抹除的主体意识，从被规训、被控制的客体身份转变成主体身份，从他者转变为主人，也为自我发展赢得了可能和空间。尽管他也急于脱离经济窘迫的困境，受到金钱、利益的诱惑，但他始终没有迷失自我，连用了六个"不要"②表达自己对纸醉金迷生活方式的拒绝，宣告其构筑在出卖自己尊严的生活方式基础上的虚假身份已"死亡"③。他最后选择将豪车换成适用于体力劳作的皮卡车，选择以脚踏实地的体力劳动作为谋生方式，代表他对劳动阶级身份的拥抱、回归及主体性构建。

同样，饱受贫穷与阶级歧视折磨的艾莉森与克鲁斯类似，她作品中的主

---

① 米歇尔·福柯：《规训与惩罚：监狱的诞生》，北京：生活·读书·新知三联书店 2003 年，第 193 页。

② Crews, Harry. *The Knockout Artist*. New York: Perennial Library, 1989, p.261.

③ Crews, Harry. *The Knockout Artist*. New York: Perennial Library, 1989, p.269.

人公也因其穷白人身份而深感耻辱，在污名内化机制的作用下，他们也认为自己的生命毫无价值，接受命运的安排而放弃对未来的期许。他们消极被动地接受各种不公待遇，艾莉森称：“没有人教我们要爱自己，我们只会否认自己有多厌恶自己。”①她笔下的故事往往流露出浓重的自然主义色彩，穷白人在贫困中注定难以翻身，意志日渐消沉：“我们不高贵，没什么值得感恩的，甚至没有希望。我们知道自己被人鄙视。那么工作、存钱、反抗又有什么意义呢？我们家族祖祖辈辈的经历告诉我们，什么都不会改变的，那些试图逃离的人都失败了。”②对与穷白人来说，只有不同的话语出现，才可能为其创建新的身份、新的未来。因而，穷白人要冲出边缘地带，必须打破由他人、定义的身份，积极参与自我言说，建构主体性身份，由此才能改写自怨自艾的命运，成为自己人生的真正主人。文学话语具有反抗意义，艾莉森提及写作对于主体性身份建构的积极意义：“我为自己而作，试图形塑自己的人生，使其远离恐惧和无助，让它可以为人所见，真实有形，像其他人的人生一样——那些我在书中见过的人。我从小时候就以书为信仰，但是我从来没在书中见到过我们的故事。我的家人往往被塑造成滑稽形象，或是扁平的模式化人物。”③“因此我想要赋予这些创作出的生命以意义和尊严。我想要唤起人们的注意，去关注那些未被看到，未被承认的人。”④“我可以将我所知的世界写下来，让我爱的女人、男人们在宽松的空间自由喘息，将我不敢言说的梦境放置于别人的想象之中。写作是让我确定自己活下去的决心，让

① Allison, Dorothy. *Skin: Talking about Sex, Class & Literature*. Ithaca, New York: Firebrand Books, 1994, p.237.

② Allison, Dorothy. *Skin: Talking about Sex, Class & Literature*. Ithaca, New York: Firebrand Books, 1994, p.v.

③ Allison, Dorothy. "Deciding to Live." *Grit Lit: A Rough South Reader*, eds. Brian Carpenter and Tom Franklin. Columbia: University of South Carolina Press, 2012, p.19.

④ Allison, Dorothy. "River of Names." *Grit Lit: A Rough South Reader*, eds. Brian Carpenter and Tom Franklin. Columbia: University of South Carolina Press, 2012, p.125.

我可以时时用一点倔强对抗轻视和抹除穷白人的大环境的唯一途径。”①“对于我来说,底线就是抗拒无处不在的恐惧,那种想要藏起来和消失的冲动,那种想要掩盖自己的人生、欲求和真相的冲动……最重要的是,我试着去理解‘他者’的运作,为什么人类害怕并污损与自己不同的群体,而实际上他们是害怕自己成为‘他者’。”②

旧南方中上阶层利用污损、贬低穷白人的主导话语将穷白人压制在社会底层、限制其发展,以巩固自身主导权力和统治秩序。“粗悍文学”反主导话语而行,赋予穷白人以“前所未有的权力”③,重新定义了穷白人身份,改写了穷白人无声无形的生存状态,使其洗刷了长久背负的污名,摆脱了毫无个人发展空间、只能逆来顺受的固定角色,为“他者”从社会边缘奋力闯入中心舞台提供了机会和空间,进而打破了原有的话语格局和权力关系框架。反话语的建构消解了阶级身份的二元对立,使之呈现出平等、流动的趋向,有助于推动社会资源的重新配置。与20世纪60年代美国非裔美国人“黑即美”(Black is beautiful)的反抗种族歧视、为种族正名的文化运动有异曲同工之妙。前者是反抗种族压迫,后者则为消除种族歧视,但都在为谋求自己的正当权益,争取受到公平对待,实现美国“人人生来平等”的立国之本。

---

① Allison, Dorothy. “Deciding to Live.” *Grit Lit: A Rough South Reader*, eds. Brian Carpenter and Tom Franklin. Columbia: University of South Carolina Press, 2012, p.22.

② Allison, Dorothy. “A Question of Class.” *Skin: Talking About Sex, Class and Literature*. Ithaca, NY: Firebrand, 1994, p.35.

③ Weldon, Amy E. “When Fantasy Meant Survival: Writing, Class, and the Oral Tradition in the Autobiographies of Rick Bragg and Harry Crews.” *The Mississippi Quarterly*, 12/1999, Vol. 53 No. 1, p.105.

第三章　价值取向:生存至上压倒同情、怜悯

身份对于个体、群体的情感及价值观具有导向意义,在认领劳动阶级身份、重新定义其社会、历史角色的基础之上,穷白人坦率宣示其与劳动阶级相适配的价值理念。

价值观是在人依据思维感官做出的认知、理解、判断或选择,是人认定事物、辨别是非的一种思维或取向,从而体现出人、事、物一定的价值或作用。价值观是意识形态的核心要素,在阶级社会中,不同阶级有不同的价值观念,制约着人们的良知、情感、意志,调节、导向其言行和相互关系,广泛而深刻地影响着整个社会或某一社会群体的秩序与形态。

作为劳动阶级的穷白人的价值观为何?应当说,在"粗悍文学"之前,除了以往局外人讲述的他们的故事多给人留下了自私、冷酷、无所不用其极之类的印象外,尚缺少穷白人作为局内人对其价值观的明确表述。"粗悍文学"作家填补了这一空白。他们秉持一贯的率直风格,亮出了穷白人这一群体在艰难困苦中奉行的人生圭臬,概括讲,就是生存至上。

第一节　经济困境下生存至上

正如马克思所说:"不是人们的意识决定人们的存在,相反,是人们的社

会存在决定人们的意识。”[①]更具体地说,经济基础制约、决定包括价值观在内的意识形态。在这样的原理下,穷白人的思想意识乃至价值理念的形塑也打上了鲜明的社会底层群体的烙印。依据“粗悍文学”作家的叙事,他们首先清楚、痛苦地认识到,悠悠万事,物质为大。依此逻辑,经济因素是人生的主宰。克鲁斯就在采访中强调了经济基础在人们生活及其创作中压倒一切的影响,揭示了其对他们命运的操控:“每本小说都是一份经济宣言,因为小说中的人都在想方设法地营生。”[②]正是因为他们生活里对物质的拥有及获取手段极度匮乏,才使他们经常陷入生存危机。所以,他认为,穷白人面临的最大挑战就是生存,其他都在其次。他在《童年:一个地方的传记》扉页的题词中开门见山以呐喊式的语言列出本书主旨和诉求:“生存就是胜利,”并在下文中一再重申,对穷白人来说,“最基本的问题,始终都是生存。”[③]对佃农来说,“生存是每天都要面临的考验。”[④]实际上,纵观“粗悍文学”的代表作品,生存都是其基调和主线,生存至高无上。这是他们从自己的苦难经历中得出的切身感悟和颠扑不破的真理。作为南方“粗悍文学”的先驱,克鲁斯以极为凝练的形式归纳出了南方穷白人的价值取向和行为指南:生存至上。

对于生存至上这一人生第一要务之说,布鲁格深以为然,他有一种朝不保夕的紧迫感、忧患意识:“最强烈的愿望是活在当下,不谈论明天……如果你是肯尼迪家族的一员是可以的。但对我来说很危险。”[⑤]在此基础上,他对南方穷白人的价值观作出了进一步阐释,提出了力量和坚强是他们应有的美德,因为只有这些美德才能为他们以生存至上为导向的艰难历程保驾护

---

① 马克思,恩格斯:《政治经济学批判》序言,《马克思恩格斯选集第 2 卷》,北京:人民出版社,1972 年,第 82 页。

② Crews, Harry. *Getting Naked with Harry Crews*. Gainseville: University Press of Florida, 1999, p.108.

③ Crews, Harry. *A Childhood: The Biography of a Place*. Athens: University of Georgia Press, 1995, p.142.

④ Crews, Harry. *A Childhood: The Biography of a Place*. Athens: University of Georgia Press, 1995, p.11.

⑤ Bragg, Rick. *All Over but the Shoutin'*. New York: Vintage Books, 1998, p.115.

航，或者说得更加直白，强者生存：

> 要知道，这是一个由木材加工厂、棉花加工厂的工人和农民组成的天下，他们修理破车时，蹭破骨节上的皮，看着血从手臂上流出来满不在乎。那个世界里，力量和坚强就是所有应该具备的美德，有时，那是唯一的美德。文盲到处都是，也被公众接受，但是不打架或者不能打架则是件丢人现眼的事。胆小是可耻的。①

克鲁斯在《童年：一个地方的传记》中等于是提出了他对这种力量加坚强的美德的理解以及其在他们生活中独一无二的关键地位、对他们命运的支撑作用，称：“我来自一个几乎不能出差错的世界，因为一旦出了问题，几乎都会连累其他事物。这是一个靠勇气生存的世界，这种勇气来自绝望，由于缺乏选择，这种勇气才得以维持。”②

生存至上，这一形式极简、完全由生理本能和环境要求经验式自动生成的信条看似带有鲜明的冷峻、利己色彩，使人不禁联想到丛林法则。南方曾有着绅士、淑女的高雅文化，曾产生大力倡导关爱、同情、怜悯、奉献的“南方文艺复兴”，这广为人知。在这样的历史背景下，生存至上的信条便显得格外刺眼，恍若时光倒流，回退了几个世纪，似与和平、进步、发展、文明的历史潮流相悖离。毕竟这些作品问世时，时间已经到了20世纪下半叶。然而，这一信条是穷白人在恶劣生存环境中的本能选择，与其生活条件、经济状况、人际关系相适，决定了其对这一价值观念的选择，因而被广泛接受和实行。

实际上，在克鲁斯、布朗、艾莉森、布鲁格等人的一些作品里，就是以生存至上的法则为指引的，写的是为了在穷困潦倒的厄运里能活下去而表现出的人生百态。

以谋生的手段为例，为了在夹缝、极为有限的选择中求生，穷白人时常

---

① Bragg, Rick. *All Over but the Shoutin'*. New York: Vintage Books, 1998, p.6.

② Crews, Harry. *A Childhood: The Biography of a Place*. Athens: University of Georgia Press, 1995, p.44.

采取些令人侧目的、危险的方式。《拳击大师》中的尤金以打拳为业,与出身上流社会的女友切瑞缇发生了争执。切瑞缇认为打拳是项残忍的活动,而对尤金来说,打拳只是条谋求生存、摆脱绝境的出路,他从未想过打拳会伤害别人。

切瑞缇:你在伤害别人,伤害他们的身体,而且是存心这么做。

尤金:这是项运动,切瑞缇。跟憎恶没有关系。

切瑞缇:可这项运动的唯一目标就是打痛对手。

尤金:我真的没想过这些。对我来说这只是条出路。

切瑞缇:什么出路?

尤金:不再是微不足道之人的出路。

切瑞缇:每个人都有远大前程的,尤金。

尤金:你有凯迪拉克开,可以这么说。你没经历过身边人挨饿生病,而你却没有钱的时候。

切瑞缇:这话太傻了。

尤金:对你来说可能是,但对我来说不是。①

这一段话生动演绎了两个阶级迥异价值观之间的激烈碰撞,道破了经济基础对其价值、行为选择的制约和决定作用。他们两者之间经济基础悬殊,从而导致他们对事情、行为的判定标准完全无共识可言。切瑞缇的指责听来似乎言之有理,但尤金的反驳却使对方语塞。尤金在上流社会昂贵的高档住宅面前不禁感叹靠自己赚的钱根本不可能入住这种房子,自己与高档住宅之间的距离就像“从地球到月球”②般遥远。对于毫无生活之忧的中上阶层来说,打拳是造成他人伤痛的残暴运动,违反其所推崇的同情、仁爱等理念,他们在基本生存需求得以满足的基础上,有足够的经济条件和心理

① Crews, Harry. *The Knockout Artist*. New York: Perennial Library, 1989, p.69.

② Crews, Harry. *The Knockout Artist*. New York: Perennial Library, 1989, p.222.

空间追求更高、更多的价值理想，而对穷白人来说这却是其混口饭吃，不至于饿死、病死的一条生路，道出自然规律前人的无奈，物质需求被满足前精神境界的枯萎。在穷白人的思维里，人生简化为生存还是毁灭，无其他考量。在切瑞缇朋友的宴会上，尤金置身于人声鼎沸，嬉笑声、音乐声不绝于耳的两层大宅中，坐立不安、局促难耐。在这样一个格格不入的环境中，他很快成为上层社会揶揄和捉弄的对象，被要求表演将自己打晕的绝活，为宴会助兴。尤金感到自己"无助和绝望的怒火"喷涌欲出，"屈辱像淋漓的汗水一般洒遍全身"①。即便如此，尤金依然收下了助兴表演的报酬，并开始将其作为谋生之道，因为这样他可以赚到更多的钱帮助家乡亲人渡过难关。《健美之躯》的多萝西希冀赢得世界冠军，"成为个大人物，接受如雷掌声及广泛认可，甚至是热爱"②。为了赢得健美比赛她孤注一掷，拼命节食和健身，甚至将比赛看作事关生命："她别无选择。她的整个未来，她的余生就看今天了"③，渴望通过比赛获胜而一跃成为明星，从而实现社会地位的逆袭。对手之间剑拔弩张的对话弥漫着硝烟的味道，她们甚至相互咒骂、威胁，对胜利的追逐陷入癫狂，因为比赛关乎她们的生存平台，胜者可以借此机会翻盘人生，败者则无容身之地。多萝西对比赛胜败两种结局做出了预设，胜则名扬内外，金钱、声望接踵而至，打开人生的无限可能；败则无人问津，人生陷入无尽的空虚与黑暗。④

由于长期处于物资、机遇稀缺的境遇中，养成了穷白人时时处处的竞争观念、抢位意识，以自我利益为上。同时，穷白人在不公的权力机制下还遭受中上阶层的打压、歧视，污名标签严重限制了他们的发展，整个社会对其的低期许和有色眼光使穷白人陷入精神饥荒，他们渴望得到认可，甚至为了

① Crews, Harry. *The Knockout Artist*. New York: Perennial Library, 1989, pp.76-77.
② Crews, Harry. *Body*. New York: Touchstone, 1992, p.228.
③ Crews, Harry. *Body*. New York: Touchstone, 1992, p.228.
④ Crews, Harry. *Body*. New York: Touchstone, 1992, p.228.

证明自己的价值而过度竞争。克鲁斯的作品就经常弥漫在剑拔弩张的氛围之中,竞赛成为贯穿其作品的一个鲜明主题,从《健美之躯》中一决生死的健美比赛,到《拳击大师》中无处不在的拳击竞技,另有《捕蛇狂欢节》中接连上演的足球、跳舞、选美等较量,以及《空手道是一种精神》中的力量角逐等。与此相呼应,作品里的人物的绰号也别具一格,突出了其身体特征,彰显了其孔武勇猛的形象,如《健美之躯》中多萝西的健美教练罗素被称为“肌肉男”(Muscle),《拳击大师》中主人公尤金被叫作“拳击手”(Knocker),绝妙地生动演绎了布鲁格对穷白人应有美德的定义、力量和坚强。① 穷白人通过人与人之间的竞赛争夺个人利益,抢夺微乎其微的社会资源。由于其教育、文化领域的劣势地位,大部分穷白人无缘高等教育,因此只能从事报酬低廉的体力劳动。他们经常更换工作,做木匠、装卸工、水管工,或刷房顶、砍木柴、修篱笆等。这些工作不够稳定、长久,使穷白人时时笼罩在危机的阴云里。他们必须打起十二分的精神,才能保住自己的饭碗,像《伤疤迷恋者》中皮特仅因旷工一天便被炒了鱿鱼,残酷的现实不允许他们有一丝松懈。长期处于惶惶不可终日的状态之中,造就了穷白人异化、扭曲的竞争心态,神经紧绷到了濒临崩溃的边缘,如《童年:一个地方的传记》中的乡民为了证明自己的攀爬能力胜于他人,在比赛中不遗余力:“他疯狂想赢……宁可死也不愿意输”②,不料急中出错、搭上了性命,造成了悲剧。社会制度的挤压,天灾人祸的反复无常让穷白人倍感世事难控,这种无力感又催化、加剧其竞争心态。穷白人将不公的世界和命运具象化为竞赛对手,希冀通过蛮力挑战社会等级、颠覆既有秩序,对抗、打破等级制度的压制和格栅,争抢到出头之日。

对生存权益的渴求时常驱使穷白人做出极端选择,使其行为契合社会

---

① Bragg, Rick. *All Over but the Shoutin'*. New York: Vintage Books, 1998, p.6.

② Crews, Harry. *A Childhood: The Biography of a Place*. Athens: University of Georgia Press, 1995, p.107.

达尔文主义的观点，他们信奉略带原始意味的优胜劣汰、适者生存的竞争法则以谋求生存，心中存有对利益的争夺和对胜利的疯狂欲望，致使他们之间的竞争呈现一种原始、残酷状态。《健美之躯》开篇就营造了一种一触即燃的赛前氛围，主人公多萝西因过度节食而导致生理期紊乱，紧张的举重训练早已超出负荷，为减轻体重不惜使身体脱水以达比赛要求。她在被指责冷酷时说道：“这就是个残酷的时刻……一切都那么疯狂，我可以嗅到空气中弥漫的狂热气息”①，并在难以承受压力之时吐露自己在巨大竞争压力下的痛苦心态：“感觉我要被生吞了……或者被撕裂。”②随着比赛的临近，选手和教练愈发地歇斯底里，竞争状态达到一种无以复加的地步，他们将比赛称作“战争”③，比利·巴特更是将比赛形容为“狗咬狗”④的混战。克鲁斯在这里将竞争选手类比为动物，展现出在生存权益的争夺大战中人性的异化，痛苦让一切，不管是人还是动物，跌落到最低级的水平。因此，为了改变人生际遇，爬出生活的泥淖，穷白人需要付出巨大的心理和生理代价，而这一切都是为了一个再简单不过的目标：活下去。

为了实现活下去这样一个看似朴素单纯，再初级不过的要求，有些人物走了歪门邪道甚至做了违法乱纪的事。《拳击大师》中的尤金，从事弄虚作假勾当只为赚钱贴补一家老小，因为这是他“能赚到所需钱的唯一可行的途径”⑤。秋丽普从事低俗表演是为了养活失业在家的木匠丈夫和七岁的女儿。《童年：一个地方的传记》中很多乡民从事非法酿酒，这是因为“他们除了酿私酒无路可走……这只是个生计，而且是他们唯一的生计”⑥。这其实在乡间也是较为普遍的现象。有的人物甚至犯下罪行，但克鲁斯认为，这也

---

① Crews, Harry. *Body*. New York: Touchstone, 1990, p.175.

② Crews, Harry. *Body*. New York: Touchstone, 1992, p.177.

③ Crews, Harry. *Body*. New York: Touchstone, 1992, p.42.

④ Crews, Harry. *Body*. New York: Touchstone, 1992, p.212.

⑤ Crews, Harry. *The Knockout Artist*. New York: Perennial Library, 1989, p.102.

⑥ Crews, Harry. *A Childhood: The Biography of a Place*. Athens: University of Georgia Press, 1995, p.20.

可能是无奈之举。正如克鲁斯在《童年:一个地方的传记》中也做出了他的解释:“饥饿、疾病迫使他们中的许多人铤而走险,做下了可耻之事,并为此付出了终生的代价。但他们实属不得已而为之,他们不忍心看到孩子奄奄一息而缺医少药,妻子还不到30岁就老态龙钟。”①克鲁斯并不回避也无意洗白一些穷白人的劣行,而是提醒读者思考是什么原因让一个人堕落。他讲述了父亲下葬当晚,其生前朋友皮特将家里的肉偷走的故事:“有人潜入烟熏房,把父亲生前腌制、晾晒的肉全都偷走了。”②在朋友尸骨未寒之际,向其孤儿寡母下手偷窃令人不齿,克鲁斯和妈妈对谁是小偷都心知肚明,却不忍责怪,因为偷肉是由于饥饿的驱使。他们知道饥饿难耐时的感觉。克鲁斯并没有对这次偷窃事件进行道德评述,而是让读者直观地体会其中的曲直。他用最冰冷无情的生活景象印证了“衣食足而知荣辱”的道理,试图揭示出这些人的不当行为所折射出的人的生理需求与道德良知的冲突,以及人性的复杂、多面性,引发人们对这一现象更为客观、全面的思考。他同时说明穷白人也遵从重要的价值观、看重家庭、崇尚优秀品质,但人们时常被现实所迫而做出违背良知的选择,比如你的孩子饱受饥饿的折磨,而你恰巧看到一块面包,即使这个面包不是你的,你也很可能会拿走。这基本上是由于人类求生本能使然,他还在采访中坦露心声:“很可怕、可悲的是一些非常善良、正派的男人、女人做出可怕、可鄙的事。不是卑劣的人才会做卑劣的事。人们那么做有时出于意外,有时出于必需……这不能说明你是坏人,只能说明你是普通人。”③社会学家费迪南·滕尼斯(Ferdinand Tönnies)将这类行为与恶意犯罪所做出区分,把这类行为定义为被边缘化的

① Crews, Harry. *A Childhood: The Biography of a Place*. Athens: University of Georgia Press, 1995, p.47.

② Crews, Harry. *A Childhood: The Biography of a Place*. Athens: University of Georgia Press, 1995, p.47.

③ Lytal, Tammy. "Some of Us Do It Anyway: An Interview with Harry Crews." *The Georgia Review*, Vol. 48, No. 3 (Fall 1994):538.

“社会弃儿”作为残酷社会制度的牺牲品，在贫穷、绝望和环境的驱使下做出的冲动选择①。这就从一定程度上说明穷白人很多不符合大众道德期待的行为并不必定说明其本性低劣，也可能为客观因素所逼。克鲁斯在《伤疤迷恋者》中解释了经济基础对价值选择的决定作用：“如果你知道我们是怎样在棚屋里了此残生，被看作贱民中的贱民，你就会懂得恶魔的涵义。你不会有时间想到上帝。”②

当然，“粗悍文学”作家无意传播生存至上这样的人生信条，也清楚其不具有普世先进性，而重在诉说，使世人了解其形成的背景、选取的视角、具有的意义，清楚认识到穷白人承受的历史苦难，也是就外界对他们未达到公认基本道德期待的质疑、非议做公开答辩，维护其价值观在局外人看似极端，但他们又认定符合人性最大诉求的正当性。克鲁斯在采访中直言：“很多人告诉他们的孩子，那些路边的流浪汉要想成功并融入社会，就需要把自己收拾干净，好好工作。这都是胡说八道。他们无法感同身受，不知道别人经历了什么，就对其妄加评判。”③他认为造成穷白人道德窘境的主要原因是不公平的社会机制，穷白人无法挣脱生存的枷锁、寻求更高尚的价值目标，他们仅是生存就耗尽了全力。

第二节　经济困境下尊严、怜悯放一边

旧南方的上流社会在当时历史条件下深深懂得建构一个稳固、明确的价值体系攸关其在南方的发展和在南方统治的稳定，故此，受欧洲文明的影

① Somerville, Peter, Robert Smith and Gerard McElwee. “The Dark Side of the Rural Idyll: Stories of Illegal/Illicit Economic Activity in the UK Countryside.” *Journal of Rural Studies*, 39 (2015): 222.

② Crews, Harry. *Scar Lover*. New York: Poseidon Press, 1992, p.206.

③ Crews, Harry. *Getting Naked with Harry Grews*. Gainesville: University Press of Florida, 1999, p.312.

响,“南方绅士是类似‘诺曼人’那样的英国骑士的后代,因此把英国绅士的行为方式传递给了南方。”①结合当时南方的区情,他们倾力打造了一个以人道主义为基础的道德体系,将关爱、同情、怜悯、奉献列为其核心价值观。姑且不论他们对这些价值观是怎样身体力行的,他们以此为荣。意识形态色彩浓厚的“南方文艺复兴”就高度重视旧南方绅士文化所崇尚的荣誉、仁爱、尊严等美德的弘扬。威廉·珀西对这一体系不吝溢美之词,认为其“赋予了南方以道德的凝聚力,给予了南方的子孙独一无二的目标和简朴的品质”②。这些价值观念也成了始终如一致力于诠释、传播这些价值观的福克纳衡量人的行为、品质高低的道德标尺,贯穿于他的许多作品,显示了这些品质在他心目中的崇高地位以及他对它们的坚定信念。有评论家在研究他的小说《熊》时发现:

> 故事一开始就明确地展现了一系列的美德:怜悯、谦恭、勇敢、自豪、忍耐力,等等。这些是应该努力的品德,值得为之奋斗争取的优点……这些美德的名称,犹如音符,犹如歌曲之副歌,有规律地反复出现。它们的结合形成我们所谓的高贵品质……③

显然,中上阶层作家将自己的价值观当作南方文化与道德的基石,在社会转型的时代浪潮中忧心忡忡且急迫地通过作品予以守护和传播,以期维护、巩固原有的社会秩序。福克纳反复重申:“勇气、荣誉感、自豪感、同情心、怜悯心”是“人类心灵的准则……是整个人类历史的根基……它们是人们要践行的准则,不是因为它们是美德,而是因为它们是人们与自己、与同

---

① Taylor, William R. *Cavalier and Yankee: The Old South and American National Character*. Garden City, New York: Doubleday, 1963, p. xv.

② Percy, William Alexander. *Lanterns on the Levee*. Baton Rouge: Louisiana State University Press, 2006, p.74.

③ R.W.B.路易斯:《〈熊〉:超越美国》,陶洁译,《福克纳评论集》,李文俊编选,北京:中国社会科学出版社,1980年,第209页。

胞和平相处的最佳途径”[①]。珀西则也给予其热切称颂：“荣誉、真诚、同情、尊严是美好的，即便它们能要你的命，因为它们赋予生命以尊严和价值。”[②]由于主导势力的阶级地位，他们往往隐蔽地运用意识形态国家机器，力图将自己的价值观推而广之，作为整体的社会的构造，从而将自己的利益等同于整个社会的利益，将荣誉、仁爱、尊严、同情、怜悯等理想作为不可动摇的人生信仰，作为放之南方而皆准的价值标尺，试图把自身的价值选择当作判定、衡量他人道德优劣的统一基准。

作为像“南方文艺复兴”那样同样具有鲜明意识形态取向的文学话语，“粗悍文学”也十分坦率地宣示了穷白人的价值选择：生存至上。这与“南方文艺复兴”推崇的尊严、荣誉、仁爱、同情等理想美德大相径庭。不过，他们似乎在原则上并不否定珀西、福克纳、韦尔蒂等弘扬的同情、仁爱、尊严等美德，事实上也难以否定。姑且不论这些美德在旧南方是否得到真正或多大程度、范围的遵循和践行，站在历史高度看，这些美德应该是人类文明发展的最终方向，即使在某些条件下和时期里暂时无法达到。从“粗悍文学”作家的作品或论述、访谈可以了解到，正如布朗对他笔下穷白人的剖析，他们在心目中也区分是非善恶，他们也是“性本善”之人：“他们想争取成为好人。他们知道区分好与坏，对与错。”[③]克鲁斯也声明他们遵从道德准则、看重家庭、崇尚优秀品质。他以自己家庭为例举证，对母亲对自己的德行教育记忆犹新，称母亲不仅心地善良、勤劳宽厚、性格坚强，为孩子们树立了楷模，而且还特别重视对孩子品行的培养，“她是非分明，并教给你如何分辨对错，遵纪守礼”[④]。他母亲虽然只读

① Faulkner, William. *Faulkner in the University*, eds. Frederick L. Gwynn and Joseph Blotner. Charlotteville: University Press of Virginia, 1995, pp.133-134.

② Percy, William Alexander. *Lanterns on the Levee*. Baton Rouge: Louisiana State University Press, 1973, p.313.

③ Watson, Jay (ed.). *Conversations with Larry Brown*. Jackson: University Press of Mississippi, 2007, p.36.

④ Crews, Harry. *Getting Naked with Harry Crews*. Gainesville: University Press of Florida, 1999, p.283.

过两年书，文化程度不高，但在是非问题上对孩子立了规矩，赏罚分明：

> 妈妈认为，如果小孩子犯了错，知道错了或者被告知是错了，那么他就得受责罚。而且在我小时候她都是这么做的，我和哥哥没少挨打。但是她从不在我们不知道自己做错了什么，或不知道自己应受惩罚的时候打我们。①

所以，就是非认知这一层面而言，原则上讲，"粗悍文学"作家的认知与珀西、福克纳、韦尔蒂等趋同。不过，这种共同性具有相对性。

所谓相对性，意即他们能认同这些理念，但与此同时也公开表明在现实中难以遵循这些美德，他们与"南方文艺复兴"的分歧由此开始。这并非因为他们秉性粗鄙，生来与人道主义精神为敌，而是艰苦的生存条件使其难以践行、遵循这些价值导向。这使得他们陷入了价值理念认同、践行的悖论。

由此衍生穷白人一暗一明两套价值观，前者是理想，存于良知；后者则是行动指南，付诸实践。现实中他们通行的圭臬似可称为"生存至上"，用以在南方和本社会群体里衡量，认定事物，指导个人判断行为正误，摆放自己位置，处理与他人关系，最大程度维护自身利益，确保其最基本生存权及可能性。这是穷困的境况催生了这一知行相悖的价值观困境。

回望南方文学的运行路程，价值理念的选择、坚持、取舍，是大是大非问题。在"南方文艺复兴"里是核心主题。故此，将"粗悍文学"和"南方文艺复兴"在此问题上的各自的发声放在历史的维度比较、审视，更能辨清其中的由来、经纬、实质。20 世纪 30 年代，南方处在新旧转换的历史时期，价值观念也随之发生嬗变。威廉·珀西对此忧心如焚。这位被《南方的思想意识》的作者威尔伯·卡什由衷赞叹为"……凤毛麟角，是残存的名副其实的南方贵族，和这一称号的冒牌货截然不同"②的典型的旧南方的绅士，强烈感

---

① Crews, Harry. *A Childhood: The Biography of a Place*. Athens: University of Georgia Press, 1995, p.70.

② Letter Received from Walker Percy, November 17, 1971.

到身处在他看来现代化的浪潮冲击中世风日下的变局里，必须挺身而出，为坚守传统价值观而大声疾呼。他把人的操守置于首要位置，力主以良知、道德为基石建设美好生活。而且，也是一种历史的巧合抑或是历史的约定，当时珀西所猛烈抨击的不是别的，正是生存至上这样的准则。他说过的一段话旗帜鲜明地表达了他对弱肉强食生存信条的厌恶。在他看来，这样的准则寡廉鲜耻，原始野蛮，严重败坏社会风气，与追求美好生活的人们不共戴天。按照他刚烈的人生准则，不道德，毋宁死。所以，在谈及教育后代的问题时，他斩钉截铁地表明立场：“向孩子讲授欺骗、无耻、残酷无情、野性的力量以便让他们生存下去？那他们最好还是毁灭吧。”“荣誉、真诚、同情、真理即使能要了你的命也是美好的，因为它们赋予生命以尊严和价值。”①在旧南方面临土崩瓦解的时代，传统的价值体系在金钱、物质、竞争的冲击下在逐渐消失，但他对这些美德痴心不改，坚定地相信其终将回归：“美好的生活只有一种，人们渴望它并再次践行它……关爱、同情、美好、纯真会回归的。宁愿呼吸它们片刻，也绝不为企求长寿千年而支持邪恶。”②在他看来，伦理道德的衰退只是暂时现象，真理终将战胜邪恶：“也许践行美德的人会遭到毁灭，但是，与其颠倒黑白地称邪恶为美德，那么人不如舍生取义，美德本身永远不会消失。”③这几段极具道德高度及理想主义色彩的慷慨陈词与福克纳、韦尔蒂、泰特等作家的声音汇聚成一曲讴歌旧南方传统美德的嘹亮的和声，激荡在“南方文艺复兴”的主旋律里。

这一主旋律穿越了近一个世纪的时光隧道在克鲁斯、布朗等“粗悍文学”作家那里激起了回应。克鲁斯就直言不讳地指出了其理想化色彩以及

---

① Percy, William Alexander. *Lanterns on the Levee*. Baton Rouge: Louisiana State University Press, 1973, p.313.

② Percy, William Alexander. *Lanterns on the Levee*. Baton Rouge: Louisiana State University Press, 1973, p.313.

③ Percy, William Alexander. *Lanterns on the Levee*. Baton Rouge: Louisiana State University Press, 1973, p.313.

对于穷白人缺少普适性、可实施性的弊端。以他之见,造就穷白人的不是福克纳诺贝尔奖获奖词里赞美的仁爱、信仰等真理、美德,而是暴力及暴力威胁①,尊严、荣誉、体面听着高尚,但对在生死线挣扎的穷人空洞抽象甚至虚伪,属于饱汉不知饿汉饥的夸夸其谈。他们没有坚守这些美德的物质基础,其价值观里没有"怜悯、同情"的语汇。② 荣誉对上流社会来说是件天大的事,但是很少能从穷白人口中听到这个词,这并非因为他们不知道荣誉是什么,或者不具备这个品质。③

布朗,这位出生在福克纳的居住地密西西比州拉法耶县牛津镇附近的佃农的儿子对此深以为然。他与母亲相依为命,五岁就下地,顶着烈日帮助母亲摘棉花、砍棉棵。即使这样也难以维持生活,所以,他们还要接受政府的救济贴补家用。所以,对于生存、尊严、体面等这类问题,布朗有着刻骨铭心的感悟和很大的发言权。他在《脏活》里等于就此跟进了克鲁斯的观点并做了更进一步具体、系统的展开,提供了一个尊严湮灭的生动案例。他通过故事讲述人沃尔特先是一一列举了他们家窘迫的经济条件,为后续的自卑取代自尊做出铺垫:"人们不懂得受穷的滋味。我小时候就家境贫寒。我们从井里打水,用桶把水提到家里。在14岁以前,我从来还没有在有自来水的房子里住过。我们没有空调可开,只好任凭汗水流淌。"④以这样的经济基础为起点,他进而触及了他们家的意识观念的改变,尤其是关于自尊的缺失,显示在这样的生活条件下,自尊受到了极大压制和伤害。即使别人不说,他们也自觉矮人一等,挺不起腰杆。他感慨万千地以实相告:

> 我自尊心很强。这很好。但唯一的问题是,你不能拿自尊当饭

① Carpenter, Brian and Tom Franklin (eds.). *Grit Lit: A Rough South Reader*. Columbia: University of South Carolina Press, 2012, p.xxii.

② Crews, Harry. *A Childhood: The Biography of a Place*, reprinted in *Classic Crews*. New York: Poseidon Press ,1993, p.158.

③ Bragg, Rick. *All Over but the Shoutin'*. New York: Vintage Books, 1998, p.19.

④ Brown, Larry. *Dirty Work*. Chapel Hill: Algonquin Books, 1989. p.33.

吃。……你的孩子可以吃普通的麦片，喝普通的奶制品、果汁，没尊严地活着。自尊对于一个饥肠辘辘，想吃东西的孩子来说一文不值，如果有人在他的孩子没有东西吃的时候说他不愿接受救济食品，如果他这样说了，那他就是撒谎，我会这样对他说。……我母亲把自尊咽到了肚里，每周都去领救济。

……我母亲对领救济的事一直沉默不语，可我知道这伤她的自尊。①

而且，在当地家境贫寒，属于被救助对象，甚至在当时年幼的沃尔特的心灵里也留下了深深的创伤，使他对别人看他的眼神极为敏感：

当然，在旁人眼里总有人渣。这我知道。可能有的人就觉得我们是人渣。我知道有些人鼻孔朝天，看不起我们，因为我们领救济。②

这宛如用尊严诚可贵，生命价更高的句子回呛珀西对美德的崇尚“名誉、真诚、同情、尊严是美好的，即便它们能要你的命，因为它们赋予生命以尊严和价值”③，道出自然规律对人的左右，物质需求被满足前精神境界的坍塌，自感挺不起腰杆，无人强迫，是自觉行为。所以，在这样的环境里，在他们思维里，人生就简化为生存还是毁灭，无其他考量。“生存”是贯穿“粗悍文学”的核心概念，是他们在严酷条件下最高追求和唯一目标。

相形之下，韦尔蒂《庞德的心》中的老绅士丹尼尔·庞德喜欢向周围的人施舍恩惠，从不计回报。《乐观者的女儿》中的麦凯尔瓦法官资助家境贫寒的考兰特学习、生活和创业。显而易见，这些乐善好施的人有经济基础做后盾，要么享有丰厚遗产，要么自身财力雄厚，在衣食无忧的情况下，有能力、余力对困境中的人施以援手，表达自己的仁爱、同情、友善。布鲁格笔下的圣诞夜义捐晚会也是富人表达仁慈、关爱的场合。界限分明，穷、富分成

---

① Brown, Larry. *Dirty Work*. Chapel Hill: Algonquin Books, 1989, p.34.

② Brown, Larry. *Dirty Work*. Chapel Hill: Algonquin Books, 1989, p.33.

③ Percy, William Alexander. *Lanterns on the Levee*. Baton Rouge: Louisiana State University Press, 1973, p.313.

两边。一边是开着豪车、穿西装打领带的小伙子们，优雅靓丽的女孩们，他们无一例外家世显赫、财力雄厚，举办义捐为穷人家孩子慷慨解囊；一边是像布鲁格一样坐得毕恭毕敬的等待接受救济的工人、清洁工和酒鬼的儿女们，为能获得救助放下自尊。由此可见，怜悯、同情还是生存、利益至上，人们进行价值选择时难以完全按照自己的自由主观意志，有其限定条件和制约，在很多情况下人们各自所处的社会位置所起的作用至关重要。

而在"粗悍文学"里，人物由"南方文艺复兴"的施舍者转为了被接济的对象。在旁观者看来，就是一个客观角色的转换，但对于当事人来说，主观感受有天壤之别。对于自身难保的穷白人来说，只有接受救济才能生存下去，要求苦苦挣扎尚难解困的人做到慷慨和奉献未免强人所难。他们并非生性冷漠自私，而是实属无能为力，没有物质条件支持。对于以慈善、救济为体现形式的同情、怜悯对自尊的打击问题在之前的南方文学已经受到关注和表现。例如，福克纳曾在《献给艾米丽的玫瑰》中讲到艾米丽在其父亲去世后，生活陷入困顿。沙多里斯镇长和镇上的老人向她施以援手，但预先考虑可能会伤其自尊，于是便煞费苦心地编织善意的谎言，以保护艾米丽的自尊心，因为出身名门，生性高傲的艾米丽绝不会接受怜悯和同情。在"粗悍文学"中，自给自足、保持自尊、不肯接受救济的南方人无处寻觅，常见的是时刻处于饥饿状态，在生存线上挣扎的乡村穷白人，这些人的祖先从未见过薄荷甜酒，也从未拥有过黑奴，世世代代靠出卖苦力维持生计，锯木头、扛木材、装黏土，在酷热或者剧毒的恶劣环境下工作，比蓝领工人的社会地位还要低。① 有救济、施舍，当然求之不得。克鲁斯承认，在他生活的南方，人们永远处于饥饿之中，甘愿接受一切施舍。他说：

救助通常是像浸礼会教堂等各种福利机构提供的食品篮或二手衣

① Robertson, Sarah. "The Memorialization of Southern Poor White Men's Labor in Rick Bragg's Memoir Trilogy." *Journal of American Studies*, 47. 2 (2013): 464.

> 服。有时在节假日发放,有时不是。但是不论什么时候、什么形式的救济,总是看起来很好,感觉更好。
>
> 关于南方乡村人对救助的态度,人们有些奇怪、不实的看法,因此我们的做法对他们来说很奇怪。我所来自的南方,人们知道处于永远饥饿边缘意味着什么,会接受他们能得到的一切,在他们头脑和心理上做出任何必要的调适。①

他在《童年:一个地方的传记》中回忆了小时候领救济的生活:哥哥的学校每周四会发放政府派送的免费食品,每到那天看到哥哥“得意洋洋”②地从学校回来,我都迫不及待地问他发了什么。在缺衣少食的窘迫之下,克鲁斯一家不知南方中上层叙事中秉持的优雅高贵为何物,欣然接受任何的救助,津津有味地吃着救济食品,心满意足地穿二手衣服,所谓自尊也就抛在脑后。尽管克鲁斯也意识到他们欣然接受救济的态度令人侧目,但为了生存下去已经无暇他顾,愿意为之在头脑和心理上做出任何必要的调适,也就是放下或扔掉自尊,因为这是他们继续活下去的痛并快乐着的一条捷径。从这段往事可以看出,救济对于穷白人自尊的负面冲击出现了两种结果,要么是像布朗所写的那样,咽下自尊或者自卑取代自尊;要么像克鲁斯所写,已无所谓自尊不自尊。无论是哪一种,均表明生存至上,自尊放在一边。这些情节细致、生动再现了在经济基础孱弱不堪的困境里,尊严是怎样被压制和缺场、凋零的。其实,中国的先贤早在两千多年前就明白这样一个简单朴素的道理,清楚物质多寡与精神文明之间的内在关联,有春秋时期的管仲所言为证:“仓廪实则知礼节,衣食足则知荣辱。”

这里就牵出了一个问题,道德准则是具有永恒、普适性,还是在一定条

① Crews, Harry. *A Childhood: The Biography of a Place*. Athens: University of Georgia Press, 1995, p.142.

② Crews, Harry. *A Childhood: The Biography of a Place*. Athens: University of Georgia Press, 1995, p.131.

件下具有其有限适用性，或者说，不同的甚至相互对立的阶级有没有共同的价值观？这也是学术界关注、讨论的问题。对于这一问题，有的学者指出，这有两种可能性，一是价值观因阶级而异，二是在一定情况下有共同遵循的准则："道德是历史的范畴，超历史的永恒的道德是根本不存在的。在阶级社会中，最基本的、大量的道德是阶级的道德，是有鲜明阶级性的；同时也存在为对立或不同的阶级所共同遵循的道德准则，但或多或少地受阶级关系的制约、局限和影响。"①

19世纪，英国发生工人盗窃厂主财产的行为。如果撇开当时的历史环境笼统地进行是非评判，这种行为显然会被归类于违法犯罪行为。然而，恩格斯并不这么认为。他结合当时的历史环境对其做出了截然相反的定性，赋予了这种行为正当合理性，将其视为是无产阶级反抗资产阶级，索回被剥削者占有的不当得利的原始方式之一，并得出"道德始终是阶级的道德"②论断。可以说，这一论断在一个世纪之后对美国南方穷白人亦有很强的适用性，两种情况虽有所差别，但原理相同，都有其产生的历史客观条件和前提，都是为生存而战。也就是说"……一定的社会经济条件决定一定的道德观念，当经济条件发生变化时，道德观念迟早也要随之而变，适合一切条件、一切时代、一切阶级的永恒的道德原则是根本不存在的"③。

"粗悍文学"所演绎的南方穷白人的价值观说明了价值观的决定因素是物质经济条件，是其形成、发展、变化的基础。

> 人类所赖以生存的衣食住行等生活条件、自然地理环境、物质生产的谋取方式是人类道德观念赖以存在的基础。人们生活环境的不同（其生活环境则是由自然环境、生产力所决定的衣食住行等条件所决定

---

① 王伟光：《关于道德的阶级性与继承性》，《高校理论战线》2009年第8期，第4页。

② 马克思、恩格斯：《马克思恩格斯选集》第3卷，中共中央马恩列斯著作编译局译，北京：人民出版社，1972年，第134页。

③ 王伟光：《关于道德的阶级性与继承性》，《高校理论战线》2009年第8期，第4页。

的），会形成不同的民族风俗习惯，形成不同的道德规范。①

当然，单纯建立在原始需求上的穷白人现实版价值观与“南方文艺复兴”弘扬的以人道主义关怀、理性、秩序为坐标的“同情、怜悯、仁爱”理想相比逊色不少，只能视为是特定历史时期在特定区域的特定社会集团里客观存在，不是人类文明发展所应前进的方向和指导原则。无论这是生存至上信条的特殊性还是局限性，总之，就是马克思说的“一个阶级的思想不能越出其生活所越不出的界限”②。不过，脱离其产生的物质基础、经济条件等主要因素，简单地以共同价值观否定、指责阶级价值观失之武断，缺乏科学性。应针对具体事例做实事求是的考量、判别。应当指出，如前所述，在生存至上的大背景下，善良、关爱、同情、理解在“粗悍文学”里并非无处可觅，在克鲁斯、艾莉森、布朗等的作品里还是不乏体现的，显示了不同阶级在一定情况下对一些道德规范的共识，但其对待这些准则的态度或多或少受阶级关系的制约、局限和影响。

布朗透过自己和周围人的个人遭遇敏锐地洞察了穷白人生活所受的局限和压制现象之下的实质，这是阶级体制的恶果。他在访谈中痛斥这种不公的权力关系：“我很同情劳动阶级中的好人……上层人压制着下层人的发展，从来都是如此，而且或许将会一直这样下去。工厂工人找不到更好的机会，或者认为自己没有权利追求更好的机会，因为他父亲就是这样生活的，他身边的所有人都是这样生活的。我曾经也是那种观念，但是经过这些年已经发生了改变。”③在阶级不公的社会中，中上阶层把握着社会的优势资源，享受更为优越的经济条件和发展机会，而穷白人则在被剥夺、被挤压的

① 王伟光：《关于道德的阶级性与继承性》，《高校理论战线》，2009年第8期，第5页。

② 马克思、恩格斯：《马克思、恩格斯全集》，中共中央马恩列斯著作编译局译，北京：人民出版社，1972年，第632页。

③ Brown, Larry. *Conversations with Larry Brown*, ed. Jay Watson. Jackson: University Press of Mississippi, 2007, pp.192-193.

环境中逐渐丧失希望。布朗的作品带有鲜明的自然主义色彩，且其自然主义写作投射着政治性与阶级性。在狭仄的生活空间下，穷白人无法自由发展，成为自己想成为的人，而只能按照社会、环境的要求，在主导势力的规训与限制下被动地生活。穷白人在被压抑的生存状态下，没有志存高远的空间和可能，只得以眼下利益为重。小说《乔》中的韦德是一个为了自己利益不择手段的人，由于食物来之不易，且少得可怜，韦德甚至与自己的孩子抢夺食物，将与家人的每一顿饭变为一场争夺食物的战斗，甚至为了食品优惠券杀人。不论是家人间为了争抢一盘豆子，还是与陌生人争夺一张食品优惠券，都是生存之争，且这种争夺是永无止境、无处不在的，是其日常生活的一部分，这造就了穷白人无时无刻不在对个人利益的渴求和捍卫之中的箭在弦上的状态。当然，这类极端行为在文明社会里即使用生存至上的所迫，也无法为其辩护。

"生存至上"价值观打着深深的阶级烙印，抗拒、突破了中上阶层推崇荣誉理想的程式化话语，真切反映出穷白人滞后于数字化、信息化发展日新月异的大环境，未能共享繁荣进步福祉的悲惨境遇。这两种价值观的二元对立暴露了横亘在两个阶级之间难以逾越的阶级鸿沟，中上阶层生活安逸、资源优渥，而穷白人缺衣少食、甚至难以享有平等的受教育机会。在阶级体制下，穷白人往往是被侵占了经济、社会、文化资源的受害者，这种制度化障碍像只有形的大手，将其拖拽出发展的轨道，在各领域受到低人一等的差别待遇，在贫穷的泥沼中挣扎。"美国梦"只是一种对公平竞争、平等权益、美好发展愿景的空想，"粗悍文学"作家愤怒和绝望的剖白揭穿了主导话语所标榜和宣扬的"美国梦"意识形态的虚假性，所谓的民主、富裕对他们来说宛如海市蜃楼。他们也希望借助文学反话语挑战、瓦解阶级体制，传达其渴求平等、共享发展的政治诉求。

第四章　时空抉择:向城市流动对撞田园情结

美国南方跨越温带和亚热带,有着肥沃的土地和温暖的气候,降水丰沛,适宜农作物生长。得天独厚的地理、气候条件使之在其早期及之后相当一段时期一直是一个以农为本的社会,这样的经济体制也影响、决定了南方的生活方式、文化传统和思想意识。自早期殖民地文学开始,南方就被描绘为以农耕文明为导向的乡村地区,直至“南方文艺复兴”时期,作家们往往从上流社会视角将南方乡村描绘成充满着“甜蜜、柔情和阳光”①的世外桃源、金色乐土,由此催生了“田园牧歌”(rural idyll)这一旧南方文学的经典母题。当工业化、商业化浪潮终于波及并迅速席卷南方,引起了南方的保守思想的反拨,催生了以“纳什维尔农业主义者”为代表的一批农业主义卫士,他们在论文集《我要选择我的立场》(*I'll Take My Stand*, 1930)中把田园牧歌式乡村推介为一种完美的生存理想,认为农业社会才是维护南方安定和秩序的灵丹妙药。福克纳也十分珍视南方农业传统,并在“斯诺普斯三部曲”中谴责工商业势力对南方社会的蚕食。然而,“粗悍文学”作家拒绝弘扬粉饰岁月静好的田园神话传统,事实上,他们也无法弘扬,因为这根本不是他们所熟悉的生活,而是保留不同的观察视点,对南方乡村进行了全新描述和重构,对农业社会做出了截然不同于旧主导话语的反向再现和诠释,将其描绘为

① John P. Kennedy's words, quoted from Garvin Davenport, *The Myth of Southern History* (Vanderbilt, 1970), p.16.

穷困潦倒、原始蒙昧的“黑暗乡村”，传导穷白人拒斥、逃离农业社会的抗争力量，暴露了经济落后、社会封闭、阶层固化等弊病缠身的南方乡村对穷白人尊严的剥夺，对其发展的禁锢。他们笔下的穷白人皆义无反顾地选择顺应工业化、城市化、商业化时代潮流，作为改变自身境遇，谋求经济发展和向上社会流动的必由之路。“粗悍文学”为这一边缘群体提供了表达自身诉求和价值观念、介入并挑战主导话语正统性和权威性的渠道，强力对撞、解构了之前的南方文学倾力打造几个世纪的田园神话，并以此为突破口质疑、冲击了旧南方的主流意识形态的根基。

第一节　黑暗乡村拆穿田园神话

“气宇轩昂的庄园，茂盛、修建整齐的花园，充满贵族气度、乐善好施的主人，及他们优雅迷人的夫人，还有恭敬顺从、管理有序的劳动者……”①这些意象绘制出一幅饱含田园风情、绅士淑女与自给自足的底层穷人和谐相处的旧南方标志性画卷②。一如福柯关于真理作为话语与权力密不可分的论断：“真理与生产并维持它的权力系统联系在一起……”③，在“南方文艺复兴”及之前的南方文学中，中上阶层作家往往利用自己在南方文坛的垄断地位将南方乡村描绘成优雅闲适、诗情画意的阿卡迪亚，将其制作为放之南方而皆准的真理并试图赋予其永恒价值。韦尔蒂就在《乐观者的女儿》中恋恋不舍地回望了老种植园的悠闲生活和旖旎风光：“老家的屋子外面，露天

① Tracy, Susan Jean. *In the Master's Eye: Representations of Women, Blacks, and Poor Whites in Antebellum Southern Literature*. Amherst: University of Massachusetts Press, 1995, p.216.

② 李杨：《颠覆·开放·与时俱进：美国后南方的小说纵横论》，北京：中国社会科学出版社，2018年，第161页。

③ Foucault, Michel. *Dits et Ecrits*, *III*, (*1976—1979*). Paris: Gallimard, 1994, p.114.

的芬芳，碧绿的草地上有几张摇椅，坐在摇椅上，你可以看见环绕着山脚蜿蜒地流去的那条小河”①，在这幅良辰美景岁月静好的乡村画卷中，淑女们“坐在大宅前廊的秋千上，闻着盛开杜鹃花的芬芳”②。此外，“纳什维尔农业主义者”们尤为热切地表达了其对田园乡村的热爱，像里托尔就站在种植园主的立场上，称种植园生活和谐有序、美满优裕，并将种植园森严的等级制度推举为“最优越”“人性化”的社会形式；兰瑟姆则称“只有在农业社会中，人们才能够过上闲适、安定、自由生活”③。这些使人心动神驰的“农业主义”文学礼赞产生了持久而广泛的影响，南方学者刘易斯·劳森（Lewis Lawson）称其“完全成功地建构起一个神话，支撑起一代南方小说”④。这一“优雅南方”（Genteel South）的时空建构构成了一种“由平静安宁的、安稳与和谐的生活建构所产生的令人愉快而深受感动的状态”⑤，人与自然、人与人之间的关系和谐融洽，立足统一、局限的空间世界，试图谱写出一首世代相传、无限绵长的“田园牧歌”。

然而，这幅美好的田园画卷是主要源自旧南方上流社会的贵族、精英作家的勾画和“想象”⑥，对乡村生活贫穷、落后、黑暗一面却鲜有触及，正如威尔伯·卡什对“农业主义者”视角的片面、选择性一针见血的评述：他们“主要关注南方贵族元素”，并“对旧南方的缺陷及其凌驾于社会底层群体之上

① 尤朵拉·韦尔蒂：《乐观者的女儿》，主万、曹庸译，上海：上海译文出版社，1980年，第110页。

② Crews, Harry. *Getting Naked with Harry Crews*. Gainseville: University Press of Florida, 1999, p.149.

③ Ransom, John Crowe. "Reconstructed but Unregenerate." *I'll Take My Stand*. New York: Harper Torchbook, 1962, p.4.

④ Lawson, Lewis A. *Another Generation: Southern Fiction Since World War II*. Jackson: University Press of Mississippi, 1984, p.12.

⑤ 瓦·叶·哈利泽夫：《文学学导论》，周启超、王加兴、黄玫、夏宪忠译，北京：北京大学出版社，2006年，91页。

⑥ Bell, David. "Variations on the Rural Idyll." *Handbook of Rural Studies*, eds. Paul Cloke, Terry Marsden and Patrick H. Mooney. London: Sage Publications, 2006, p.150.

的运行机制视而不见”①。珀西就满怀深情地回忆了乡村中姑妈家气宇轩昂的古宅、遍布金色阳光的辽阔玉米田、波光粼粼的小河、乳制品和磨坊的芳香等，一幅旖旎的田园风光跃然纸上，然而珀西同时提道：“我肯定经常见它下雨，但是我只记得阳光”②，由此可见作者的记忆是经过精心过滤筛选的，将阴郁的元素排除在外，乡村生活的艰辛一面被有意删减与隐藏，只保留或者增添了符合神话期许的精致意象。这就削弱了田园美景的可信性，暴露了田园神话的单向度与主观武断性。由此，英国马克思主义文化学者雷蒙·威廉斯（Raymond Williams）指出这种想象式的“田园牧歌”叙事并不是对乡村生活的真实再现，它掩盖、抹杀了劳动阶级的悲惨世界，是对乡村生活选择性粉饰，带有鲜明的乌托邦色彩。旧南方田园神话在一定程度上是一种凌驾于现实基础之上的想象空间，带有完美化色彩。

从表象看，“田园神话”平静祥和，是去政治化的，凝聚了制造者的人生理念，但实质上它具有鲜明的意识形态功能，是中上阶层话语建构的产物，隐匿着政治统治作用。正如威廉斯所言，田园叙事的本质“不是乡村生活，而是社会赞美；一种人们熟知的对贵族及其服务者的夸张修辞”③。中上阶层通过排除穷白人于主流叙事之外而将其他者化、边缘化，以维护自己主导权势的长治久安。一方面，静谧、美好田园神话只是特权阶层的神话，穷白人沦为配角和陪衬，陷入社会边缘地带，在中上阶层的话语霸权下被禁声、消音；另一方面，生活在乡村阴暗面的穷白人与浪漫神话格格不入，被中上阶层叙事划为与神话相对的异类和威胁因素，被贬损为愚昧、卑劣的“土包子”，建构起其在中上阶层庇护和引导下的他者身份。“田园神话”叙事的排他性暴露了中上阶层的权力主体地位，搭建起以其自身为中心、权威的社会

① Cash, Wilbur. *The Mind of the South*. New York: Vantage Books, 1941, pp.382-383.

② Percy, William Alexander. *Lanterns on the Levee*. Baton Rouge: Louisiana State University Press, 1973, p.50.

③ 雷蒙·威廉斯：《乡村与城市》，韩子满等译，北京：商务印书馆 2013 年，第 48 页。

等级架构,并通过强化穷白人他者、边缘身份使这一权力格局得以巩固。此外,在工业化、城市化时代浪潮的冲击下,中上阶层原有的统治秩序受到严重威胁,他们宣讲、推广“田园神话”,是出于对既定社会结构和秩序遭受破坏而濒临崩塌的痛心和不舍。塞尔斯(Roger Sales)就揭示了这一叙事模式背后不可告人的秘密:“它阻止人们去质疑支撑现有土地所有权的权力结构、甚至阻止人们质疑支撑整个社会运作机制的权力结构。”①对此,“粗悍文学”作家用写实主义手法记录破败的乡村景象、艰辛的田间劳动及不平等的阶级关系,从环境、居住条件、田间劳作、饮食等多方位再现穷白人的悲惨世界,消解和反抗田园神话对乡村的理想化想象,将田园神话掀了个底朝天,彻底曝光了被田园神话有意忽视、遮盖的穷白人困顿、暗淡生活,揭穿了隐藏的阶级歧视和压迫,从而质疑了旧南方主导话语的真实代表性,动摇了其排他性叙事背后中上阶层的权力主体地位。

福柯认为:“使话语呈现差异并显示其特征的是对手双方所占据的位置。”②同样,克鲁斯就在采访中也明确指出,将自己领上文学创作道路,慈父一般的恩师里托尔与自己之间的重要分歧是客观存在的,这主要是由于他们出身不同而造成的对南方认知的隔膜:

> 我所来自的南方,与里托尔先生的南方截然不同。他对于我的南方一无所知。他对南方的认知基于一种精英视角。里托尔先生的父亲送他去法国读书,建立田纳西莫非斯堡市的土地是他家出的。他父亲是种植园主,一生从未动过犁耙,并引以为荣。③

不仅如此,克鲁斯认为即使像考德威尔这类以佃农为主要写作对象的作家也并不能真正理解自己所生活的南方,因为考德威尔的父亲是长老会

---

① 张剑:《西方文论关键词:田园诗》,《外国文学》,2017年第2期,第89页。

② Foucault, Michel. *Dits et Ecrits, III (1976—1979)*. Paris: Gallimard, 1994, p.123.

③ Crews, Harry. *Getting Naked with Harry Crews*. Gainseville: University Press of Florida, 1999, p.193.

的教长,生活无忧,考德威尔可以轻松上大学,因此,克鲁斯称:“我们的世界观大相径庭。并不是说我们不能沟通,只是说我没办法讲他们的语言,因为我不懂。同样,我也毫不谦虚地说他们也无法说我的语言,因为他们不懂。”①

克鲁斯等“粗悍文学”作家基于坚定的劳动阶级立场,对南方乡村做了出迥然不同的呈现与诠释。他用艰辛、破碎的生活经验作为创作的直接养分,以严酷的亲身经历或近距离观察,真实、客观地再现一个原始、粗悍的南方。对穷白人而言,乡村生活毫无诗情画意可言,克鲁斯用“残忍、可怕、冷酷”等情感色彩浓厚的词为南方乡村下了定义,布鲁格也认为其亲身经历的乡村生活“严酷、艰难,像蛇一样令人生厌”②。威廉·盖伊(William Gay)称乡村像是远离了文明的“蛮荒之地”,其惨痛经历多年后想起来仍“苦不堪言”③;艾莉森在故事《姓名长河》中描写的艾莉森姨妈家农场与珀西笔下农场有着天壤之别,珀西所描写的农场阳光遍野、磨坊飘香、硕果累累,而艾莉森所经历的农场生活阴郁暗淡,院子光秃秃的,露出深褐色的地面,木板搭建的前廊上聚集着牙齿破损、衣衫褴褛的孩子。她呈现了农场生活鲜为人知的黑暗面,他们的生活中没有半点浪漫可言,而是暴力、死亡、强奸、早孕、流产等事件频发。穷白人作家视角出发的“黑暗乡村”顿使兰瑟姆对农业社会“闲适、安定、自由”④的溢美之词黯然失色,道出了这两个社会群体虽同处在同一片天空下,但基于截然相反的亲身体验、观察取位对乡村的感悟却出现天壤之别。这也表明让无数人心驰神往的经典田园神话从来不属于这些

---

① Crews, Harry. *Getting Naked with Harry Crews*. Gainseville: University Press of Florida, 1999, p.193.

② Bragg, Rick. *All Over but the Shoutin'*. New York: Vintage Books, 1998, p.4.

③ Gay, William. “Where Will You Go When Your Skin Cannot Contain You?” *Grit Lit: A Rough South Reader*, eds. Brian Carpenter & Tom Franklin. Columbia: University of South Carolina Press, 2012, p.240.

④ Ransom, John Crowe. “Reconstructed but Unregenerate.” *I'll Take My Stand*. New York: Harper Torchbook, 1962, p.4.

穷白人，从而降低神话的可信度。在中上阶层作家看来浪漫闲适、令人恋恋不舍的乡村生活对克鲁斯来说却是苦不堪言、不堪回首的：“活着就像在噩梦中保持清醒。”①相较“农业主义者”视都市、工业生产为堕落荒原的观点，克鲁斯针锋相对地提出荒原根本不在都市，而就在乡村，乡村是“反人性”的②，他如此写道：

> 人人都喜欢称颂乡村生活有多么美好。而我童年了解和经历的乡村生活无一例外都很可怕。它使人对动物、对自己都很残忍。它使人冷酷无情。……那些乡下人不会闲坐在一起，谈论世界之道。世界如同他们的皮肤一样与他们紧紧贴在一起。③

克鲁斯从局内视角对其家乡生活的重新书写破除了农业主义主流叙事的武断性及片面性，建构起对抗性的话语形式，使读者走出中上阶层主观视角的局限，展露被主流文化漠视、遮蔽的世界，表达出乡村穷白人朝不保夕、炙肤皲足的切肤之痛，揭露了经济落后、社会封闭、阶层固化等弊病缠身的南方乡村对穷白人尊严与权利的剥夺。贫穷、饥饿与疾病成为克鲁斯笔下乡村生活的主题，他称佐治亚乡村是“佝偻病和十二指肠虫地带”，这不由地与让南方人引以为豪的“阳光地带”（Sun Belt）形成了反讽的联想。在珀西笔下，密西西比河输送着养分、滋养着生命，三角洲地带的肥沃土壤散发着香甜的气息，繁茂的森林孕育着生机和商机，南方是一个生机勃勃、充满希望的美好家园，而克鲁斯所生活的南方乡村土地贫瘠、多沙、荒草丛生，沼泽地荆棘丛生、布满毒蛇，干燥炽热的夏天弥漫着尘土和汗液的味道，苍蝇横飞、嗡嗡作响，是一片危险、未开化的蛮荒之地，承载着穷白人的绝望和痛苦，

---

① Crews, Harry. *Getting Naked with Harry Crews*. Gainseville: University Press of Florida, 1999, p.116.

② Guinn, Matthew. *After Southern Modernism*. Jackson: University Press of Mississippi, 2000, p.8.

③ Crews, Harry. *Getting Naked with Harry Crews*. Gainseville: University Press of Florida, 1999, p.57.

佃农起早贪黑劳动却仍然难以承受生命之重，收成微薄并背负着沉重的债务。他所呈现的乡村没有旖旎的风景、广袤富庶的农田、洁净宽敞的宅邸、摇曳生姿的木兰树，而是“天幕低垂，收割后的田地一片棕褐色的肃杀与萧瑟”①。

从“田园神话”到“黑暗乡村”，“粗悍文学”对南方乡村阴暗面的揭示暴露了旧南方主流叙事掩盖下的另类南方空间。由于话语是外在性的空间，从空间角度解读话语，“能够使人把握特定点上话语是如何在权力中、通过权力构成并以权力为基础发生转变的”②。“田园神话”源自中上阶层从洁净、宽敞的庄园门廊③出发所收获的视野，其对乡村阴暗空间的遮蔽彰显着其权力优势，而“黑暗乡村”则是“粗悍文学”作家从茅屋、田间地头的视角出发对自身在南方乡村的恶劣生存环境所做的再现，克鲁斯就对自身与以往南方文学的不同视角做出诠释：“我们家是白人渣滓，在大宅另一端的路尽头。”④不似福克纳笔下铺着光洁优雅地毯、挂着熠熠耀眼吊灯的沙里多斯家族大宅，根据克鲁斯自传《童年：一个地方的传记》记录，他幼时居住在木板搭建的茅屋中，阴暗狭仄，四面漏风，地板裂开大洞；一端是豪宅，一端是茅屋，二者从不同的空间视角出发看到的风景自然大相径庭，其对南方明暗两面的空间呈现是各自阶级话语的建构，也暴露了阶级的两极化，投射出南方农业社会巨大的阶级鸿沟。大宅与茅屋对峙，实质是形成了两个不相容且不平衡的权力空间。由于权力可以通过可见性的空间划分运行和流动，正如斯塔克·杨称其贵族出身的堂兄不允许穷白人亲戚踏上他家大门的台阶，人们通过空间划分建立起割裂和对立的群体关系，往往是权力执行者隔

① Crews, Harry. *A Childhood: The Biography of a Place*. Athens: University of Georgia Press, 1995, p.110.

② Foucault, Michel. “Question on Geography.” *Power/Knowledge: Selected Interviews and Other Writings, 1972–1977*, ed. Colin Cordon. New York: Pantheon, 1980, pp.69–70.

③ Bledsoe, Erik. “The Rise of Southern Redneck and White Trash Writers.” *Southern Cultures* 6.1 (2000): 88.

④ Cooper, Ron. “Depravity is a Thing of the Spirit: Hating Harry Crews.” *American Book Review* 38.4 (2017): 7.

离、异化被规训者,通过话语生产制造并维持差异性空间,巩固其主导地位的权力关系。"南方文艺复兴"时期,福克纳笔下沙多里斯、德·斯潘等贵族家族占据着其搭建的"约克纳帕塔法"舞台的中央位置。珀西回忆录中祖先或坐在大宅前廊悠闲地品尝薄荷酒,指挥穷白人和非裔美国人为其提供耕种土地、砍伐树木等服务,或在大宅中欣赏歌剧、弹琴唱歌,从衣着到饮食起居无不精致考究。韦尔蒂的写作也围绕着大宅中种植园主的家庭关系展开。"粗悍文学"故事则发生在佃农的茅草屋里、牲口棚中或是烈日寒风下的田间,茅屋阴暗逼仄、没有窗户、四面漏风漏雨,地板裂开大洞,从屋顶的缝隙甚至可以看到星星,生活设施简陋且物资匮乏,没有通电,自然也没有收音机、电视机等现代化电器,茅屋中的人总是在起早贪黑拼命劳作,过着饥寒交迫的日子,疲惫而绝望。一边生活优雅闲适、趣味盎然,一边则穷困潦倒、举步维艰,大宅与茅屋这两种生存空间天差地别的反差实质是两个阶级在权力机制中所处状态的写照和反衬,两者泾渭分明的区隔投射出两个阶级不平衡的权力地位,暴露了其之间管制与被管制的权力关系。另外,像是福克纳笔下的沙多里斯大宅多是砖瓦结构的建筑,砖砌的门柱高高耸立,巨型大厦透出威严,其坚固性与崇高性投射出权力隐喻,象征着居住者高高在上的贵族身份,而克鲁斯笔下的建筑则是木板搭建的茅屋,低矮狭仄,在风雨中瑟瑟摇晃,隐喻着穷白人在等级结构中低下的社会地位,传导其被他人主导和管制的无力感。

然而,更多时候权力隐藏在不可见的空间之中,居住在茅草屋、劳作在田地中的穷白人在可见性和非可见性空间中皆处于劣势地位,他们从事着最为艰辛的劳动,却在不公平的社会运行机制下无法收获相应的回报,陷于乡村底层难以翻身。在旧南方文学中,中上阶层作家往往将农业劳动描述为一项悠闲轻松、充满智慧、使人愉悦的活动,穷白人在乡村中快乐劳动,并自给自足。像"农业主义者"里托尔就认为:"劳动者从中受益匪浅,他们付出的时间、关爱和智慧赋予劳动产品以意义和价值",这跟大规模机器生产的产品有天壤之别。[①] 里托尔对劳动和劳动产品进行浪漫化的想象和渲染，却对劳动者付出的辛劳只字不提。当然，这也是在他人生经历中一无所知的方面。不论是“农业主义者”还是福克纳、珀西等中上层阶级出身的作家，他们大都身在养尊处优的境遇中，从优雅、闲适甚至哲思的视角畅想田间劳作，在这一过程中，屏蔽了面朝黄土背朝天，也由此被强加给“红脖颈”绰号的劳动者在野外的挥汗如雨。“农业主义者”兰瑟姆一句“农民在耕作时无须过于匆忙、机械，以便观察大自然之无常，之浩瀚”[②]对田间劳动的想象洋溢着浪漫的情怀。在这些“农业主义者”心目里，具有田园风光的旧南方是美好生活的象征，是一方远离喧嚣、混乱无序、金钱至上的工业化社会的安宁、幸福的绿洲。这种生活不以物质至上的价值观念为指导，而是作为道德、精神的源泉，可以满足人们的宗教、艺术、文学在和社会审美需要，有助于陶冶人的情操，锻炼人的良好品格，培育人的荣誉感以及诚实好客等美德，从而强调了农业生活的优越性不仅是满足人的基本物质需求，而且具有修身养性、愉悦身心、提高精神境界的功能。然而，在克鲁斯看来，这要论对谁说。对穷白人，这无疑是天方夜谭。对于穷白人，劳动从来不是一项轻松、快乐的“休闲活动”[③]，而是为生计所迫，是无可奈何的必需，完全不是自主的选择。在《童年：一个地方的传记》中，田间劳动就变成这样的版本：一个农民要耕种 40 亩土地，先要砍掉原有的玉米秆，将其垒垛、焚烧，清出田地，然后翻土，将冬天过后的坚硬土地犁至一英尺深。这需要农民赶着骡子在田里来回地走，每天走 30 英里路，甚至更多，如此日复一日，人“比骡子还卖力”[④]。犁地完毕后，还需要起垄、开沟，以便播种、施肥。佃农每天天亮前

---

① Lytle, Andrew Nelson. “The Hind Tit.” *I'll Take My Stand*. New York: Harper Torchbook, 1962, p.223.

② Ransom, John Crowe. “Reconstructed but Unregenerate.” *I'll Take My Stand*. New York: Harper Torchbook, 1962, pp.19–20.

③ Twelve Southerners. *I'll Take My Stand*. New York: Harper Torchbook, 1962, p.xxix.

④ Crews, Harry. *A Childhood: The Biography of a Place*. Athens: University of Georgia Press, 1995, p.31.

须将货车装满200磅一袋的肥料，天亮的时候拉到地里，每隔三垄卸下一袋。装肥料这种“枯燥无味”的小活儿一般会交给小孩，他们需要将双手伸到肥料桶里，手、手臂、眼睛被肥料灼烧得火辣辣地疼。① 为牲畜防病、治病是一项技术活，也是一项体力活，人们完成之后往往都会累得筋疲力尽，衬衫被汗水浸透，汗滴顺着额头流到下巴。② 从以上种种可见，克鲁斯所描述的农业劳动单调繁重、令人精疲力竭，甚至严重超出人体负荷。此外，克鲁斯还直言劳动是残酷、危险的，他笔下多得是过度劳动而伤残、畸形的乡亲：“我所认识的人几乎都不健全，要么是手指被切断，脚趾劈裂，眼睛被弹出的钉子扎瞎，要么身上都是铁丝网、刀子、鱼钩留下的伤疤”③，像是继父就为了将母猪装载到货车上而被咬到手指，鲜血直流。过度劳累导致的悲剧屡见不鲜，克鲁斯两岁时便失去了生父，他在采访时痛心地说：“我父亲实际上是活活累死的，作为一名佃农，像很多男男女女一样。我妈妈说他累死的时候才31岁，他的心脏，整个胸膛，就像爆掉的车胎。根本看不到任何希望，看不到任何出路。”④

由此，克鲁斯用记述式风格以高度的写真证明，农业生活对穷白人的身心甚至生命都是极大的摧残，促使他们以悲观的态度面对这个世界：“四十亩地加一头骡子不仅给人以黑色幽默感，还给他以黑色的世界观。”⑤他所谓的黑色的世界观主要浸染着自然主义宿命论色彩，痛感人在大自然面前的渺小、脆弱、无能为力，只能听天由命：“农业生活的变化无常是自然主义的，

---

① Crews, Harry. *A Childhood: The Biography of a Place*. Athens: University of Georgia Press, 1995, pp.127-128.

② Crews, Harry. *A Childhood: The Biography of a Place*. Athens: University of Georgia Press, 1995, pp.76-78.

③ Crews, Harry. *A Childhood: The Biography of a Place*. Athens: University of Georgia Press, 1995, p.58.

④ Crews, Harry. *Getting Naked with Harry Crews*. Gainseville: University Press of Florida, 1999, p.281.

⑤ Crews, Harry. *Getting Naked with Harry Crews*. Gainseville: University Press of Florida, 1999, p.153.

而并非是田园式的。”①在乡村,辛苦耕耘却不一定有收获,使穷白人成为最坚韧,同时又最脆弱的群体。虽然父亲每天都顶着烈日耕作十多个钟头,母亲妊娠七个月还在田间劳动,依然没能获得好收成。农业生产是靠天吃饭的行业,如天公不作美,再辛勤的劳作也会付诸东流。除了自然界的不可抗力,农业作物种类的选择,尤其是当年的市场行情,都决定着劳动者能否获得相应的回报,而这往往是他们无法左右的。克鲁斯提到穷白人谈及这些事情时的无可奈何:“他们会带着那种认命的口气,你就会明白,他们聊这些是为了消磨时间,因为他们对所谈论的事根本无能为力:棉花上的象鼻虫、牲畜身上的苍蝇幼虫、政府所征收的烟草平均税、高昂的商业化肥价格。”②衣食无忧的里托尔当然可以充满浪漫理想地高呼:“农场不是生产财富的地方,它是生产庄稼的地方”③,而对穷白人来说,经济、生存是他们时时刻刻需要考虑的首要因素。为了更快地摆脱贫困,获取更高的经济利润,克鲁斯的生父也曾尝试种植烟草等经济作物,播种、移植、施肥、修根、除虫、收割、摊放、炒制等繁杂工序,无一不需要挥汗如雨、殚精竭虑的付出。然而随着烟草生意失败,他们靠经济作物赚钱的美梦化为泡影。克鲁斯如此评论乡村穷白人面临的经济困境:1931 年全国其他地区刚开始受到经济大萧条的波及,但是经济危机仿佛已在培根县扎根多年,一些人说经济危机一直都在④。严苛的生活环境让穷白人的生活如履薄冰,稍有不慎,所有的努力便会付之东流。他们的生活充满了不确定性,决定生死的不是努力劳动,而是运气。

---

① Guinn, Matthew. *After Southern Modernism*. Jackson: University Press of Mississippi, 2000, p.11.

② Crews, Harry. *A Childhood: The Biography of a Place*. Athens: University of Georgia Press, 1995, pp.19-20.

③ Crews, Harry. *A Childhood: The Biography of a Place*. Athens: University of Georgia Press, 1995, p.205

④ Crews, Harry. *A Childhood: The Biography of a Place*. Athens: University of Georgia Press, 1995, p.35.

克鲁斯用尖锐的笔触让人们了解和反思，南方还有这样一群人过着贫穷、暗淡、悲惨的生活。他直言不讳道：乡村生活毫无希望，“没有什么是确定的。如果一个人没有受过教育，或者即使他受过教育，在银行中有存款或者拥有一片免费、可耕作的土地等希望是如此渺茫，人们几乎想都不敢想”①。故此，克鲁斯对象牙塔里文人雅士的高谈阔论流露出反感，在《童年：一个地方的传记》中似有所指：“那些乡下人不会闲坐在一起，谈论世界之道。世界如同他们的皮肤一样与他们紧紧贴在一起。”②乡下人没有资本也无暇、无心仰望星空，思绪飞扬，所关心的件件是与他们的福祉息息相关的农事，他们所担忧的是雨水是否充沛，田里的庄稼如何施肥、除虫，当年的粮食行情如何。

值得注意的是，克鲁斯这部《童年：一个地方的传记》是基于对20世纪30年代的生活回忆写就的，当时正值“南方文艺复兴”发轫，也是“农业主义者”对南方的农业生活夸夸其谈的高光时刻。故此，这部作品最无可争议地展现了当时阶级地位的对立导致的各自的南方理想与现实之间不可逾越的鸿沟，尽管这部作品出版于20世纪70年代，是迟到了近半个世纪的展现，因为在20世纪上半叶穷白人仍是沉默、边缘一族，无可能在南方文坛发声。

一分耕耘、一分收获对穷白人来说竟是难以实现的奢望，究其根源，实际是南方乡村不公社会机制运作的结果。土地是农业社会南方最主要的生产资料，是人们进行经济产出的前提，没有土地的人则难以逃脱被人奴役的命运。在经济利益的驱使下，大农场主粗放地开垦土地，在土地肥力下降后，便到别处开发新的农场，同时极力扩张，不断兼并小农场，并将农民从其土地上驱逐，切断了无地农民获取小块土地的渠道。像是《童年：一个地方

① Crews, Harry. *A Childhood: The Biography of a Place*. Athens: University of Georgia Press, 1995, p.16.

② Crews, Harry. *Getting Naked with Harry Crews*. Gainseville: University Press of Florida, 1999, p.57.

的传记》中,克鲁斯的生父披星戴月、栉风沐雨地劳作,“竭尽所能地想让这片贫瘠的土地产出些什么,尽管如此,第一年仍毫无收成。”①穷白人因经济条件所限,无力购买先进设备,仅依靠最基本的生产工具,即使不知疲倦地拼命劳作,生产效率也十分低下。像是克鲁斯的父母就仅靠斧头、铁锯、掘根锄开垦土地,遇到巨大的橡树树桩,买不起炸药,只能一点一点地挖了烧、烧了挖,一个树桩要花一个星期才能清理掉。此外,寄居在大农场上的佃农要向农场主上缴昂贵的租金或者大部分收成,使其原本微薄的收入不但难见增长,反而愈发债台高筑,就像《童年:一个地方的传记》中所说:“(培根县)很少人拥有土地。多数人都是佃农。他们要么上缴收获粮食的一半,以从土地主人那里借用土地、肥料、种子、骡子、挽具、犁具等,要么向土地主人交钱租用土地。”②克鲁斯称父亲卖命地劳动完全是出于绝望和走投无路,他要还债,还要支付200英亩农场的租金,最终难以负荷,过劳而亡。③越来越多的土地集中在少数农场主手中,他们操控南方农业的资本运作,将真正在土地上挥汗如雨的农民排除在利益之外。库奇(W. T. Couch)曾质问:“谁得到了田间劳作备受赞扬的好处?是土地拥有者还是真正耕种的人?”④劳动阶级承担着耕耘土地、饲养牲畜的繁重任务,中上阶层却坐享绝对优势的生产资源和劳动成果,这正像布朗曾指出的那样:“太不公平了,上层人压制着下层人的发展,从来都是如此,而且或将一直持续下去。”⑤

穷白人生活拮据而艰辛,时常伴随着食物短缺和营养不良,并由此导致身体畸形和精神痛苦,这与旧南方叙事中丰盈优渥的物质条件及优雅闲适

---

① Crews, Harry. *A Childhood: The Biography of a Place*. Athens: University of Georgia Press, 1995, p.31.

② Crews, Harry. *A Childhood: The Biography of a Place*. Athens: University of Georgia Press, 1995, p.11.

③ Crews, Harry. *A Childhood: The Biography of a Place*. Athens: University of Georgia Press, 1995, p.44.

④ Couch, W. T. “The Agrarian Romance.” *South Atlantic Quarterly*, 36.4 (October 1937): 426.

⑤ Brown, Larry. *Conversations with Larry Brown*, ed. Jay Watson. Jackson: University Press of Mississippi, 2007, p.192-193.

的田园生活景象截然不同。为了充分阐明农业生活的美好，里托尔曾畅想过普通农民丰衣足食的愿景，描绘出一幅香味四溢的诱人画面：“厨房中的食物已准备妥当，罐头和果酱足够一家人撑过整个冬天，”①他们的餐桌琳琅满目，摆满了美味佳肴，像是“热气腾腾的蔬菜和成堆的肉，一大盘炸鸡装得满满的，一只火鸡、一盘豚鼠或腌了一年的火腿，桌子两端各放一盘面包……他的餐桌永远充盈丰盛，成堆的好菜、肥硕的家禽、深黄色的黄油和香浓的牛奶、饱满的豆子、多汁的玉米、味道像山核桃的土豆，整个餐厅洋溢着幸福和满足”②。里托尔的理想固然很丰满，令人憧憬，但现实却很骨感，甚至是悲惨。对于穷白人来说，这样的愿景有强烈的画饼充饥的讽刺意味。在克鲁斯亲身经历的佃农生活中，物资极为匮乏，饥饿是一种常态，甚至需要时时接受救济才能勉强维持生活。乡下穷白人的日常食物种类单调、数量短缺、制作粗糙，经常吃的是粗碾谷物，或是浸礼会教堂等各种福利机构提供的食品篮，如能吃到猪肉就是件无比幸福的事。因此，冬天的宰猪时节成为乡下的一大盛事，如同过节一般，亲友们聚在一起，认真虔诚地处理、储备接下来一年的肉食，在克鲁斯的记忆中，熏肉时飘散在屋瓦间的轻烟“是一个人能闻到最美妙的味道”③。有时没条件做熏肉，他们就只能将仅有的一点肉放在盐水中保存，即使咸到难以下咽，也不舍得丢弃。除了佃农自己种植的作物和养殖的牲畜，穷白人鲜有机会品尝到外来食品，克鲁斯称自己小时候“从未见过商店的东西”④。他第一次吃的葡萄柚是哥哥从学校领到的政府救济品，在此之前，从不知葡萄柚是何物。克鲁斯一家对这个外来之物感到十分

---

① Lytle, Andrew Nelson. “The Hind Tit.” *I'll Take My Stand*. New York: Harper Torchbook, 1962, p.219.

② Lytle, Andrew Nelson. “The Hind Tit.” *I'll Take My Stand*. New York: Harper Torchbook, 1962, pp.226-227.

③ Crews, Harry. *A Childhood: The Biography of a Place*. Athens: University of Georgia Press, 1995, p.118.

④ Crews, Harry. *A Childhood: The Biography of a Place*. Athens: University of Georgia Press, 1995, p.126.

陌生新奇:“我们都拿它贴着鼻子闻了闻,久久不肯放开”①,葡萄柚带着阳光绿叶的甘甜和芬芳,沁人心脾,与在严冬中“枯萎破碎”的培根县显得格格不入,象征着丰裕的外部世界与封闭的贫困乡村之间天壤之别的生存条件。

此外,中上阶层十分注重其精英、高雅文化的构筑,视礼仪、得体为其待人处世的基准,珀西就在《防洪堤上的灯笼:种植园主之子回忆录》里详尽地回忆了家人的生活,祖母用餐讲究,外祖父母衣着、姿态优雅,从未失了体面,外祖母做的被子选用丝绸、天鹅绒等考究材质,十分注重色彩搭配,字里行间透露出对其祖先优雅精致生活的骄傲之情;韦尔蒂笔下南方上流社会的绅士丹尼尔也总是“打上带蝴蝶结的领带……穿上一身雪白的西装”,彰显其贵族气质。这些绅士、淑女总是衣着光鲜、风度翩翩,并对其文雅有礼的生活方式引以为傲。然而,不修边幅的生活不是穷白人自主的意愿,而是其经济拮据、物资匮乏的制约下的无奈选择。在克鲁斯作品中,穷白人吃着粗碾谷物和救济食品能够饱腹,穿着打着补丁的二手衣服能够保暖就已经求之不得了。他们服装以实用为主,以方便他们从事体力劳动,进城务工的他们因为找到工作、穿上工装而欣喜不已,即使“衣服的膝盖上破个口子或者围裙上部有一块被漂白剂腐蚀了”,仍自我“感觉良好”②。与珀西母亲身上永远散发着芬芳和优雅气质不同,在烟草工厂工作的克鲁斯母亲浑身沾满烟臭味。她每天要重复6 000遍铺烟草叶子的动作,烟草质量好的时候也会累得腰酸背痛,质量不好时更是劳心费力,“6 000遍的挫败让她处于不堪承受的歇斯底里之中……她们浑身一股烟臭味,在她们的头发、衣服、皮肤上,甚至在她们的心里。”③

---

① Crews, Harry. *A Childhood: The Biography of a Place*. Athens: University of Georgia Press, 1995, p.132.

② Crews, Harry. *A Childhood: The Biography of a Place*. Athens: University of Georgia Press, 1995, p.142.

③ Crews, Harry. *A Childhood: The Biography of a Place*. Athens: University of Georgia Press, 1995, p.145.

闭塞的社会属性更进一步加剧了乡村的贫困程度，并使乡村成为“落后、蒙昧、局限”的代名词。克鲁斯在《童年：一个地方的传记》中称：“我们生活的地方及方式完全隔绝于外界的人和事物。”①他幼年生活的培根县社会流动性小，鲜有外来人与事物的介入，唯一的外来者只有偶然到访的犹太或吉普赛商人：“他带着新奇和异域的气息来到我们封闭的小世界……他的货车比我能想象到的任何东西都要神奇……有无穷无尽的宝物……我们非常想跟他说话，但是我们又很害怕。”②这就道出了隔绝于外界人、事、物的穷白人的矛盾心理，一方面无限向往外面世界的丰富与繁华，另一方面又因长期与世隔绝，对自身的弱势、边缘身份感到瑟缩和不自信，面对外界与时代发展而滋生恐惧和排斥之情。克鲁斯妈妈和犹太商人仍然采用以物易物的交易方式，说明在商业化、工业化浪潮席卷南方之时，社会进步并未惠及乡村，尽管外界发展日新月异，培根县却仿佛陷入了静止状态。在单调、乏味的乡村生活中，外来的人和商品给克鲁斯以无限遐想：“随着糖果在舌尖化开，我们呆呆地站着看着他离开，感觉好像我们刚刚经历了远行，到了一个我们知其存在却从未见过的世界。”③他的心情投射出深陷闭塞贫困乡村的穷白人，无限渴望进步与发展的集体政治欲求。除了偶尔到来的外来访客，克鲁斯小时候了解外界的唯一途径只有购物宣传手册，乡民们不可能买得起里面的商品，只能通过手册了解、想象外面的世界在发生些什么。因此，购物手册被称为“心愿手册”④，成为克鲁斯和乡民们与外界连通的重要桥梁，克鲁斯甚至认为“联邦政府应该给西尔斯百货公司颁个奖章，因为它将购物目录

---

① Crews, Harry. *A Childhood: The Biography of a Place*. Athens: University of Georgia Press, 1995, p.62.

② Crews, Harry. *A Childhood: The Biography of a Place*. Athens: University of Georgia Press, 1995, pp.79–80.

③ Crews, Harry. *A Childhood: The Biography of a Place*. Athens: University of Georgia Press, 1995, p.82.

④ Crews, Harry. *A Childhood: The Biography of a Place*. Athens: University of Georgia Press, 1995, p.58.

发放给农村家庭，给乡民们的生活带来了色彩、神秘和美好”①。足见乡村穷白人的生活之封闭与枯燥，也可见人们渴望了解、融入外面世界的心情之迫切。在手册上，克鲁斯第一次看到了身体健全、美丽时尚、洋溢着幸福的模特，那种神情他“从未在身边的人脸上看到过”②，他见惯的是在劳动中伤残畸形、面色凝重绝望的乡亲，外部世界光鲜的模特与封闭乡村中悲凉的乡民形成了强烈的对比，其天壤之别的生存状态投射出乡村地区与南方繁荣进步大环境之间的巨大差异。南方乡村封闭的社会属性使其隔绝于主流社会，无法平等地享用城市地区的社会资源，成为一个疏离、落后、边缘的空间。正如社会学家大卫·海格伦（David Haigron）对乡村封闭性的描述：“平静意味着无聊、没有新鲜事发生，强烈的团体意识意味着目光狭隘、排斥外来事物……与现代性脱节。”③

由于社会资源分布严重失衡，在中上阶层享有较为完备的社会保障、生活便利之际，乡村穷白人在医疗、教育、文化等各领域的基本权益难以得到维护，进一步强化了其劣势地位。首先，乡村地区医疗资源紧缺，加之穷白人因经济、交通等条件限制，难以得到及时有效的医疗，身体健康甚至生命安全时时受到威胁。由于经济拮据，穷白人没有先进的交通工具，使得乡村穷白人聚居地与卫生机构之间不能有效串联，给穷白人及时就医造成了极大的阻力，加剧了其疾病或意外的危险性。就医困难，给病人造成苦楚的同时，对束手无策、无能为力的亲人也是巨大的精神折磨。更多情况下，昂贵的医疗费用使他们望而却步，捉襟见肘的经济状况不允许他们接受正规救治，最终酿成惨剧。像是小时候烫伤的克鲁斯在接受了夏普医生的救助之

---

① Crews, Harry. *A Childhood: The Biography of a Place*. Athens: University of Georgia Press, 1995, p.58.

② Crews, Harry. *A Childhood: The Biography of a Place*. Athens: University of Georgia Press, 1995, p.58.

③ Haigron, David (ed.). *The English Countryside: Representations, Identities, Mutations*. Gewerbestrasse: Springer, 2017, p.3.

后，只能选择回家继续养伤，因为他们没有钱去医院，更无力支付住院费用。能忍则忍、能扛则扛成为他们应对疾病的普遍做法，因为对于穷困潦倒的穷白人来说，一个人生病可能将全家拖入深渊。克鲁斯的生父就因过度劳累经常晕倒，但是他拒绝看医生，因为看医生要花钱，需要养家糊口的父亲不舍得花这个钱，每次醒来后马上又投入劳作，终因积劳成疾去世；另有佃农威利斯先生，即使牙疼到彻夜难眠，在房间跌来撞去，也不肯就医，一是没钱，二是医生离得太远。于是，看不起病的穷白人寄希望于精神疗法，他们认为吉普赛人拥有治病的魔力，这不能全然说明穷白人愚昧无知，只是他们在极度穷困的条件下，无力接受正规治疗，迫切想要抓住救命稻草而病急乱投医的结果。其次，与经济贫困相伴而生的就是精神文化生活的单调与贫乏，在培根县，除了《圣经》，人们不知书为何物，因为他们买不起。克鲁斯年幼时唯一的读物就是西尔斯百货的购物手册，而母亲读的第一本书是多年之后自己的小说。《拳击大师》中，尤金试图给父亲买台电视机，而父亲认为那太浪费钱，还不如买其他更为必要的物品。电影更是罕见之物，父母一辈子从未看过，弟弟虽看过一次，却认为不如钓鱼打猎，至少能有肉吃。这充分说明穷白人物质需求被满足之前完全谈不上有什么精神文化生活，也暴露了里托尔称穷白人文化生活丰富，在务农之余享受唱歌弹琴、谷仓舞会等休闲乐趣的言论的虚幻性。另外，教育对穷白人来说更是项奢侈品，高等教育尤其可望而不可及。由于家境贫寒，克鲁斯家族中没有完成高中课程的先例，他成为家里第一名高中毕业生。但他负担不起大学的费用，高中毕业后只得选择参加海军陆战队，依靠退伍福利政策和打工积攒的资金，多年后才断断续续完成了高等教育深造。无独有偶，布朗、麦克劳林也因家庭贫困，历经辍学、参军，几多波折才得以接受高等教育、踏入文学殿堂，这些穷白人作家的共同经历表明乡村地区教育资源极为短缺，尤其是高等教育缺位严重。

显而易见，穷白人在不平衡权力体系中的弱势、边缘地位体现在乡村生活的方方面面，他们通过文学话语从底层发出呐喊，传递着对不公阶级关系的批判与控诉。此前,“南方文艺复兴”及之前的南方文学一直宣称在南方农业主义乡村社会中,阶级关系和谐融洽、无政治纠纷,各阶级自得其乐、各得其所,等级制度充分展现出人道主义精神,中上阶层守护着社会的秩序和文明,是穷白人等底层群体的大家长,“为其提供庇护,供给其衣食,使其免受饥饿”①,穷白人离开中上阶层的救助则无法安然生存,他们乐于承认并服从中上阶级的统治。这种“田园神话”有意抹去了乡村的政治色彩,掩盖了乡村贫困和阶级冲突的事实,从而加固了种植园主的中心、权威地位,使得“在美国历史进程中,没有哪个群体能像内战前的种植园主阶级一样,以如此少的人数对地区的经济、政治、文化生活产生如此统摄性的影响”②,里托尔就详尽地描绘了一幅农民在种植园主馈赠和庇护下安居乐业的温馨画面,成员各司其职、和乐融融,并称底层白人“感受不到强烈的社会不平等”③。田园神话往往只展示了种植园主的乐善好施,却鲜有提及劳动者作为真正的生产者所付出的苦力和汗水,因而掩盖了两者之间剥削与被剥削的阶级关系。事实上穷白人对战前的南方社会并不满,历史学家弗莱德·阿瑟·贝利(Fred Arthur Bailey)在其书中提及对南方邦联老兵的问卷调查,那些没有田地的白人老兵对战前生活表示不满,尤其对贫富之间的鸿沟强烈反感,并对种植园神话深表质疑;④另有穷白人在采访中叫苦不迭:“我认为它(佃农制)就是奴隶制……过去就像奴隶时代……完全就是奴隶制。”⑤这就等于明确否定了里托尔称穷白人内战前对自己的生活状态心满

① Tracy, Susan Jean. *In the Master's Eye: Representations of Women, Blacks, and Poor Whites in Antebellum Southern Literature*. Amherst: University of Massachusetts Press, 1995, p.190

② Tracy, Susan Jean. *In the Master's Eye: Representations of Women, Blacks, and Poor Whites in Antebellum Southern Literature*. Amherst: University of Massachusetts Press, 1995, 213.

③ Lytle, Andrew Nelson. "The Hind Tit." *I'll Take My Stand*. New York: Harper Torchbook, 1962, p.214.

④ Bailey, Fred Authur. *Class and Tenessee's Confederate Generation*. Chapel Hill: University of North Carolina Press, 1987, pp.72-73.

⑤ McMillen, Neil R. *Dark Journey: Black Mississippians in the Age of Jim Crow*. Champaign: University of Illinois Press, 1989, p.124

意足，因工商势力入侵才使其不满足现状、滋生堕落，致使自己处境愈发艰难的说法。“粗悍文学”的反田园叙事揭穿了充斥着阶级矛盾与冲突的社会关系，投射着穷白人渴望改变、颠覆既有权力秩序的政治欲望。克鲁斯对各方面处于劣势的穷白人遭遇的不公待遇痛彻心扉：“一个佐治亚州南部的佃农，每年必须从一块不毛之地搬迁到另一块不毛之地。从未拥有过什么。总是被逼到绝境。别人可以获得医疗。他什么都没有。别人可以吃橘子、葡萄柚、柠檬预防口腔炎症或坏血病，但他什么都没有。别人家的孩子都有鞋子穿，但是他的小孩没有。我认为不会有人比他更会精神异化……”①他通过再现乡村穷白人艰辛、劳碌的生存状态，暴露了农业社会看似稳定的运作是以牺牲底层群体的利益，剥夺他们的权利为代价的本质，实际上，南方乡村是一个“总是从阶级的角度考量人们的行为和意义，阶级冲突无处不在”②的社会。“粗悍文学”从局内视角对乡村生活黑暗、绝望一面的再现为人们了解、认识南方提供了一个全新的视角，用锋利的笔触揭露了中上阶层利用主导话语美化乡村阶级机制，教化、禁锢下层贫民的目的，促使人们质疑原有田园神话的真实性，反思其阶级局限性，清楚意识到其所讲述的只是选择了南方生活的一个剖面。

布朗的小说世界都是一些普通人、劳动大众。通过他们的生活片段，他以直面人类困境的勇气和真诚掀开了被绅士、淑女文化遮盖，隐藏在南方社会最底端的状况。布朗坦率承认自己出身贫寒，和福克纳的家庭背景大不相同。他断然拒绝别人将他的短篇小说《等待淑女》(*Waiting for the Ladies*)与《喧嚣与愤怒》相比较，指出这样做“毫无根据”。他认为：“我和福克纳先生的作

---

① Crews, Harry. *Getting Naked with Harry Crews*. Gainseville: University Press of Florida, 1999, p.142.

② Howard, June. *Form and History in American Literary Naturalism*. Chapel Hill: University of North Carolina Press, 1985.

品虽然描写的是同一片水土、同一方人,但除此之外,并无相似之处。"①他在自己的一篇文章里回忆了自己的童年,家人在密西西比的北部和田纳西的孟菲斯租房子住,搬来搬去,努力寻觅好一点的生活。他觉得厄运缠身,他们家走到哪,它就跟到哪。他这种无法磨灭的经历证明了南方主流的意识形态是建立在多少穷人的痛苦之上。

获得南方图书奖和密西西比文学艺术研究院文学奖,被评论界认为是布朗最优秀的长篇小说的《乔》的主人公乔是蓝领阶级。虽然本质上还算是个好人,却恶习难改,犯过罪,酗酒、赌博,寻衅滋事。尽管已经年届50,本该是享受天伦之乐的时候,家庭生活却一塌糊涂,离了婚不说,和女儿、外孙也关系糟糕。他形影相吊,顶着密西西比的酷暑,开着辆破卡车奔波在乡间小路上,指挥着一帮非裔美国人毁掉硬木林,以便能栽植收益更大的松树林。他结识的15岁的少年盖瑞·琼斯一贫如洗,没有钱,没有吃的,没有工作,看不到任何希望,在绝望的苦海里拼命地挣扎。他们的状况表明了即使在当今的美国南方,像"白人渣滓"这类形象并没有绝迹。他们依然真切地存在于南方的生活里。盖瑞的父亲肮脏、无耻,为了买酒喝不惜以身试法,去偷窃,去杀人。这种读来令人心灵颤抖的堕落、穷困潦倒让人见识了南方乡村最残忍、丑陋,但也是最真实的一面,使"南方文艺复兴"的文人雅士们笔下浪漫的乡村神话顿时变得苍白无力、黯然失色。

南方著名评论家、"农业主义者"柯林斯·布鲁克斯透过传统的滤镜观之,不免对布朗的作品持矛盾态度。一方面,他认可《乔》是一部优秀的小说,但是他又无法将其置于旧时南方的语境之中进行理解和接受。虽然故事发生在似曾相识的南方社会背景之下,但其对穷白人生活的关注却与传统南方叙事完全相背离。布朗聚焦南方乡村和小城镇中穷困潦倒、生活无望而走向毁灭的社

---

① Summer, Bob. "Author's Popularity Is Poised to Expand." *Richmond Times-Dispatch*. 3 Nov. 1991, F4.

会弃儿和他者，并认为“故事里的悲剧是无法避免的，因为人们的生存环境”①。他笔下的男性角色都有一辆皮卡车，终日为了生计奔波于乡间小道，象征着主人公从事体力劳作的工人阶级身份。车上配有装满冰镇啤酒的小冰柜，座位下放着猎枪，映射其充斥着酒精和暴力的生活方式。通过再现这些社会底层白人艰辛、劳碌的生存状态，揭露了社会看似稳定的运作是以牺牲底层群体的利益，剥夺他们的权利为代价的本质。布朗基于自己的真实经历，在回忆录《赴汤蹈火：生死抉择自述》(*On Fire: A Personal Account of Life and Death*)中详实地描写了被排除于主流社会之外的穷白人潦倒至极的生活状况：在遭遇火灾的破败房屋里，一帮醉汉高声争吵，女人衣衫褴褛、醉醺醺的咒骂，屋内堆满空酒瓶、脏衣服、垃圾，孩子光着脚到处跑。消防员的经历让布朗更深刻、直观地领略了贫穷对人们的摧残，他感悟到“贫穷是悲剧滋生的温床”②，因为在经济架构底层的人住在破旧的茅屋中，充满安全隐患，电线老旧，烟雾报警器等装置没有电池，安全意识薄弱等，使其更容易遭受火灾的侵袭。社会资源分配不均导致穷白人时刻处于劣势，深陷贫困的泥潭而鲜有翻身机会。在他看来，贫富差距的鸿沟泾渭分明，在现行体制下是无法逾越的，不是哪一个人所能做到的，他在《直面后果》(*Facing the Music*)中表示：“有钱人不会变成穷人，穷人也不会变成有钱人。”③布朗的短篇小说《富人》(*The Rich*)讲述了贫富差距在阶级之间种下的仇恨的火种在燃烧。在旅行社工作的派立舍属于穷人的行列，要和计划出游的富人打交道。他渴望有朝一日能跻身富人阶层，但同时又对他们恨之入骨，想到这个社会极

---

① Bonetti Kay et al (eds.). “Larry Brown (1995).” *Conversations with American Novelists: The Best Interviews from the Missouri Review and the American Audio Prose Library*. Columbia: University of Missouri Press, 1997, p.244.

② Brown, Larry. “On Fire: A Personal Account of Life and Death and Choices.” *Grit Lit: A Rough South Reader*, eds. Brian Carpenter and Tom Franklin. Columbia: University of South Carolina Press, 2012, p.24.

③ Brown, Larry. *Facing the Music*. Chapel Hill: Algonquin Books of Chapel Hill, 1988, pp.39–40.

端的不公,让穷人饱经了生活的磨难,而富人却养尊处优、逍遥风光,便怒火万丈,巴不得抄起一挺机关枪把他们统统打倒,似乎只有这样方能一解心头之恨。他真想做的就是用机枪向他们扫射,真想让富人们遭受一遍他所遭受的痛苦,让他们倾其所有钱财才能治愈。

看透了中上层作家笔下乡村生活岁月静好的假象背后涌动着的下层阶级的不幸和悲哀,同克鲁斯一样,布朗也坚决拒绝将田园生活理想化的传统叙事。他驳斥了布鲁克斯等农业主义者将南方乡村当作传统价值观大本营的诉求,淋漓尽致地展现了乡村底层生活的粗陋与不堪。虽然布朗小说中也涉及了一定的田园主题,例如《乔》中的人物角色也从乡村、林间寻求慰藉,并在《比利·瑞的农场》中为儿子描绘了一幅与世无争的农场画卷等,但是农业主义者营造的浪漫和闲适在他笔下被消解殆尽。他直白地呈现了农场生活的艰辛,一一列举了养牛工序的烦琐,断言一个想回到乡村寻求无忧无虑生活的人将会对其"大失所望"①。

布鲁格称其亲身经历的乡村生活"严酷、艰难,像蛇一样令人生厌"②。在布鲁格的作品中找不到传统南方叙事中马背上脚蹬皮靴,气宇轩昂的绅士,也没有撑着洋伞,打扮光鲜的淑女,他笔下都是被装满棉花的麻袋压弯了腰,手指甲里塞满了洗不掉的油污的人。正如克鲁斯在培根县见惯了身体残缺、畸形的乡亲,布鲁格时常会看到袖管空空的人,这不是因为战争,而是很多人在棉花场中被机器夺去了手和胳膊。这些人的祖先从未见过薄荷甜酒,也从未拥有过黑奴,世世代代靠出卖劳力维持生计,锯木头、抗木材、装黏土,在酷热或者剧毒的恶劣环境下工作,比蓝领工人的社会地位还要低③。"夏日的骄阳将地里的棉花和玉米晒蔫,龙卷风击节长达 10 个月,狂

---

① Brown, Larry. *Billy Ray's Farm: Essays from a Place Called Tula*. Chapel Hill: Algonquin, 2000.

② Bragg, Rick. *All Over but the Shoutin'*. New York: Vintage Books, 1998, p.4.

③ Robertson, Sarah. "The Memorialization of Southern Poor White Men's Labor in Rick Bragg's Memoir Trilogy." *Journal of American Studies*, 47.2 (2013): 464.

风将他们的仓房吹垮，将房顶上的锡片刮走，将墓地里的墓碑连根拔起。他们的女人累得死去活来，他们的骡马死于寄生虫病，他们的孩子也因得软骨病而残废，有些死于高烧。”①

> 不同于种植园主气派的庄园大宅，布鲁格一家居住在狭仄的小木板房中，小到可以一只手碰到东墙，一只手碰到西墙。室内设施简陋，厨房水池是唯一的自来水设备，“没有热水龙头，用热水得在大锅里烧，电灯是从屋顶上垂吊下来的一只灯泡。那里没有地下室，没有阁楼，整个房子只是一只固定在四根混凝土桩上的小木箱……厕所在50码之外的一个三合板造的小屋里……边上还有一截短棍，那是用来对付五英寸长的蜈蚣、黑寡妇蜘蛛和形形色色的蛇虫的武器。”②

布鲁格一家也时常处于食物短缺之中，家里的饭不够吃时，母亲便谎称不饿，把食物留给孩子们吃。家里日常的食物是煮的豆子、玉米饼，或是发糕和前一天剩下的猪油做的卤汁，如果能吃到来历不明的热狗肠，便是一顿令人眉开眼笑的美餐，像克鲁斯家人会把宰杀的猪物尽其用地做成熏肉、煮汤、灌香肠等，布鲁格一家也将猪肉视作珍宝，每年到杀猪的时候才能大饱口福，吃到“只剩下猪鼻子和趾甲”。由于生活在长期饥饿和物资匮乏的状态当中，布鲁格称自己对食物的向往远远超过了对金钱、美色和权势的渴求。

他意识到了南方文学里既有的浪漫田园的叙事范式，一针见血地指出只有那些从未碰过锄头的人才会认为田园劳作是件很浪漫的事，而他的母亲为了种菜每天要趴在地里拔几个小时的杂草，草叶锋利如刀，稍不留神便会受伤，有时还会碰到南方最致命的毒蛇，因而劳动是项辛苦而危险的活动，丝毫没有优雅浪漫可言。布鲁格称：“那些说你不去惹它（毒蛇），它就不

---

① Bragg, RIck. *All Over but the Shoutin'* New York: Vintage Books, 1998, pp.4-5.

② 瑞克·布鲁格：《南方纪事》，王聪译，北京：华夏出版社，2005年，第37页。

会惹你的风凉话的北方佬生物学家，显然从来用不着用一根头上装着钝钝的金属片的长棍子将趴在豆地里的一条蛇除掉。”劳动艰苦，严重损耗了母亲的健康，“我的母亲也青春不再、容颜憔悴，她的早衰主要是因为在地里劳作而不是因为年龄的增长”①。在南方乡村固化的阶级体制下，穷白人除了拼命劳动换取微薄收入，别无出路。布鲁格就称自己家族的人“生来就是干活的苦命”，像哥哥山姆 13 岁起就开始干成年人的活，“挖煤、推着装满石块的推车、清洗猪圈、在堆着一眼看不到头的 50 磅的黏土和碱土口袋的迪克西黏土场里给货车装车。有些晚上，他会坐在那张硬靠背椅上沉沉睡去……他所得到的是干不完的重活而不是一辆‘野马’车”②。为了避免这样的命运，很多南方小伙子选择参军，因为南方乡村穷白人的“生活空间很狭窄，想要去看一看世界上的其他地方，只有报名参军才有可能”，布鲁格父亲就认为“除了在棉花加工厂工作，干什么都行”③，充分表达出穷白人对于常年与土地打交道，无望地从里面讨生计已经深恶痛绝，及其迫切想要一走了之，奔向更广阔空间的诉求。

在旧南方“田园神话”中，“生活及其事件对地点有一种固有的附着性、粘合性”④，即事件往往发生于祖辈居住过的地点，像是家乡的山水、自家的房屋等。福克纳的作品就围绕“邮票大小”的“约克纳帕塔法”县展开，康普生、沙多里斯家族的祖孙几代人居住在年代久远的大宅中，构成一个独特的历史文化空间，象征其栖息在旧南方传统之中的精神世界。由此也培育了其恋家乡、爱故土的地方情结，成为“南方文艺复兴”一大经典主题。与这一局限空间的附着性、粘合性相对，“粗悍文学”中的穷白人生活充斥着漂泊感、离散感。像是《童年：一个地方的传记》中，家庭变故、再加上自然灾难频

① 瑞克·布鲁格：《南方纪事》，王聪译，北京：华夏出版社，2005 年，第 61 页。

② 瑞克·布鲁格：《南方纪事》，王聪译，北京：华夏出版社，2005 年，第 84 页。

③ 瑞克·布鲁格：《南方纪事》，王聪译，北京：华夏出版社，2005 年，第 14 页。

④ 巴赫金：《巴赫金全集：第三卷》，白春仁、晓河译，石家庄：河北教育出版社，1998 年，第 425 页。

发，导致克鲁斯一家颠沛流离，他回首自己从四岁记事起到 17 岁离开家乡前的生活，几乎每年都会搬家，有时甚至一年要搬两次[①]，无一例外居住在农场主租赁的茅屋内，从未有过真正属于自己的房子。布朗《乔》的主人公始终颠沛流离，食不果腹。这种居无定所的生活并不是个别现象，而是广大佃农普遍生存状态的写照，或是活下去的唯一出路，或是出于对改善经济条件的追求，这些“维持生计的农民（也就是处于社会边缘的佃农）频繁搬迁，远远多于大多数人所想象的，他们从一块肥力耗尽的土地到另一块，从一片庄稼无法生长的土地到另一个地方，以为自己可以在那里获得好收成”[②]。克鲁斯就受其自幼漂泊无依的人生经历影响，不论走到哪里都始终有一种局外人的感觉，所到之处都是他们艰难的人生旅途中一个个短暂停留的驿站，因而他们无法像中上阶层作家那样对南方的乡村故土滋生一种依恋之情。究其原因，无非是因为他们作为一个游走于社会边缘地带群体，从不曾真正拥有过这里的土地房屋，甚至一草一木，加之过往的凄惶经历亦留不下什么回忆和牵挂。故此，他们的地方情结是淡漠或缺场的。

从“田园神话”到“黑暗乡村”，对南方乡村明暗两面的不同展示源自作家不同的阶级立场。两种话语间的激烈对撞使“田园神话”仅是中上阶层价值观及人生体验的表达这一实质昭然若揭。他们牢牢占据社会优势地位，利用话语霸权将农业社会粉饰成充满诗意的阿卡迪亚，传播关于闲适、安定、富足的农业主义意识形态。“粗悍文学”可谓是针对不平等现实秩序的批判檄文，它“提供了政治抵抗的杠杆，也提供了阐发被边缘化群众之欲求的一种手段”[③]，揭示了“田园神话”的片面性，表明其不具有对南方生活广泛的代表

---

① Crews, Harry. *Getting Naked with Harry Crews*. Gainseville: University Press of Florida, 1999, p.157.

② Crews, Harry. *A Childhood: The Biography of a Place*. Athens: University of Georgia Press, 1995, p.40.

③ 道格拉斯·凯尔纳、斯蒂文·贝斯特：《后现代理论：批判性的质疑》，张志斌译，北京：中央编译出版社，2011 年，第 74-75 页。

性,以反农业主义叙事话语暴露了不公阶级机制下贫穷生活、残酷劳作对穷白人身心的摧残,对乡村社会提出了穷白人被压制了多年的控诉。克鲁斯等"粗悍文学"作家从解构"田园神话"出发,揭露南方乡村社会资源分布不均、贫富差距巨大、阶级壁垒森严等弊病,为了改变自身在乡村中的劣势地位,穷白人立场坚决地选择离开乡村,到城市中寻找生存发展契机。

第二节　向城而生拒斥农业主义

直至20世纪上半叶,美国南方仍是封闭的农业社会,延续着传统的生活方式,以注重血缘关系、排斥外来人员、拒绝陌生事物等为地方名片。作为既得利益者的中上阶层将农耕文化视为南方文明的基石,主张农业社会具有不可比拟的优越性,是南方可能实现的最完美的社会形式,他们强调:"农耕是最优越、最具灵性的职业,因此应作为经济根基优先发展,并得到绝大多数劳动者的拥护。"①然而,随着工业化和城市化进程逐渐波及到南方,南方农业社会的根基受到冲击,传统生活方式和价值观念均遭受蚕食和瓦解,"田园神话"也不可避免走向衰落。时代洪流对旧南方社会秩序的侵袭引发了中上阶层的担忧,他们纷纷发声捍卫农业社会制度和农耕文化,立场坚定地反对工业主义,强烈谴责工业化给南方社会带来的灾难,认为工业化会使南方朝向丧失人性的方向发展,造成道德滑坡,引发社会动荡与混乱,如斯塔克·杨形容工业主义"嘈杂、狭隘、黑暗、病态"②;兰瑟姆称工业社会使人们牺牲掉舒适、悠闲、快乐的生活。他们纷纷提出解决南方社会危机的关键

① Twelve Southerners. "Introduction: A Statement of Principles." *I'll Take My Stand*. New York: Harper Torchbook, 1962, p.xxix.

② Twelve Southerners. *I'll Take My Stand*. New York: Harper Torchbook, 1962, pp.328, 355.

就是维持农业主义社会制度:莱尔·H. 拉尼尔(Lyle H. Lanier)提出解决失业的方法就是让失业人员回到农业社会①;里托尔也明确提出工业化正使国家走向错误的发展方向,科技发展是“毁灭性”的②,南方必须拒绝工业化,回到农业社会。另外,福克纳的“斯诺普斯三部曲”谴责了工商业势力对南方政治经济、道德伦理、文化艺术等各方面传统的侵袭和破坏,把它看作利欲熏心、冷酷无情的代名词,对工商业的发展持批判态度。

主导话语推崇、留恋农业社会,忌惮、排斥工业文明的立场,克鲁斯等“粗悍文学”作家则反其道而行之,对昔日神话的逝去毫无留恋、惋惜之情,这也是从自己的阶级立场出发,做出截然不同的时代选择,紧抓工业化、城市化、商业化时代机遇,走出乡村、进入城市,立足现实、拼搏奋斗,并对未来生活改善充满向往和希冀。克鲁斯的小说与农耕文化背道而驰,充斥着工业社会的符号,替换了传统田园风光,由工厂取代农场,城镇取代乡村。作品的时空场景也随之发生切换,将城市作为乡村穷白人挣脱其劣势的经济角色和固化的社会地位,寻求经济救赎和社会上升流动的场所,与其关注现下生存、憧憬未来生活的时间脉络交叉、融合,构成了穷白人摆脱现实、寄托理想的异质空间。福柯认为空间充斥着权力隐喻,是权力的容器,是保证权力运作的重要机制,穷白人生存空间向城市的拓展便投射出颠覆与僭越意义。对穷白人而言,城市不仅是其栖身的物理空间,更是其颠覆传统阶级架构、实现平等与发展的梦想空间。

在美国南方由农业社会向工业社会转型的历史背景下,城市为穷白人提供了脱离农业主义意识形态,逾越乡村阶级管制的特殊空间。“南方文艺复兴”作家曾认为工业化、机械化大生产会剥夺穷白人劳动的快乐,致其沦落为劳动力商品,甚至造成穷白人被取代、失业的悲剧局面。以他们之见,农民热爱土地,不愿意从土地离开,加入工业大军的行列,工业主义使人切

① Twelve Southerners. *I'll Take My Stand*. New York: Harper Torchbook, 1962, p.144.

② Twelve Southerners. *I'll Take My Stand*. New York: Harper Torchbook, 1962, p.204.

断了与土地的联系,让人们离开了最为古老的、人性的生活方式等等,像是考德威尔在《烟草路》中就宣称穷白人不愿离开乡村:“在这个时节烧莎草、犁地,这些事情都融入我血液之中了……我们莱斯特家族喜欢翻动土壤,种植作物。我不能从这里搬走……土地紧紧地抓着我。”①这些农业主义的表述可能在克鲁斯他们看来就是穷白人的伪叙事,其实只是中上阶层一厢情愿的代言,自说自话而已,其真实目的是佐证以农为本的经济体制在南方的正当优越性,进而维护自己在这一体制里的既得位置和利益。里托尔就承认工业主义发展最大的威胁是统治阶级遭到破坏。而克鲁斯等作家则称“常年在农活中饱受摧残,早已身心俱疲”②的穷白人在成批地涌入城市,因为乡村生活像是个“死胡同”③,“在家乡根本没有前途”④。与乡村封闭、边缘化的社会属性不同,城市不仅为穷白人提供了经济独立的机会,也为其享受更优越、便利的医疗、教育、文化资源提供了渠道,为其充分实现自我价值开拓了新天地。克鲁斯自身就是一名“奋斗者”⑤,是反农业主义的代言人。由于家境贫寒,他高中毕业后无缘高等教育,于是毫不犹豫地选择参加海军陆战队,因为这是他能走出家乡为数不多的选择。后来克鲁斯解释他参军的原因:“十七岁时不知道要做什么,而且家里有太多人要养活。乡下没有工作机会,参军是一条活路。”⑥之后他历经曲折完成大学学业,又做过几年高中教师,回到学校继续读研深造,最后才得以在佛罗里达大学任教,他明

---

① Caldwell, Erskine. *Tobacco Road*. Athens: University of Georgia Press, 1995, p.20.

② Crews, Harry. *A Childhood: The Biography of a Place*. Athens: University of Georgia Press, 1995, p.136.

③ Crews, Harry. *The Gospel Singer*. New York: William Morrow, 1968, p.1, pp.207-208.

④ Harry Crews, *The Knockout Artist*. New York: Perennial Library, 1989, p.17.

⑤ DeBord, Larry W., and Gary L. Long. “Harry Crews's *A Childhood*: A Resource for Teaching Sociology.” *Teaching Sociology*, 9.4 (1982): 454.

⑥ Crews, Harry. *Getting Naked with Harry Crews*. Gainseville: University Press of Florida, 1999, p.167.

确表示"没有回到家乡生活的计划"①,并且事实上也是终生没有回去。克鲁斯走出乡村的坚定立场可见一斑,而且该立场是自幼目睹乡村生活的残酷后,萌生于其思想深处的乌托邦欲望。克鲁斯一路披荆斩棘,从佃农家庭跻身城市中的高等学府、文学殿堂,走出了禁锢其祖祖辈辈的乡村生活,他清楚地知道,只有通过城乡流动才能改写旧社会等级结构,因为空间与意识形态相交织,充斥着社会文化关系、权力运作。城市是穷白人作家自幼目睹乡村生活的残酷后,萌生于其思想深处的理想,传递出穷白人渴望挣脱生存困境,代表了拓展自己生存空间的希望,因而"筑梦城市"成为贯穿其作品的一条主线。在麦克劳林《月亮的守望者:南方的童年》(*Keeper of the Moon: A Southern Boyhood*, 1990)中,从乡村涌来穷白人聚居在费耶特维尔市东区,从事销售员、服务员、屋顶工等工作,靠勤勤恳恳的劳动开创自己的新生活;安·潘凯克(Ann Pancake)《红脖男孩》(*Redneck Boys*, 2001)中的理查德在离家一百英里以外的城市建造公寓,像千万个走出阿巴拉契亚山区的穷白人一样,不辞辛劳地赚取家用。

在克鲁斯作品中,告别乡村、走向城市构成了其叙事主题,主人公多是进入城市追逐经济境遇和社会地位提升的乡村穷白人。作品人物时常投射着作者的影子,带有自传的性质,《拳击大师》主人公尤金就取自作者的名字(作者全名为哈瑞·尤金·克鲁斯),同样出身于佐治亚州南部的奥克弗诺基沼泽地区,坚定地走出乡村谋求生路:

> 尤金十八岁生日前从高中辍学,离开了父亲在佐治亚州南部奥克弗诺基沼泽地区的小农场,他的离开是意料中的事。他不可能从高中毕业,家里就没有过高中毕业生,另外,他也不知道有谁靠读书能挣到钱,反正他不在乎能不能毕业,他也从不擅长读书。没人告诉过他要离

① Crews, Harry. *A Childhood: The Biography of a Place*. Athens: University of Georgia Press, 1995, p.181.

开，但是他一直知道就该如此。他已经长大了，现在要自谋生路，毕不毕业关系不大。他父亲的农场不过是肥力流失的一层薄土，他留在家里种地也没啥意义。①

另有《健美之躯》中主人公多萝西吐露心声："她不知道为什么要离开家乡，但她从小时候就知道自己不想在韦克罗斯（佐治亚州地名）了此一生。她知道自己不想成为佐治亚州南部另一名平庸的特尼普锡德。"②穷白人很多情况下选择背离乡村、走向城市是社会发展的必然选择，他们将生存重心转移到城市地区其实是开拓了另一个充满可能性的生存空间，城市为穷白人提供了改变人生际遇的可能，传递出穷白人阶级逾越的按捺不住的向往。除了其改善自身生活的内在驱动力，农村大旱、经济危机等自然、社会灾祸给南方农业带来沉重打击，大量农场不景气甚至破产。这些无法预测的飞来横祸加剧了穷白人的命运的不确定性和生存压力，将其置于听天由命的绝境，使其心灰意冷，也就迫使更多走投无路的穷白人另觅生计，纷纷涌入城市，导致南方农业人口剧减。克鲁斯在《伤疤迷恋者》中再现了自己年幼时所见所闻的农民进城务工的场景，"杰克逊维尔到处都是四处奔波的佃农及其后代，他们从佐治亚州南下而来，家里庄稼歉收，他们就到这出卖自己的双手和脊背给任何愿意雇佣他们的人"……"他们渴望出卖自己的汗水和结茧的双手，因为这是他们所能出卖的一切。过去三年都没怎么下雨，干旱迫使数以千计绝望的男人和枯瘦的女人、孩子涌入杰克逊维尔"③。大批来自佐治亚的农民聚集在佛罗里达州的杰克逊维尔市，为了城市工厂的工作而来，寻找出卖劳力的机会，对于遇到天灾、颗粒无收、走投无路的穷白人来说，城市给他们提供了活下去的机会。这就从穷白人的主观愿景及客观现

① Crews, Harry. *The Knockout Artist*. New York: Perennial Library, 1989, p.17.

② Crews, Harry. *Body*. New York: Touchstone, 1990, p.21.

③ Crews, Harry. *A Childhood: The Biography of a Place*. Athens: University of Georgia Press, 1995, pp.20, 84.

实两个层面证言了其离开乡村的必要性和迫切性，因此，“农业主义者”一厢情愿地代言下层民众，称其在乡村可以自给自足、安居乐业、不愿离开土地的观点其实是他们的主观臆断。他们在表达自己的人生理念、追求以及自己对南方的认知的同时也是在操纵话语霸权美化自身的统治秩序，让穷白人安于现状并限制其发展，农业主义叙事归根到底是阶级意识形态的产物。穷白人突破农田、茅屋等乡村底层生活空间的限制，将其生存边界推移到城市之中，带有权力僭越的意味，助力其反抗将其禁锢在乡村底层的不公权力机制。争相涌入城市的穷白人汇成了势不可挡的迁徙潮流，造就了普遍性的城市化流动趋势，克鲁斯感慨道：“像因尼格玛这样的乡村全国、全世界都有，所有人都在挣扎着逃离这种地方。”①他还在《童年：一个地方的传记》中再现了小时候亲身经历的城市化进程：

> 我看到了街道、房屋和工厂，我知道我们要去斯普林菲尔德地区（佛罗里达州），因为一直听别人说起这个地方。杰克逊维尔像天气一样频繁出现在人们的谈话中。农民们说起这个地方总是一副无可奈何，前世有约的样子，似乎他们命该如此。他们必须这样，每个人必须这样。早晚每个人都会来到斯普林菲尔德地区……爱它是因为它给人以希望。②

工厂、汽车、道路是克鲁斯作品中一些典型的叙事空间，穷白人在城市中为生存、理想奋斗的曲折心酸在这里凝聚、浓缩。首先，工厂是穷白人获取物质基础、扎根城市、改变自己命运的最主要空间。与外部繁华的城市环境相比，工厂里的穷白人承受着更为恶劣的环境，付出加倍的汗水，为了活下去而打拼，但他们同时也怀抱着勤劳致富、改善生活的殷切希望。因受教育水平有限，多数穷白人没有能力从事文职或专业技术性强的工作，他们只

① Crews, Harry. *The Gospel Singer*. New York: William Morrow, 1968, p.1, pp.207-208.

② Crews, Harry. *A Childhood: The Biography of a Place*. Athens: University of Georgia Press, 1995, p.137.

能以自己的身体作为最原始的资本,靠出卖苦力艰难营生,像是布朗所说:“工厂工人找不到其他更好的工作,或者认为他没有权利期待更好的东西,因为他的父亲和身边的人都在工厂做工。”①尽管工厂工作艰苦、危险、报酬低廉,穷白人仍趋之若鹜,只因这里准入门槛低,劳动力需求大。工厂成为乡村穷白人的主要聚集地,克鲁斯就一语道破了工厂在城市化进程中所扮演的重要角色:“工厂在等他们(培根县的乡亲),他们知道这个时代到了……他们会住满这里的房子,到工厂里打工。”②根据《童年:一个地方的传记》的记录,克鲁斯的妈妈和继父分手后无处可去,也失去了经济来源,只能到城市中的烟草厂做工以维持生存。尽管铺烟草叶子的工作无比单调、艰辛,却是孤儿寡母活下去的救命稻草。另有《伤疤迷恋者》中的皮特,依靠退伍福利政策进入大学的计划落了空,又坚决不想回到乡村,工厂是其出卖苦力、留在城市的唯一机会,也是其积攒资金、积蓄力量,为了之后圆梦大学教育的跳板。其次,汽车是工业主义的象征,代表着对田园乡村的拒斥和背离。福克纳的《大宅》曾写道,城市不断闪烁的汽车车灯“令人头晕眼花”,车灯下的行人“面色苍白、行色匆匆”③,似乎将汽车隐喻为工业文明对旧南方传统的入侵和伤害的象征,使人呈现一种病态。而克鲁斯却将汽车作为贫穷、绝望穷白人逃离过去艰辛的农场生活、实现经济救赎的工具。不论是《童年:一个地方的传记》中为了摆脱继父的暴力而进城谋生的克鲁斯母子,还是《拳击大师》中为了博取前程而背井离乡的尤金,他们人生的新篇章都是从乘车开始的,像尤金“登上灰狗长途巴士,去了佛罗里达的杰克森维尔市”④。同样,李·史密斯(Lee Smith)的小说《拯救格蕾丝》(*Saving Grace*,

① Brown, Larry. *Conversations with Larry Brown*, ed. Jay Watson, Jackson: University Press of Mississippi, 2007, pp.192-193.

② Crews, Harry. *A Childhood: The Biography of a Place*. Athens: University of Georgia Press, 1995, p.138.

③ Faulkner, William. *The Mansion*. London: Chattoand Windus, 1959. p.178.

④ Crews, Harry. *A Childhood: The Biography of a Place*. Athens: University of Georgia Press, 1995, p.18.

1995)的主人公格蕾丝也表达了对汽车的喜爱,她万分欢喜地看着马路上忽闪忽闪的车灯,满怀对未来的畅想。有了车,她就可以去更多未知的城市,找个稳定的工作,努力赚钱。汽车不仅使其实现物理空间内的移动、运输,更是穷白人从黑暗的乡村生活跨越进充满可能性的城市生活,实现社会上升流动的载体。此外,汽车是一个动态的意象,在路上奔波的汽车寓意为“行进在路上”,喻义着穷白人对新生活空间的追逐和寻求。克鲁斯将“道路”作为穷白人脱离旧日贫苦乡村生活,寻求自由、平等和发展的场所。《拳击大师》中尤金最后放弃一切、再次出发,他劝告徒弟雅克:“离开,就现在,我不在乎你去哪里,先离开。”①同样,《伤疤迷恋者》中面对沉浸于往日的苦痛无法自拔的皮特,温考夫先生建议他:“你必须走起来……走起来就会感觉变好。”②他们都通过向前走获得了新的人生契机和选择。

由于空间与时间是紧密相连的,南方文学叙事空间由乡村到城市的转变意味着其时间向度也发生了调整。在“南方文艺复兴”及之前的南方文学中,福克纳、“农业主义者”等中上阶层作家将农业社会当作解决现有社会问题的良药,将乡村当做逃避嘈杂、喧闹工业社会的阿卡迪亚和世外桃源,因此,他们将目光投向过去的时间线索,沉浸在种植园等追忆之中。大宅、棉花园等空间元素都体现着时代风貌,弥漫着浓厚的怀旧情结、历史意识,这种向后看的时间观也成为其认知自身,及自身与社会相互关系的坐标和基准。福克纳的《村子》开篇两段便是对逝去庄园文明的追忆,描述了战后在工业化和商业化冲击下破败的乡村庄园:巨型大厦的残墙断壁、倾塌了的马厩……荒草疯长的庭院……那地域辽阔的良田,现已被分割成一块块没法儿用的田地……那座巨型大厦的房架,那些他大宗财产的继承人将构成房架的木头拆掉,劈砍下来。③ 字里行间流露出作者对旧南方农业庄园的热爱

① Cress, Harry. *Scar Lover*. New York: Poseidon Press, 1992, p.55.
② Crews, Harry. *Body*. New York: Touchstone, 1990, p.55.
③ 福克纳:《村子》,张月译,北京:燕山出版社,2015 年,第 2、3 页。

与怀恋，及对其消逝的痛心与遗憾。不论是这里的“分割、拆掉、劈砍”，还是书中随后反复出现的“吞噬、吃掉”等词，都象征着工商业对传统南方的入侵、破坏与摧残，隐喻着作者的逆工业主义立场。然而，在克鲁斯作品中，除了自传《童年：一个地方的传记》，其小说作品往往以城市为空间依托，时间线索立足当下、指向未来。即使《童年：一个地方的传记》以回望过去的乡村生活为时间主线，其内容和主题也与农业主义作品有着天壤之别，主要是展示穷白人乡村生活的伤痛，说明过去对他们绝不是留恋和不舍的美好回忆，而是其逃脱唯恐不及的梦魇。其他克鲁斯小说大多是乡村穷白人决绝地进城追梦的故事，即使偶尔提及往日的乡村生活，也是为了与城市生活形成反衬，乡村时空的叙述是次要因素，作为城市时空的点缀、背景或是对比出现，显示了南方农业的萎缩，及对乡村生活的否定。离开乡村后，颠沛流离的生活剥夺了穷白人对故土的归属感，也切断了田园神话中绵延不断的时间链条，但他们似乎并无感伤，因为他们并没有不能放手的历史，相反，令人心酸的过往毫无吸引力可言，而是其急于出逃的梦魇。因此，“粗悍文学”的视线不再投向过去，而是着眼于当下的生存问题，如出身南方乡村的鲍比·安·梅森(Bobbie Ann Mason)所说：“我不留恋过去……时代是变化的，我的兴趣是写现在。”[1]异乡时空中的“现在”是穷白人叙事的重点，描绘其为了立足城市、寻求经济救赎、冲破阶级藩篱而做出的种种努力和挣扎，如克鲁斯小说《健美之躯》将笔触凝滞在决赛赛前几天的时间内，用密致的叙事突出当下决定穷白人生死存亡的重要意义；布朗小说《乔》聚焦贫穷、绝望的盖瑞为逃离过去艰辛农场生活、摆脱恶魔般的父亲、实现经济独立所做的不懈努力。此外，未来也是克鲁斯小说中一个重要的时间向度，希望在其作品中十分外显和集中，成为一个引人瞩目的焦点。由于克鲁斯小说往往暴露了南方农业社会中穷白人的弱势地位，揭露了社会矛盾，而“对社会矛盾的任

① Mason, Bobbie Ann. “An Interview with Bobbie Ann Mason.” Conducted by Albert E. Withelm. *Southern Quarterly*, 26.2 (1988): 37.

何揭示，不可避免地要把时间推向未来”①。小说中穷白人在城市中挣扎着冲破经济困境、阶级歧视等社会问题的束缚，怀抱着摆脱现状的强烈愿望及对未来的美好希冀。《健美之躯》中的多萝西就时时陷入对赢得比赛之后的畅想，仿佛能看到自己的名字出现在体育馆、食品超市、运动服上。②《拳击大师》中尤金“甚至梦想着能走运，给爸爸和艾德赛尔买个好农场，不用多大，只要配有现代化的住房和肥沃的耕地就行了”③。这些对未来的憧憬是在城市中拼搏的穷白人所无法放弃的一个向度，也是其承受着超常压力的精神支柱。另有尤金的徒弟雅克，出身路易斯安那州乡村“危险、肮脏、丑陋”④的河口地区，父亲终日乘独木舟下河捉海狸鼠，用它们的皮毛换钱。这是项“艰苦而血腥”⑤的行当，且收益微薄。雅克幻想着在拳击赛中获得冠军，给爸爸更换更好的设备：“给爸爸买艘好船，带水星牌舷外发动机那种，爸爸嘴上说他不想要，但是他心里想要，并且会开得特别骄傲。”⑥这也侧面反映出穷白人对机械化设备的态度，先进的机器可以使其工作提高效率、降低风险，是他们梦寐以求的好帮手，而并非里托尔所说“让人发疯，或是导致道德、精神、身体自我毁灭”⑦的灾难性的东西。

有学者对南方的城市化进程提出质疑：佃农在城市里的生活会更好吗？电视机真的能替代法国人湾瓦尔纳商店的门廊吗？水泥路就比土地更坚固吗？⑧ 里托尔曾耸人听闻地称工业化会给南方带来灾难，像是公路就对农民“毫无用处且十分危险”，“即使他有胆量到公路上尝试一把，也会感到不

---

① 巴赫金：《小说理论》，白春仁，晓河译，石家庄：河北教育出版社，1998 年，第 341 页。

② Crews, Harry. *Body*. New York: Touchstone, 1992, p.228.

③ Crews, Harry. *The Knockout Artist*. New York: Perennial Library, 1989, p.90.

④ Crews, Harry. *The Knockout Artist*. New York: Perennial Library, 1989, p.240.

⑤ Crews, Harry. *The Knockout Artist*. New York: Perennial Library, 1989, p.239.

⑥ Crews, Harry. *The Knockout Artist*. New York: Perennial Library, 1989, p.240.

⑦ Crews, Harry. *The Knockout Artist*. New York: Perennial Library, 1989, pp.202-203.

⑧ Daniel, Pete. "The Transformation of the Rural South: 1930 to the present." *Agricultural History*, 55.3 (1981): 231.

满意。此外，公路的地面太过坚硬、光滑，不适合骡子的蹄子在上面走。”①这类杞人忧天的想象现在看来难免使人贻笑大方，但在当时里托尔他们是十分严肃地，夹杂着疑虑甚至恐惧的情绪看待这一问题的。福克纳虽然对乡村中的穷白人持同情态度，但他的作品里有些地方显露出穷白人遭遇困境，工业化、城市化等现代化进程难辞其咎，比如，在《我弥留之际》(*As I Lay Dying*, 1930)中，穷白人安斯就对修到家门口的公路态度抗拒，觉得这条路让自己倒霉。对于佃农在城市里的生活是否会更好这一问题，克鲁斯的作品看似显示出矛盾性，在秉持坚定的离乡主题的同时，又时而流露出怀旧情绪。他笔下的穷白人通常难以完全融入城市生活，背井离乡，漂泊在异地的他们缺乏亲情温暖，无法获得归属感，感到焦虑、疲惫和挫败。这使得有些学者甚至得出克鲁斯渴望回归南方农业社会的武断结论。可以说这是对克鲁斯的作品主旨以片面的误读。穷白人作为他乡异客无法完全融入城市生活的窘迫与失意，投射着传统农业社会与新兴工业社会之间价值观念的冲突，由此引发穷白人的心理的不适和异化感，也是自然而然。此外，辩证地分析，城市也难言一定是实现理想的天堂，它也有自身固有的缺陷，尤其是其带有根本性的资本主义制度和根深蒂固的等级意识等顽疾以及由此引发的一系列问题也不容忽视。尽管如此，在克鲁斯他们看来，工业、城市文明为穷白人冲出暗无天日的乡村生活提供了一线希望。所以，在深入分析克鲁斯作品后，我们依然不难看到克鲁斯坚定的反农业主义立场，回到乡村的想法完全是无稽之谈。他在采访中明确表示：“由于社会流动、电视传播和经济富足，人们无法再靠一亩三分田上的劳作维生。那种生活已经一去不返了，拉着过去不放的说法或想法是愚蠢的。”②他在多部作品中明确表达了回到过去是不切实际幻想的立场，像是《拳击大师》中，尤金所在的城市

---

① Twelve Southerners. *I'll Take My Stand*. New York: Harper Torchbook, 1962, p.235.

② Watson, Sterling. "Arguments Over an Open Wound: An Interview with Harry Crews." *Prairie Schooner*, 58 (1974): 67.

到处纸醉金迷,使他对乡村的童年生活产生了强烈怀恋,思念母亲的厨房、自己收获过的庄稼。然而,这种怀旧情绪很快被父亲的来信击碎,信中描述的农村生活使尤金忆起往日的艰辛与心灰意冷:

亲爱的尤金,你哥哥在劳动时摔断了胳膊耽误上工得到胳膊长好如果能好的话地里很久没下雨了我都要忘了雨是啥样。田里的庄稼都旱了你妈得了妇科病躺在床上有两个礼拜了。四头小牛拉肚子其中两只拉死了。尤金我们都很好希望你也好……也许不久会下雨你哥哥的胳膊会好如果能好的话你妈的妇科病会好但可能拉肚子的两只小牛再也活不过来了。爱你的爸爸。①

尤金意识到自己想回到农村的想法“根本就是狗屁”,他已经变成“另外一个人”,而且这个过程是“不可逆转的”,②正如他的朋友皮特所言:“我们都不是当初那个乡下人了,走运的话,我们再也不会回去了”,③表明他们已经接受了时代的改造,习惯了城市生活,相较乡村拮据、艰辛的生活,这种转变无论如何算是“幸运”的。黑暗乡村是穷白人再也不想回去的地方,尤金最后对新奥尔良尔虞我诈的城市生活感到厌倦并选择离开这里,虽然他对前途依然迷茫,但可以确定的是,他没有选择回到农村。由此,克鲁斯认为贫穷、凋敝的乡村无法为人们提供庇护,并将“农业主义者”回到农耕社会的召唤称作“精英主义的幻想”④。他还在《花园山中的裸体》(*Naked in Garden Hills*)中戏仿了农业主义理想,即使工厂停摆使人们仿佛回到了工业前社会,但是人们并没有过上闲适、浪漫的生活,反而像被逐出了伊甸园,失去了生活的意义,终日空虚茫然地徘徊,生活走向混乱。克鲁斯由此嘲讽了“农业

① Crews, Harry. *The Knockout Artist*. New York: Perennial Library, 1989, p.54.

② Crews, Harry. *The Knockout Artist*. New York: Perennial Library, 1989, pp.54, 92.

③ Crews, Harry. *The Knockout Artist*. New York: Perennial Library, 1989, p.170.

④ Abernathy, Jeff. "Agrarian Nightmare: Harry Crews' Dark Vision in *Naked in Garden Hills*." *The Southern Literary Journal*. 34.1 (2001): 68.

主义者”要求回到农业社会的诉求，认为那将成为一个农业噩梦，南方已经被无法逃脱的工业化、商业化洪流所席卷，人们不可能回到封闭的田园生活，亦无法逆转现代文明的潮流。

根据历史学家尼尔·麦克米伦（Neil Mcmillen）的研究，穷白人对旧时光毫无怀念之情，称“跟过去地狱一般的日子相比，觉得现在的生活像是在天堂”①。对穷白人来说，虽然城市生活并不完美，但毕竟为在黑暗中挣扎的乡村穷白人投下了隧道尽头的一束阳光。这里为其创造了更多的经济机会，并提供了更为便利的生活设施，穷白人的人生空间由此得以拓宽，因而穷白人将城市当作自己坚定的人生选择。经济机会是人们对城市趋之若鹜的原因，正如培根县的穷白人开诚布公地谈论道：“可以在那里赚点钱。”城市里的蓝领工作带来的报酬在一定程度上缓解了经济的窘迫，改善了他们的生活质量，也为他们开阔视野，不断寻找、抓住更好的契机提供了可能。尽管这些机会并不一定十分优越，有时甚至有极高的风险，像是工厂的工资低微，但对不怎么能见到现款的农民来说已经是非同寻常了②。《拳击大师》中尤金就利用在城市中赚的钱帮助家人渡过难关：“经济危机对农业造成重创，佐治亚有一半农场遭遇破产，但是他父亲的农场挺了过来，尽管不怎么景气。”③同样，《童年：一个地方的传记》中的克鲁斯生父在朋友的介绍下，毫不犹如地接受了在沼泽地建设高速公路的工作虽然环境恶劣、每天工作十二个小时以上，这份工作终究为其提供了较为可观的薪水，也为瑞提供了第一次离开农场的机会，因而他从头到尾做满了整整六年的工期。工业、城市对穷白人来说是期待、是希望，反驳了里托尔称现代化进程“对南方农民

① McMillen, Neil R. *Dark Journey: Black Mississippians in the Age of Jim Crow*. Champaign: University of Illinois Press, 1989, p.194.

② Bledsoe, Erik. “Introduction.” *Getting Naked with Harry Crews*. Gainesville: University Press of Florida, 1999, p.7.

③ Crews, Harry. *The Knockout Artist*. New York: Perennial Library, 1989, p.90.

尤为残酷……会给生活在土地上的人带来不幸”①的观点。克鲁斯在《童年：一个地方的传记》中提及穷白人乡亲对于进入城市务工的积极态度，称：“那些佐治亚迁移过来的农民，大多一辈子都在为别人种地，穿上工装的他们感觉良好，除了可能衣服的膝盖上破个口子或者围裙上部有一块被漂白剂腐蚀了”②，以肯定的基调记载了南方从农村经济向城市生活的过渡。

克鲁斯经常将人物的过去与现在的生存空间进行叠加，通过回忆过去的乡村生活，与眼下的城市生活形成对比，表明尽管穷白人在城市中的生活依然艰辛，但与过去相比已经有了长足的进步。《拳击大师》中，尤金时常对城市与乡村天差地别的基础设施建设及物质生活条件感到惊叹：他衣橱的套装比整个培根县的都多，住的房子大的像火车站。当他在餐厅中看到一对脸上洋溢着幸福，和着音乐翩翩起舞的夫妇，便突然想到在乡下患病在床的母亲和忧心忡忡的父亲，两幅截然不同的城乡生活风貌图形成强烈对照，更凸显出过去乡村生活的冰冷与灰暗。尽管城市生活并非尽善尽美，甚至依然困难重重，但是克鲁斯家里生平第一次有了冰箱、汽油炉、浴室和厕所，克鲁斯欣喜地发现：“在我所见所闻的稀奇事中，（水龙头一直提供热水）这是最好的……厕所就在屋内，这事件非常不可思议的事。”③另有一部作品中的主人公乔治，庆幸自己逃离了乡村的苦难生活：“在楝树的黑色枝丫下，路没铺，房没刷，卧室昏暗，也没刷，冬天的炉火把你的小腿骨都快烤熟了，而你的背却冰冷刺骨。”④里托尔曾号召人们丢掉收音机等现代化设备，重新拿起小提琴，回归传统，克鲁斯却在《童年：一个地方的传记》中针锋相对地呈现了穷白人与之背道而驰的取舍，他们对现代化设备充满了热切期盼：“培

---

① Twelve Southerners. *I'll Take My Stand*. New York: Harper Torchbook, 1962, p.202.

② Crews, Harry. *A Childhood: The Biography of a Place*. Athens: University of Georgia Press, 1995, p.142.

③ Crews, Harry. *A Childhood: The Biography of a Place*. Athens: University of Georgia Press, 1995, p.139.

④ Crews, Harry. *The Hawk Is Dying*. New York: Alfred A. Knopf, 1973, p.117.

根县的白人佃农本来因为一眨眼的工夫就扔了煤油灯，换上电灯泡……把旧的冷藏柜砸坏或者放在壁炉里烧掉，换上冰箱”①，欢欣鼓舞地迎接工业化和商业化带来的生活便利，丝毫没有对农业文明的不舍和眷恋。这并不是因为穷白人有工业主义理想，一切都是出于生存的驱动。社会进步为其摆脱穷困潦倒的生活提供了机遇，他们勇于并急于紧跟工业文明的步伐，走出生存困境。

艾莉森作品中的人物往往居住在更接近城市的地方，他们不再在农场生活，而是聚居在城镇郊区或者贫民区。尽管如此，他们仍是与社会格格不入的异类、他者，受到外界的歧视与唾弃。在森严的等级制度下，穷白人没有出路，难以摆脱走向堕落的宿命，像是艾莉森说自己家族的男性常常半道辍学、打架坐牢，女性未婚先孕、未老先衰，但总体而言，城际流动为生活停滞不前的穷白人带来了福音。像是艾莉森一家就在贫穷、无望生活的驱使下，离开了南卡罗来纳的故乡，到佛罗里达州重新开始。在一个全新的环境中，无人知晓其白人渣滓的身份，使艾莉森暂时得以脱离被等级体制压制在社会最底层的生存状态，有了改写其人生故事、实现阶级逾越的可能。她在自述里谈到流动对自身的重大意义：“在格林维尔，每个人都认识我们家，知道我们是渣滓，那也就意味着我们注定贫穷，注定做艰苦、低薪的工作，十几岁就生孩子，中途辍学……突然我被推入大学准入轨道……因为他们不知道我的贫穷和绝望，不会以此为我的人生做出一文不名的结论，我可以有机会为自己设想不同的未来。”②她无论如何也无法理喻的，她的母亲做女招待，为人洗衣服，当厨师，装水果，继父干推销员，他们每天拼命地工作那么长时间，却永远挣不到足够的钱养家糊口。艾莉森明确地表示：“我不想一

① Crews, Harry. “A Childhood: The Biography of a Place.” *Classic Crews: A Harry Crews Reader*. New York: Touchstone, 1993, p.132.

② Allison, Dorothy. *Skin: Talking about Sex, Class & Literature*. Ithaca, New York: Firebrand Books, 1994, pp.20-21.

辈子做服务员，受穷，遭人白眼。”①为了摆脱穷困，她孤身一人到陌生的城市寻求新生活。

布朗的小说里的人物的遭遇表明，现代化时代的到来为挣扎在社会底层的阶级创造了机遇，使他们在黑暗的洞底捕捉到了爬出去的通道。对于他们来说，抗拒变革，陶醉于过去等于是迷恋贫穷、饥饿，纯属荒谬绝伦，而抗拒变革的阶级鼓吹的准则有利于维护自己享有的特权，有损于挣扎在社会边缘的弱势群体的福祉。布朗清楚地知道他的故事可能会使部分人士感到不悦，但他坚持要把南方生活一个部分的真相公之于世，并不在意是它否会与南方的经典形象造成冲突，甚至损害其浪漫与神秘：“也许我迫使他们对穷人、不幸的人、酒鬼多了一点了解。但明智的作家会写他或她最了解的东西，从最近的事情，所观察到的生活选取素材。”②南方文学评论家奎因认为布朗在现实生活里的耳闻目睹把他自动放在了“南方文艺复兴”的对立面：“如果熟知穷人、不幸的人、酒鬼的生活为他提供了对南方文化的新的阐释，那么也赋予了他和南方文学传统相悖的感悟。”③显然，这种对立并非刻意为之，主要是以实相告而已。

布朗作品中的主人公纷纷逃离贫苦、艰辛的乡村生活，积极拥抱工业文明，寻求经济救赎的机会。小说《乔》中的主人公乔试图通过劳动争取更好的生活。盖瑞则千方百计地谋求经济独立，作为他逃离贫穷，摆脱暴力、卑劣父亲的唯一途径。对乔和盖瑞来说，虽然从事砍伐硬木林的工作会破坏自然环境，有害于人们赖以生存的土地，但是这是他们赚取经济利益以求养家糊口的来源，而且土地从来都不是穷白人的资产，他们与田园乡村的联系原本就淡薄，他们只是佣工，目的是从土地中榨取尽可能多的经济收益。正

---

① Allison, Dorothy. “Introduction: Stubborn Girls and Mean Stories.” *Trash*. Atlanta: Firebrand Books, 1989, p.v.

② Brown, Larry. *A Late Start*. Chapel Hill: Algonquin Books, 1991, p.2.

③ Guinn, Matthew. *After Southern Modernism-Fiction of the Contemporary South*. Jackson: University Press of Mississippi, 2000, p.38.

如小说中的乔放弃逃避，回归现实，布朗认为沉浸于田园幻想无法使穷白人获取平和与满足，他们应该积极抓住社会转型的机遇，改善自身的经济条件和生存境遇，由此打破阶级壁垒，实现阶级的逾越。

迎接城市化还是回到农业时代，这个关乎南方生存方略、发展道路的重大分歧，归根结底涉及的还是各自阶级利益的考量和博弈。在乡村中居于劣势、权益受损的穷白人勇于并急于紧跟工业文明的步伐，寻求摆脱生存困境，实现向上流动的可能。他们将走向城市、谋求发展作为缓解贫富差距、动摇原有泾渭分明社会架构的必由之路，也是其不二之选。城市往往是“粗悍文学”的空间依托，承载着他们的希望，叙事在城市这边密致而浓烈，凸显城市对穷白人主人公的重大意义和价值，同时，对乡村时空的叙述成为次要因素，作为城市时空的点缀、背景或是对比出现，甚至寥寥数笔带过，显示出南方农耕文化的凋零，及作者对乡村生活的否定态度。“粗悍文学”反农业主义的话语建构使南方乡村中被压抑、被忽略的边缘、他者因素有机会表达自身的政治诉求，发泄长期被压抑的苦闷并发起对美好生活的展望与憧憬，揭露、批判社会等级制度的不公，介入并挑战贵族阶层主导话语的正统性和权威性，否定和摧毁旧主导话语推崇的农业社会等级体制，成为与既有权力关系相抗辩、建立更优化社会秩序的阵地。

第五章　种族隔膜：参差多元的种族观念

由于美国南方历史上白人奴隶主、穷白人、黑人奴隶的特殊社会架构，种族关系长期以来错综复杂，成为这一地区的社会、政治生活的重要、敏感的问题，同时也是文学创作中不可或缺的一大主题来源。白人奴隶主、上流社会与穷白人的阶级地位不同，其与非裔美国人之间的种族关系与阶级问题纠葛在一起，对非裔美国人各自展现出不同态度。内战之前，白人奴隶主与黑人奴隶之间是明确的主仆关系，所以，白人中心论影响广泛，也不同程度地投射在“南方文艺复兴”及之前的南方文学作品里。而穷白人与非裔美国人之间的关系则相对微妙，他们同处于社会底层，属于边缘、弱势群体，虽然有些穷白人意图借力白人中心论维护自身高人一等的优越感，却因其窘迫的经济状况及“人渣”等污名反而受非裔美国人的蔑视。相似的境遇使他们相互之间既有利益交织、惺惺相惜，也有为了生存弱肉强食的相斥、竞争关系。故此，“粗悍文学”在种族关系的处理上呈现多样化，表现出与非裔美国人的多种相处形式：有的虽对非裔美国人偏见有所改变，但仍心存隔膜和芥蒂；有的对非裔美国人难以消除的歧视，对其蔑称的沿用；还有的既将非裔美国人视为朋友，与他们平等相待、友好相处，又对其悲苦遭遇心生同情和怜悯。

第一节　白人中心论的延续

旧南方意识形态奉行白人中心论,自上而下地俯视、规训着非裔美国人,其影响不可避免地在南方文学领域也得到了映现,即使像福克纳等作家在人道主义立场上反对种族主义、倡导种族平等,他们也难以摆脱旧南方意识形态对其思想的渗透、禁锢,时而流露出对白人中心论的认同与应和。与上流社会白人同非裔美国人之间管制与被管制的线性关系不同,穷白人与非裔美国人同在不公的社会等级机制中处于边缘、弱势地位,因而穷白人与非裔美国人之间不存在等级性的权力关系。然而,很多穷白人依然有种族的傲慢与偏见,期待维护白人中心的地位,尽管自身在经济、政治、文化等各领域的状况都与非裔美国人相差无异,他们仍渴望借助白人中心的特权,享受比非裔美国人高人一等的优越感,强调其白人身份。因为长期在阶级歧视意识形态的统摄下,穷白人在社会生活各个领域受到主导势力的压制,他们难以与整个权力机制的运作相抗衡,在无法扭转自身劣势地位的情况下,他们选择在非裔美国人身上找寻心理补偿。正如威尔伯·卡什所说:“他们将对于穷白人污名的怒火集中发泄在黑人身上,而不是奴隶主身上。”①穷白人将自己归为白人统治阶层的一员,牢牢把握住这种优越感,不论非裔美国人及种植园主如何对其嗤之以鼻,他们都不会放弃这种优越感。批评家康斯坦斯·彭莉(Constance Penley)也通过讲述自己作为穷白人的心路历程,解释了穷白人维护白人中心论的动机,她称穷白人被认为是最低贱的社会群体,因为他们在社会、经济领域都陷入底层,跟非裔美国人没什么两样,没有任何自尊……如果你是穷白人,你必须无时无刻注意自己的行为,好显示

---

① Cash, Wilbur. *The Mind of the South*. New York: Vintage Books, 1991, p.83.

出你与非裔美国人有所不同，展现出一点可怜的优越性。[1] 其次，非裔美国人对穷白人的态度与对中上阶层白人的态度也截然不同，大致上来说，非裔美国人往往对白人展现敌视与对抗的立场，像是黑人奴隶对白人奴隶主或多或少带有臣服、惧怕或是憎恨的感情色彩，而对穷白人则多半是鄙夷与轻蔑。学者肯尼斯·斯坦普(Kenneth Stampp)就分析了两个群体之间相互轻视的微妙关系：在一个不平等的社会——贫富差距，特权等级——一些人很急迫的想要寻找优越感。在弗吉尼亚一些地区，农场工人尽管自身也遭受外界歧视，他们却将这种歧视又转嫁到在矿井里工作的"黑鬼"身上。各地的黑人奴隶瞧不起没有奴隶的人，尤其是穷白人，也就是阶级社会中的糟粕，他们被人们轻蔑的称作"白人渣滓"[2]。故此，遭到非裔美国人非议的穷白人更急迫地想要证明、树立并维护自身在种族关系中的优越地位。随着民主运动的推进，美国南方政治、社会格局出现了变化，长久以来的白人中心地位受到威胁。这种趋势最早出现在20世纪七八十年代的大城市，逐渐扩展到一些主要的州，预计到21世纪50年代会成为既定事实。[3] 非裔美国人正享有着与白人相差无几的权益，这就逐渐消解了白人的优越地位，引发部分白人的不满，将非裔美国人视作威胁自身利益的相异因素。在阶级关系框架中，穷白人处于劣势地位，当他们在民主化、大众化语境下崛起之时，中上阶层作为既得利益者千方百计地阻止这一历史进程，而种族关系格局中，穷白人则成为白人中心论的受益者，力图维护自身的优势地位，将其在阶级关系中遭受的歧视与不公转嫁到非裔美国人身上，压抑非裔美国人的崛起之势。

---

① Penley, Constance. "Crackers and Whackers: The White Trashing of Porn." *White Trash: Race and Class in America*, ed. Matt Wray and Annelee Newitz. New York: Routledge, 1997, p.90.

② Stampp, Kenneth. *Peculiar Institution*. New York: Vintage, 1989, p.338.

③ Hartigan Jr, John. "Who are these white people?: 'Rednecks,' 'Hillbillies,' and 'White Trash' as marked racial subjects." *White out: The continuing significance of racism*. London: Psychology Press, 2003: 95-111.

布鲁格在《南方纪事》中就记述了穷白人乡亲对于种族平权的忌惮，他们非但不支持同属被压迫群体的非裔美国人争取个人权益的运动，置身事处，而且还将其污名化，称之为“黑鬼的动乱”，非裔美国人“厌倦了在自己的世界生活，想要进入我们的世界”①。这俨然与福克纳的观点遥相呼应，把白人当作社会的中心，以为非裔美国人均想加入他们的行列，使梦想成真。布鲁格回忆了小时候生活的镇上穷白人为了抗议非裔美国人起势的集会活动，州长散布着“白人比黑鬼要高级”的讯息，对此布鲁格评述到：“我们从来不知道我们还能比什么人高级。”②这就披露了穷白人维护白人中心论的心理动机，即在一个等级壁垒森严的社会中，在长期被涂抹污名，剥夺权益，遭人白眼的情况下，穷白人急迫地想要找到并维护一个让其感受相对优越的群体做垫背以便使自己感到自己仍是人上人。布鲁格用“他们”和“我们”两个指称传递出了二元对立的种族关系，即穷白人将非裔美国人视为他者，对自身构成一种威胁。他形容种族歧视在自己生长的地方是种非常普遍且根深蒂固的观念：

> 我在这个家从小到大，“黑鬼”这个词就像“喂”和“把豌豆递过来”那样司空见惯。假如我想篡改历史，假如我想用这个故事粉饰太平，那么，这一点是我要做改动的地方。但是，那将是弥天大谎。这个词是我过去生活的一部分，我猜想仍是我现在为人的一部分。③

这就说明在种族主义盛行的南方地区，即使穷白人也很难摆脱白人中心论对其思想的浸染和塑形，且会长期受到这一观念的影响。

刘易斯·诺丹在《轻浮的口哨声》（*Wolf Whistle*, 1993）中讲述了非裔美国人男孩埃米特·蒂尔遇害的真实故事。穷白人索伦住在城市中的“白人

---

① Bragg, Rick. All over but the Shoutin', in Brian Carpenter & Tom Franklin (eds.), *Grit Lit: A Rough South Reader*. Columbia: University of South Carolina Press, 2012, p.xxv.

② 瑞克·布鲁格：《南方纪事》，王聪译，北京：华夏出版社，2005 年，第 52 页。

③ 瑞克·布鲁格：《南方纪事》，王聪译，北京：华夏出版社，2005 年，第 52 页。

渣滓贫民区”,与非裔美国人聚居的贫民区毗邻,这里充斥着贫穷、衰败的气息。然而,两个群体共同的边缘地位并没有让他们联合起来,穷白人反而比任何人都推崇种族歧视,以此作为其在阶级关系中受压迫和剥削的心理补偿。正如卡什在《南方思想意识》中所论述的:“如果他在奴隶制中没有被危及的直接利益……那么他最宝贵的财产便是作为一个白人的优越感,这是奴隶制传承给他的,他于是决意将非裔美国人困在锁链中。”①因此,索伦想方设法强调自己的白人身份,与非裔美国人划清界限,当他妹妹嫁给非裔美国人以后,甚至和妹妹断绝了兄妹关系。他在酒吧里遇到了从芝加哥来到南方的博博(以埃米特·蒂尔为原型的小说人物),这是一名穿着考究的非裔美国男孩,穿着白色衬衫,打着领带,领口平整,戴着宽沿帽子,手上戴着硕大的金戒指,顿使索伦相形见绌。这些都灼伤了穿着褴褛的索伦的自尊,使其作为白人的优越感受到严重打击,因此,当博博冲着白人女性萨莉·安妮吹口哨时,索伦挺身而出,要求博博“对我朋友道歉,对这名白人女士道歉”②。他特别指出萨莉·安妮的白人身份,并用“朋友”一词表示自己与白人女性的同盟关系,与其说是出于保护萨莉·安妮,不如说是为了维护自身作为白人的优越性,索伦极端贫困、边缘化的状态,驱使他采取行动,以淡化其“白人渣滓”的标签。由于博博不了解南方的种族规矩,在回答时没有加上“先生”的尊称,引发索伦的不满:“你不知道应该怎么跟白人讲话吗?”③索伦在言行中不停地重申其白人身份,以强调白人的权威地位,为此,他还试图寻求上层白人德克斯特的支持,而德克斯特仅将其当做维持种族关系的工具,称:“我们需要你这样的人,好让黑鬼们安分守己……这让你们下层阶级,白人渣滓有些存在的理由,你觉得呢?”④在寻求帮助失败后,索伦

① Cash, W. J. *The Mind of the South*. New York: Vintage, 1941, pp.68-69.

② Nordan, Lewis. *Wolf Whistle*. Chapel Hill: Algonquin, 1993, p.38.

③ Nordan, Lewis. *Wolf Whistle*. Chapel Hill: Algonquin, 1993, p.37.

④ Nordan, Lewis. *Wolf Whistle*. Chapel Hill: Algonquin, 1993, p.118.

重新审视了种族观带给自己的影响,与妹妹反目、成为上层白人的棋子,并没有给自己带来任何收获,亦无法改变其在经济、社会中权利丧失的状态。此时的博博对于索伦来说,不仅是对其优越身份地位的威胁,更像是一面镜子,映照出自己作为穷白人的二等公民身份,博博居然对白人女性吹口哨的种族越界行为剧烈刺激了索伦,使之猛然意识到自己低人一等、无法翻身的生存状态,顿时产生巨大心理落差:“如果索伦自己都要向一个穿着雨衣的金发贱人点头哈腰,尊称她‘某某夫人’,称她醉醺醺的丈夫‘某某老爷’,那么,为什么一个带着宽檐帽的小黑鬼可以冲她吹口哨……”①面对不公的身份机制,索伦并没有试图消解、颠覆等级体制,追求平等权益,而是想从种族关系中寻找心理平衡,他将自身作为穷白人的委屈和怒火转嫁到非裔美国人博博身上,决意杀掉博博。然而,杀死博博并没能为他赢得社会地位的提升和心理的安慰,反而印证了穷白人的堕落,宣告其摆脱穷白人身份的失败。

艾莉森也在作品中多次再现了穷白人对非裔美国人的鄙夷态度。在《人渣》中,身为餐厅服务员的妈妈不屑于接待黑人顾客,称其傲慢无礼,说话粗鲁,其对非裔美国人的评价话语平平,却极具杀伤力,充满轻蔑。② 对于这类现象,艾莉森从地区、国家的宏观层面做出了一针见血的剖析,艾莉森称:

> 无可否认,南方的劳动阶级不会因自己是种族主义者而感到羞愧……
>
> 社会阶层化、种族主义和偏见的危害是有些人开始相信,他们家庭和社区的安稳需要建立在压迫他人之上,有人生活安然无忧,就必然有人生活残酷破损。这种想法在我们国家的文化中占主流。这也

---

① Nordan, Lewis. *Wolf Whistle*. Chapel Hill: Algonquin, 1993, p.139-140.

② Allison, Dorothy. *Trash*. New York: Plume, 2002, p.78.

就使美国南方的穷白人无比坚定地成为种族主义者，使中产阶级无比蔑视穷人。①

尽管在社会民主进程的影响下，很多穷白人试图做出调整、改变，接受非裔美国人，与之平等相待，但是他们很难摆脱种族主义思想长期以来对其思想的统摄，因而对非裔美国人持一种矛盾态度，理论上他们反对种族歧视，认为种族之间应该和谐相处、相互理解；这事关政治正确的大是大非问题，但在实际生活中，他们却无法做到与非裔美国人平等共处，在情感上难以接受非裔美国人与自己平起平坐，甚至在某些领域超越自己，丧失自我想象出的，其实很可能并不存在的优越地位。艾莉森就举了自己妹妹的例子，她可以接受非裔美国人到家里做客，但看到艾莉森把非裔美国人当作亲密无间的朋友则无法忍受，“她无法接受我们谈得热火朝天，我们一起开玩笑。她脸上流露出深恶痛绝的表情。”②

由于处境相似，在有限的生存资源下，穷白人与非裔美国人形成一种竞争关系，故此，穷白人对待非裔美国人心存芥蒂，难消歧视，甚至充满敌意。穷白人和非裔美国人一样，没有土地及其他生产资料，只能依靠出卖劳动力谋生。在机会有限的情况下，相似的际遇在拉近两者关系的同时，又使其相互争夺劳动市场。在种植园时期，没有土地的穷白人在劳动力市场中处于劣势，难以找到工作，因为工作机会大多被非裔美国人占据。据斯坦普的调查，黑奴不仅承担着种植园的大部分工作，还被外包到其他劳动场所，铁路公司甚至会招募奴隶进行无偿劳动，只需回馈给奴隶主一些好处即可。在这样一个社会机制下，想要出卖劳动力获取报酬的穷白人处境极为艰难。即使在奴隶制被废除之后，非裔美国人以更为低廉的价格、更适应高强度的

① Allison, Dorothy. “Dorothy Allison.” Interview with Minnie Bruce Pratt. *Progressive* July 1995, p.33.

② Allison, Dorothy. “Dorothy Allison.” Interview with Minnie Bruce Pratt. *Progressive* July 1995, p.33.

劳作等优势挤占着劳动力市场。近些年来，随着非裔美国人社会地位的提升，在种族关系趋向平等的同时，其与穷白人对社会资源的争夺亦愈发突显。在“粗悍文学”中，这种竞争关系得到了一定程度的展现。在克鲁斯《健美之躯》中，主人公多萝西是一名穷白人女孩，她试图通过赢得健美大赛来摆脱其贫穷、备受歧视的生存状态，而她最大的竞争对手便是一名体格健壮的非裔女性。这位对手美丽动人、实力强大，性格直爽而张扬。面对多萝西，她展现出强烈的竞争欲望，甚至时时展现出攻击性。出人头地、逃离低劣出身的机会只有一次，多萝西在非裔竞争对手强大的实力威胁下倍感焦虑，并最终输给了这位非裔对手。此外，比赛的总裁判也被克鲁斯设定为一名非裔美国人，是决定比赛结局的关键人物。旧南方话语中白人主导，非裔美国人是附属、陪衬的种族关系格局已不再，从选手到裁判，非裔美国人都占据了中心舞台，非裔选手最后甚至战胜了白人，走上最高领奖台，在聚光灯下接受人们的欢呼与崇拜，这都挑战了白人的中心和权威地位，剥夺了穷白人最后一点优越感。这自然引起了穷白人的失落、反感与拒斥，也就在一定程度上可以解释在大众化、民主化的社会语境下，种族关系逐渐走向缓和的同时，穷白人文学中为何时时展现对非裔美国人的敌意与忌惮，穷白人为何仍对其心存隔膜而难以完全敞开心扉。很多穷白人将非裔美国人的崛起看作对自身权益的威胁与侵犯，对非裔美国人的偏见变本加厉，代表传统南方理念的纳伊就不理解“黑鬼”为什么能与白人同场竞技，也不能接受非裔美国人对白人对手的寻衅与挑战。在多萝西输掉比赛选择自杀以后，纳伊将这一悲剧归咎于非裔美国人，将怨愤全部发泄在非裔总裁判身上，对其进行报复，在问及原因时，纳伊称：“因为你的头抬的太高了。因为你穿了白色的西装。”①这代表了一部分穷白人对于非裔美国人起势的不满与愤恨，也是他们为了维护白人中心地位所做的挣扎，他们无法接受非裔美国人与之平

① Crews, Harry. *Body*. New York: Touchstone, 1990, p.240.

起平坐，分割自己本就十分有限的权益和资源。

总的来说，在“粗悍文学”中，白人中心论的表现依然不乏其例。部分穷白人并未因其与非裔美国人的相似境遇而与其相互理解、相互尊重，反而为了追求优越心理而积极助力种族主义的延续与传播，与非裔美国人之间的竞争关系进一步助长了穷白人对其的敌视态度。另有一些穷白人虽在认知层面接受民权思想，反对种族隔离与歧视，但是在情感层面依然难以摆脱种族主义根深蒂固的规训，无法真正践行种族平等。种族主义在南方社会有着深远的历史渊源与意识形态根基，其影响并非一朝一夕可以根除，而与此同时，“粗悍文学”作家也对更为复杂化、平等化的新型种族关系进行了探索，展现出白人中心论消解的可能性。

第二节 隔阂尚存，趋向平等

“穷白人”这一称谓同时具有阶级和种族的指涉意义，既是白人中的“他者”，代表着其经济落后、社会地位低下的生存状态，也是上层白人操纵权力及进行规训的对象，其处境与遭受着种族歧视的非裔美国人极为相似。穷白人在希望维持种族二元对立，保护白人中心特权的同时，又与非裔美国人同属二等公民身份，对其生存困境感同身受，因而穷白人对于非裔美国人的情感和态度就更为一言难尽。一些穷白人将日益享受平权的非裔美国人当作一种威胁，也因其抢占了有限的社会资源而对其充满防备、敌意和芥蒂，时常通过贬低非裔美国人来建构一种虚幻的、自以为是的优越感，但是这种努力往往是徒劳的，相比同是白人的种植园主阶层，他们在同为边缘群体的非裔美国人身上找到了更多的共鸣，经过自省、反思后，他们有些人逐渐抛却种族主义观念，试图与非裔美国人建立起更为平等的族际关系。与阶级类似，种族也是一个话语建构的概念，人种之间除了生理差异，更多不同体现在经济与社会等领域的地位悬殊。白人的优势地位并非与生俱来，学者安纳利·纽兹和马修·瑞就认为白人身份实质是一种压迫性的意识形态建构①，白人在不公平的权力关系中享有特权。长久以来，白人身份在种族歧视意识形态的掩盖下隐秘地主导着人们的思想与行为，只有暴露其优势身份的建构性，才能动摇白人中心论的根基。由此，"粗悍文学"作家重新审视、解读自身白人身份，从局内立场对白人的中心统摄性予以解构。

与其边缘化、他者化身份相适配，穷白人与非裔美国人所居住的地理空间往往局限于城市或乡村的边缘地带，他们毗邻而居，或是在城市的贫民窟中，或是在乡村农田边上的茅屋里。"粗悍文学"多部作品中都提及了穷白人与非裔美国人之间的邻里关系，克鲁斯《童年：一个地方的传记》、布鲁格《南方纪事》、艾莉森《卡罗来纳的私生女》等作品中都讲述了主人公与非裔美国人做邻居的经历，在他们的笔下，穷白人与非裔美国人既相邻近，又相疏远的微妙关系得到了充分体现。《南方纪事》记叙了在种族歧视最为猖獗之际，走投无路的布鲁格母子受到非裔邻居慷慨援助的故事。那是一个殴打非裔美国人成风的年代，实行严格的种族隔离制度，因而布鲁格一家与非裔邻居没什么往来，"他们的孩子们和我们干一样的事情，只是不在一起玩……在和他们为数不多的几次接触中，我们就像所有的小孩子那样，冲他们扔石子。"②即便如此，在布鲁格父亲无情离去，母亲病倒，家里食物所剩无几之时，邻居不计前嫌，且不顾自己生活拮据，送来一些食物帮助布鲁格一家渡过难关："他们知道我们一家人的困境。他们自己也是穷人，很穷的人，他们住在没上油漆、东倒西歪的房子里，但是，

① Newitz, Annalee, and Matt Wray (eds.). *White Trash: Race and Class in America*. Routledge, 2013, p.3.

② 瑞克·布鲁格：《南方纪事》，王聪译，北京：华夏出版社，2005 年，第 56 页。

在那一小段时间，他们的日子比我们稍微好过些。”①然而，在种族歧视这个强大的意识形态统摄之下，这场偶然的雪中送炭并未从根本上融化两者之间关系的坚冰，布鲁格回忆道：

> 如果我说自从那个小男孩给我们送吃的，我们两拨人就走到了一起，我们之间就互相了解、互相学习，那也是弥天大谎。必须记住，那是1965年亚拉巴马的乡村，那是一个种族之间相互隔离、截然不同的州。但是，至少我们不再冲他们扔石头了。②

由此可见，虽然隔阂仍在、对立难消，穷白人与非裔美国人在相似的际遇里，接触更为密切，关系得以逐渐走向缓和。

内战之后就有作家创作出白人与非裔美国人之间跨越种族的友情，像是在福克纳《村子》中，霍阿克与一名非裔小伙伴一起长大，这是他唯一的伙伴，但是他们之间的关系并不平等，虽然睡在同一个房间，非裔小伙伴只能睡在“地板上简陋的小床上”③。随着年龄的增长，他们之间的伙伴关系往往也走向终结，转换为主仆关系。霍阿克就用拳头通过打斗征服了这个小伙伴，定期给他发放零用钱，换取了用小马鞭抽打他的特权。在“粗悍文学”中，穷白人作家重新审视自身与非裔美国人之间的关系，塑造出真正的跨种族友情。在《童年：一个地方的传记》中，克鲁斯小时候的邻居是一家非裔美国人佃农，其中的小男孩威乐礼与克鲁斯年龄相仿，他们很自然地成了玩伴，一起在田里抓虫、拿着购物册编故事，威乐礼给年幼的克鲁斯提供了慰藉和陪伴，他十分珍视这份友谊，称：“我与威乐礼和他家人相处的时间跟我与自己家人相处的时间差不多长，天知道要不是他们，生活会是什么样子。”④在美国

---

① 瑞克·布鲁格：《南方纪事》，王聪译，北京：华夏出版社，2005年，第55页。

② 瑞克·布鲁格：《南方纪事》，王聪译，北京：华夏出版社，2005年，第56页。

③ 威廉·福克纳：《村子》，张月译，北京：燕山出版社2015年版，第139页。

④ Crews, Harry. *A Childhood: The Biography of a Place*. Athens: University of Georgia Press, 1995, p.62.

南方，食物种类及烹制食材的方法往往指涉特定的种族或阶级①，因而通过穷白人对特定食物的接受与排斥也可以反衬出其对非裔美国人的态度。克鲁斯提到自己“经常与威乐礼一家吃饭，在妈妈允许的情况下，我从他们家吃到的最美味的食物是负鼠，我在家从未吃到过，因为妈妈不肯做”②。负鼠被认作是原始的食物，标志着食用之人低下的社会地位，穷白人将负鼠称作“黑鬼的食物”，通过拒食负鼠来维护自身作为白人的优越感，捍卫白人在上、非裔美国人在下的社会等级秩序。而克鲁斯却打破这一禁忌，将食用负鼠做为十分愉快、美好的经历，并称烹饪负鼠就跟烹饪猪肉一样，加入西红柿、秋葵和地瓜等日常食品，这就消解了负鼠作为食物的歧视性意义，使之正常化，他对负鼠的接受也象征着他对非裔美国人及其文化的接纳。不论是小伙伴威乐礼，还是为克鲁斯烹制负鼠，给予其无微不至的关怀的威乐礼奶奶安妮，都对克鲁斯产生了重要的影响，他称：“不论我是什么样子，威乐礼一家都在很大程度上塑造了我。更重要的是，我相信威乐礼的奶奶对我影响最大③”，表达了克鲁斯对这一家非裔美国人的接受与喜爱之情。然而，克鲁斯一方面认为他们的非裔美国人身份无关紧要，从内心愿意与其平等相待；另一方面心里也清楚这一点在美国南方确实至关重要，穷白人与非裔美国人之间多少横亘着无形的障碍。当他以“先生”来尊称非裔美国人时受到了姑姑的数落：“不，孩子，罗伯特·琼斯是个黑鬼，你提到黑鬼的时候不能用‘先生’。你不能说‘琼斯先生’，你得说‘琼斯黑鬼’。”④尽管克鲁斯和哥哥都把威乐礼当作朋友，但是种族歧视大环境下自然而然生成的优越感

---

① Hill, Darlene Reimers. "'Use To, the Menfolks Would Eat First': Food and Food Rituals in the Fiction of Bobbie Ann Mason." *Southern Quarterly*, 30.2 (1992): 81.

② Crews, Harry. *A Childhood: The Biography of a Place*. Athens: University of Georgia Press, 1995, p.67.

③ Crews, Harry. *A Childhood: The Biography of a Place*. Athens: University of Georgia Press, 1995, p.67.

④ Crews, Harry. *A Childhood: The Biography of a Place*. Athens: University of Georgia Press, 1995, p.63.

使其并不能完全平等对待威乐礼，克鲁斯坦诚地说：“我们有时候会把他当玩具一样玩弄。一直都是拿他寻开心，打发无聊时光。”①他和哥哥拿虫子吓唬威乐礼，对威乐礼的痛苦视而不见，却反而以此为乐。

在克鲁斯后期的作品《伤疤迷恋者》中，穷白人对待非裔朋友的矛盾心理仍有所展现，但是主人公皮特最终跨越了种族间的藩篱，与非裔美国人乔治建立起真诚、平等的友情。皮特是一名乡下出身，为了扎根城市而在工厂中出卖苦力的穷白人，他在这里结识了乔治。工人们对非裔美国人嗤之以鼻：“没人称乔治为乔治，他们都叫他烧焦的黑鬼，但是从不当面这么叫。当着乔治的面，人们不用任何称呼。”②这就传递出穷白人对非裔美国人较为普遍的歧视，与之相对的是映现着作者影子的皮特对乔治既尊重又矛盾的态度。他从一开始就不顾周围对乔治的歧视性言论，坚持称其姓名，而他对于平等对待非裔美国人的做法又不是十分的自信与坦荡，于是就想方设法地“避免与他交谈”③。由于工作中的朝夕相处，皮特逐渐从心底接受了乔治，称其为“朋友”，甚至是“兄弟”，愿意给他自己力所能及的一切慰藉和支持。克鲁斯对皮特眼中的乔治进行了详细刻画：乔治是一个魁梧的非裔美国人，他十分健谈，对皮特无比坦率，见到皮特便会发出“在昏暗光线中闪耀”的灿烂笑容，露出“最长、最白的牙齿”④。此外，乔治还是一名优秀的工人，他勤勤恳恳、吃苦耐劳，即使在热得像烤箱一样的严酷环境中，也没有丝毫抱怨；他工作十分熟练、高效，即使与皮特交谈，也不会停下手中快速的送货动作，可以不知疲倦的工作一整天，且不会有任何差错，即使是工作量最大的时候，皮特也从未在乔治脸上看到一丝疲惫的痕迹，甚至在皮特不堪高温和劳累昏过去后，一个人干了两个人的活，事后却从未向皮特邀功。克鲁斯不吝

① Crews, Harry. *A Childhood: The Biography of a Place*. Athens: University of Georgia Press, 1995, p.64.

② Crews, Harry. *Scar Lover*. New York: Poseidon Press, 1992, p.19.

③ Crews, Harry. *Scar Lover*. New York: Poseidon Press, 1992, p.19.

④ Crews, Harry. *Scar Lover*. New York: Poseidon Press, 1992, p.22-23.

笔墨地勾画出一个真诚、勤劳的非裔美国人形象,流露出他对非裔美国人发自内心地接受与赞赏。

布朗在《脏活》中分别将穷白人沃尔特和非裔美国人布雷登设置为故事的两名主人公,将两条主线并置,探索了新型种族关系的可能性。两个主人公有着非常相似的经历,他们同样出身卑微,自小从事摘棉花等苦力劳动谋生,后参加越南战争,虽从战争中死里逃生,但是伤残严重,布雷登失掉双手双腿,住院多年,沃尔特则被手榴弹炸的面目全非,脑子里留有子弹碎片并会引发癫痫,最终两个人成为同一个病房的病友。尽管种族不同,两人之间的共通之处要远远大于其差异与不同,他们相互倾诉自己的经历,形成种族间的"对话"机制,更建立起同志之谊。在对话中,布朗创造了一个让穷白人与非裔美国人相互走近、了解的契机,他们相互交换了自己对种族的看法与观点。起初,布雷登与沃尔特之间或多或少存在着隔阂,他们之间的沟通并不是非常顺畅。由于长期受到社会的不公正对待,布雷登对沃尔特的友好态度迟疑且敏感。布朗从布雷登的立场出发,讲述作为一名非裔美国人在密西西比州长大的感受。小说开头便是布雷登的想象,假如自己身处非洲,没有三百年前的贩奴运动,事情会是如何,然而现实是他生活在种族主义肆虐的美国,他对自身所遭受的不公待遇发出质疑和谴责:上帝是不是在午夜创造了非裔美国人。为什么不晚几千年人们没有肤色差异的时候再创造我? 为什么我们不给白人起一个难听的名字? 为什么我们要一直给他们摘棉花?① 布朗通过非裔美国人之口对种族不平等发起谴责,动摇白人中心的正统性,质疑其合理性,引人反思既有的种族关系。布雷登对于非裔美国人遭遇的不公待遇非常愤懑,他对白人中心社会发出责难:"看看他们对我们做了什么,把我们从自己的国家偷运过来,还要我们为他们的国家打仗。由此,布雷登对白人充满了敌意与不信任,当一个白人不按他所预期的方式行

① Brown, Larry. *Dirty Work*. New York: Algonquin Books of Chapel Hill, 1989, p.20.

事时，布雷登习惯性地会把他们‘往坏处想’。”①沃尔特需反复重申自己家与非裔美国人的和睦关系以证明自己的立场，打消布雷登的疑虑。误解时有发生，像是布雷登在谈到战争中牺牲的生命时情绪激动，而沃尔特毫无反应，布雷登认为沃尔特的沉默代表他在“想他的女人”，然而事实上沃尔特不仅在反思战争的可怕，他还在思考只征收“年轻人、非裔美国人和穷人”②的征兵制度的不公之处。他们沉浸在自己的世界而缺乏沟通，阻碍了相互之间的理解。不过，这些偏见、误解和疑虑在越来越深入的交谈中逐渐转化为理解与同情。

布朗重点刻画了沃尔特一家与非裔美国人之间的友谊。他们的生活陷于赤贫之中，为了生存，父亲什么工作都肯做，他尤其擅长摘棉花，这是一项大部分由非裔美国人在从事的体力活。由于与非裔美国人境遇相似，沃尔特一家更为平等而友好地对非裔美国人。父亲一次摘棉花的时候结识了非裔工友钱皮恩，他十分欣赏钱皮恩娴熟的劳动技能与诚信的为人态度，称钱皮恩比他认识的任何人干活都更快更好。父亲与钱皮恩结下了真挚的友谊，在家里吃到馅饼时，父亲会想着送给钱皮恩一家尝尝；他们还经常促膝长谈，从眼下的摘棉花聊到过去的战争经历，分外投机。钱皮恩想用双手为家人打造更好的生活，希望自己的孩子们能有机会去大学念书。布雷登称自己对钱皮恩的想法感到非常吃惊，因为他没听过非裔美国人有这种想法和期望，这使他对布雷登对其感到钦佩和敬重，但同时也为其遗憾和难过，因为为了实现梦想，钱皮恩要带着一家人在全国各地游走，寻求活计，住在露天帐篷里，个中艰辛不言而喻。布朗对种族歧视下非裔美国人的生存境遇深表同情，并对造成非裔美国人悲惨生活的社会机制表示谴责与不满。与勤劳、真诚、正直的钱皮恩形成对照的是奸诈狡猾，利欲熏心的上层白人

---

① Brown, Larry. *Dirty Work*. New York: Algonquin Books of Chapel Hill, 1989, p.102.

② Brown, Larry. *Dirty Work*. New York: Algonquin Books of Chapel Hill, 1989, p.187.

诺里斯,他雇佣父亲与钱皮恩摘棉花,在计算劳动成果时总是缺斤少两,想方设法克扣工人们的报酬。这与旧南方文学中白人奴隶主慷慨正直,黑人奴隶愚蠢落后的形象设定形成倒置,冲击了白人中心地位的合理性与正统性。当钱皮恩质问诺里斯时,父亲坚定地站在钱皮恩身旁,甚至为了维护钱皮恩不惜向诺里斯开枪。这种穷白人与非裔美国人之间志同道合、惺惺相惜、相互扶持的友谊在南方文学话语中是前所未有的。同样,父亲还与非裔邻居休·让结下了深厚友情,他们相互照应,义气十足。尽管在现实中父亲与这些非裔美国人之间相处真挚而友善,在父亲的认知层面,依然深受种族主义思想的规训,难以将自己与非裔美国人放置在平等的层面,沃尔特道出了父亲的心理:“你不会听到他承认休·让是自己的朋友。绝不可能。他顶多会说休·让是个好帮手。”①相比于父亲的矛盾立场,沃尔特对非裔美国人的友好态度更为坚定和坦荡。沃尔特由于面容全毁,时常会引起人们的恐慌和躲避,这样的身份设定使他能更切身地体会非裔美国人因为基因、外貌的不同而遭受的歧视,也使他对非裔美国人的遭遇更为同情。沃尔特提到父亲的非裔朋友休·让与父亲曾犯下过同样的罪行,但是他比父亲入狱早、出狱晚,受到了更为严厉的惩罚,沃尔特猜测这是因为他们的肤色不同而导致量刑不同。布朗不再将白人的特权当作理所应当,为其进行辩护,而是时常会对穷白人享有的特权进行反思,将其曝光并质疑其合理性。

诺丹十分同情非裔美国人的遭遇,对被白人杀害的非裔男孩深表同情,质疑以白人为中心的种族关系,甚至因自己与凶手出于同一种族身份而感到困扰。他试图挑战白人特权地位的合理性,消解白人中心地位,以种族问题为写作的出发点,称:“我认为我在一定程度上是一名种族作家。”②但是,他对种族问题的探讨与以往的白人作家又有所不同,因为他的小说是“穷白

① Brown, Larry. *Dirty Work*. New York: Algonquin Books of Chapel Hill, 1989, p.125.

② Ingram, Russell, and Mark Ledbetter. "An Interview with Lewis Nordan." *Missouri Review*, 20.1 (1997): 89.

人版本”①,在种族问题的基础上掺杂了阶级立场。他所描绘的穷白人世界对非裔美国人问题上展现出多样化的态度,在《轻浮的口哨声》中,除了想要与非裔美国人建立二元对立关系以维护自身优越感的穷白人索伦,诺丹还刻画了意识到自己与非裔美国人同处劣势地位,从而试图伸出援手的穷白人伦特。伦特在目睹了博博与索伦的争执之后担心博博的安危,想要找到博博并提醒他不要激怒索伦,以免惹来祸患,但是他稍做尝试后便无功而返。在惨剧发生后,伦特非常后悔当时没有再努力一些去找到博博和他的家人,感到自己对博博的死负有一定责任,表现出其对非裔美国人的同情,也映衬出一部分穷白人并不再试图贬低非裔美国人来提升自身优越感。伦特的儿子罗伊·黛尔则展现出其对待非裔美国人的复杂心情与立场,种族与阶级因素相交织,催化了其对博博的死亡由冷漠到同情的态度演变。起初,罗伊·黛尔对自己的穷白人身份十分敏感,低人一等的心理使其在团队中畏怯退缩,为了摆脱羞愧感,他意欲强化自身的白人身份,与其他白人队友拉近关系。他主动提及非裔美国人博博被杀事件,并对此进行调侃,以此为谈资,他十分高兴碰到没听过这件事的人,这样他就可以亲自讲述这个“笑话”。然而,罗伊·黛尔对非裔美国人死者的戏谑与嘲弄引来了原本默默无闻的乡下白人青年瓦伊纳的反对,在别人都在兴高采烈地谈论此事时,瓦伊纳不顾他人眼光严肃表示:“我站在黑人一边”②,义正词严地谴责滥杀非裔美国人的行为。瓦伊纳的言行唤起了罗伊·黛尔的反思,开始意识到其白人身份是建构在对非裔美国人的压迫和暴力基础之上的。

另有穷白人试图打破种族壁垒,解构白人的中心性。相比索伦和罗伊·黛尔对种族关系的内省,小学教师爱丽斯·康罗伊也历经了曲折的心路历程,最终意识到白人对非裔美国人权力的剥夺,并采取了更为外化的抵

① Nordan, Lewis. “The Making of a Book.” *Oxford American*. March-April 1995: 84.

② Nordan, Lewis. *Wolf Whistle*. Chapel Hill: Algonquin, 1993, p.204.

抗行为。在博博的审判法庭上,爱丽斯带学生前来旁听,并且挤占了大量座位,导致很多非裔美国人无法入席,尽管她对博博及其家人持同情态度,却仍然认为她的白人身份赋予其优先入席的特权。然而当她入席之后,发现前排所坐的都是白人,这幅景象使她意识到白人与非裔美国人之间不平等的权力关系。爱丽丝突破主观白人视角的局限,尝试通过前来作证的博博叔叔的非裔美国人视角审视种族关系,从而更清晰地认识到白人在中心、权威地位下对非裔美国人的暴力、统摄与规训,她对此深表厌恶,“痛恨自己的白皮肤,并为这些白人孩子感到心痛”①。她最终跳脱了自身的白人身份,选择支持、声援博博叔叔,向他大喊:“我们在这! 我们这些有色人种都支持你。”②爱丽斯主动放弃了作为白人的特权,她明白这种特权是建立在牺牲非裔美国人的代价之上的,这就消解了白人与非裔美国人之间的二元对立,呈现出种族僭越的可能性,即白人中心性是一种选择性的话语建构,白人可以通过放弃其特权地位来宣布这一机制的无效。因此,从索伦到伦特父子,再到爱丽丝,这些穷白人都觉察到白人身份的建构性,他们拒绝白人特权机制的再生产,从不同的程度解构、动摇了白人中心制。

作为一名多年为女性和性少数群体奔走的社会活动家,艾莉森对待种族关系的态度更为开放与平等,明确宣称自己是反种族主义者。她十分欣赏非裔文化,认为托妮·莫里森(Toni Morrison)、爱丽丝·沃克(Alice Walker)等非裔作家对自己的女性主义写作起到了关键作用:“当我读到佐拉·尼尔·赫斯顿(Zora Neale Hurston),突然间感到醍醐灌顶。那种声音很奇怪地与我脑海中所熟悉的声音一致。我家人的说话方式,伴我长大的那些语言都在这些女人写的书中回荡。我读起来并不觉得是非裔文学,而是

① Nordan, Lewis. *Wolf Whistle*. Chapel Hill: Algonquin, 1993, p.228.

② Nordan, Lewis. *Wolf Whistle*. Chapel Hill: Algonquin, 1993, p.231.

像劳动阶级文学。”[①]基于其平等的种族观念及所受非裔文学的影响，艾莉森的作品时常打破二元对立的种族关系，模糊穷白人与非裔美国人之间的界限，展现种族平等共存的可能。

《卡罗来纳的私生女》中，迫于经济压力频繁搬迁的博恩一家曾一度搬到了非裔美国人的楼上，尽管只有一墙之隔，他们却宛如被隔离在两个世界。楼下的非裔美国人小孩看到博恩等人以后，流露出“惧怕”的神情，他们小心翼翼地打量着博恩，眼睛里充满怀疑，随后撤回到室内，消失在黑暗之中。然而，这种恐慌心理不是单向的，博恩称自己此前从未近距离观察过非裔美国人，对这个群体充满了好奇，她一动不动地盯着对面，想笑却笑不出来，感到十分“紧张”[②]。博恩坦率地表达了自己想要与非裔邻居交流的愿望，希望楼下的小女孩可以从屋子里出来，这样自己就能与她交谈了，但是那个女孩就只会躲在窗户后面朝这边看看，仅此而已[③]。可以看出南方种族主义意识形态的长期作用之下，穷白人与非裔美国人两个群体之间存在着较深的嫌隙，短时间内难以弥合。这种隔阂的状态与旧南方文学传导的种族歧视是有区别的，不再是居高临下的鄙夷，而是相互不了解情况下的畏缩、疑惑。他们之间的凝视与好奇展现出两者想要走近彼此的意图，也显示出他们关系缓和、相互融合的可能性。长期受种族主义思想规训的大人们依然保持对非裔美国人的敌视与轻蔑态度，像韦德舅舅坚决反对自己的妻儿与非裔美国人住在同一个社区，他暴跳如雷地谴责妻子“住在那种到处是黑鬼的脏地方”[④]；而博恩等小孩尚未完全接受传统的种族观念，他们对待非裔美国人的态度更为开放与平等，像是博恩的表哥格雷可以与非裔小男孩一起玩耍。这就说明白人中心论是话语建构与规训的结果，穷白人的优越

① Allison, Dorothy. “Dorothy Allison.” Interview with Minnie Bruce Pratt. *Progressive* July 1995, p.31.

② Allison, Dorothy. *Bastard out of Carolina*. New York: Dutton, 1992, pp.84-85.

③ Allison, Dorothy. *Bastard out of Carolina*. New York: Dutton, 1992, p.86.

④ Allison, Dorothy. *Bastard out of Carolina*. New York: Dutton, 1992, p.86.

感不是与生俱来的必然,展现出白人中心地位逐渐消退的趋势。

博恩不仅表现出与非裔美国人平等交流的愿望,更在生理与心理上都融合了非裔美国人的特质,她意识到除了肤色不同之外,“白人渣滓”与“黑鬼”之间在主体地位上并无二致。在“南方文艺复兴”及之前的南方文学中,作家十分强调白人的生理特征以突显其血统与出身的高贵和纯正,而在《卡罗来纳的私生女》中,艾莉森打破了对白人血统的推崇与珍视,主人公博恩带有土著印第安人的血统,长着“午夜一般的黑眼睛和黑头发”①。相比种族之间的生理差异,穷白人多指涉政治、经济、文化等劣势地位,具有更为隐蔽的特性,而外貌特征的不纯正使博恩的低等地位更为外显。艾莉森突显了一些穷白人与非裔美国人身份界限模糊的事例,如博恩在学校与同学发生争执时被对方蔑视:“我让一个瘦削、尖嘴猴腮的女孩从我座位上起开,她骂我是‘黑鬼’。”②此外,继父格伦出身中产阶级,他的家人都瞧不起博恩一家,在举行家庭聚会时不允许博恩等人进屋,并对其进行中伤。博恩听到姑妈达里尔的讥讽:“看看那辆车。跟所有的‘黑鬼人渣’(nigger trash)一样,只能拥有那种破烂。”③这里使用的“黑鬼人渣”称谓将“黑鬼”与“白人渣滓”本属于两个不同种族的歧视性名称结合在一起,打破了种族的边界,也说明不管穷白人多么努力地想要抓住自身所谓的优越感,将自己和非裔美国人区分开来,在中上阶层白人眼里都是徒劳与无效的,二者是没有本质区别的,都是他们所歧视与贬低的对象。艾莉森通过赋予博恩以非裔美国人的外貌与心理特质,打破了传统意义上的种族边界,同时宣告穷白人试图坚守白人中心论以寻求高人一等优越感的做法毫无意义。博恩是一名白人女孩,但是她的劳动阶级背景,私生子的身份及其土著印第安人的血统都消解着白人的中心与主导力量。不同于莫里森《最蓝的眼睛》里渴望迎合白审美

① Allison, Dorothy. *Bastard out of Carolina*. New York: Penguin Books, 1993, pp.26-27.

② Allison, Dorothy. *Bastard out of Carolina*. New York: Plume, 1993, p.54.

③ Allison, Dorothy. *Bastard out of Carolina*. New York: Plume, 1993, p.98.

的非裔女孩皮科拉，博恩对引发其身份模糊的黑色眼睛引以为豪。博恩不仅在外表上长着黑色的眼睛和头发，她还接受了福音音乐，视它为自己的救赎，在精神深处也打上了非裔美国人的烙印，因而她称自己拥有“可怜的黑色灵魂”①。同样，克鲁斯多部作品中的穷白人主人公用“黑鬼”称呼自己，象征着自身备受世人歧视，权益遭到剥夺，社会资源受到侵占的生存状态。在《伤疤迷恋者》中，皮特称不是所有的非裔美国人都是黑鬼，很多白人、东方人也是黑鬼，黑鬼意味着可悲、低等、毫无价值。在《拳击大师》中，置身于上流社会的宴会中，尤金称只有自己和皮特是两个黑鬼，黑鬼与肤色无关。这就使旧南方话语中高高在上的白人中心身份得以消解，使其成为一个可以更改与僭越的概念，模糊了穷白人与非裔美国人之间的界限。

与忽略或丑化非裔美国人形象的旧南方文学话语不同，艾莉森较为客观而细致地描绘了非裔美国人小孩的外貌：“我不知道那是个男孩还是女孩，是个非常漂亮的男孩或是个强悍的女孩，像我一样颧骨高耸，浓眉大眼，嘴巴小巧，微微嘟起，像被蜜蜂蜇过一样。巧克力颜色的皮肤非常光滑，看不到毛孔。”②不仅如此，艾莉森还将这个非裔小孩与自己的表哥格雷相对比，觉得非裔小孩比格雷漂亮多了，这样的认识消解了穷白人的优越感，展现了艾莉森摒弃白人中心论的立场。在旧南方叙事中，金发碧眼的白人毋庸置疑是美的基准，非裔美国人则被置于美丽白人的对立面，被打上丑陋的标签。而艾莉森颠倒了传统的审美标准，在建构起漂亮非裔美国人形象的同时，还将白人的肤色特征放大、夸张到极致，塑造出一个骇人的白人形象——白化病人香农，将白人特征等同于丑陋，会引发人们“惧怕和厌恶”③。

相似的境遇使穷白人相比起养尊处优的中上阶层白人，更易与非裔美国人产生共情，相互理解，即使血统纯正，穷白人在政治、经济等各领域的劣

① Allison, Dorothy. *Bastard out of Carolina*. New York: Plume, 1993, p.105.
② Allison, Dorothy. *Bastard out of Carolina*. New York: Dutton, 1992, p.84.
③ Allison, Dorothy. *Bastard out of Carolina*. New York: Plume, 1993, p.206.

势地位也使其更容易与非裔美国人发生关联。随着身份边界的模糊，穷白人与非裔美国人之间的境遇与情感也进一步相通，对其所遭受外界的歧视与压迫更能感同身受。在博恩听到好朋友香农蔑称非裔美国人为“黑鬼”后，感到十分愤怒，“香农说‘黑鬼’的腔调撕扯着我，声音刺耳，跟玛德琳姑姑以为我离得远听不到的时候讥讽地称我们家为‘人渣’的腔调如出一辙”①。由于对非裔美国人的观点不同，博恩与香农发生了激烈的争执，气愤之下，香农称博恩的亲戚都是“醉汉、小偷和混蛋”，“每个人都知道你们是谁……”为了反击与自卫，博恩愤怒地说道：“你这个白人混蛋”，她以非裔美国人的立场自居，象征着博恩与其白人身份的疏远。香农象征着白人特性，而她的意外死亡则意味着艾莉森对白人特性的摒弃，由此，博恩的黑人身份愈发外显。她在河中发现了一个“闪亮”的四角吊钩，而“闪亮”（shine）一词在20世纪上半叶被用来隐晦指涉非裔美国人。博恩将这个吊钩据为己有，从中获得安全感，并以吊钩为工具和武器，反击之前在商店遇到的不公待遇。由于其穷白人的身份，博恩和妈妈曾经在这家商店遭受过店主的羞辱与歧视，并被店主勒令不得入内，无力扭转世人偏见态度和不公社会机制的博恩无比愤怒，她在表哥的帮助下，利用涂黑的吊钩潜入商店，打碎了店内的货架。这一抗议店主区别对待的行为与历史上非裔美国人抗议种族隔离的活动异曲同工，都是为了改写公共场所的准入机制，争取平等待遇，这就将穷白人与非裔美国人的身份与命运联结起来，弥合了种族间的差异和嫌隙。

在民主化、大众化的语境中，“粗悍文学”作家在对抗中上阶层为主导阶级关系的同时，对白人中心的种族关系也进行了一定程度的触及、反思与重新解读。他们暴露了种族主义话语的建构性，揭示了种族歧视在穷白人里仍然挥之不去，与此同时，他们也质疑了白人的特权，站在非裔美国人的立

① Allison, Dorothy. *Bastard out of Carolina*. New York: Dutton, 1992, p.170.

场，对造成其悲惨境遇的不公权力关系态表示了异议。他们还打破了种族之间“黑”与“白”的二元对立，赋予白人身份以非裔美国人的特质，试图消融种族身份的边界，颠覆白人身份的优越性。由此，两个族群之间尽管隔阂尚存，消除歧视尚待时日，不过也展现出平等、多元共存的发展态势，这对于推动公正种族关系的建立，具有重要意义，同时也有利于穷白人在更为民主、平等的社会机制下争取个人权益。

第六章　性别格局:对旧图式的沿循、突破

性别书写是南方文学中一个举足轻重的话语场。旧南方白人上流社会构建的高雅文化图式也是以绅士、淑女为中心展开的,对两性各自的责任、角色、位置做出了设定。由此衍生的男性统治、女性附属的格局为之后的文学创作制造了模板。“粗悍文学”作家以自身经历或以他们熟知的乡村生活为写作蓝本,塑造了两性的角色,展示了他们生活里的两性生活。客观审视,这些故事没有完全摆脱之前南方的性别陈规或与“南方文艺复兴”写作的类同,在一定程度上表现出对传统性别架构的沿循和重合,同时,通过对穷白人女性形象的重塑,以及男性气质的消解为南方文学对性别的述说也提供了新的再现形式,显示了在穷白人这一群体里,性别意识观念在发生改变。

第一节　传统性别图式下的自我和他者

性别书写,是“南方文艺复兴”作家构建“南方神话”的一个重要组成部分。福克纳、艾伦·格拉斯阁(Ellen Glasgow)、韦尔蒂等作家的笔下,旧南方的田园理想不仅存在于农业主义的生活方式和状态,而且附着于人与人之间,特别是两性之间的关系。在他们看来,勇敢坚韧、品德高尚的南方绅士

和美丽高雅、贤惠贞洁的南方淑女共同构成传统两性关系的两极。南方绅士结合了“贵族的宫廷礼仪、古老的骑士风范和印欧武士的坚强”①,是旧南方主流文化的精神支柱,而南方淑女集屋中的天使和圣洁的女神为一身,是男人们顶礼膜拜和精心呵护的对象。但是随着南方社会的巨大变革,这种自我陶醉式的南方回望和性别构想逐渐式微。从性别角色分工看,绅士淑女模式并非像表面看起来那样浪漫和谐、相得益彰,而是一种不平等的性别图式。它将白人男性置于家庭和社会的核心位置,赋予他们绝对的权威和道德裁判权。相比之下,女性被迫处于依附和从属的位置,成为男性权力的点缀物和装饰品,缺乏独立的自我和个体自由。虽然她们常常被捧上神坛,被当成贞洁仁爱的典范,但是在现实生活中,她们只不过是维护、稳固旧南方传统价值体系,实现父权社会利益的工具。波伏娃认为,这样的女性无疑是“第二性”,是相对于男性而存在和定义的他者,因为她们的性别身份不是与生俱来的,而是社会和文化建构的②。在这样的社会价值体系中,女性往往依照社会对其性别的期待来塑造自己,与此同时内化了父权文化的价值观念,因为只有按照男人的梦想去塑造自身,才能获得价值。在艾伦·格拉斯阁的《战场》(*The Battleground*)中,男主人公安姆布勒是一个典型的南方绅士,具有坚定的信念和勇敢的骑士精神,在抗击北方的战斗中英勇捐躯。他的妻子始终以从属的身份衬托他的伟岸和崇高。同时,她忠实地管理着种植园,并且将传统礼教传递给女儿们,教育她们服从男性主流话语,乐于牺牲和奉献。可见,在旧南方男性至上的性别格局中,女性被完全边缘化,不仅失去了自己的声音,而且被迫成为父权文化价值的再生产者。

一方面,在“粗悍文学”的性别场景里,其和之前的南方文学有趋同现象,也就是说,旧南方父权文化的牵绊和影响犹存,甚至在有的作品里还体现得较为突出、极端,复制了之前南方的男性家长制,例如,其主要角色皆为

---

① Blazina, Chris. *The Cultural Myth of Masculinity*. Westport: Praeger Publishers, 2003, p.39.

② 波伏娃:《第二性》(Ⅰ,Ⅱ),郑克鲁译,上海:上海译文出版社,2011 年,第 9 页。

白人男性，在社会和家庭中处于支配地位，女性则是一个被边缘化、消音的群体，且落入了奉献、仁爱、勤劳、顺从的形象窠臼。另一方面，部分作品又显示了女性性别意识的觉醒，大胆挑战男权至上的传统，剖析传统南方文化对女性的剥削与压迫，努力为女性正名，颠覆束缚南方女性的根深蒂固的传统规范，同时探讨当今南方女性的生存状况，追求自立和自我，寻找一条体现自我价值的生存方式和与男性的新型关系。所以，在性别问题上，“粗悍文学”呈现出一种复杂的含混性，在僵化的性别格局和觉醒的性别意识之间徘徊抗争。

就人物创作模式而言，穷白人作家与“南方文艺复兴”作家是基本一致的，男性至上，女性附属。当然，鉴于其生存境遇的局限，绅士、淑女的温文尔雅就无从谈起了。兰道尔·柯蓝(Randall Kenan)指出，“白人渣滓”的基本性别模式是：男人们酗酒无业、凶狠暴躁、没有文化、喜爱乡村音乐、过度性爱，而女人们长期忍耐、早婚早衰、过度生育、性格倔强。他还特别强调，这些人物形象都是有现实基础的①。对此，“粗悍文学”作家并不予以否定和回避。他们在作品中真实再现了这些社会底层人物的形象，承认穷白人身处白人阵营，又被排斥在外的尴尬境地。所不同的是，这些作家深入挖掘穷白人不幸生活的社会文化根源，并将其作为一个大的文本语境，从中解读和反思传统南方文化、特别是经济结构和阶层意识对于性别角色建构的影响和作用，艾莉森的作品透露的正是这样的倾向。伊丽莎白·扬(Elizabeth Young)在1998年评论道，为了成为读者们所熟知的“多萝西·艾莉森”，艾莉森被迫发掘和展示过去的方方面面，如穷白人的南方成长经历，如影随形的家庭创伤，自己的同性恋倾向以及围绕这一切的阶级和政治抗争②。小说《卡罗来纳的私生女》就是这样的代表作。安妮的母亲14岁未婚先孕，15岁生下私生女安妮，让全家丢尽了脸面。除了母亲的出格行为，安妮的舅舅们

---

① Kenan, Randall. “Sorrow's Child.” *Nation* 255.22 (28 Dec. 1992), pp.815-816.

② Young, Elizabeth. “Southern Cross.” *The Village Voice*, 43. II. (March 17,1998), p.124.

也是与社会格格不入的危险人物，他们酗酒闹事，争强斗狠，粗俗不堪，让半数乡亲都避之不及。与强壮威猛、精力旺盛的舅舅们相比，安妮的姨妈们“看起来衰老疲倦，行动迟缓，是天生伺候男人的老妈子和保姆”①。男性们在家庭和社会拥有的特权显而易见。“男人们可以做任何事情，他们做的每一件事，无论多么暴力或离奇，都被人轻松看待和理解。他们因为开枪击烂别人家的窗户，或驾驶着皮卡在铁道上飙车，或是在酒吧里对服务员大打出手，而被警长逮捕时，姨妈们只会耸耸肩，保证孩子们在家安然无恙就放心了。男人们就是做男人们才做的事。”②在这样的男性至上的社会里，安妮潜意识里就有男性崇拜，为自己的性别感到自卑，甚至希望自己能性别僭越，变成男孩。但现实里实现性别转换是不可能的。为了一定程度上了却自己的心愿，她退而求其次，以模仿、易装取而代之，借来舅舅们的旧牛仔衬衫，比照他们的穿着，将前襟塞进裤腰，后摆放开，力求制造出男性的派头。她还弄到舅舅们的随身标配——一把弹簧刀让自己看起来更威风，有硬汉的架势。安妮的性别羞耻感以及不自觉地效仿男性行为折射出传统南方社会中男性的霸权地位和女性的他者属性。

艾莉森对于自己和自己的家人在南方社会中被划为异类的阶级身份有着痛苦而清醒的认识：“我家的人没有出众的地方。我们是普通人，尽管如此，我们也带有神秘色彩。我们是人人都在谈论的‘他们’——一群不知好歹的穷人。”③通过“他们”的特殊称谓，艾莉森揭示了南方中上层阶级与穷白人阶级之间不可逾越的边界，以及南卡罗来纳州根深蒂固的等级偏见对穷白人群体的影响和压迫。安妮从小就背负着父辈们传递下来的“穷白人”标签，被深深的羞耻感和自卑感所折磨。虽然她努力干活，照顾家人，学习

---

① Allison, Dorothy. *Bastard out of Carolina*. New York: Penguin Books, 1993, p.23.

② Allison, Dorothy. *Bastard out of Carolina*. New York: Penguin Books, 1993, p.23.

③ Allison, Dorothy. *Skin: Talking About Sex, Class and Literature*. Ithaca: Firebrand Books, 1994. p.13.

成绩优秀，但是“肮脏、丑陋和无用”的穷白人身份标识从未被摘除。令安妮感到更加痛苦的是，在这种被外部污名化的逆境里，家庭内部又往安妮的心灵创伤上补了一刀。在她和继父凯南·沃德尔不平等的性别关系里又搅进了阶级差异。出生于中产阶级家庭的凯南从未真正喜欢过波特莱特家族，并把自己视为其中的一分子。在他的眼中，波特莱特家族就是“白人渣滓”的代表，是懒惰无能、缺乏教养的代名词。虽然自己也是一事无成，屡屡丢掉工作，只能依靠安妮的薪水养家，他却从来没有改变对穷白人的仇恨和憎恶。和安妮结合的第一天起，他就居高临下地以父亲之名和中产阶级的优越感向安妮和她的妹妹瑞茜宣布了所有权，试图通过性别、阶级的双重压力来击垮她们的个人意志，影响她们的自我身份塑造，以达到对她们的绝对控制：“我告诉你们是谁，你们现在是我的人，不是波特莱特家的人了。……你们的外婆是个大骗子，她从来不说实话。你们离她远一点。”[①]他频繁搬家，一次比一次搬得远，就是为了实施对穷白人的污名化，隔绝波特莱特家族的影响，让安妮和瑞茜在自我认同过程中完全服从于自己的父权加上等人的意志。面对凯南的规训，安妮非但没有事事顺从和配合，反而表现出波特莱特家族特有的倔强和固执，与她的“硬骨头”绰号名副其实。为了摧毁安妮的抵抗，凯南不断强化安妮的“白人渣滓”的自我意识，“你和骨头一样硬，是这世上最死脑筋的小孩。铁石心肠，心地歹毒，人前一套，人后一套”[②]。又如，他不断嘲笑安妮的举止言行，一再强调她是又懒又倔的小孩，和其他“白人渣滓”没有两样。除了言语和精神上进行刺激和控制，凯南还频频使用暴力来维护自己的权威。安妮第一次遭受惩罚是因为她破坏了凯南不许孩子在家乱跑的规矩。“我听见皮带扬起来的声音，带着可怕的尖锐哨音，狠狠地抽在我身上，我尖叫起来。凯南爸爸又抡起了皮带。皮带划过空中，还没

---

① Allison, Dorothy. *Bastard out of Carolina*. New York: Penguin Books, 1993, p.52.

② Allison, Dorothy. *Bastard out of Carolina*. New York: Penguin Books, 1993, p.111.

打到我身上时，我已经尖叫起来。”[①]在福柯看来，规训处罚所特有的一个惩罚理由是不规范，即不符合准则，偏离准则。任何边际模糊的不规范领域都属于惩罚之列[②]。换句话说，规范就是确定不同差异的界限，不规范者的外在边界。福柯认为，规训惩罚在各个方面都不同于司法刑罚。后者的基本功能不是考虑一系列可观察的现象，而是诉诸必须记住的法律和条文。它不是区分每个人，而是根据一些普遍范畴来确定行为；不是排列等级，而是仅仅玩弄允许与禁止的二元对立；不是加以同化，而是对罪名做出一劳永逸的划分。规训机智掩藏着一种“规范处罚”[③]。从这一点来说，凯南对安妮的惩罚和控制明显带有象征意味，是以父亲的权威让女儿们遵守女性规约，不做出格越界的事情，如听话、柔弱、顺从、不顶嘴，履行女性的义务和责任，等等。如果说安妮的倔强让传统南方父权秩序感受到威胁，那么更让凯南担心的是阶级等级的边界模糊会进一步削弱他对安妮的权威的建立。他深知自己无法被有钱有势的父亲和兄弟们接纳，但是又不甘于沦落到与为穷白人为伍的地步，因此，暴力征服成了宣泄他内心对穷白人阶层的恐惧和厌恶的唯一办法。在他看来，只有完成对穷白人的改造和塑型，阶层的边界才有可能重新清晰化，而阶级边界的清晰化反过来又有助于他对安妮姐妹家长制性别统治的巩固。

相比小说中男性人物的霸权和专制，女性的声音一直是微弱的、隐晦的，游移在失语的边缘。安妮的出生是一个戏剧性的场面。临近分娩的母亲乘坐姨父崔佛的车去医院，在路上遭遇车祸，接连三天昏迷不醒，造成安妮出生后无人证明，档案上留下了永久的污点。虽然母亲一开始的“象征性失声”是个意外，但是她在与凯南共同生活后的表现却是意料之中的。凯南

---

① Allison, Dorothy. *Bastard out of Carolina*. New York: Penguin Books, 1993, p.106.

② 米歇尔·福柯:《规训与惩罚》,刘北成、杨远婴译,北京:生活·读书·新知三联书店,2015年,第202页。

③ 米歇尔·福柯:《规训与惩罚》,刘北成、杨远婴译,北京:生活·读书·新知三联书店,2015年,第206页。

每次找借口毒打安妮，不是声称安妮的调皮行为惹火了他，就是谎称安妮不听他的话。母亲对于丈夫完全盲从，没有任何疑心，而是痛心地询问女儿到底做了什么惹怒了爸爸。对母亲对夫权统治的百依百顺，安妮的内心是崩溃的：

> 我做了什么？我在屋子里跑了一下。她想问什么？我希望她继续说下去，即使我什么也不说也能理解我。我希望她足够爱我以至于能离开他，收拾包裹，带我们离开，甚至有必要的话杀了他。①

但是现实是残酷的。母亲为了安妮一次次出走，却又一次次回到凯南的身边。最终当安妮母亲打算和凯南决裂，拒绝和他在一起生活时，盛怒的凯南强暴了她，并恶毒地诅咒她是个小娼妇，“我要把你关起来，我要给你个教训”，“你再也不能和我顶嘴，你会按我说的做。你会告诉安妮我想让你告诉她的话”②。在《南方的思想意识》一书中，威尔伯·卡什将20世纪南方文学中经常出现的“强暴情结”看作是一种文化定式，而不仅仅是施暴者对受害者的犯罪行为③。在白人男性的文化潜意识里，强暴行为可以让受辱的女性噤声并屈服。因此，凯南对于安妮的强暴不仅是对女性身体上的压迫，也是精神层面上的征服。而相比身体上的创伤，更让安妮无法忍受的是母亲的遗弃行为。在小说的结尾，母亲选择和凯南一起逃离。他们去了加利福尼亚州或佛罗里达州，将身心遭受重创的安妮留给姨妈雷琳照顾。在临行之前，母亲短暂地回来看望安妮，并给了她一张涂改过的出生证明，原先的“不合法”字样已经被抹去，只留下一处空白。虽然这个空白的出生证明彰显着鲜明的象征意义，被认为是安妮逃离父权社会的通行证，因为上面既没有父亲的名字，也没有“不合法”的官方印戳，但是对于安妮而言，母亲的背叛和与继父的同谋让她彻底幻灭，“我会长大成为像雷琳那样的人，像妈

① Allison, Dorothy. *Bastard out of Carolina*. New York: Penguin Books, 1993, p.107.
② Allison, Dorothy. *Bastard out of Carolina*. New York: Penguin Books, 1993, pp.284-285.
③ Cash, Wilbur J. *The Mind of the South*. New York: Knopf, 1941, p.116.

妈那样的人，一个波特莱特家族的女人”①。她似乎理解了母亲逃离南方的苦衷，背弃家庭的无奈，因为中产阶级出身的凯南是唯一可以帮助她摆脱南方生活的救命稻草，她除了绝望地抓住不放，别无他路。她似乎只能将自己的命运依附，捆绑在凯南身上，即使以抛弃亲生女儿为代价完成捆绑也在所不惜，没有可能自己作为一个女性自立自强地生活下去，完全印证了其男性附属品的角色。母亲的悲剧反映了南方男权主导文化对女性自我的压倒性胜利，折射出南方传统性别模式的巨大影响力。

穷白人男性的暴力不仅是他们证明自我、实现价值的主要工具，也是他们在两性关系中取得领导地位的必要手段。小说《捕蛇狂欢节》(*A Feast of Snakes*)的标题有着一语双关的意味，既指涉现实中响尾蛇围猎人的年度重大活动，又象征着以男性菲勒斯为中心的社会文化。在小说中，“响尾蛇”以各种形式出现在乔治亚州明斯提克镇，有吐着信子的活蛇，有制成标本的蛇干，有各种与蛇相关的工艺品，还有模仿蛇的舞蹈大赛。在对响尾蛇的狂热背后，是人们对男性力量的崇拜以及对男性处于侵略者和统治者地位的认可。受这种传统男权文化的影响，小说中的性别世界呈现出二元对立的特点。在这个世界里，男人们是社会和家庭的主宰者，时刻标榜宣扬自身的菲勒斯中心力量，女人们是家庭的稳定剂和传统仪式的维护者，是被漠视和压制的他者，是男性欲望对象的存在。小说以蛇寓意男性力量，将一年一度的响尾蛇围猎大赛视为男性集体的狂欢节。无论是男人们报名参加围猎大赛，还是激烈争夺响尾蛇之王的称号，都是挑战、检验和证明男性力量、勇气、阳刚等特质的最好时机。而女性则成了大赛仪式和传统的一部分，或在响尾蛇王后的选美大赛中成为取悦男性的欲望工具，或是成了菲勒斯中心活动的崇拜者和见证者。

雷尼·吉拉德在《暴力和神圣》(*Violence and the Sacred*)一书中指出，暴力对于缺乏司法体系的原始社会来说是一种威胁。通过献祭仪式将社区的

① Allison, Dorothy. *Bastard out of Carolina*, New York: Penguin Books, 1993, p.309.

侵略性冲动两极化,将其引向或真实或虚幻,或有生命或无生命的受害者,原始社会就此受到保护,而无扩大复仇的风险①。从这个意义上说,响尾蛇围猎大赛也是一种献祭仪式,不自觉地强化了男性作为侵略者和猎杀者的角色,将女性受剥削和受压迫的他者地位合理化。在强化主从性别关系的同时,男性也不断通过暴力来表达自我。主人公乔曾是炙手可热的高中足球队明星,深受老师和教练的喜爱。在大学落榜后早早步入婚姻,靠卖私酒为生。曾经的辉煌和现实的平淡让他的生活逐渐走向颓废和空虚,成为酒精和游戏作用下的行尸走肉。乔对生活的绝望源于他对自身男性力量的认知,以及原有的男性社会地位的丧失。在他内心,他一直都渴望用暴力证明自己的男性气质,取得应有的社会认可。队员们曾亲眼看到他把一个路过的推销员拖到溪水里,把他淹个半死。他欢迎并热衷于足球场上的力量对抗,认为这是男性成人仪式的一部分,"一群身材弱小的替补队员没有机会打比赛,只能作为那些身体更强壮的男孩们的肉体沙袋。……他(队长)有机会练习自己的跑动,而不用担心受伤。他可以有机会把人撞倒在地,踩在脚下,让他们脑袋和手臂开花,狠狠踢断他们的肋骨"②。即使从足球队退役后,乔依然感觉到自己的内心顺从暴力的召唤,渴望冲撞、碾压、蹂躏那些天生的弱者。乔的暴力倾向并不是毫无来由的。他从小在没有爱的环境里长大,不知道爱是何物。乔的母亲为了爱情,抛家弃子与一个推销员私奔,给了他沉重的打击。乔无法想象母亲居然会不顾丈夫和儿子的脸面,为了一个又矮又丑的娘娘腔放弃一切。在他心目中,母亲应该如其他南方女性一样,恪守相夫教子、做做家务的本分,而不是追求所谓的虚幻爱情。而在体格上,他部分继承了父亲大乔的暴力基因。大乔身高将近 7 英尺、高大魁梧、眉毛又浓又粗,给人威风霸气的感觉。他曾经因为一个给他运私酒的非裔美国人偷了一箱酒就毫不留情地阉割了他。还有一次他和一个朋友剥了一

---

① Girard, Rene. *Violence and the Sacred*. Baltimore: The Johns Hopkins University Press, 1979, p.18.

② Crews, Harry. *A Feast of Snakes*. New York: Atheneum, 1976, p.7.

个白人男性的头皮，并未透露具体原因。最让他骄傲的莫过于他驯养的比特斗牛犬。他的比特斗牛犬是整个乔治亚州最优秀的，也是用最血腥、最残忍的方式培养出来的。无论是乔，还是大乔都笃信暴力的合理性，并将之与男性身份和男性价值相关联。

但是在现实生活中，暴力对男性气概的塑型并不是一成不变的。文化批评学者巴克认为，男性气质有动态的变化，他认为，传统的男性气质所推崇的诸如力量、权力、坚韧、行动、控制、独立、自足、男性情谊、工作等价值在“二战”后的美国遭遇了失业、越战、朝鲜战争、女性主义等的冲击，美国男性的安全感和自信心受到严重挫败①。对于乔来说，暴力已经不能稳固他的男性地位，相反，阶级鸿沟产生的文化差异是对男性气概的新挑战。在围猎大赛前夕，他见到了大学放假回来的前女友贝伦尼丝。在过去的一年里，贝伦尼丝的富有老爹已经资助她去巴黎学习法语。光是想想法语这件事就足以让乔发疯。而更让他抓狂的是贝伦尼丝已经有了新男友谢泼德，一个缺乏阳刚气概的“娘娘腔”。谢泼德虽然身材弱小，外貌偏女性化，但是他是大学辩论队的辩手，说起话来如同播音员一样腔调十足，让空有一身气力的乔自惭形秽，相形之下，旧的所谓男性气概黯然失色。中产阶级的贝伦尼丝和谢泼德如同一面镜子，让乔照见了他和妻子艾尔菲不可跨越的阶级鸿沟。他们没有文化和高等教育背景，住在简易拖车里，养着两个嗷嗷待哺的婴儿，连补牙的钱都出不起，生活艰难而困窘。尽管艾尔菲非常爱乔，但是他无法同样回报。他憎恨家庭中的穷困和琐碎，潜意识里认为家庭的羁绊和爱的表达让他软弱敏感，找不回曾经的男子气概，因此只要一回到家就怒气冲冲，有打人或是咆哮的冲动。无论艾尔菲怎么小心翼翼，他只要稍不如意，就会把她揍得鼻青脸肿。虽然乔也有过矛盾的时刻，因为艾尔菲是个难得的好女人，但是大多数时候受挫的力比多占了上风，让他失去了理智。乔嗜

① Barker, Chris. *Cultural Studies: Theory and Practice*. 2nd ed. London: Sage Publications, 2003, pp.301-305.

血的矛盾心理状态在响尾蛇围猎大赛的当天得到了彻底释放，因为小镇的"空气中都弥漫着血腥味"①。无法摆脱困境的乔终于采取了最疯狂的暴力行动，即向围猎人群任意扫射。这种无理性的状态"让他感到前所未有的快乐，因为一切都重新回到正轨"②。不难看出，乔的悲剧在于他一生都在追求实现社会所要求的男性性别角色。但是限于他所属的阶级群体和成长环境，他无法形成社会普遍认可的男性身份认同，因而不可避免地产生角色焦虑和失败心理，最终沦为暴力的牺牲品。

除了以暴力维持男性气质，形成男性自我身份认同，克鲁斯还强调性与暴力的不可分割性。警长巴迪·马特罗就是其中一个典型例子。他自从在足球比赛中伤了膝盖，就沉迷于针对弱女子的性暴力游戏。他一方面标榜自己是小镇法律的化身，另一方面利用手里的权力羁押无辜女性，行占有和玩弄女人之便。他还为自己的性游戏制定了规则，如果他看上的女人不从，他就会把她抓起来，不管她是白人还是非裔美国人，即使她已经有了男人。虽然马特罗滥用职权的行为被举报和调查，但是没有人能奈何得了他。他不无得意地向乔炫耀，如果不是膝盖受伤，他会是全美职业足球选手。这种荣耀等同于越战归来的受伤老兵，可以享受不同一般的"待遇"。可见，在马特罗的男性思维中，女性是男性的战利品和附属物，是没有自主意识的私人财产和玩物。同样持这种思维的还有其他男性人物。乔对于艾尔菲没有任何感情和爱，只是把她当成生育工具和发泄性欲的对象，对其呼之即来，挥之即去。即使是对贝伦尼丝，乔也没有任何爱情可言，而是渴望占有她的身体，满足于她对自己的男性雄风的崇拜。达菲·迪特尔已有家室，仍然在外面拈花惹草，以暴力的性游戏为乐。他崇尚男性力量，喜欢一切灾难性新闻，如着火的热气球、倒塌的房屋、爆炸的船只。在某种程度上，马特罗、乔和达菲等人物形象既有男权社会的普遍特点，也有所属穷白人阶级的特性。

---

① Crews, Harry. *A Feast of Snakes*. New York: Atheneum, 1976, p.145.

② Crews, Harry. *A Feast of Snakes*. New York: Atheneum, 1976, p.176.

他们信奉暴力与男性气质的自然关联，认为男性出色的性能力是证明自我的最好途径。但是限于阶级视野和自身教育经历，他们无法达到精英阶级所设定的标准和规范，只能在自我毁灭或毁灭他人中寻求心理平衡。由此可见，在克鲁斯的笔下，多是现实中粗悍男性和柔弱女性之间的性别架构。男性一般是行为粗俗、无所事事的酒鬼和暴徒，女性则往往是深陷绝望和痛苦的边缘人。虽然人物角色形象发生了变化，但是这种架构依然清晰地反射出父权文化的影子和思维定式，即，男性穷白人依然是两性之间的主宰者和统治者，有着绝对的话语霸权，而女性则沦为顺从的他者，是男性欲望的对象和男性形象塑造的配角。

受克鲁斯的影响，另一个穷白人作家莱瑞·布朗遵循的也是这种写作模式。童年的不幸经历让布朗对穷白人阶级的生活，特别是穷白人男性，有了最真实的体悟。他的小说如《脏活》《乔》《父与子》等大多以宣扬男性气质为主，将男性置于家庭和社会架构的中心，表现出对软弱、感性的女性气质的厌弃和回避。

布鲁格在《艾娃她男人》里不仅通篇都在精雕细刻其貌不扬的查理的硬汉形象，而且写到了这种男性气质的薪火相传。查理在家中是绝对威严，说一不二的家长，在外强悍威猛，坚决守护妻儿的安全和福祉。像其他信奉武力的穷白人男子一样，查理在受到侮辱和侵犯的时候，选择以武力还击，“假如有人拔刀子，他就会提出铁锤”，因而，当瑞登家族的人指责查理偷东西，并提着一把长刀直冲上来时，查理毫不犹豫地开枪还击。孩子们对他无条件崇拜，自动以他为人生楷模，甚至到了是非不分的地步，缺陷也闪耀着光泽：

> 虽说查理照自己父亲的遗风把两个儿子管得很严，他们却很敬重他。每当有人说他们父亲酗酒、酿私酒、衣着邋遢的闲话，他们总是说：“我爹是条汉子。”他们耳濡目染照他的样学做男子汉，好坏都学。①

① Bragg, Rick. *Ava's Man*. New York: Vintage, 2002, p.51.

除了暴力对男子气概的塑型,女性是维护和烘托男性气质的另一极。在《脏活》中,布雷登屡屡提到电视等流行文化对于维护男性气质的作用。无论是美国小姐选美大赛,还是像《家族风云》(*Dallas*)和《光辉岁月》(*Days of Our Lives*)之类的美国肥皂剧,都无一例外地将女性物化和标签化。电视上的男主角如亨弗莱·鲍嘉(Humphrey Bogart)总是在众多女人中周旋,表现出无所不能的英雄气质。而女性不自觉地接纳了南方女性规范,并进行自我改造和形塑,以期符合主流意识对女性的审美再造。除了强调性别的文化规约,布朗还通过女性在新旧时代交替中的迷失,折射旧南方女性的浪漫价值观。在小说《费伊》(*Fay*)中,美丽贫穷的少女费伊为了逃离心怀不轨的醉鬼父亲而出走,寻找理想生活,却接二连三地落入了男人的陷阱。费伊第一次搭便车就遇上几个吸食大麻的嬉皮士,险遭凌辱。第二次幸运地遇见公路巡警山姆并被他收留。在山姆家的日子是费伊人生中最幸福的时光。她的到来弥补了山姆和妻子艾米之间因为痛失爱女产生的失落和隔阂。在艾米因醉酒而车祸身亡后,费伊和山姆之间逐渐产生了爱情,并有了身孕。但是好景不长,费伊与纠缠山姆的前任情人发生冲突,不幸误杀了她,不得不重回流浪之路。在走投无路的情况下,费伊委身于比洛克西镇上一个脱衣舞俱乐部的安保经理和合伙人艾伦,整日被堕落的毒品交易和色情表演所包围。渐渐地费伊认清了艾伦的真面目,渴望重回山姆的怀抱。不料逃亡计划被艾伦识破,她只能独自脱身,而闻讯赶来的山姆在冲突中与艾伦同归于尽。小说的最后并没有给出费伊的下落,只在后记中暗示一个外形酷似费伊的脱衣舞娘出现在新奥尔良街头,风情万种,楚楚动人,吸引了一众男人的目光。从天真到世故,从纯洁到堕落,费伊的转变在快速发展的工业化世界中似乎不可避免。而在布朗看来,这一切都归结于费伊对女性行为规范的挑战。她最初的清纯美好、不谙世事仿佛是射进南方黑暗世界的一束光,带给了山姆和艾伦新的希望,唤醒了他们的骑士英雄梦。艾伦为了博得费伊的好感,不惜当着她的面枪杀了一个曾企图强暴她的飞行员。

山姆为了找回费伊,不惜放弃即将开始的退休生活,与艾伦火拼至死。在他们心目中,费伊是南方贞洁女性的化身,代表着美好的旧南方理想。但是事与愿违,费伊对自我的探索很快就突破了界限,摆脱了传统道德准则的约束。她 17 岁与山姆未婚先孕,后杀人抛尸。与艾伦在一起后她经历了贩毒、杀人、色情表演等罪恶行径,并最终导致两个情人的毁灭。从某种程度上说,费伊的形象使谙熟福克纳《喧嚣与骚动》的人极易联想到其故事里的凯蒂·康普森。两人起初都是充满不可抗拒的清纯魅力,被男性当作浪漫和理想的象征。但是很快两人都踏上了激情、性爱和堕落的道路,从一个女神式的人物沦落为一个妓女。虽然布朗并不承认自己的写作中有着福克纳的影子,甚至拒绝读者将他的作品与《喧嚣和愤怒》相提并论,但是小说中僵化的性别角色定式以及对旧南方理想的叹惋还是露出一些端倪。

综上所述,“粗悍文学”作家在两性书写上,无法完全摒弃沉淀在骨子里的旧南方文化影响,所以,在一些作品里依然部分重复或契合了南方经典写作的套路,采用了传统的性别架构,突出男性为主体和中心,女性为附属和边缘的性别格局。不仅如此,由于穷白人文学的粗悍特质使然,这种性别格局的维持和运行更为极端,增添了一些狂放之风,男性的统治专制、暴戾不羁,从而加剧了这一境遇下女性作为阶级、性别压迫双重受害者的苦难。

第二节　女性规约与自我重塑

传统的南方女性形象由来已久。早在 19 世纪早期,男性种植园主们已经根据自己的主观意志和需要将他们想象中的女性转化成一种文化符号,并固定下来,且具有明显的功利性,如乔治·菲茨休(George Fitzhugh)在 1854 年就做出如下的阐释:

> 让（女人）表现勇气和胆量吧。她的主人，也就是男人会让她任劳任怨。只要她敏感脆弱，犹豫多变、胆怯依赖，男人就会宠她爱她。她的弱点是她的优点……事实上，女人就像孩子，有且只有一项权利，就是受保护的权利。这项权利也意味着服从的义务。①

在拥有奴隶的种植园主看来，南方女性与男性的关系近似于奴隶与奴隶主之间关系，男人是女人的主人和上帝，而女人是脆弱的南方之花，需要男人的特别呵护。而进入20世纪以来，南方女性形象被赋予了更多的道德内涵，对外端庄美丽、贞洁高雅，对内温良贤淑、无私奉献，是南方理想的代表，也是稳定南方秩序的精神内核。这种淑女形象不仅是规约女性个体行为的准则，也是满足上层白人男性虚荣心的装饰品，有助于他们根据女性品质进行自我定义。例如，约翰·威廉·迪弗瑞斯特（John William DeForest）曾将男子气概定义为英勇的骑士精神：

> 如果你能打，如果你很强悍，能杀死对手，如果你能领导并镇住一群人，如果你能在旷野驯服一匹烈马，如果你是个神枪手或高超的剑客，如果你坚持观点不动摇，如果你能有好酒量，如果你是个情场高手，……南方人会对你刮目相看。②

男性的力量、勇气、自信和权威等品质都是女性品质的对立面，完美地弥补了女性的脆弱、敏感和不自信，从而证实了男性充当女性保护者的合法性和正当性，奠定了男性为主体和中心，女性为从属和边缘的性别格局。米利特认为，性别关系归根结底是一种政治，因为生理学、社会学、人类学、心理学等领域内的性别关系都呈现出“权力政治关系，一群人通过这些关系被

① Fitzhugh, George. *Sociology for the South, or the Failure of Free Society*, reprinted. New York: Burt Franklin, 1859, p.214.

② DeForest, John William. *A Union Officer in Reconstruction*, quoted in Scott, *The Southern Lady*, 1883, p.101.

另一群人所控制”①。

纵观南方文学的创作，这一权力关系清晰可见。在有的“南方文艺复兴”作家笔下，女性形象有些被简化为二元的刻板模式，即不是天使，就是魔鬼。前者符合白人男性对中产阶级女性的期待和定义，是完美女性的典范，后者行为出格，品质恶劣，是传统南方价值理念的背叛者和破坏者。就这一模式化现象，凯瑟琳·海宁格（Katherine Henninger）指出，南方女性以规约的方式被呈现，在文化影像中静止并沉默了下来，实际上变成了非黑即白的一种概念②。这种非黑即白的概念将女性固化在某个南方女性形象中，不允许有出格或越界的行为。桑德拉·吉尔伯特（Sandra M. Gilbert）和苏珊·古芭（Susan Gubar）就曾指责在很多男作家的笔下，女性被塑造成天使和怪物这样类型简单的人物，从而固化了女性的社会角色和生存价值。在《阁楼上的疯女人——女作家和19世纪的文学想象》中，吉尔伯特和古芭分析道：“大多数西方的文学类型……从本质上说都是男性的：由男性创作，讲述男性眼中的世界。”③通过塑造男性眼中的女性榜样和典范，南方白人男性精英们可以展示他们生活方式的正当性和优越性，从而使女性心甘情愿地待在她们被分配的角色里，接受男权社会的统治和管理。

但是从20世纪60年代起，随着女权主义运动的崛起和女性自我意识的苏醒，越来越多的女性开始拒绝承认传统分配给女性的角色，抨击这一制度背后隐含的性别歧视和性别压迫。而南方社会的快速发展和女性接受教育机会的增多，为女性勇敢走出家庭，享受与男性同等的工作权利和待遇提供了可能。对于穷白人女性来说，传统南方社会的二元对立性别认知模式已经悄然发生改变。男性不再是家庭的唯一经济支柱，女性也不再

---

① Millett, Kate. *Sexual Politics*. Urbana：University of Illinois Press, 2000, p.23.

② Henninger, Katherine. *Ordering the Facade: Photography and Contemporary Southern Women's Writing*. Chapel Hill, NC：The University of North Carolina Press, 2007. p.1.

③ Gilbert, Sandra M., and Susan Gubar. *The Madwoman in the Attic: The Woman Writer and the Nineteenth-Century Literary Imagination*. New Haven：Yale University Press, 1979, p.67.

是纯粹的家庭主妇。她们直接参与了社会经济活动，部分承担了养家糊口的重负。和“南方淑女”虚幻的空中楼阁不同，穷白人女性切实承受着经济压力和性别劣势的双重负担，只能在困窘中挣扎谋生，根本谈不上体面和尊严。

艾莉森在短篇小说集《人渣》的前言中谈到自己的人生经历时不无愤懑：“我的家庭生活不在电视上，不在书本里，甚至不在漫画书里。这个国家里有关于穷人的神话，但是它不包括我们，尽管我试图跻身进去。‘穷人里的良民’的说法和想象与我家经历的日常没有任何关系。‘穷人里的良民’是善良的，虽然破衣烂衫但是干干净净、打心眼里让人尊敬。我们是穷人里的坏蛋。男人酗酒，保不住工作，女人总是未婚先孕，并且由于过度劳作和过度生育快速衰老，身材走样，小孩鼻涕邋遢、品行不正。”[①]这种区分的本质在于，“良民”形象基本符合南方的主流意识和价值理念，是南方绅士/淑女神话的延伸和变形，“坏蛋”被排除在主流话语之外，是被忽视、被遮蔽、被歪曲的一群人。厄斯金·考德维尔在人们熟知的《烟草路》中描写的那些穷白人故事就是属于后者。艾莉森认为，这种对穷白人群体特质的两极化描述，要不是对贫穷的浪漫化演绎，要不是对贫穷的污名化处理，完全忽视了身处其中的女性声音。穷人里的“良民”和“坏蛋”的区分中，特别强调性别的作用。当穷人被认为是“良民”时，性别起不到重要影响，但是当穷人被定义为“坏蛋”时，性别成了一个明显区分的标准。穷白人女性总是与过度生育和过早生育联系在一起。因此，在明显不公的社会语境中，女性往往是穷白人阶级中备受压迫的一方，是弱势群体中的弱者，承受了比同一阶级男性更多的污名和痛苦。艾莉森对女性被迫接受压迫的状态提出质疑和挑战，“从孩提时代我就知道我们对于无力改变的现状不得不保持缄默。更为糟糕的是，那些没有办法改变自己生活的人有充足的理由对这个现实感到羞愧，并

① Allison, Dorothy. *Trash*. New York: Plume, 2002, p.vill.

试图遮掩它。我已经接受了这种羞耻,并相信了它,但是为什么会这样"①。不难看出,相比男性,穷白人女性受着双重压迫,一方面在南方主流文化的规约下无法获得主体性,另一方面背负着主流阶级赋予穷白人阶级的污名,被深深的耻辱感和自卑感所困扰,觉得自己一无是处。艾莉森回忆起自己23岁时以政府工作人员身份申请信用卡,都需要自己的养父共同签署申请表。可见,穷白人女性从来都不是真正的成人,而是始终需要被看护、被管束的弱势群体。弗雷德·霍布森的矛盾性评述是一个绝妙的注解,女性没有被排斥在外,只不过她们要获得白人的、南方的、男性为主机构的正式批准②。基于此,艾莉森在写作中勇敢地挑战了男权社会规范和对女性的刻板认知。她认为,真实的女性既不是天使般甜美,也不是恶魔般可怕,而是"具有隐秘、不可预测的天性,有点麻烦、愤怒的、复杂的女性"③。只有通过承认和拥抱穷白人女性中不足的一面,释放愤怒和羞耻,拒绝歪曲和污名化,穷白人女性的真实、人性化形象才能显露出来。

在传统南方文学想象中,南方淑女是住在漂亮的大房子里,享受着幸福生活的美丽女性。然而,这远不是南方生活的全部。关于穷白人女性的真相是,受经济和性别的双重压迫,和南方淑女不可同日而语。艾莉森认为,穷白人女性从来不与"美丽"和"女性"两个词沾边,因为她们的身体在日复一日的辛苦劳作中不断被折磨、变形,最终成为"丑陋"和"没有女人味"的代名词。在回忆录《我确信的两三件事》(*Two or Three Things I Know for Sure*, 1995)中,艾莉森从图像的角度呈现了性别、阶级和性等元素被叠加在一起的效果:

---

① Allison, Dorothy. *Skin: Talking About Sex, Class and Literature*. Ithaca: Firebrand Books, 1994, p.32.

② Heller, Scott. "Reconstructuring Southern Women's Literature." *The Chronicle of High Education*, 7 July 2000, p.2.

③ Allison, Dorothy. *Trash*. New York: Plume, 2002, p.xi.

我们家的女人们被细细打量,男人婆,没有女人味,生育机器、累赘、被鄙视的对象。我们家?女人之家?我们就是这些摄于矿难、洪水、和大火之中的照片中的女人们。我们就是那些隐在背景中,张着嘴、穿着印花裙或系带裤和无领罩衫的人,看起来又丑又老又疲惫。一群结实而无感情的大屁股生育工具。我们都是天生的大屁股。脸大意味着智力低下。手大表示能干活。头发灰暗、眼神疲倦的我们翻看着尽是女人图片的杂志。她们和我们如此不同,仿佛来自另一个物种。①

这一段文字清晰地描述了穷白人女性在他人眼中的形象,以及她们自己对自己的定义。"丑陋"不仅成了穷白人憎恨厌恶自己的缘由,也成了她们互相讥讽取笑时的常用词汇。西苏在《美杜莎的微笑》一文中指出:"男权主义者阴险凶暴地引导妇女憎恨自己,与自己为敌,发动她们巨大的力量与自己作对,让妇女成为她们男性需要的执行者。"②在《卡罗来纳的私生女》中,安妮的外婆早已习惯"丑陋"的标签,居然时常以自嘲的方式打趣自己的孙辈。她以一连串的"丑娃子""丑八怪""丑得好看"等词语来表达自己对孩子们的喜爱,仿佛不使用"丑"这个词,她就真不知道该怎样表达这种情感了,因为在她的意识和记忆里,这个词一直是专属于他们这个群体,已经习惯成自然,以至于牙牙学语的孩子都跟着内化了这一特殊的身份标签,不使用反到是不正常。年幼的安妮敏感地意识到"丑陋"一词隐藏的文化偏见。她渴望变得美丽,讨厌自己一无是处。"笨拙、强壮、丑陋——为什么我不能是美丽的?我想和故事书里的那些女孩一样,成为白白净净、善解人意的公主。我讨厌我的短手指、大脸、突出的膝盖,讨厌自己一点也不像那些长相好看,身材娇弱的漂亮女孩。我像煤黑子,身材像干瘪的搓衣板,脸不是脸,

---

① Allison, Dorothy. *Two or Three Things I Know for Sure*. New York: Penguin Books, 1995, pp.32-33.

② Cixous, Helene. "The Laughter of Medusa." Trans. Keith and Paula Cohen. *Signs* 1.4, 1976, p.878.

鼻子不是鼻子,没有一点好看的地方。和姨妈们一样,这种身体生来就是干活干到死,榨干用尽就被丢弃的那种。"①经典小说《飘》作为传统南方女性的典范文本,成为安妮认识自我和阶级群体的一面镜子。她看见母亲头发汗湿、制服肮脏地下班回来,猛然意识到自己不是肌肤如雪的女主角斯嘉丽,而是"白人渣滓"的一部分。这种觉醒的阶级意识和性别意识一方面来自于旧南方女性经典形象的认同失败,另一方面来自于穷白人女性的生存的严酷现实。

在艾莉森看来,主流文化对穷白人女性叙事的构建往往被当成现实而被接受,造成女性的自卑和自我憎恨。女性要想改变这一状态,书写是唯一可能的途径。如西苏所言,女性必须书写自己:她必须书写女性,也必须引导女性书写。女性已经被粗暴地驱赶出了书写,就像被驱赶远离了身体一样——出于同样的原因,依据同样的律法,怀着同样的目的。女性一定要通过自己的活动把女性写进文本,写进世界与历史②。艾莉森在写作中大胆启用女性自己的声音,诉说女性的故事,挑战父权体制对于女性施加的种种禁忌。她谈到故事的功用时毫不隐讳:

> 我明白在一个冰冷的世界中写作的意义,写作可能更困难。已经发生过的、没有发生但应该发生的故事,如同一副拉上的窗帘、一个绝缘体、一件伪装、一把剃刀、一个每次讲述时引起变化的工具,让我们成为意想之外的我们。故事就是一个必需品。③

艾莉森的故事策略在安妮身上表现得很明显。幼小的安妮无法抵抗象征父权的凯南爸爸的压迫,只能在潜意识里通过构建想象挑战菲勒斯统治的话语。她将自己的故事描述为血腥和恐怖的故事,如吸血鬼只吃新生婴

① Allison, Dorothy. *Bastard Out of Carolina*. New York: Dutton, 1992, p.206.

② Cixous, Helene. "The Laughter of Medusa." Trans. Keith and Paula Cohen. *Signs* 1.4, 1976, p.875.

③ Allison, Dorothy. *Two or Three Things I Know for Sure*. New York: Penguin Books, 1995, p.3.

儿的尸体,如果谁可以带给绿脸小矮人44个男人的心脏,他们就可以告知藏宝的地点等。在安妮的想象世界里,暴力横行,一片混乱,毫无秩序可言,“男孩子和女孩子被强奸杀害,婴儿在豆子锅里被烹煮,吸血鬼和配着锋利砍刀的战士在游荡,巫师们砍掉大人和孩子的头颅,成群的女人骑着摩托车,四处放火烧屋。大地轰然裂开,黑绿色蜥蜴一口把人吞下。”①安妮对于暴力和毁灭的渴望是现实无力感的一种折射,也是一种克服现实困境的工具。故事讲述既是生存的需要,也是心理代偿的需要。穷白人女性的首要任务是“如何生存,如何重新塑造世界”②,其次,明知故事是虚幻的,她们依然要“讲述故事证明她们想要生存下去的决心”③。无独有偶,安妮的好朋友谢农也以故事讲述来对抗主流话语的压制。谢农与安妮年龄相仿,也有着“丑陋”的标签。她有着白化病人的典型特征,白皮肤、白头发、粉红色的眼睛,是人们眼中的异类和怪物。她忍受着别人对她的谩骂和侮辱,并将绝望和恐惧融入恐怖故事中。她的故事大部分是关于无辜孩子的各种惨死,如砍头、缺胳膊少腿、凶杀、暴乱等。与安妮的天马行空相比,谢农的故事多了一点现实主义的色彩,有报纸头条或尸检报告作为佐证。谢农的惨烈故事是现实生活的投射,也是潜意识里的一种复仇。如安妮所观察的那样,“谢农眼中燃烧的或是愤怒之火。如果她更强壮或更聪慧,她一定是非常危险的,但是一个病殃殃的半瞎子,四处被排斥,又有多大威胁。”④最终,谢农没有抵抗住流言蜚语的伤害,在家庭烧烤会中不幸引火自焚。谢农的死到底是有意为之,还是无意之举,读者不得而知,唯一可以确定的是,在以相貌和身材定义女性的男权社会中,谢农没有生存的可能。通过故事和现实的相互映照,艾莉森讲述了穷白人女性被主流社会忽视和淡忘的另一半生活,实现了

① Allison, Dorothy. *Bastard Out of Carolina*. New York: Dutton, 1992, p.119.
② Allison, Dorothy. *Two or Three Things I Know for Sure*. New York: Penguin Books, 1995. p.4.
③ Allison, Dorothy. *Two or Three Things I Know for Sure*. New York: Penguin Books, 1995. p.51.
④ Allison, Dorothy. *Bastard Out of Carolina*. New York: Dutton, 1992, p.158.

想象与现实的越界和融合。在谈到叙事如何成为女权主义者的斗争策略和方法论时，苏珊·弗里德曼（Susan Standford Friedman）指出，存在着一种由来已久的文化迫切性，即抵制和颠覆主流文化故事的叙事需要。对立的、越界的话语常常乐于将其看作是众多反抗策略中的一种。对于她们来说，被主流社会定义的边缘人并不是“边缘的”，或是“他者”。但是为了抵抗将她们视为他者的主流叙事，她们必须讲述别的故事，揭示她们被排斥的过程，肯定她们的功用（尽管有同谋和被限制的嫌疑），不断塑造或重塑她们的身份。① 艾莉森的故事讲述虽然并不一定能够让女性真正摆脱生活的绝境，但是有效地驳斥了男性社会对于穷白人阶级女性的刻板书写，成为平行于男性话语的另类声音。

除了女性自我意识的觉醒和对男性话语的对抗，艾莉森还着眼于不同时代穷白人女性之间的冲突和观念碰撞。在短篇小说《最坏的女人离开了田纳西》中，艾莉森刻画了自己的曾祖母雪莉和祖母麦蒂的不同形象，反映出男权价值对传统穷白人家庭的渗透以及女性渐渐苏醒的反抗意识。雪莉出生于一个农场主家庭，对嫁给穷白人塔克后的家庭生活怨气冲天，动辄对孩子恶语相向。她自觉维护和遵从南方中上层阶级传统价值规范和生活方式，作为一个说一不二的女性家长，严格规定孩子们要时刻保持身体洁净，如果指甲里有污垢不能上餐桌。对旧时品质生活的怀念成了她人生的全部。

与雪莉的愤怒而无助的形象相比，大女儿麦蒂表现出的是一种觉醒的女性意识。每当雪莉大声咒骂孩子们，只有麦蒂敢于怒视她，拒绝低眉顺眼。当雪莉成为孩子们集体的梦魇时，早早辍学打工的麦蒂成为代理母亲，带领孩子们说出成年后的愿望，让最小的孩子爬上膝头，抱他，哄他，给他唱歌。两人迥然不同的表现折射出两类不同的穷白人女性。从小浸染在旧南

---

① Friedman, Susan Stanford. *Mappings: Feminism and the Cultural Geographies of Encounter*. Princeton, NJ: Princeton University Press, 1998, p.230.

方文化中的雪莉被动承受男性的强权,尽力扮演男权社会分配的角色和形象,无法对自我进行定义。而麦蒂积极应对困境,主动拥抱现实,努力掌握自己的命运。两人之间的冲突注定不可避免。故事的最后,麦蒂"定定地看着母亲,第一次看清了母亲的薄嘴唇、紧绷的脖颈肌肉、以及脸颊上的红色雀斑。她真丑,真丑"①。相貌是麦蒂的一个心结。一直以来雪莉以丑、脏、蠢等词语来辱骂、贬低自己的孩子们,造成他们无法正视自我,形成完整的身份认同。当麦蒂突然意识到了不可一世的雪莉也是这般丑陋时,她感到释然才真正摆脱了被污名化的心理阴影。不仅如此,面对雪莉的颐指气使,麦蒂还向同在纺织厂打工的弟弟提议,"我们是不是应该在行业协会报个名?"②这一挑战具有特别的象征意义,因为雪莉向来以上等人自居,在纺织厂和家庭内部享有特权。行会等新事物的出现预示着南方旧价值体系的逐渐瓦解,以及等级制度必然走向溃败的结局。通过新旧势力的冲突和对抗,艾莉森将上一代女性遭受的精神压迫与新一代女性对自我权利的追求有机地结合起来,从女性内部诉说边缘群体与南方神话的关系。

在这一点上,小说《卡罗来纳的私生女》中的安妮和母亲之间也有着类似的冲突。母亲对于穷白人家庭的逃避与安妮对白人家庭的热爱形成鲜明的对比。一个典型的表现就是母亲拒绝告诉安妮有关家族的故事,因为她认为这些事情并不光彩,也不想回到不堪的过去。相比之下,安妮无比渴望有属于自己的历史。她不断从祖母、姨妈那里汲取家族历史和个人身世的点点滴滴,并把它们串接起来,形成自己的家族图谱和身份坐标。从某种意义上,安妮的成长过程是不断寻找自我,定位女性位置,形成女性身份的过程。在两性关系上,波特莱特家族的女人们彰显了逐渐觉醒的女性意识。安妮的祖母从不指望别人,她比所有的儿子加在一起都要强。特丽莎姨妈也是一个要强的女性,渴望与丈夫细水长流的感情。当她发现厄尔姨父放

---

① Allison, Dorothy. *Trash*. New York:Plume, 2002, p.28.

② Allison, Dorothy. *Trash*. New York:Plume, 2002, p.31.

浪形骸时，毅然离开了他。安妮姨妈在生命将尽的时候，一改之前的少言寡语和行动迟缓，变得行动迅速和滔滔不绝，并公开表示对丈夫的厌弃。雷琳姨妈是其中最特立独行的一个代表。她从小桀骜不驯，17 岁时和一个游乐场司机私奔，但是一直没有嫁给他。在游乐场里，她给自己取了一个男性化的名字“雷”，剪短了头发，穿着工作装，像男人一样干活。即使在她退休后，她依然保持着自由和独立的精神，剪着短发，经常穿裤装。虽然她深居简出，交友不广，但是波特莱特家族的人都喜欢和她待在一起。姨妈们的坚强韧性与母亲安妮的委曲求全共同作用在安妮身上，让安妮逐渐看清了自己的道路，应该追求自立自强。西苏认为，女性从母亲的馈赠中汲取灵感，用母亲的白色乳汁书写。她认为，女性身上总是存在某种母性的品质：滋养生命、抗拒分离，维系女性纽带，把个体的女性同整个女性的历史结合起来。① 这些品质对于女性获得独立身份和自主意识至关重要。无论是女性之间的对抗还是传承，艾莉森的小说传递的正是不同时代女性之间的血缘和文化纽带。在她看来，旧时代女性骨子里的旧南方文化影响与新时代女性对自我的追求总是形成一种张力，造成人们内心的矛盾和纠结。她坦言：“我家境贫寒，可社会却认为我们可耻、令人鄙视、罪有应得，现实就是这样，摆脱不了，和我紧紧地如影相随。我用了一生的时间来克服或否定它。”②幸运的是，艾莉森通过女性谱系的交叉写作视角克服了这种焦虑，将女性的个体经验同群体记忆有机结合起来，形成共同对抗父权文化的女性集体力量。

在对家庭男性统治权的冲击中，也出现了《可悲的血统》里专制、暴躁的女家长。故事里安迪的妻子显然完全掌控了家中的话语权，行使着发号施令的功能。她外出之前为安迪布置了挖沟的任务，待回来后发现他找了一个老头代劳顿时勃然大怒，对安迪暴力严惩。这种悍妇的形象在彻底打碎

---

① Cixous, Helene. “The Laughter of Medusa.” Trans. Keith and Paula Cohen. *Signs* 1.4, 1976, pp.881-882.

② Allison, Dorothy. *Trash*. New York: Plume, 2002, p.xi.

男权统治的同时又将性别角色推向了另一个极端,造成了另一种性别关系的严重失衡,使压迫与被压迫的局面出现了彻底的颠倒,而不是纠偏,未能实现两性的和谐共存。也许她这种过度强势是情有可原,是怒其不争,安迪丝毫未显现出应有的男性品行和担当,没有道德底线,偷懒耍滑,屡教不改,一副死猪不怕开水烫的无赖嘴脸。

对于穷白人男性作家来说,天使和妖妇的人物定式似乎是一种不可否认的存在。但是值得关注的是,他们在天使和妖妇之间加入更多的元素,将女性神秘化和复杂化。克鲁斯就是其中一个典型代表。从表面上看,他的女性书写遭到了不少诟病,如评论家帕特丽夏・比蒂(Patricia Beatty)就对他创造的女性刻板形象颇有微词:“克鲁斯小说里的女性很少是人格丰满的。她们不是花花公子追逐的对象,就是张牙舞爪的怪物,或者是可怜的受害者。”①比蒂甚至怀疑克鲁斯是不是有厌女症和性不成熟。唐纳德・诺布尔(Donald Noble)也提出,克鲁斯似乎将女性看作是有威胁性的。他认为现代女性对克鲁斯来说是一个问题:“克鲁斯似乎不太能接受现代的、自觉的女性主义者。”②对于这样的批评意见,克鲁斯自己并不认同。在一次访谈中,他公开表示对女性主义的同情:“我知道女人们所经历的痛苦。她们在这个国家里不能拥有土地……并且历经千辛万苦才能获得投票权。从父亲的财产变成丈夫的财产,女人们太难了。至少对我来说,她们确实比男人们更坚强,但是又必须如此艰难,我觉得这很讽刺,也令人费解。”③不难看出,克鲁斯理解并同情女性的艰难处境,同时钦佩她们“铁血木兰”的顽强坚韧。但是他对两性关系的理解似乎并非像女性主义者那样非黑即白,而是在作

---

① Beatty, Patricia V. “Crew’s Women.” *A Grit’s Triumph: Essays on the Works of Harry Crews*, ed. David K. Jeffrey. NY: Associated Faculty Press, 1983, p.112.

② Noble, Donald R. “Harry Crews Introduces Himself.” *A Grit’s Triumph: Essays on the Works of Harry Crews*, ed. David K. Jeffrey. NY: Associated Faculty Press, 1983, p.16.

③ Lytal, Tammy, and Richard R. Russell. “Some of Us Do it Anyway: An Interview with Harry Crews.” *Georgia Review* 48, 1994, p.548.

品中呈现性别之间的自然差异。因此在他的笔下,女性形象并不是单一刻板的,而是复杂多变的,既有忍辱负重的传统家庭妇女,也有坚强抗争的女斗士,既有甜美的屋中天使,也有古怪的疯女人。通过纷繁复杂的女性形象,克鲁斯揭示了父权文化和阶级对女性的塑造和迫害,对南方陈旧落后的意识形态提出了尖锐批评。

在小说《捕蛇狂欢节》中,克鲁斯就刻画了不同的女性形象,代表着不同的女性气质:乔的妻子艾尔菲卑微、朴素、善良,没有受过良好的教育,是典型的贤妻良母,符合“南方神话”对女性的规约。而乔的前高中女友贝伦尼丝刚上大学二年级,漂亮、开放、有着傲人的身材,是乔可望而不可即的理想对象。两人都是乔生活的一部分,让他无法取舍。响尾蛇围猎赛季开始时,贝伦尼丝的重新出现打破了乔的平静生活,让他在错误的道路上越走越远,最终只能以毁掉一切的方式求得解脱。值得注意的是,在乔的悲剧中,男性欲望和女性身体成为一个频繁出现的话题。与很多穷白人女性一样,艾尔菲的身体由于过度生育导致衰老变形,失去了性吸引力,无法满足乔的审美体验:

> 从后面看,她看上去还是那个他刚娶回家的姑娘。……但是她转过身来就太可怕了。两年前饱满坚挺的乳房像两个干瘪的口袋一样挂在胸前。虽然她并不胖,但是看起来像裙子底下塞了一个篮球。大腹便便。……她的牙坏光了。医生说这和连生两个孩子有关。①

乔对于艾尔菲的身体厌倦是主体对客体的审美失败,也侧面折射出女性在男权主导文化中的被动地位。而贝伦尼丝的身材凹凸有致,依然保留着诱人的风情,让乔迷恋不已。克鲁斯认为,两性自然吸引是性别差别的核心问题。克鲁斯所言的女性神秘是女性独有的魅力,也是引发男性争斗的源头。女性身体就是其中之一。它不仅是繁殖后代的工具,也是满足男性

① Crews, Harry. *A Feast of Snakes*. New York: Atheneum, 1976, pp.9-10.

审美欲望的载体,因而具有文化隐喻意义。福柯认为,社会规约赋予了身体各种文化禁忌。而这些文化禁忌通过不断的身体实践得以强化,从而形成人们关于性别的体认。① 在南方社会,父权文化对于女性的身体同样有着一整套的规则和制度,使得活生生的身体受到"训练、塑造、遵守和进行回应,成为适应社会和对社会有用的身体"②。小说中的响尾蛇小姐选美大赛就是其中一个文化塑型活动。每一届的选美皇后都让高中女孩们跃跃欲试,从能拿动指挥棒的那天就开始为之奋斗,选手们需要身材绝佳,性感迷人,方能取得桂冠资格。乔看着其中一个选手诺威娜,她穿着银色半透明材质的比基尼,所用的布料大概只能做一个手套。而诺威娜在舞台上展现的身体如闪着光泽的大长腿、圆润的胳膊、浑圆的乳房、圆鼓鼓的屁股无不是男性观众凝视之下的客体。作为选美皇后的强劲候选人,诺威娜的身体无疑是美的代表,但是它并不具有自己的主体性,因为男性是制定美的规约并最终拥有美的人。如校长所评价的那样,诺威娜是一个年轻的淑女,将来会成为一个好妻子。

除了遵守社会规范的女性人物,克鲁斯还在小说中塑造了一些"另类"的女性。她们希望通过控制自己的身体,实现主体地位,不被男性话语所控制。典型人物有乔的母亲、乔的妹妹比德和乔的非裔美国人帮佣梅。乔的母亲爱上了一个推销员,并与之私奔到亚特兰大。与之前的大房子相比,她宁愿和心爱的人一起住在与非裔美国人街区相邻的简陋公寓里。丈夫大乔一路追踪,强行把她带回。但是刚烈的母亲宁死不从。她将塑料袋套在头上,以大乔唯一的黑色领带勒颈自杀。她在临死前留下一个字条,清楚表示了自己与家长制统治的决裂,"狗娘养的,现在来带我回去吧。"③从女性主义

① 福柯:《性经验史》,佘碧平译,上海:上海人民出版社,2005 年,第 10 页。

② 鲍尔多:《不能承受之重——女性主义、西方文化与身体》綦亮、赵育春译,南京:江苏人民出版社,2009 年,第 208-209 页。

③ Crews, Harry. *A Feast of Snakes*. New York: Atheneum, 1976, p.120.

角度来看，扼死母亲的黑色领带有着双重的象征意义，一方面，父权社会对女性的严格规训和塑造导致女性无法窒息，不得不失去生命控制力。另一方面，女性以死相争的行为表现出觉醒的女性自主意识，与南方旧道德秩序形成对抗，并从纪律森严的南方家庭内部撕开了一个口子。同样“另类”的还有乔的妹妹比德。母亲惨死的一幕，成为她的人生转折点。她从一个懵懂无知的拉拉队队员快速成长为一个与南方父权文化格格不入的抗争者。她不仅继承了母亲的容貌，还秉承了她的坚韧性格。她开始拒绝与父亲说话，拒绝走出自己的房间，整日污秽裹身，与电视为伴。乔一直怀疑她的疯癫是一种伪装，却抓不到任何马脚。她的独处表现有时看起来出格荒唐，有时看起来与常人无异。福柯在《疯癫与文明》对疯癫的社会本质做了深入的阐释，疯癫之所以称其为疯癫，不是因为它是一种自然疾病，而是一种建构的结果……是另一种疯癫——理性疯癫的结果，疯癫的历史其实是理性疯狂压迫疯癫的历史。① 肖瓦尔特从女性主义的立场揭示女性疯狂与父权制文化之间的关联。她认为，女性由于长期处于父权制文化的压制之下而变得疯狂，因此，疯狂既是女性处境的产物，也是对女性角色的逃避。在她看来，18、19 世纪的女疯子一般都是诗意和艺术化的，有着柔弱、浪漫和伤感的气质。而在克鲁斯的笔下，比德的疯狂自然是因父亲的专制和残暴而起。为了避免听见父亲的声音和残暴的斗犬训练声，比德选择了自我封闭。她特意将电视的音量调到最大，以寻求一片心灵的净土。但是她并不是柔弱和伤感的。在与乔的谈话中，她深知父亲带给每个人的痛苦，包括那条斗犬塔菲。她希望死神早点来临，因为“这是个人吃人的世界”，甚至鼓动乔结束这一切。福柯指出，根据迪默布洛克（Diemerbroek）的分析，疯癫有两个层次，一个层次是与幻觉交流的不健全理性，另一个属于更深的层次，是一种活跃的理性。简单地说，在混乱而明显的谵妄下面有一种秘密谵妄的秩序。

① 参见马新国编：《西方文论史》，北京：高等教育出版社，2002 年，第 474-476 页。

第二种谵妄在某种意义上是一种纯粹理性。而这种理性完全脱去了痴呆的外表。在这种谵妄中包含着疯癫的似是而非的真相[①]。比德的疯癫明显属于第二个层次。她的非理性是对象征理性的家长制权威的逃离和背叛。她以疯癫的外表保持着沉默，却又看透父权文化的压迫本质。她的胡言乱语里透露着女性的自主意识和对女性他者的同情，是披着疯癫外衣的理性声音。

梅是另一个被父权文化环境逼疯的女性。她在看守所被警长马特罗强暴后，精神受到了重创，产生了到处都是蛇的幻觉，甚至觉得天上都会下蛇雨。在比德的建议下，梅随身带上了一把匕首。当马特罗再次将她拉上警车，给她看两腿之间，“一条蛇笔直而立”时，梅挥刀相向，将带着响尾蛇套的阳具当场割断，造成马特罗重伤不治。在斯科特·罗明（Scott Romine）看来，“蛇……是阳具的象征，是暴力和性相伴而生的社区里的暴力之源。”[②]蛇不仅意味着男性的菲勒斯力量，还因为其白人拥有者，多了一层种族压迫的意味。因此，梅的反击具有明显的政治意味，是对一直压迫女性的父权和种族政治的阉割。小说的结尾，幻灭的乔在围猎现场疯狂向人群扫射，打死了自己的高中教练、教堂的牧师，一个路人以及贝伦尼丝，结束了自己在道德和欲望之间的挣扎，最后被愤怒的人群扔进了响尾蛇穴。在一片混乱中，突然出现在现场的比德和梅似乎是最后的胜利者。她们冷眼旁观，远比其他人看起来更为理智。这一对疯女人的形象颠覆了传统男权社会的妖妇形象。她们不是主动僭越男权社会规范的人，而是父权社会剥削之下的受害者。但是她们没有被动地接受自己的命运，而是在半疯半傻的掩护下完成反抗和抵制父权的使命，因此具有一定的正面性。从这个意义上，简单宣称克

---

① 米歇尔·福柯：《疯癫与文明》，刘北成、杨远婴译，北京：生活·读书·新知三联书店，2015年，第94页。

② Romine, Scott. “Harry Crews’s Away Games: Home and Sport in *A Feast of Snakes* and *Body*.” *The Southern Quarterly* 37(1), 1998, pp.74-87.

鲁斯是个女性主义者或是个厌女主义者都有失偏颇。克鲁斯没有将女性简单地一分为二,而是将女性人物置于强大的南方社会文化语境之中,同时又体现出不同女性的自我认知和抗争意识,侧面地反映变化中的南方两性关系。虽然克鲁斯的女性书写给人的印象上仍有简单、类别化的嫌疑,但是总体上与传统的男性视角相悖,反映了女性的性别意识觉醒,因而更具真实性和震撼力。

受克鲁斯的写作影响,莱瑞・布朗也成为描写南方穷白人阶级的中坚力量。他凭借小说《乔》(*Joe*,1992)以及《父与子》(*Father and Son*,1997)获得两届南方图书评论界大奖,具有举足轻重的文学影响力。虽然他的作品大多以男性气质为主,但与此同时也不乏对女性自主意识的正面书写。小说《费伊》就是一个典型例子。不可否认,布朗在女主人公费伊身上寄托了厚重的旧南方理想,但是他同时意识到新女性的与众不同之处。因此,费伊不可避免地表现出复杂的两面性,即传统的旧南方价值和自我价值的追求。小说完全以女性的视角书写,细腻地刻画了女性的情感、欲望和梦想,让南方穷白人女性的形象一反刻板僵化,变得生动鲜活起来。小说刚刚问世,就受到评论界高度关注,希尔比・斯坦伯格(Sybil Steinberg)赞扬该部小说是一本集堕落和暴力于一身的传奇故事,是布朗目前为止的最佳作品。① 《华盛顿邮报》也评论道,《费伊》证明了好的小说可以是粗悍的、性感的、动人的。② 布朗自己谈起这段写作经历时,也颇有感慨,作为一位男性作家,试图换位思考,设身处地进入女性的内心世界,“从一个女性的视角写小说,对我来说是一个真正的突破。有很多事情我并不清楚,需要问别人才知道。她们的敏感和担忧都是那么与众不同”③。

---

① Steinberg, Sybil. Review of *Fay*. *Publishers Weekly*, 10 January 2000, p.43.

② Pelecanos, George P. “White Trash Dreaming”. Review of*Fay*. *Washington Post Book World*, 18 June 2000, p.7.

③ Dickerson, James L. “America's ‘Bad Boy Novelist’ Enters Virgin Territory with Fay.” *Book Page Online*, April 2000.

布朗在小说同样刻画了两种类型的穷白人女性,一类自暴自弃,为了生存不惜放弃女性的尊严,将身体作为交易的商品,在男性为主的社会中努力生存。另一类虽然贫穷但仍然坚守道德底线,有自己的理想和追求,在与男性协商中谋求一席之地。在第一类当中,穷白人女孩芭芭拉·路易丝表现得既可怜又可恨。她一方面向筑路的男孩们出卖身体,以便获得香肠、肉罐头和糖果之类的紧缺食物,另一方面她热衷于玩一种刺激的游戏,即将这些来之不易的食物丢在飞驰而来的卡车前,让其他孩子们冒着被撞死的风险去捡拾。主人公费伊在饥饿的驱动下,数次蠢蠢欲动,争夺食物,差点丧生车轮之下。如果说出卖身体让芭芭拉失去尊严,这种危险游戏似乎让她重新找回居高临下的统治者的感觉。不过这种恶性循环的模式没有持续多久就因为芭芭拉父亲的出现而宣告失败。遭受毒打的芭芭拉最终失去了生活的勇气,选择向高速行驶的卡车冲了过去,结束了她可悲的一生。在布朗看来,芭芭拉的悲剧并不是一个个体的写照,而是穷白人女性集体命运的缩影。舞女瑞娜是另外一个典型。为了养育孩子,她白天做服务员,晚上跳脱衣舞,靠出卖肉体换取外快,过着卑微而低贱的生活。与这些自甘堕落的女孩们相比,第二类女性有着坚定的底线意识,例如费伊。她的家庭背景与大多数穷白人女性类似,几乎没有受过教育,有着穷困潦倒、嗜酒如命、宁愿用亲生儿子换一辆二手车的专制父亲,有着唯唯诺诺、地位低下的母亲,还有一大群吃不饱、穿不暖的兄弟姐妹。但是不同的是,费伊并不甘于这样的生活,而是勇敢地追求自己的梦想。她揣着皱巴巴的2美元,走出大山,义无反顾地奔向外面的世界。她的善良和纯真与南方世界的黑暗、污浊和肮脏形成鲜明的对比。在流浪的路上,她从教堂里偷了食物,还不忘留下一美元作为资费。在与山姆正式相好之前,她默默向艾米的在天之灵祷告,表达歉意并许诺自己会照顾好山姆。与脱衣舞女瑞娜相识后,费伊没有堕入泥潭,自暴自弃。即使在走投无路时,她也始终保持尊严,不用女性身体换取生存的资本。费伊的人性之光始终闪烁在南方黑暗的世界里,成为旧南方理想的一种象征。但是她也并非完美的圣人，而是有着冲动和冒险气质的女斗士。在山姆的旧情人亚丽山德拉挑衅地称呼她为“白人渣滓”时，她的火气一下子冒上来，不甘示弱地准备大干一场，幸好被山姆及时拦下。之后亚丽山德拉再次找上门时，费伊毫不留情地枪杀了她。重回逃亡路的她有过一丝后悔，但是很快便乐观地把一切丢到了脑后。时光无法倒流，事情发生了就回不去了。眼下才是她要关注的。费伊的实用主义哲学不仅表现为生活中的积极乐观，也表现为两性关系中的利益权衡。与山姆在一起时，她主动献身，因为她找不到比山姆更好的丈夫人选。她享受着和山姆在一起的安逸和悠闲，学会了阅读、写字、游泳和开车等多种技能，几乎过上了她梦想的生活。而在逃亡途中，她颇有眼光地选择了脱衣舞俱乐部的合伙人艾伦。艾伦年轻多金，孔武有力，理所当然地成为费伊的庇护人。罗德尼·韦尔奇（Rodney Welch）指出，尽管费伊很天真，但是她从来不是个弱者，而是一个年轻的冒险者，用自己莽撞的勇气体验这个世界。在发挥自己的性魅力时，她与她生命中的男人们至少是旗鼓相当的①。费伊不再是被压迫的受害者形象，而是具有一定主体意识的新时代女性。她意图颠覆束缚女性的传统规范，同时追求自我和独立，寻求一种新型的两性关系。与之前的女性人物相比，她既不是被人顶礼膜拜的南方女神，也不是遭人唾弃的边缘人，而是模糊了这两者的界限，让人爱恨交加的现实女性非此即彼的程式对她并不适用。虽然布朗在小说的后记中暗示费伊的结局并不美好，但是她仍然在男性世界如鱼得水，悠游自在。

无论是男性作家，还是女性作家，他们的穷白人女性书写都将女性的悲惨命运与传统南方观念和女性规约紧密关联，表现出较为强烈的反叛精神和自省意识。他们虽然没有完全摆脱以“南方神话”为典范的南方既往对性别气质和关系的认知、表达二元模式，但也在旧的框架下塑造了更趋多样的

---

① Welch, Rodney. “Larry Brown's Road Trip.” Review Of *Fay*. *Columbia* (*South Carolina*) *Free Times Book Review*, 12-19 April 2000, p.3.

新女性形象,消解了人们对性别的刻板、单一认知。不仅如此,他们还从阶级的角度重新审视穷白人女性的传统身份标签,挖掘“污名化”背后的文化意义和社会功用,重新定义后南方女性的自我价值和情感追求。总之,穷白人女性的存在丰富并增强了南方文学中的女性声音,为南方意识的进一步嬗变播下了希望的种子。

第三节　男性气质的存续与衰退

在旧南方神话中,充满阳刚之气的南方绅士完美地对应优雅高洁的南方淑女,成为“南方文艺复兴”作家讴歌的对象。南方绅士们英勇机智,忠义双全,具有无上的权威和荣耀,是南方世界里的英雄和骑士。韦尔蒂在《乐观者的女儿》(*The Optimist's Daughter*, 1972)中塑造的迈凯尔瓦法官就属于这一类。迈凯尔瓦法官在他任职的小镇上享有无上的权力和绝对的权威,以至于他去世时,几乎整个镇子都为他停止了运转。人们争相赞美他的生前事迹和优秀品质以及和自己的关系,希望借此加持、提升自己的社会地位。不难看出,南方绅士是人人仰望的楷模,代表着旧南方上层阶级的品位和气质。至于“粗悍文学”里男性形象的建构,既较真实反映了穷白人这一下层阶级人物的独特性,呈现了多元分布的图式。小说中的人物既没有“南方神话”版的绅士的光环,也并不都是一成不变的斯诺普斯式人物。在他们当中,有一腔热血、有情有义、勇于担当、勤劳守信、对家庭负责的真汉子。从这一意义上讲,他们延续了传统观念里的男性气质也赋予了故事以正能量。与此同时,里面有人愚昧无知、邪恶愚蠢、心术不正、欺软怕硬,也有人亦正亦邪,难以简单界定。

在克鲁斯的深情回忆里,他的家族有两位模范男人,他们体现了公众传统上对男性优良品德的高度期望和规约。一是生父瑞。他结婚后浪子回头，专心致志承担起对婚姻、家庭的责任，心无旁骛，勤恳务农，每天早出晚归，常常是太阳还没升起就已经在田里，而太阳落山时还没离开，不知疲惫地劳作，希望用自己勤劳的双手能给妻儿创造一个体面、富足的生活直至劳累致死。二是舅舅奥尔顿，他是家族中的主心骨，孝敬长辈、关照手足、爱护后辈，无微不至地照顾瘫痪的姥姥和耳背的姥爷；为了好朋友和妹妹（即克鲁斯的父母），毫无怨言地与其交换耕地和住所，解决其燃眉之急，教克鲁斯捉鱼、打松鼠，教给他生存技巧，看破其恐惧而不说破，维护年少克鲁斯的自尊，在其烫伤时心急如焚地忙前忙后，并在克鲁斯妈妈患重病后的时候，把克鲁斯接回自己家，像对自己的孩子一样予以关爱和经济供给。舅舅在克鲁斯生父去世、继父离家的情况下默默扮演着父亲的角色，给予了克鲁斯以无尽的关爱和信任，极受克鲁斯的敬重和爱戴，其勇敢、热忱、勤劳等精神深深打动、影响着克鲁斯，为其树立了男子汉的榜样。克鲁斯称从舅舅身上学到了责任、担当等优秀品质。

在《卡罗来纳的私生女》中，安妮的舅舅、姨父们则是较为典型的男性穷白人代表。他们个个带有波特莱特家族的特点，有着所谓的种种劣迹和前科，如与别人打架斗殴，大街上飙车，嗜酒如命，蹲过大牢，等等。他们的身上总是带着折叠刀，与别人一言不合就动手，因此波特莱特家族成为小镇人茶余饭后的谈资和笑料。虽然在当地警察和乡亲们的眼里，波特莱特家族的男人们臭名昭著，是危险分子和异类，让人避之不及，但是他们也有其闪光点，平时“他们手上不是摆弄着刀子就是木工活，或是忙着给机器零件上油或是什么别的”①。他们的勤劳能干与南方文学中穷白人的懒惰形象形成鲜明对比。而且，在安妮看来，舅舅们对于自己和侄子侄女们一直都是和蔼可亲的。厄尔舅舅就是其中一个典型。方圆三个乡都知道“黑厄尔”的

① Allison, Dorothy. *Bastard out of Carolina*. New York: Penguin Books, 1993, p.22.

名号。这名号的由来究竟是因为他黑色的头发,还是心狠手辣,不得而知。姨妈们一致认可的是厄尔长得相貌堂堂,特别招女人们喜欢,因而导致了厄尔的妻子离他而去。而这并不影响他的品德。“他是一个真正爱护女人的绅士。”当厄尔偶然得知安妮长期遭受凯南毒打虐待后,他阴沉着脸,集合家里其他男人将凯南狠狠教训了一顿。除了安妮,其他姐妹遇上麻烦,厄尔也是立即出现,帮助排忧解难。① 厄尔积极参与家庭事务,关爱和呵护女性,揭示了穷白人温情友爱的一面。

与波特莱特家族男人们的威猛、阳刚形象相比,安妮的继父凯南的形象猥琐阴暗,是普通穷白人中的败类。他个子矮小、身材瘦弱、脾气暴躁,眼神闪躲,与布特莱特家族的人形成鲜明对比。安妮的祖母从一开始就认定他的人品有问题。“那个小子不太对劲,他总是斜着眼看我,好像废垃圾场里的狗要伺机偷骨头,而安妮就是他想要的骨头。”②与厄尔舅舅大大咧咧、豪爽开放的性格不同,凯南是那种表面不动声色,暗地搞鬼的角色。他要不以微笑迷惑人,要不心黑手辣,置人于死地。凯南的双面性格与他的家庭环境有着莫大的关系。他的父亲和兄弟们工作体面,收入丰裕,打心眼里瞧不起他这个打工仔,认为他没出息,总是毫不留情地嘲弄他。凯南的每一次家庭聚会都是一次“白人渣滓”形象的公开展示。久而久之,他的男子气概被消耗殆尽,成为自惭形秽、唯唯诺诺的边缘“废人”。在西尔维亚·杰尼斯·库克(Sylvia Jenkins Cook)看来,“穷白人”这个词本身就是一个矛盾体。它将两个不可调和的事物放在一起。这种不自然的结合反映了一种世界观,即白人应该享有充分资源的保障。一旦白人发现他们其实一无所有时,像南方发生的多数情况那样,他们就成了畸人,遭人唾骂、怜悯、嘲弄,等待被治愈和接受③。

---

① Allison, Dorothy. *Bastard out of Carolina*. New York: Penguin Books, 1993, p.125.

② Allison, Dorothy. *Bastard out of Carolina*. New York: Penguin Books, 1993, p.37.

③ Cook, Sylvia Jenkins. *From Tobacco Road to Route 66*. Chapel Hill, NC: The University of North Carolina Press, 1976, p.460.

凯南的性格变异就是种族和阶级双重压迫的直接产物。从经济现实上来说，他属于不折不扣的穷白人阶级，没有稳定收入和固定工作，经常吃了上顿没下顿，无法保证一家人温饱问题。但是从精神上，他始终将自己置于穷白人阶级之上，以中产阶级的父亲和兄弟们为炫耀的资本，嫌弃和排斥波特莱特家族以及其他典型的穷白人家庭。因为始终无法找到适合的社会位置，他在传统的霸权男性气质和不断衰落的男性气质之间不断徘徊游移，时而凶神恶煞，不可一世，时而楚楚可怜，乞求慰藉。为了与波特莱特家族一较高下，他试图摆出统治者的派头，立下家规家训，让安妮和妹妹听从于他，远离波特莱特家族的影响。一旦安妮表现出与母系家族的亲近，他便大发雷霆，甚至诉诸暴力来夺回权威高地。而在对安妮疯狂施暴后，他又装出一副可怜兮兮的样子，不惜以头抢地，哭诉求饶，暴露了他的胆怯懦弱本性。

一般来说，身体作为一种原始资本，在一定程度上决定了男性的社会地位和男性气质。穷白人作家未沿袭这一固有模式，他们塑造的人物有缺胳膊断腿、信仰缺失的越战士兵，有人到中年、陷入低谷的警察，也有一副好身板却日益萎靡的前运动健将，还有孔武有力却不知生活意义何在的毒贩。林林总总的男性人物在困惑和迷茫中挣扎。

在小说《费伊》中，山姆警官因为中年丧女，与妻子逐渐疏远，生活失去了目的和意义。他开始考虑退休规划，但是退休后的生活同样让人看不到希望，是成天划船钓鱼，还是出外旅行？他握着大把的时间，却不知道自己可以做什么，这样的生活让人绝望。正是在这种虚无感的驱动下，山姆将所有的希望寄托在费伊身上，放弃了警察的职责、道德的约束和即将到手的丰厚退休金，走上了不归之路。与其说他去拯救费伊于水火之中，不如说他是在拯救自己日渐沦落的灵魂。同样感到虚无的还有山姆的情敌艾伦。他的工作就是在脱衣舞俱乐部里看场子，将不守规矩或成心捣乱的人教训得服服帖帖。此外，他与黑社会过从甚密，一直从事地下毒品买卖。在暴力、毒品、酒精和性的刺激下，他醉生梦死，浑浑噩噩，却在内心深处渴望遇见真爱，重新回到田园牧歌式的理想王国。但是费伊的出现并没有真正改变他的生活。他依旧在堕落的道路上无法自拔，最终以激烈的方式结束一切。在《捕蛇狂欢节》中，克鲁斯同样刻画了乔的人生困境。从众人瞩目的运动明星到一文不名的小酒吧老板，乔原先引以为豪的男性气质在逐渐衰减、消散。他试图用暴力和性来证明自己，重新占据主动，挽回失去的颜面。结果他发现对妻子艾尔菲的家暴让他陷入良心不安的局面，而与贝伦尼丝的婚外性行为更是让他陷入万劫不复的境地。警长马特罗的阳具被割事件是一个致命的催化剂。马特罗临死前对乔的未完成的遗言既是提醒，也是忠告。而最关键的是，受到刺激的贝伦尼丝主动向身边所有人，包括艾尔菲坦白了自己与乔的不轨行为。这一举动将乔推向众叛亲离的状态，也让他成为被彻底阉割的对象，以致他最终走向疯狂。康奈尔认为，性能力是产生男性气质的基础，支撑起人物的性别认同，缔造了男性在两性架构中侵略性、统治性的地位①。乔一直坚信他与贝伦尼丝之间是真正的爱情，直到马特罗事件之后，才恍然醒悟这一切不过是让人不齿的苟且。随着性能力的严重受挫和强者形态的崩塌，乔无法实现扩张性征服，自然也无法立足于男权至上的社会，只能选择暴力结束一切。

在康奈尔看来，男性气质观念的形成有着悠久的历史渊源。欧洲文艺复兴时期提倡个性表达，是男性气质观念形成的文化先决条件，后来的理性时代则赋予了男权制以合法地位。在帝国殖民扩张和工业革命时期，远洋征服、领土占领和资本主义商业化活动维系了男性气质中跟力量和征服等相关的特质②。不难看出，男性性别气质一般包括孔武有力、勇敢坚强和客观理性等关键词。在这样的文化规约之下，男性必须依照社会对男性的期待来塑造自己，将脆弱感性的一面隐藏起来。一旦他们无法按照社会理想来修正自己，他们的性别身份就陷入了危机。如果说山姆警官、艾伦以及乔

---

① 康奈尔：《男性气质》，柳莉译，北京：社会科学文献出版社，2003，第 47 页。

② Connell, Raewyn. *Masculinities*. Berkeley: University of California Press, 1995, pp.186-191.

的悲剧是源于他们对自身男性力量的怀疑和不确定,那么在小说《脏活》中,布朗强调的则是身体对于男性气质的不可或缺性。沃尔特都曾是年轻力壮的小伙子。然而越南战争改变了一切,沃尔特遭受榴弹炮的袭击,面容俱毁,惨不忍睹。身体上的无能直接决定了他被边缘化的社会地位。沃尔特在受伤后自惭形秽。他拒绝与别人交流接触,以逃避身体残疾的现实。"我只是想避开他们,不在他们的视线之内。我在自己的房间里有足够多的事情可做。我大部分时间戴着耳机,与一大堆书和电影为伴。"①唯一给他希望的是一个名为贝丝的女人。他们有着相似的身体缺陷,彼此慰藉,一起渡过难关。但是沃尔特始终无法释怀自己失落的男性气质,在间歇性癔症发作时失手掐死了贝丝。此外,同病室的布雷登痛不欲生,居然以男子气概激将他,恳请他帮自己结束生命,"如果你不这样对我,你就不是爷们。我累了,我要回家。你是上帝派来的人。"②沃尔特对待贝丝的暴力行为,包括在小说的最后掐死布雷登的行为,都与荣誉和尊严无关,只是为了迎合传统对男性气质的期望,符合周围环境的做法。它是男性意识焦虑的外化表现,也是男性气质遭遇危机时的本能反应。通过两个越战老兵的悲剧,布朗揭示了身体对于男性气概建构的重要性以及失能的男性们试图挽回局面的徒劳努力。在他看来,无论是臆想中的阳刚之气,还是现实中的暴力都不能让他们重回英雄状态,只能不断暴露他们内心的脆弱、无能和绝望。

男性气质衰落的另一个重要表征是崇高父亲形象荡然无存。在美国"南方神话"中,父亲作为一个重要的男性身份,是理想男性气质的典范,象征着男性在父权文化中的特权。但是在穷白人的现实生活里,男主外,女主内的家庭模式随着社会结构改变而发生变化,父亲有的不再掌握经济大权,也不再是权威的化身,相反表现得唯唯诺诺、沉默寡言。在短篇小说《最坏的女人离开了田纳西》中,雪莉的丈夫塔克虽然是一家之主,但是因为在矿

---

① Brown, Larry. *Dirty Work*. New York: Algonquin Books of Chapel Hill, 1989, p.70.

② Brown, Larry. *Dirty Work*. New York: Algonquin Books of Chapel Hill, 1989, p.226.

上干活，被自恃为上等人的雪莉鄙视和看轻。一次，她将从煤矿下班回家的塔克锁在门外，任凭塔克如何敲门，就是不开门，让塔克不得不在外面露宿了一晚。早上才被允许进门的塔克狼狈不堪，一言不发，最后默默地辞去了矿上的工作，重新找了一份纺织厂的工作。虽然塔克在纺织机器面前手忙脚乱，找不到感觉，但是雪莉一直坚称“纺织工人就是比矿工高级，我从来就不想当一名矿工的妻子”①。雪莉的强势和蛮横让塔克颜面尽失，他只能在茶水里偷偷兑上威士忌，借酒浇愁。雪莉对于穷白人阶级的鄙视不仅包括自己的丈夫和孩子，还波及塔克的家庭。在她看来，塔克的父亲除了酗酒，一事无成，也是个废物。她公开与塔克叫板：“我不想让孩子们蒙在鼓里，你希望他们长大后像他们的爷爷一样吗？如果他们长大在土坷垃里讨生活，我就和他们断绝关系。”②面对雪莉的挑衅和谩骂，塔克从来不敢顶嘴，只能默默忍耐。当医生建议他对小产的雪莉温柔一点，因为她会在相当长的时间里比较虚弱，塔克的回答是：“你不了解她，她可能会生病，但是永远不会脆弱。”③在雪莉和大女儿麦蒂之间的冲突中，塔克也拿不出父亲的派头，不敢为女儿说句公道话。他唯一可以做的就是远离争吵，用酒精麻醉自己。在康奈尔看来，性别是一种社会关系结构，必须在具体的相对关系中才能加以审视，可以从四个维度展开讨论：权力关系、性别分工、情感关系和话语表征。塔克和雪莉之间的不平等性别权力关系不是两性之间孰强孰弱的问题，而是阶级压迫直接作用于家庭内部的结果。雪莉从内心认定自己属于更高的阶级，对穷白人阶级始终充满仇恨和厌恶。从某种程度上，她并不是以一个母亲、一个女性的身份来发声，而是以传统南方社会的代言人身份来延续和传递对穷白人阶级的偏见。对于这样的阶级压迫，穷白人男性只能采用两个极端，要不通过暴力争得一席之地，要不放弃反抗沦为被阉割的男

① Allison, Dorothy. *Trash*. New York: Plume, 2002, p.23.
② Allison, Dorothy. *Trash*. New York: Plume, 2002, p.24.
③ Allison, Dorothy. *Trash*. New York: Plume, 2002, p.26.

性。塔克无疑属于后者。他选择了酗酒来逃避穷白人的现实处境，成为一个沉默的酒鬼。从性别分工上看，塔克从煤矿转战到纺织厂，放弃了男性体力劳动为主的工作，转向偏女性的技术性工种，从本质上已经放弃男性特权意识，转向阴柔和顺从。就情感关系而言，雪莉是家里名副其实的女家长，塔克的男性权威已经被消解和剥夺，处处表现出一种被“阉割”的状态。而在话语表征方面，家里所有的指示和命令都来自雪莉，塔克没有表现出康奈尔所言的“支配性男性气质”，自然没有行动和言语能力，大多数时间是以沉默掩盖内心的疲倦、无力和软弱。

凯南是另一个崩塌的父亲形象。在小说的前九章里，凯南在自己构建的父权家庭中摆出领导者和统治者的姿态，将安妮和瑞希视为自己的财产，将家庭空间看作是自己的势力范围。蒙罗丝·格温（Minrose Gwin）在一篇评论中指出，父亲的权力是在南方父权家庭内部产生，它再生产了一种文化空间，强调财产的历史所有权，并为此建立了一套制度化的约束和利用女性身体的系统①。在这样的象征空间中，安妮被剥夺了女性自主权利，成为凯南任意虐待、欺凌的牺牲品。但是从第九章开始，凯南不可一世的男性气质开始走向衰落。一方面，他对安妮的暴行被波特莱特家族的人知晓，成为公众集体谴责的对象。随着家庭和公共之间的界限消融，凯南不再拥有家庭的至高权力，因而不得不放下尊严，诅咒发誓，痛哭流涕，甚至在全家人面前跪下乞求家人的原谅。另一方面，他屡屡失业，工作不顺，人缘极差，无法获得稳定的收入，也就没有经济能力撑腰。在某种程度上，安妮是家庭的真正供养人。为了不让孩子们忍饥挨饿，她打了几份工，甚至在最困难时出卖肉体换取孩子们的救命粮食。安妮的委曲求全暂时保全了家庭的完整性，但是父权家长制的基础已经被撼动。在凯南和安妮的控制与反

---

① Gwin, Minrose. "Nonfelicitous Space and Survivor Discourse: Reading the Incest Story in Southern Women's Fiction." *Haunted Bodies: Gender and Southern Texts*, eds. Anne Goodwyn Jones and Susan V. Donaldson. Charlottesville: University of Virginia Press, 1997, p.417.

控制大战中,安妮从其他女性对男性的抗争中获得了勇气和力量。一直以来,艾玛姨妈以为生儿育女的能力是女性可以证明自己魅力的有效途径。孩子越多,证明女性的价值越大。但是丈夫韦德并不领情,而是对生育了八个孩子的她任意辱骂和百般嫌弃。最终,她不再恪守旧传统规约,愤而反抗。她揣着一把剃刀,嚷嚷着要抹了丈夫韦德的脖子,“他说,我又老又丑,胖得像头猪,不可理喻,还有难闻的怪味。……我一直为他做牛做马,生儿育女,洗衣做饭,他居然这样对我说话。”①厄尔叔叔也有着相似的故事。“你永远不能预测一个女人不会做什么。还记得两年前我带回来的那个小姑娘吗? 比安妮大不了多少,涂脂抹粉,金发,老是咯咯笑? ……那个小东西居然一天晚上准备用剪刀阉了我。……要不是我力气比她大一倍,连滚带爬,我现在就是个废人了。女人太危险了。”②无论是艾玛姨妈,还是威胁要阉割厄尔叔叔的女孩,都不再被动地接受自己的他者命运,而是勇敢地打破性别规约的枷锁,重塑两性关系格局。在与凯南的最后冲突中,安妮坚定地表示要搬出凯南的家,永远不回这个家。如果说家庭性是父权统治的核心,那么安妮决心离开家庭的举动是与父权统治的真正决裂。被激怒的凯南用手抓住安妮的肩膀,剧烈摇晃着她,试图再次灌输传统女性责任和义务,重新建构父权制度的秩序,“你不想给你的爸爸做一个三明治吗? 你什么也不想为我做吗?”③面对安妮的拒绝,深知父权地位不保的凯南最终以暴力的方式侵害了安妮,发泄着自己的仇恨和失落。巴特勒(Judith Butler)在性别操演理论中指出,这些行动、姿态、演绎实践大体都可以解释为操演性的,因为它们原本意图表达的本质或身份都是虚构,是通过身体符号以及其他话语手段制造并维系的④。对于凯南而言,他企图捍卫父权权威,挽救自身男性气质

① Allison, Dorothy. *Bastard out of Carolina*. New York: Penguin Books, 1993, p.272.

② Allison, Dorothy. *Bastard out of Carolina*. New York: Penguin Books, 1993, p.273.

③ Allison, Dorothy. *Bastard out of Carolina*. New York: Penguin Books, 1993, p.282.

④ Butler, Judith. *Gender Trouble: Feminism and the Subversion of Identity*, New York: Routledge, 2011, p.178.

的种种努力并没有奏效。相反,在安妮发现他的罪行后,他顿时慌乱忏悔,表现出外强中干的一面。他不停地哭泣,哀求,并以头抢地,最终像一个弱小的孩子一样依偎在安妮的身边。

与女性被南方淑女形象和家庭道德规范所绑架一样,南方穷白人男性一样难逃阳刚、勇猛、坚强等男性气质规则的束缚和制约而将其奉为真汉子的标配。一旦其男性统治地位受到威胁或处于危险之中,他们便试图展现强悍的一面,但是暴力并不能让他们夺回权威高地,反而弄巧成拙,使面具掩盖之下的脆弱真我欲盖弥彰。而在两性格局中,他们有的在失去绝对的优势。后南方女性不断觉醒的自我意识和对知识、自由和独立的精神追求,让穷白人男性感到自己地位的岌岌可危,无法继续保持对女性的支配和统治能力。除了传统规约与男性自身气质变化之间的矛盾,阶级因素是穷白人男性身份构建中的另外一个关键因素。恩格斯认为,私有制是性别压迫的源泉。因为在传统家庭结构中,丈夫是资产者,而妻子往往是无产阶级。但是随着男主外,女主内的传统家庭模式的日渐式微,穷白人女性和男性在经济上并无明显高低,地位上趋于平等。穷白人女性迫于生计,已经走出家庭空间,与穷白人男性一样养家糊口。这也使得后者在处理与前者的关系时难免自觉失去了关键的资格,语塞气短。因此,这里不禁使人想起恩格斯曾经就人类物质条件的变化对家庭组织的影响做出的一句论断:“在无产阶级家庭中,男性统治的最后残余也已失去了任何基础。”①或者更具体地用女权主义者凯琳·萨克斯的话说:“阶级社会中妇女的地位的关键,在于能否成为社会性成人,社会性成人是由参加社会生产形成的。”②

总的来说,在“粗悍文学”里,虽然南方父权文化没有彻底退出历史舞台,但是传统男性气质已经疲态外露。穷白人男性不仅面临着“男性化符号”名不副实的尴尬境地,而且需要面对后南方新女性崛起抗争的现实。在

① 弗雷德里希·恩格斯:《家庭、私有制和国家的起源》,北京:人民出版社,2018 年,第 77 页。
② 王政、杜芳琴主编:《社会性别研究选译》,北京:生活·读书·新知三联书店,1998 年,第 19 页。

艾莉森、克鲁斯和布朗等作家看来，穷白人男性的悲剧在于一方面盲目追随男性规则和男性气概，另一方面在处于边缘地位和经济窘境时又陷入绝望，勉强硬撑维护男性气质力所不及。在两者的共同作用下，他们只能以自我毁灭或毁灭他人的方式求得解脱。可见，性别问题与阶级问题息息相关，是穷白人男性难以构建身份，形成自我认同的一个关键所在。

第七章 形象塑造：多维度、人性化对模式化

南方历史形成的泾渭分明的社会架构造就了中上阶层与生俱来的优越感及对穷白人的鄙夷、憎恶，他们已然将愚蠢怠惰、卑鄙低劣的“白人渣滓”形象内化于心，并通过书写外化于行，利用话语主导权不断重复、强化这一模式，借此传导阶级歧视的意识形态，以维护其在社会等级制高点的地位和正当性。旧南方中上阶层作家从局外视角模式化地生产出大量单维、扁平的穷白人形象，大致可归为“丑角、恶棍或受害者”①三种类型，他们往往相貌丑陋，内在品质低劣，是懒惰、凶狠、不择手段的人渣、恶棍。这种建构穷白人模式化形象的主要策略即过度强调、放大穷白人某些负面特征，使穷白人形象往往流于简单概念化。“粗悍文学”作家通过其作品推动了穷白人形象重构。他们通过其作品将阶级反话语作为一种能动性、建构性的空间，针对穷白人形象的负面化、简单化，用正面形象对峙丑化脸谱，多维度冲击较单一维度，站在人性高度，多基于切身经历，运用写实文风，打造多维、立体的丰满人物形象，力争将穷白人群体透过更广阔的视野生动、客观地再现于世人眼前。

---

① Bledsoe, Erik. "From 'The Rise of Southern Redneck and White Trash Writers'." *Rough South, Rural South*, eds. Jean W. Cash and Keith Perry. Jackson: University Press of Mississippi, 2016, p.10.

第一节　正面形象对峙丑化脸谱

穷白人的模式化形象有着长久的历史渊源。“早在1728年，人们就发现威斯特欧沃的威廉·伯德描写了沿着弗吉尼亚和北卡罗来纳州边界居住的懒惰的伐木人。”①另有西尔维娅·詹金斯·库克指出19世纪的穷白人是人们“嘲笑的对象……邪恶、可悲”②；詹姆斯·迪基（James Dickey）对穷白人一概而论，认为他们每家都有人坐牢，都是杀人不眨眼的恶魔③。20世纪“南方文艺复兴”作家韦尔蒂笔下的费伊、皮科克等也是粗野冷酷、虚荣撒谎、唯利是图；福克纳更是将这种模式推向极致，他将斯诺普斯塑造成为了财富、地位巧取豪夺、六亲不认的卑鄙小人，连亲友、妇孺也毫无怜悯之心的进行压榨。有些作家也试图创造不同品类的穷白人个体，但根深蒂固，先入为主的偏见以及他们身为局外人的局限性，这种努力难言成功。过去的南方文学里，有时也会出现正面的穷白人形象，像是西姆斯笔下美丽、纯洁、纯真的穷白人少女多莉，但这些正面人物总是安分守己，顺从地扮演好下层群众的角色，认为穷白人没有自立能力，须在好善乐施的种植园主的扶持、庇护下才得以生存，是以维护既有的阶级制度为前提的，类似于其对恭顺、勤劳的非裔奴隶、仆人的期待，从另一个角度顺应了旧的等级价值判别。因此，事实是，类型化、概念化倾向的穷白人形象倒更易深入人心，为人所铭

① 克林斯·布鲁克斯：《普通人——自耕农、佃农和穷白人》，陆凡译，《福克纳评论集》，李文俊编选，北京：中国社会科学出版社，1980年，第98-99页。

② Cook, Sylvia Jenkins. *From Tobacco Road to Route 66: The Southern Poor White in Fiction*. Chapel Hill: University of North Carolina Press, 1976, p.5.

③ Carr, Duane. *A Question of Class: The Redneck Stereotype in Southern Fiction*. Bowling Green: Bowling Green State University Popular Press, 1996, p.4.

记，成为提及穷白人便不由使人率先想到的标志符号。

霍尔认为：“话语就是指涉或建构某特定实践话题之知识的方式：一系列（或构型）观念、形象和实践，这些提供了人们对某个特定话题、社会活动及社会制度层面的谈论方式、知识型及行为归导。”①穷白人模式化形象显然也是一种话语建构，其背后暗涵不平等的阶级权力机制，中上阶层利用自身的权力优势地位进行阶级歧视的意识形态文学生产，建构起贬损穷白人的话语程式，用喜剧化、妖魔化的穷白人形象影响着人们对其的情感、态度，归导人们对穷白人的认知方式，将人们对穷白人的偏见与排斥合理化，加固穷白人的边缘化、他者化地位，反过来巩固自身的主导权力。除了经济上穷困潦倒、寒酸落魄的喻指，穷白人还包含多层意义：生理上丑陋畸形、血统低贱；道德上懒散怠惰、鲜廉寡耻；智力上愚不可及、目不识丁；情感上自私冷漠、六亲不认；等等。面对主流话语的中伤，“粗悍文学”作家针锋相对地从局内视角反向建构起一系列前所未有的穷白人劳动者、英雄等角色，为穷白人这一称谓增添积极、正面意义。正如非裔美国人为了洗刷种族歧视而提出“黑即美”的口号，“粗悍文学”作家明确了穷白人的劳动阶级身份，表现其美丽善良、勤劳正直、勇敢坚毅等优良品质。

在“南方文艺复兴”及之前的南方文学中对穷白人的外貌通常有两种处理方式，或是吝于笔墨，略去其外貌刻画，或是漫画式夸张地丑化其容貌或体型，这种外貌描写实质也有着社会性、政治性的话语建构因素。相貌往往参与着人们的身份构建和品性判定，所谓“相由心生”，人们更是将相貌当作其灵魂、本性的一种外显，因此，穷白人被丑化的外形也呼应了人们对其道德堕落、智力低下等品性的诟病，仿佛印证了其污名身份。“粗悍文学”首先打破了主导话语对穷白人外貌的模式化勾勒，表现积极、鲜活、独具魅力的人物形象。作品中不乏英俊挺拔的男性、美丽动人的女性穷白人形象，他们

① Hall, Stuart (ed.). *Representation: Cultural Representations and Signifying Practices*. London: Sage, 1997, p.6.

的眼睛“清澈、明亮”①。克鲁斯在《童年：一个地方的传记》中详细刻画了老照片中的父母形象：父亲“欢快且充满自信”②。少女时代的妈妈是一名美丽的红粉佳人，“坐在豌豆园里，穿着印花裙。即使在褪色的黑白照片里，你还是可以看出她珠圆玉润、娇俏可人，她戴着一顶白色系带软帽，露出迷人的微笑。”③另外，《伤疤迷恋者》开篇就对男女主人公的外貌进行了细致刻画：皮特身材魁梧，身高足有一米八；莎拉瓜子脸，尖下巴，高鼻梁，皮肤晶莹剔透，“一头顺滑的亚麻色长直发抿在漂亮、饱满的耳垂后面”④，身上散发着爽身粉或香水的芬芳，与旧主导话语中肮脏、邋遢等穷白人描写形成强烈反差。这些令人耳目一新的外貌描写提供了有关穷白人的最直观感受，有助于扭转人们对穷白人外貌丑陋、怪异、令人厌恶的惯性思维。

在反击旧主导话语对穷白人原始愚昧、道德低劣的形象设定中，“粗悍文学”作品重视对穷白人的品质刻画，展现出其良好品质，这是一个引人注目的重要突破。英雄是一个社会群体的力量象征、德行榜样，支撑和引领着其精神世界，因而意义不凡。在旧南方主导话语统摄下，英雄曾被认作贵族专属，像是珀西在《防洪堤上的灯笼：种植园主之子回忆录》中称父亲是“高尚、正直、勇敢、聪慧的英雄”，而穷白人则被描绘成无耻、狡诈、凶残的暴民⑤。因此，在相当长的历史时期内，穷白人难言有自己的英雄书写，“粗悍文学”史无前例地建构起穷白人英雄形象。《童年：一个地方的传记》中的舅舅奥尔顿就带有英雄风骨，克鲁斯称舅舅是他“所认识最坚忍克己、勇敢无畏的人”，虽寡言少语，却行动力极强，如果你有求于他，他总会想方设法去

---

① Crews, Harry. *Scar Lover*. New York：Poseidon Press, 1992, p.12.

② Crews, Harry. *A Childhood: The Biography of a Place*. Athens: University of Georgia Press, 1995, p.14.

③ Crews, Harry. *A Childhood: The Biography of a Place*. Athens: University of Georgia Press, 1995, p.27.

④ Crews, Harry. *Scar Lover*. New York: Poseidon Press, 1992, pp.12-13.

⑤ Percy, William Alexander. *Lanterns on the Levee*. Baton Rouge: Louisiana State University Press, 1973, pp.148-149.

帮助你①。当他得知克鲁斯想要了解生父的故事，便默默开车带克鲁斯去找熟识父亲的朋友，尽力帮其了却心愿却毫无半句空话。舅舅在克鲁斯生父去世、继父离家的情况下默默扮演着父亲的角色，给予了克鲁斯以无尽的关爱和信任，极受克鲁斯的敬重和爱戴，其勇敢、热忱、勤劳等精神深深打动、影响着克鲁斯，为其树立了男子汉的榜样，由此，克鲁斯称从舅舅身上学到了责任、担当等优秀品质，明白了“人不要逃避必须做的事，不管那件事多么令人不快”②。克鲁斯详细记叙了舅舅让自己帮忙，齐心协力医治一只公鸡的往事，整个过程中，舅舅始终“像对待他所信任的儿子一样”③，让克鲁斯放手去做，使克鲁斯收获了满满的信心和成就感，这不仅使克鲁斯习得男子气概，更对其精神成长意义非凡。舅舅沉默谦卑，又自尊自强的品性代表着南方乡村穷白人男性值得称颂的一面，他们表现出令人赞佩的勇气、使命感和是非观，其无畏无惧亦展现出英雄风采。

麦克劳林在《月亮的守望者》锻铸出威严内敛，拒绝恃强凌弱的托特，为穷白人做道义翻案、正名。有别于旧南方叙事中身材弱小、佝偻，且缺乏男子气概的男性形象，麦克劳林首先从外貌勾勒上锻造了托特的硬汉形象：他身材魁梧，胸膛宽阔，臂膀厚实且毛发旺盛。托特当过空降兵，参加过第二次世界大战，平时携双枪，后又战胜了癌症。在当地聚会上，他不怒自威的气场吸引着在场人们的关注，那些没见过他的人都对他感觉到敬畏。一年轻人挑衅他名闻遐迩的牛头犬，对方的狗惨遭重创，他顿生怜悯要停赛。对方恼羞成怒，狠扇恳求退赛的妻子一巴掌，穷凶极恶辱骂他胆小鬼。完全出人意料的是，性格刚烈的他却在此时异常克制淡定：“我不想让我的狗咬死

① Crews, Harry. *A Childhood: The Biography of a Place*. Athens: University of Georgia Press, 1995, p.139.

② Crews, Harry. *A Childhood: The Biography of a Place*. Athens: University of Georgia Press, 1995, p.174.

③ Crews, Harry. *A Childhood: The Biography of a Place*. Athens: University of Georgia Press, 1995, p.177.

你的狗"，"我不怕你，孩子"，"我不怕打老婆耳光的人"①，无意在实力不对称的情况下和一个色厉内荏的毛头小子争个高低，众目睽睽下忍辱含垢牵狗主动离去，"桀骜不驯的优雅"②和内敛的忍耐气场强大，令对方无地自容。这风范直逼福克纳《不可征服的人们》（*The Unvanquished*, 1938）中放弃以暴制暴，以眼神逼走杀父仇人的贝亚德，尽管他是"被压迫，遭践踏"③的一介草民，没有贝亚德的高贵血统。这样熔铸勇猛与仁慈于一身的穷白人硬汉、传奇人物④在南方文学史殊为罕见。这些"勇士"⑤、道义化身表现出的使命感、是非观令人肃然起敬，散发出凛然正气和强大人格魅力，刷新了穷白人卑劣下作的传统塑形套路，彰显默默无闻的配角或边缘化的"他者"不是他们专利，明确无误宣示这一社会群体亦有令人仰视、效仿的楷模，也可成为掌控一方局面的中心，默默无闻、鼠头獐目的配角、他者不是穷白人专属。

刘易斯·诺丹在《荷枪实弹的男孩》（*Boy with Loaded Gun*, 2000）里用平淡的语言，貌不惊人的形象打造一个上演不平凡壮举、让他四十年后专门打电话致敬的少年英雄。1955 年，密西西比一所中学橄榄球员都为一个黑孩子被残杀而兴高采烈。一个队员却站出来严肃表达了对黑孩子的同情，认为不管什么肤色，杀他不对。其他球员笑容戛然僵住。可想而知这一声音在种族主义猖獗的环境需要"闻所未闻的勇气"⑥甚至可能给自己惹来祸

---

① McLaurin, Tim. *Keeper of the Moon: A Southern Boyhood. Grit Lit: A Rough South Reader*, eds. Brian Carpenter & Tom Franklin. Columbia: University of South Carolina, 2012, p.45.

② McLaurin, Tim. *Keeper of the Moon: A Southern Boyhood. Grit Lit: A Rough South Reader*, eds. Brian Carpenter & Tom Franklin. Columbia: University of South Carolina, 2012, p.34.

③ McLaurin, Tim. *Keeper of the Moon: A Southern Boyhood. Grit Lit: A Rough South Reader*, eds. Brian Carpenter & Tom Franklin. Columbia: University of South Carolina, 2012, p.34.

④ McLaurin, Tim. *Keeper of the Moon: A Southern Boyhood. Grit Lit: A Rough South Reader*, eds. Brian Carpenter & Tom Franklin. Columbia: University of South Carolina, 2012, p.37.

⑤ McLaurin, Tim. *Keeper of the Moon: A Southern Boyhood. Grit Lit: A Rough South Reader*, eds. Brian Carpenter & Tom Franklin. Columbia: University of South Carolina, 2012, p.37.

⑥ Nordan, Lewis. "A Body in the River." *Grit Lit: A Rough South Reader*, eds. Brian Carpenter & Tom Franklin. Columbia: University of South Carolina, 2012, p.58.

端。当时有心反对但不敢作声的作者强调:“他只是普通队员,少言寡语的乡下孩子,失去什么都行,却赢得一生尊重。”①还有布朗在《赴汤蹈火:生死抉择自述》里依据亲身经历再现的火警就是命令,为保人们生命财产安全而尽忠职守的消防员。这组英雄群雕几乎史无前例,投射出强劲震撼力,颠覆了穷白人无非使人联想到猥琐、贪婪、狡诈,是社会疮疤或负资产的惯性思维。

在旧南方主流话语中,穷白人是粗笨懒汉,一方面畸形羸弱、疾病缠身等生理原因造就了其无所事事、好逸恶劳的习性,主流话语将此归结于穷白人人种的低劣,并且用优生学等基因科学话语对此进行佐证,另一方面好吃懒做、不思进取等道德低下的劣根性导致其落后的经济地位,正如南方学者安娜丽·纽威茨与马修·瑞所说:“白人渣滓模式化形象是用来佐证穷白人贫穷完全是咎由自取。”②在这种懒汉无赖式穷白人形象的话语加持下,使得造成穷白人贫穷的社会机制根源被模糊和掩盖,穷白人在制度化压迫下的劣势地位被转化成为一种可自主选择的生活状态,从而使中上阶层歧视、贬损穷白人的行为合理正当化,更加深了世人对穷白人的歧视和误解。

克鲁斯等“粗悍文学”作家则明确指出穷白人体弱多病,像是容易受十二指肠虫等疾病的侵袭是由于其经济条件、医疗等基础设施等方面的劣势地位,他们主张“生病的穷白人可以被治疗并治愈,康复并成为能干的劳动者”③。作家们基于穷白人的立场,突破性地建构起穷不丧志、兢兢业业的劳动者群像,真实地再现这些劳动人民艰辛的生存境况,如帕特里克·哈伯(Patrick Huber)所言,“红脖颈”已经通过语言修订那些强加于他们的侮辱

---

① Nordan, Lewis. “A Body in the River.” *Grit Lit: A Rough South Reader*, eds. Brian Carpenter & Tom Franklin. Columbia: University of South Carolina, 2012, p.58.

② Newitz, Annalee, and Matthew Wray. “What is ‘White Trash’? Stereotypes and Economic Conditions of Poor Whites in the United States”. *Whiteness: A Critical Reader*, ed. Mike Hill. New York: New York University Press, 1997, p.171.

③ Wray, Matt. *Not Quite White: White Trash and the Boundaries of Whiteness*. Durham: Duke University Press, 2006, p.96.

性称号，重新给自己塑造诚实勤劳的身份”①。由于经济上捉襟见肘，穷白人通常没有资金购买先进的生产设备，更因其文化教育资源的劣势地位，难以获取体面、轻松的工作机会，他们只能以自己的身体作为最原始的资本，靠出卖苦力艰难营生。克鲁斯在《童年：一个地方的传记》中提到，因为生产资源昂贵，像父亲、舅舅一样的佃农就只能负担的起最基本的生产工具，他们仅靠一头骡子的协助，需完成 15 英亩甚至更多土地的耕种，为了养活一家老小每天披星戴月地在田间劳作。这些人是家庭的顶梁柱，是父母、妻子或儿女的靠山，努力为家人撑起生存空间、争取更好的生活，积极进取、吃苦耐劳、勇于担当，与无所事事、游手好闲的穷白人模式化形象大相径庭。此外，克鲁斯还对劳动者进行了细节刻画，使勤劳、坚韧的穷白人形象更为生动鲜活，更易深入人心。如《伤疤迷恋者》中的亨利以卖木柴为生，终日在木场不知疲倦、挥汗如雨地劳作，“他所做的一切都是凭着肌肉和汗水。没有电锯、没有汽油，只有一把弓锯，一些木槌、斧头和楔子”②，靠着双手为妻女打造出一片天地。克鲁斯详细呈现了亨利劳动的火热场景：天还没亮就开始干活，锯子使用得非常娴熟，“从容不迫，却又没有停顿，花几分钟时间找到节奏，然后就这样干上一天。他的肌肉修长、紧实，且不知疲倦，可以看到凸起的蓝色血管的轮廓。就算累得汗如雨下、气喘吁吁，也会保持拉锯的节奏……他的衬衫和裤腰都被汗水湿透”③。另有《伤疤迷恋者》中进城务工的皮特，在环境极为恶劣的工厂中出卖劳力为生，这里像是一个大烤箱，热浪滚滚、令人窒息，皮特的“衣服、甚至袜子，都被汗浸湿”④。工作极其艰苦、危险，事故频发，手指出血是家常便饭，即便如此，皮特也咬牙坚持，靠自己的双手打拼生活。克鲁斯也对皮特的劳动者形象进行了具体细致的描绘：“跪

---

① Huber, Patrick. “A Short History of Redneck: The Fashioning of a Southern White Masculine Identity.” *Southern Cultures*, Vol.1, Winter, 1995, p.146.

② Crews, Harry. *Scar Lover*. New York:Poseidon Press, 1992, p.16.

③ Crews, Harry. *Scar Lover*. New York:Poseidon Press, 1992, pp.119-120.

④ Crews, Harry. *Scar Lover*. New York:Poseidon Press, 1992, p.25

在地上，嘴里衔着几枚钉子，左手里还攥着一枚，右手拿着锤子。”①

这不难令人联想到艾莉森笔下“双手始终摆弄着削刀、木头或是在给机器部件上油”②的家人，以及布鲁格笔下外祖父查理“嘴里含着钉子，像砖头一样硬的拳头里攥着斧头”③的外祖父，布鲁格通过追溯家族的劳动传统，挑战了穷白人无所事事、懒散怠惰的形象设定。最突出的劳动者形象当属外祖父查理。查理做过木匠、屋顶工、锯木工、挖井工、猎人，依靠自己的双手，撑起整个大家庭的生活。劳动的印记已渗入到他肌肤的纹理之中，双手布满了伤疤和老茧，指甲劈裂、关节红肿。但是这双手象征的是生存和力量。布鲁格的大哥山姆继承了外祖父查理的劳动工具和技能，象征着其家族勤劳致富的传统代代相传。在布鲁格笔下，山姆踏实肯干、不怕吃苦，为了减轻母亲的负担，年仅 13 岁的山姆便承担起赚钱贴补家用的责任，给人洗衣服，每件挣得两毛五分钱的收入；此外，他还料理家务，为家里背柴火，给猪喂泔水。由于长期干农活，熟能生巧，他练就了令布鲁格惊叹不已的劳动技能，称其“有拿把榔头和锯子就能创造出任何东西的能力，给把扳手就能修好任何东西”④。他具有十分坚忍不拔、锲而不舍的优良品格。

女性形象在旧南方主流话语中被当作贞洁、优雅的象征，轻声细语、小鸟依人，而整日风吹日晒的穷白人女性放荡、粗笨，与南方淑女的期待相去甚远。“粗悍文学”从他们的视域里讲述了穷白人的女性所经历的生活磨难。由于生计所迫，女性也不得不含辛茹苦肩负起养家重任，如《童年：一个地方的传记》中克鲁斯母亲为了开垦土地，拿着斧头、铁锯、掘根锄一点一点清理橡树树桩。与克鲁斯继父分手之后，为了独自抚养克鲁斯而在烟草工厂做工，工作极为艰苦，但她毫不退缩。布鲁格家里的其他女性也承担着劳

① Crews, Harry. *Scar Lover*. New York: Poseidon Press, 1992, p.91.

② Allison, Dorothy. *Bastard Out of Carolina*. New York: Plume, 1993, p.22.

③ Bragg, Rick. *Ava's Man*. New York: Vintage, 2002, p.7.

④ Bragg, Rick. *Ava's Man*. New York: Vintage, 2002, p.78.

作的重担,布鲁格称她们都不是温室里的花朵,而是早早就学会使用榔头、锯子等劳动工具,或是在建筑场地摆弄木材,或是爬上房顶做工。她们勤劳且充满智慧,布鲁格称只要给格雷西姨妈一年时间和通往民用建筑材料商店的钥匙,她能给你造出个爱尔兰古堡来;同样,外祖母碧迦从未上过一堂音乐课,但是能演奏任何乐器,知晓收音机里所有的歌和赞美诗。她们因经济拮据而不得不中途辍学,失去受教育的机会,却依然聪慧且富有创造力。但是一旦他们有了学习机会,便紧抓不放,显示出对知识的渴求,像布鲁格的母亲就在长大成人之后有机会重操学业,埋头苦读。由于家务缠身,她就在厨房的桌子上读书,孜孜不倦。布鲁格母亲飞快地学完了各项课程,"几个月就升一级,有时几个星期就够了"①。玛丽·胡德(Mary Hood)短篇故事《没人是傻瓜》(*Nobody's Fool*, 1986)的主人公弗洛伊德"始终觉得他应该做些有用的事,不然就是在虚度光阴"②。这些形象生动演绎了一些穷白人虽生活步履艰辛,却坚持践行勤劳致富的坚韧、正直品格,同时也戳破了美国看似民主、平等的假象,指明造成穷白人贫穷的原因不是其懒惰的品性,更多是资源分布不均、阶级不公等社会因素。沃特金斯(James H. Watkins)就指出这类勤奋穷白人劳动者形象的重要意义:"用语言建构诚信、勤恳的穷白人乡民身份,以平反强加给他们的低劣模式化形象。"③

"粗悍文学"中的穷白人不乏正直诚信、自立自强之人,他们也有自己的原则和坚持。像是《伤疤迷恋者》中皮特为了帮助邻居莎拉而旷工,最终丢掉了工作。为了能帮助到困窘之中的皮特,莎拉一家为他腾出一个房间,供其免费入住。面对莎拉一家的慷慨之举,皮特坚持无功不受禄,表示"没有人想要被救助"④,希望帮助莎拉父亲砍木材,用自己的劳动换取入住的权

---

① 瑞克·布鲁格:《南方纪事》,王聪译,北京:华夏出版社,2005 年,第 63 页。

② Hood, Mary. *And Venus Is Blue*. Athens: University of Georgia Press, 2001, p.54.

③ Watkins, James H. "The Use of I, Lovely and Terrifying Word." *Perspectives on Harry Crews*, *ed.* Erik Bledsoe. Jackson: University Press of Mississippi, 2001. p.17.

④ Crews, Harry. *Scar Lover*. New York: Poseidon Press, 1992, p.107.

利。由此可知，即使穷白人时常迫于生存压力接受救济，但这并非他们所甘愿，事实上他们和其他群体一样，都有自尊之心，并非尽然是鲜廉寡耻之辈。同样，亨利也坚守着诚信和道义，由于妻子生病花掉了不菲的医疗费用，他背负起沉重的债务，忧心地感慨：“这辈子都得靠这个锯子了，医疗费榨干了我。”然而，他并没有选择逃避或想方设法地拖欠，而是表示“我还是想缴清我的债款”，并为此更加倍努力地工作。皮特对此表示赞同，声称：“不还清债会内心不安……爸爸以前常说那种欠钱不还的人不值得尊敬。”①这些在逆境中依然坚守道义和原则的穷白人是前所未有的，强力冲击了旧南方主流话语中卑劣的模式化形象，构成了振聋发聩的反话语，引发世人反思对穷白人品性的曲解和误判。

尽管“粗悍文学”以生存为主旋律，有残酷、冷峻一面，但这并不意味着他们与善良、真情、关爱绝缘，这在家庭成员之间体现得尤为充分，也使得家庭成了悲惨世界里一方能寻求慰藉，抱团取暖的港湾。作品中不乏甘愿为孩子牺牲奉献的舐犊之情，以及无私相互帮衬的邻里乡情，也并非“不能维持相互尊重的人际关系”②，而是在生存困境中，做为彼此坚强的后盾，用温情在冰冷的现实中守护相助。克鲁斯笔下不乏为了孩子甘于奉献，不计回报的父母，像是《健美之躯》中杜邦的母亲就用最朴实的方式无条件地关爱着子女，无怨无悔地做他们最坚实的后盾。她给予毛发过剩的儿子以更多的关注，小心翼翼地呵护其自尊；在女儿伊琳被质疑时第一个站出来为其加油打气：“做你想做的，宝贝，我们给你撑腰”③；在其因为肥胖问题丧失自信、担心自己不能找到好的归宿时，慈爱地抓着女儿的手进行开导和安慰：“我很骄傲有你这样的女儿……一点也不用担心，你会成为一个好妻子的。”④鼓

① Crews, Harry. *Scar Lover*. New York: Poseidon Press, 1992, pp.121–122.

② Tracy, Susan Jean. *In the Master's Eye: Representations of Women, Blacks, and Poor Whites in Antebellum Southern Literature*. Amherst: University of Massachusetts Press, 1995, p.185.

③ Crews, Harry. *Body*. New York: Touchstone, 1990, p.43.

④ Crews, Harry. *Body*. New York: Touchstone, 1990, p.92.

励的话语让伊琳重拾对生活的希望。同样还有危难之中舍身忘己护卫自己孩子的父亲,如山的父爱成为他们匮乏、灰暗生活里值得珍藏与回忆的亮点,也是其成长道路上的明灯和榜样。长大成人的子女虽离开父母、家乡,但是他们之间的亲情羁绊却不会因此切断,在城市务工的子女将赡养父母作为己任,也是其努力工作的驱动力。《拳击大师》中尤金将打拳赚来的钱邮寄回家,贴补家用,虽然并没有人要求他这么做,但是他乐于帮助父母减轻负担,让他们过上更好的生活。他对父母报喜不报忧,甚至编造一些善意的谎言,只求得父母安心。作品反复提及父亲和尤金的通信,尽管身处不同的空间,家书却超越时空,贯穿起两人的情感,父亲的关爱和支持成为他在异乡中极大的精神慰藉。父母与子女之间的相互支撑、关爱与奉献散发着浓浓的人情味。在《童年:一个地方的传记》中,虽然克鲁斯家经济条件十分困难,如其所言:"(家里)没有多余的粮食去养活一只鸟……饥饿在我们家是种常态"①,但他们并没有因此拒绝赡养克鲁斯的姥姥,而是风雨同舟,不离不弃,想尽办法一起渡过难关。除了血缘亲情,朋友之间的义气相挺也闪现着穷白人的至诚、赤忱之心。《拳击大师》中尤金与皮特为昔日竞争对手,在事业败落之际成为惺惺相惜的好友、"兄弟"②,两人同患难,在对方失意之时第一时间送上关怀和支持,彼此畅所欲言、推心置腹,为了对方可以倾尽所有、赴汤蹈火,像是皮特尽管自己经济上拮据,也不肯做任何于朋友有损的事情来牟利。

在福克纳《我弥留之际》中,穷白人艾迪·本德伦希望,死后,家人能将自己的遗体运到杰弗森与娘家人葬在一起,由此开启了本德伦一家跋山涉水的荒诞旅程。本应庄严肃穆的旅程,家人却各怀私心,丈夫安斯心心念念要配一副假牙,娶新欢,女儿则是要去做流产,穷白人被塑造成自私、荒诞、

① Crews, Harry. *A Childhood: The Biography of a Place*. Athens: University of Georgia Press, 1995, p.169.

② Crews, Harry. *The Knockout Artist*. New York: Perennial Library, 1989, p.235.

可笑的形象。《伤疤迷恋者》的主要人物和事件不禁使人联想到《我弥留之际》两部作品处于似与不似之间。这里的关键与其说在于相似,不如说更在于相异:两者情节设计迥异,人物塑造反转,因而《伤疤迷恋者》产生的艺术效能和意识形态隐喻也与《我弥留之际》大相径庭。在此,借用后现代主义理论家琳达·哈琴对当代艺术的戏仿功能的论述可以深度解析这两者似与不似的关联。哈琴发现了戏仿可能具有许多语用位置和策略,“自相矛盾地将过去融入自己的结构,经常比其他形式更加明显、更言传身教地显示了这些意识形态语境。”①她指出:

> 戏仿似乎成了我所说的“中心之外”的群体和被主流意识形态边缘化的群体的表达模式。……成为非裔美国人、少数民族、同性恋、女权艺术家这样的中心外群体最流行、最有效的策略,他们试图既适应自己身处的……主流文化,又批判地、创造性地对其作出回应。②

可以说,《伤疤迷恋者》和《我弥留之际》的貌合神离既具有保守性又具有革命性。《伤疤迷恋者》一定程度上契合了《我弥留之际》的广为人知的经典的艺术形式,与之形成一种人们易于辨识的对话关系,继而又否定、颠覆其所代表的意识形态意义,“显示寓于相似性正中心的差异”③,体现了自己与之在对穷白人认知问题上针锋相对的、严肃的阶级立场。

同样是为了完成死者遗愿,皮特及亨利的家人、朋友则处处流露出对死者的关爱和尊重。亨利因过度劳累而猝死,他生前留下遗愿,希望自己能够火葬,其亲友为此齐心协力克服重重阻力,反复重申要“按照他(亨利)的心愿完

---

① 琳达·哈琴:《后现代主义诗学:历史·理论·小说》,李杨、李锋译,南京:南京大学出版社,2009年,第48页。

② 琳达·哈琴:《后现代主义诗学:历史·理论·小说》,李杨、李锋译,南京:南京大学出版社,2009年,第49页。

③ 琳达·哈琴:《后现代主义诗学:历史·理论·小说》,李杨、李锋译,南京:南京大学出版社,2009年,第36页。

成这项任务”①，其无私、善良的形象与本德伦一家对照，高下立判。尽管亨利的妻子格特鲁德大病初愈、不易操劳，她仍坚持事无巨细地为葬礼做准备，其对丈夫的深情厚谊和深切缅怀与安斯·本德伦一心只为自己打算的做法形成强烈反差。亨利的葬礼简陋却庄重肃穆，他们小心翼翼地进行布置，“每一块木头都要摆的都要符合格特鲁德的心意……毯子铺的几乎像几何图形一样精确”②，每一个细节都寄托着亲友最诚挚的哀思，传递出最真挚的情感，使穷白人的形象也在对亲人、家庭的珍视里展现了明显超越《我弥留之际》里的德行高度。

中上阶层作家笔下的穷白人男性往往狂妄自大，不尊重妻子，视其为卑贱仆人，只是为自己提供服务的一种生物，对其尤为“冷漠、粗暴”，甚至残忍地虐待妻儿③。在“粗悍文学”里这样的人物依然存在，不过，与此同时也不乏各色各样尊重女性，为了妻子、儿女心甘情愿牺牲、奉献的穷白人大丈夫形象，若论其对家庭的忠贞、担当，他们似乎并不逊色于旧南方主流文学、文化里的南方绅士，其中最具代表性的当推《童年：一个地方的传记》中克鲁斯的生父瑞。曾经的花花公子在结婚后像变了一个人，开始忠实地履行他的新角色，将对婚姻、家庭的责任扛在了肩上。他放弃打工时挣得的西装，套上工服，将福特汽车换成骡子、货车，不再恋酒迷花，而是心无旁骛，勤恳务农，每天早出晚归，常常是太阳还没升起就已经在田里，而太阳落山时还没离开④，为了妻儿任劳任怨、不知疲惫地劳作，企望凭自己的一己之力为他们提供一个安定的生活：

他习惯早晨起床后将炉子生上火，让妈妈、哥哥和我接着睡，到马

① Crews, Harry. *Scar Lover*. New York: Poseidon Press, 1992, p.141.

② Crews, Harry. *Scar Lover*. New York: Poseidon Press, 1992, p.197.

③ Tracy, Susan Jean. *In the Master's Eye: Representations of Women, Blacks, and Poor Whites in Antebellum Southern Literature*. Amherst: University of Massachusetts Press, 1995, p.192.

④ Crews, Harry. *A Childhood: The Biography of a Place*. Athens: University of Georgia Press, 1995, p.31.

> 圈给黛西(父亲的马)套上挽具,带它到田里工作,直到妈妈拿锤子敲门前挂着的旧犁头铁。
>
> 他听到犁头铁的敲击声就会回家,吃早饭,然后马上回到田里,午饭和晚饭也同样如此。如果晚饭后天还亮着,他却没回田里,那倒是件稀罕事。如果天太黑了,他不回田里的话,他就在马圈或者家里干活,或者用钢丝整理黛西的马具。①

这段描述字里行间流露出父亲对妻儿的关爱与柔情,而且应当指出的是这并非是文学虚构,而是克鲁斯对父亲的往事深情的回忆,这就赋予了这一模范丈夫、慈父的形象有着无可置疑的真实性。另有《伤疤迷恋者》的亨利,他一辈子都在勤勤恳恳地劳动,艰难地背负着养家糊口的重担,尽管贫穷使他“每天都担惊受怕,深陷在恐惧之中”②,他也从未退缩、放弃过。亨利为妻女苦心积虑筹谋一生,对所有事情都预先进行考量,甚至将自己的后事安排得井井有条,避免使妻女陷入困境。他知道自己会可能死于家族遗传的冠状动脉心脏病,便提前买了定期人寿保险,“确保自己去世以后妻女有栖身之地、足以果腹。”③亨利去世之后,皮特继而毫不犹豫地承担起照顾女友萨拉母女二人的重任,面对重重困难,他本能地想要逃避,但是责任感驱使他迎难而上、直面现实:“逃跑是他心中最深处、最强烈的冲动,但是他想到了莎拉,想到了自己不会逃避的承诺。”④这些穷白人好丈夫、好父亲的形象身上闪耀着勇于担当、信守承诺、忠贞不渝等宝贵品质。此外,这些大丈夫还展现出绅士风度,显示了穷白人粗鲁凶悍的塑造程式之外的另一面。例如在《健美之躯》中,比利·巴特真诚地表达自己对伊琳的欣赏和赞美,表示母亲自幼就教导他要对女性保持礼貌与尊重,坚持尊称伊琳为“伊琳小

① Crews, Harry. *A Childhood: The Biography of a Place*. Athens: University of Georgia Press, 1995, p.42.

② Crews, Harry. *Scar Lover*. New York: Poseidon Press, 1992, p.205.

③ Crews, Harry. *Scar Lover*. New York: Poseidon Press, 1992, p.199.

④ Crews, Harry. *Scar Lover*. New York: Poseidon Press, 1992, p.155.

姐”,这与旧南方叙事中不知礼节,从不称呼妻子姓名,只以“女人”对妻子呼来喝去的穷白人形成鲜明对比。《伤疤迷恋者》中的皮特也反复提到“礼貌”(manner)一词,他时刻谨记母亲对自己行为举止的严格要求:“妈妈曾不遗余力地再三嘱托他言行得体的重要性”①,因而皮特始终对人温文有礼且充满关切,即使在窘迫的时候也牢记于心,不会对他人的悲伤熟视无睹,尽自己最大的可能给予其慰藉,他扮演着治愈者的角色。

不论是比利·巴特还是皮特,都是在母亲的教导之下形成了尊重女性、礼貌待人的品格。他们也十分关注道德的传承,重视家庭教育,关注小孩的品格养成。像是克鲁斯妈妈虽然只读过两年书,但是事关正确与错误的问题上从不含糊。克鲁斯在《童年:一个地方的传记》中回顾妈妈对自己的教育:

> 她总是对我们非常坦诚直接了当,慈爱又关心。妈妈认为如果小孩犯了错,知道错了或者被告知是错了,那他就得受责罚。而且在我小时候她都是这么做的,我和哥哥没少挨打。但是她从不在我们不知道自己做错了什么,或不知道自己应受惩罚的时候打我们。②

这样对孩子充满关爱且富有教育智慧的母亲,且其鲜明的是非对错标准帮助孩子建立起正确的世界观、价值观。克鲁斯称母亲是一名心善、勤劳、宽厚、强大的女性,“她是非分明,并教给你如何分辨对错,遵纪守礼”③。在母亲的教导、训诫下,克鲁斯培养起自尊自立的精神,学会了“坐得端,行得正”④。不仅如此,姥姥也以自己的方法影响、教育着年幼的克鲁斯。因要

---

① Crews, Harry. *Body*. New York: Touchstone, 1990, p.15.

② Crews, Harry. *A Childhood: The Biography of a Place*. Athens: University of Georgia Press, 1995, p.70.

③ Crews, Harry. *Getting Naked with Harry Crews*. Gainesville: University Press of Florida, 1999, p.283.

④ Crews, Harry. *A Childhood: The Biography of a Place*. Athens: University of Georgia Press, 1995, p.230.

照顾姥姥而无法外出玩耍的克鲁斯对其恶意报复，但是姥姥事后并未向妈妈揭发克鲁斯的恶劣行为，而是宽容地原谅了他，并替其掩护，使克鲁斯羞愧难当、痛改前非，对他产生了终生的影响，他称：

> 那晚的我整个脱胎换骨。至少与以往有了不同的理解。我不知道这件事对我以后的生活影响有多大，但是妈妈、姥姥和我之间的那一刻永远地印在了我的脑海之中。①

布鲁格作品里的查理是典型的铁汉柔情，长着“一双闪亮的蓝眼睛，一嘴漂亮的白牙，浅褐色的头发”，他个性“善良、温厚”②，义无反顾地承担起抚养八个孩子的重担。尽管自己生活已经步履维艰，却不忍让河边野人一样的孤儿住在小窝棚里无人问津，将其带回家中，像对待家人一样给他供给衣食。他关爱自己的妻女，更加倍疼爱孙辈们，可以抱着外孙几个小时，或陪他在泥地里玩耍；与布鲁格的父亲怒目对峙，只为保护女儿不再受丈夫的虐待，其为了子女后代默默付出的慈爱之心令人动容。在《艾娃她男人》里，查理视孩子安危重于自己性命，在草丛里拎棍走在前防止响尾蛇伤到孩子，若从蛇牙吸出毒液才能挽救儿子，他也愿干。“他不认为这是英雄行为。他就觉得自己能对付得了。”③孩子们以父亲为骄傲，逢人就讲，长大继承他的品质走在自己孩子前。故事充斥暴力凶险，又散发人性光泽，天然舐犊之情，如山的父爱。

布鲁格还在回忆录中塑造起在重重磨难下依然竭力为孩子营造温情、尊严生活的慈母形象：“一个在18年里为儿子们有上学穿的衣服而没给自己置过一条新连衣裙，一个为了不让她的儿子们光靠救济金过活，为了让其中的一个儿子踩着她的脊梁，摆脱紧紧束缚着他们的贫困和绝望而为别人

---

① Crews, Harry. *A Childhood: The Biography of a Place*. Athens: University of Georgia Press, 1995, p.23.

② Bragg, Rick. *Ava's Man*. New York: Vintage, 2002, p.23.

③ Bragg, Rick. *Ava's Man*. New York: Vintage, 2002, p.52.

摘棉花、为别人洗熨衣服、为别人清扫房子的母亲。”①“洗熨一件男衬衫或女衬衫能挣几分钱，但她几小时地干，干得汗流浃背……她好像总在不停地干活。”②这种为了孩子无私奉献的母性光辉无异于中上阶层或其他任何群体，甚至相比于衣食无忧的中上阶层，穷白人为了孩子要做出更多的自我牺牲。布鲁格称母亲曾是全郡最漂亮的姑娘，身材高挑、苗条，是一名气质平和、恬静的金发女郎。母亲在棉花地里劳作的身影是他一生中最初，也是最为深刻、最为美好的记忆：“一个高大的金发女子拖着一个装满棉花的帆布口袋，走在一片高低起伏的一眼望不到边的铁锈色的田野上……那个高个女子穿着一条男人穿的裤子，头戴一顶男式的旧草帽，时不时地回头冲着那个三岁的男孩投去一个微笑。”③这就刻画出一位为了生活、为了孩子超负荷劳作的慈母形象，其工作量之大、之艰辛可见一斑，但是在辛苦的生活中，母亲依然乐观坚强，给布鲁格以无微不至的关爱。母亲通过捡棉花的微薄收入为家人打造生活，因而布鲁格称母亲的棉花袋像是一块“神奇的飞毯”，承载他们活下去的希望。她为了子女无私奉献，家里食物不充足时，便会谎称自己不饿或忘记吃饭，把饭留给孩子吃。这种做法是受到外祖母的影响，在母亲小时候，外祖母也是靠这种牺牲精神将子女抚养成人，其为子女牺牲奉献的无私亲情代代相传。布鲁格笔下的母亲不仅是慈母，更是其生活中严格的导师，给他受益无穷的教诲，使其既具备“遇到困难绝不退缩”的坚毅，又兼有柔情与感性，这些品质都是母亲留给自己的宝贵遗产。她穷不丧志、自尊自强的品格也深深影响着布鲁格，尽管可以靠政府发的救济金将就度日，或者靠亲戚帮忙或陌生人的施舍过活，母亲依然选择勤勤恳恳地劳作，想为自己的子女争取更好的生活。母亲还教会布鲁格尊重他人，“在母亲给我的所有教诲中，最重要的一条是不管支撑一个生命的家是多么穷途末路，每一个生

---

① 瑞克·布鲁格：《南方纪事》，王聪译，北京：华夏出版社，2005年，第1页。

② 瑞克·布鲁格：《南方纪事》，王聪译，北京：华夏出版社，2005年，第63页。

③ 瑞克·布鲁格：《南方纪事》，王聪译，北京：华夏出版社，2005年，第20页。

命都理应得到某种程度上的尊严。我生平做的唯一令她为我感到耻辱的事,是某天我在嘲笑一个从比我家更穷的人家的男孩。他的父亲为了防虱子将他的头发刮得精光,我嘲笑他,拿他取乐,直到我看到母亲向我投来责备的眼神,才知道自己错了”①。母亲会在布鲁格犯错的时候及时指出并加以纠正。当布鲁格将母亲用辛苦钱给山姆买来的牛仔裤减掉裤脚、据为己有时,母亲十分失望,唯一一次动手惩罚布鲁格,但又不舍得用力,象征性地打了几下,并给他解释被打的原因,让其认识到自己的错误,这就将一名恨铁不成钢,但又慈爱心软的母亲形象生动呈现。她为了让孩子的衣食终日奔忙,却为了不能拿出充足的时间陪伴孩子而感到愧疚,展现出与常人无异的无私母爱,同时也说明了人们诟病穷白人不够重视家庭,无法建立亲密亲情关系多数情况是其疲于奔命的结果,终日为了温饱奔忙的人时常处于有心而无力的状态。但是,母亲还是想方设法地为布鲁格营造一个温暖的童年,布鲁格非但没有因为贫穷感到阴云密布,反而觉得那时的日子“美滋滋”的、“甜美和温暖”②,这与母亲的呵护是分不开的。她在不工作的时候尽量抽出时间陪伴布鲁格兄弟,陪他们做游戏,像是将黄丝瓜刻成小船和潜水艇,教他们摘花,装钓鱼钩,用树枝编鱼笼;尽管自己并不擅长,也努力教儿子们扔棒球、投篮和踢足球,使拮据、艰苦的生活变得有声有色起来。

布鲁格称自己可以享受快乐的童年,很重要的原因是有很多善良、慈祥的亲戚长辈。他小时候备受叔叔姨妈们的宠爱,像是格雷西姨妈会为他做美味的茶点,并编一些笑话逗小布鲁格开心,塔娜姨妈会将炸鲫鱼中的鱼刺挑出来,避免他卡鱼刺,相互关爱的亲情和乐融融。即使他们自己经济情况也捉襟见肘,却总是大方地帮助布鲁格一家,分享生活的乐趣,比如他们会带他和哥哥、弟弟出去玩,却不肯收母亲给他们为孩子们买零食的钱。万圣节之夜,由于经济条件不允许,布鲁格兄弟没有戏装,为了让他们和其他孩子一样

① 瑞克·布鲁格:《南方纪事》,王聪译,北京:华夏出版社,2005年,第9页。
② 瑞克·布鲁格:《南方纪事》,王聪译,北京:华夏出版社,2005年,第80-81页。

享受节日的乐趣，表姐机智地找来大人的化妆品，给兄弟俩化妆，或者用有限的材料进行装扮，拉着他们出门讨糖。虽然父亲常年不在身边，舅舅等男性为布鲁格树立起男子汉的榜样，教给他勇敢、担当等可贵品质。像是约翰叔叔会每个周五晚上赶到布鲁格家中，陪布鲁格兄弟做游戏；还会拿出自己在车间火炉前工作挣得的辛苦钱，给布鲁格兄弟零花钱。艾德叔叔身残志坚，即使双腿因车祸残疾，却依然坚持兢兢业业地劳动，布鲁格称其为他见过"最能苦干"的人。艾德叔叔也无微不至地关心着布鲁格一家的生活，帮他们修水管，添煤炭，保证他们在冬天可以不受冻，还在布鲁格受伤时帮他支付医药费。这些人都成了布鲁格的精神明灯和品德向导，教给他做人的道理。

艾莉森在她的作品里也写到了自己屈辱多难的人生里给她以希望、关爱、力量的亲人们。姨妈、舅舅们成为她继续活下去的力量源泉，是她坎坷旅途上砥砺前行的路标，像是雷琳姨妈就不停给她鼓励和赞许，使其逐渐建立起自尊和自信，意识到自己的价值和可贵，安妮对此十分感激。在安妮遭到凯南强暴，并被母亲抛弃后，雷琳姨妈家成了安妮的避风港，她鼓励安妮做出改变："我很讨厌人们抱怨说事情可能会怎样，而从不把握机会或做新的尝试。我很高兴你不会像那样，博恩（安妮的小名）。我希望你能从这里走出去，有所成就。"①这些都给了安妮开启人生新篇章的勇气和信心，展现出姨妈无私给予和奉献的精神。除了博特赖特家族女性的关爱，安妮也受到了舅舅们无微不至的呵护，这些惯常寻衅滋事、打架斗殴的粗汉们，对安妮却十分关心和保护。安妮自述道："他们的大手从来没伤害过我，他们视我为掌上明珠，对我的珍爱就像指间惯常夹着的香烟火光一样明亮。"②他们发现安妮被凯南欺辱后，不顾一切地为安妮出气，对凯南拳打脚踢予以惩处，看似暴力的行为背后是其所信奉的正义与伦理，是对家人的爱。博特赖特家族兄弟姐妹之间的相互扶持和安慰也令人动容。厄尔舅舅的妻子离他

① Allison, Dorothy. *Bastard out of Carolina*. Dutton, 1992, p.182.

② Allison, Dorothy. *Bastard out of Carolina*. Dutton, 1992, p.23.

而去后,露丝姨妈对他进行安抚和陪伴;阿尔玛姨妈的孩子去世后,精神几近崩溃,是安妮妈妈抱着她,帮她慢慢找回理智。他们之间"就像相依为命"①的关系,全然是一个有情有义的家族。

"粗悍文学"建构起穷白人英雄、劳动者、大丈夫等正面形象,表现其美丽动人、勤劳智慧、重情重义、温文有礼等优良品格,从生理、道德、智力、情感等层面对穷白人的负面形象予以解构,有力地推翻了旧南方主导话语将穷白人喜剧化、妖魔化的脸谱式塑造,促使人们重新认知、评估穷白人群体,打破其模式化形象对穷白人歧视、厌恶的情感归导。建构积极正面的穷白人形象固然在一定程度上可以对抗主导话语对其的负面模式化塑造,增加穷白人的正面观感,不过,若要真正消除对穷白人非黑即白的刻板解读,需在正面形象的基础之上进一步建构起多维度、立体化的人物长廊,深化、完善穷白人的人性化形象。

第二节　复合式、宽光谱冲击单维度

随着"庶民"起势,穷白人在政治、经济、文化等领域的上升流动动摇了中上阶层的优势地位,引发其恐慌和不安。这就加深了中上阶层对穷白人的敌视和鄙夷,视其为危害、破坏社会固有秩序的毒瘤。如珀西就对穷白人发迹扩张痛心疾首,哀叹"庶民翻天"②;福克纳在演讲中直接表达自己对贵族失势的惆怅,以及对穷白人崛起的忌惮:"我为康普森家族惋惜,他们有优良的血统,现在这种血统变稀、变淡了。对于斯诺普斯家族,我已经憎恨、嘲

---

① Allison, Dorothy. *Bastard out of Carolina*. New York: Dutton, 1992, p.247.

② Percy, William Alexander. *Lanterns on the Levee*. Baton Rouge: Louisiana State University Press, 1973, p.xvi.

笑、惧怕了30年。”①他认为穷白人觊觎上层社会,阻止斯诺普斯的唯一办法是“摆脱、废除掉他们”。“斯诺普斯三部曲”淋漓尽致流露出旧南方上层社会对穷白人闯入本不属于他们的社会领地的集体焦虑。珀西的侄子、著名美国作家沃克·珀西在《防洪堤上的灯笼:种植园主之子回忆录》多年后再版的序言中一语道破了珀西“庶民翻天”和福克纳斯诺普斯等叙事所投射的政治无意识:“他说‘庶民翻天’,想的大概就是福克纳笔下斯诺普斯这类人……”因穷白人威胁了上层阶级的权力,他们可以上学、工作,做的还很好,这些来自下层阶级的人迫不及待夺去绅士的财产……②由此可知,主导话语对穷白人形象的扭曲和贬低实质是中上阶层对旧南方等级制度遗产的维护,其中隐含着权力机制及阶级优越感,传导其对潜在威胁因素起势的集体焦虑。穷白人形象模式化可谓是中上阶层运用其话语霸权将对穷白人的歧视渗透于社会日常,致力于维护阶级二元对立关系、保证中上阶层优势统治地位的意识形态工具,正如阿尔都塞所称,意识形态传播无非是为了“把所有人争取到自己的一边……让穷人接受奴役。”③美国社会学家约翰·谢尔顿·里德(John Shelton Reed)也毫不留情地戳破了模式化形象的意识形态功能:“低贱的下层阶级形象范式,红脖颈恶棍和滑稽的山区乡巴佬,起着同样的贬损作用,使内战前南方的一些绅士淑女感到有所安慰。”④同身份污名一样,模式化形象也是建构阶级二元对立的一种手段,他们将穷白人划入正常、文明的对立面,强化其他者身份并将其驱逐、隔离于主流社会之外,借此将对穷白人的偏见与排斥合理化,将穷白人边缘化、他者化以压抑、控制

---

① Gwynn, Frederick L., and L. Blotner Joseph. *Faulkner in the University*. Charlottesville: University Press of Virginia, 1995, p.201.

② Percy, Walker. “Introduction.” *Lanterns on the Levee*. Baton Rouge: Louisiana State University Press, 1973, p.xvi.

③ 路易·阿尔都塞:《保卫马克思》,顾良译,北京:商务印书馆,2009年,第231页。

④ Goad, Jim. *The Redneck Manifesto: How Hillbillies Hicks and White Trash Became America's Scapegoats*. New York: Simon and Schuster, 1998, p.16.

穷白人的发展壮大，以保持优劣阶层的边界的稳固，同时维护自身的权威和中心地位。

中上阶层作家将穷白人异化、妖魔化的突出手段就是用动物形象对其进行喻指，将其贬损为劣等、野蛮、蒙昧的群体，剥夺其人格与尊严，否定其人类价值，以实现将其他者化的目的。西姆斯笔下的穷白人乔尔“矮个，粗壮，身材像条牛头犬”①。福克纳作品里的斯诺普斯家族仿佛是动物世界，艾比像狼，他女儿像牛，弗莱姆被比作鹰，明克的孩子像一群狗，而明克则像条棉口蛇，艾·欧像黄鼠狼，另有《去吧，摩西》里的穷白人猎人长着“小孩一样的头脑，马一样的心，眼神里没有慷慨”②。韦尔蒂在《庞德的心》中也尖刻地描写穷白人外貌像猪、火鸡，衣着滑稽。虽然这些现象是艺术创作手段，属于文学修辞的范畴，可以从纯审美角度做出解读，不宜苛求，不过，鉴于特殊的历史语境，这样大尺度、多频次的类比仍不寻常，这样的喻指依然难免使人可以读出意识形态的弦外之音。中上阶层作家将穷白人与动物形象联系起来，不断加以重复，强化穷白人原始、愚昧的形象设定，使主导话语对穷白人血统低贱的论断更为深入人心，由此巩固其特权阶层优越的社会地位，加深等级制度区隔，并使阶级歧视与压迫合情化、合理化。通观这些动物喻指，我们不难发现旧南方作家所选用的多是凶狠、有毒、具有攻击性、令人惧怕的动物，这就投射出中上阶层对穷白人形象塑造背后的意识形态指涉，令人不禁联想到其所象征的威胁。像是斯诺普斯家族就繁殖速度惊人，他们“像从树林里不断涌出的毒蛇或恶兽一样布满了杰弗逊”③，他们相互勾结，形成一股邪恶势力，可以看出福克纳对斯诺普斯溢于言表的厌恶之情，也可以发现作者对其崛起速度之快的忌惮与忐忑。这些穷白人形象不仅外形酷

---

① Simms, W. Gilmore. *Forayers: Or the Raid of Dog-Days*. White Fish: Kessinger Publishing, 2007, p.54.

② Faulkner, William. *Go down, Moses*. New York: Random House, 1942, p.252.

③ Faulkner, William. *The Town*. New York: Vintage Books, 1961, p.112.

似动物,其生活习性也尚未开化,住在肮脏、邋遢的茅屋中,毫不注重个人卫生,行为举止毫无礼教可言,且智力低下、情感麻木。中上阶层作家利用话语作为武器,煽动人们对穷白人的厌恶、鄙夷情绪,从而将其排除、隔离于主流社会,达到将其边缘化、他者化的目的。由此可见,针对穷白人的厌恶、歧视态度也是话语规训的产物,主导话语将这些引人反感的特征投射在穷白人身上,实质是建构一种中心和他者的隔离机制,是"特权阶层为了定义自身优等人的地位"①。因此,穷白人如若意图摆脱边缘身份,就亟需修正其文学形象,打破将其动物化的叙事模式,用客观、平视的视角代替中上阶层自上而下的刻意歪曲,将穷白人还原为大写的人,从而消除人们对其的恐惧、厌恶、鄙夷、排斥等心理,这将是穷白人得到应得权益和平等对待的前提和基础。

南方学者克林斯·布鲁克斯对历史上的模式化穷白人形象进行了梳理和分析:"他们一般被描绘为一群懒惰、无知、常是邪恶的人……这种深入人心的老套路其实是极端的简单化……像许多过分简单化的事物一样,它长期吸引着人,它通过许多流行的小说,戏剧流传下来……懒散的贫穷白人的滑稽行为从一开始就对作家们有吸引力。"②这些千篇一律的模式化形象是对穷白人简单化、脸谱化的刻板认知,忽略其人性的多面与复杂,往往是突出或放大某群体的个别特点,并通过不停的重复与强调使之固化、持久,而对其复杂、多面性予以忽略和压抑。尽管有些作家尝试做出突破,推出对穷白人不同的表现形式,但根深蒂固的偏见或者缺乏切身体验的局外视角的掣肘,往往创作出的形象的艺术冲击力远不及斯诺普斯、费伊等。考德维尔很关注受佃农制度压迫的穷白人,却同时将他们塑造成粗鄙的丑角,奥康纳认为阶级划分并不合理,对穷白人抱有同情之心,但她对穷白人的书写是透

① Nussbaum, Martha C. *Hiding from Humanity: Disgust, Shame, and the Law*. Princeton: Princeton University Press, 2009, p.108.

② 克林斯·布鲁克斯:《普通人——自耕农、佃农和穷白人》,陆凡译,《福克纳评论集》,李文俊编选,北京:中国社会科学出版社,1980 年,第 98-99 页。

过特平太太的视角,并将穷白人当作讽刺自持优越心理的特平太太的工具。而且奥康纳习惯上二元划界,她笔下的穷白人或是人渣或是乡下良民。同情从来不是穷白人作家的诉求,他们希望让读者从局内视角了解并理解穷白人,展示出穷白人饱满的人性,而不是"扁平、可鄙、虚构的形象"①,因为这些叙事从主流文化的角度出发,反而强化了边缘与中心的二元对立。

虽然"粗悍文学"作家建构起外貌堂堂、勤劳勇敢、诚信热忱的穷白人正面形象,但他们显然也清楚将穷白人的文学话语变成为一味洗白的另一种极端简单、单维话语并非明智之举,要消除阶级偏见,打破穷白人被异化、他者化的局面,就须揭示主导话语将穷白人妖魔化、简单化形象的片面与武断,多维度地客观再现穷白人的样态,以真实、可信、较为全方位的理性形式塑造穷白人群像。如是,则有助于扩充穷白人称谓的意义内涵,使得人性化塑造善恶兼备的多维立体穷白人形象成为可能。他们开创了高尚正直、卑劣下作并存的全景式穷白人人物长廊,这在本质上考量,与其说是审美艺术层面的"扁平人物"与"立体人物"之争不如说更是一场政治领域的冲突。"粗悍文学"塑造起一系列良知与欲望、优点与缺陷、闪光点与阴暗面并存的人性化形象,使众多个体都展现出多面性和复杂性,将穷白人刻画为既有明辨是非的"性本善"之人,也有生存需求驱使下"利至上"之徒,平行勾勒了英雄、铮铮硬汉及人渣、卑劣之徒的穷白人千姿百态。这种复杂多面的人性化创作策略有助于打消根深蒂固的阶级偏见向穷白人投去的异样目光以及其强加给穷白人的异化感,是穷白人推动社会改观、实现非边缘化的起点。"粗悍文学"作家用差异性、多元性话语机制打破了主导话语的一元独尊,抵制阶级歧视这一主导意识形态的同化与压制,助力阶级藩篱的消弭和平等共生权力关系的建立。

"粗悍文学"作家并不一概否认、刻意回避穷白人的缺点,有些穷白人身上带有暴力、投机等长久以来被主导话语所诟病的缺点,看似强化了穷白人

---

① Hollibaugh, Amber. "Telling a Mean Story: Amber Hollibaugh Interviews Dorothy Allison." *Women's Review of Books* 9, July 1992, p.16.

模式化形象，暗合了之前的穷白人模式，但作家们将其置放于具体的社会历史语境中，展现穷白人做出不符合道德期许选择的不得已和苦衷，实则赋予这些形象以人性化特质。他们着重探索人物的多面与复杂。像是克鲁斯将祖先塑造为勤恳上进的形象，同时也正视他们在恶劣的社会环境下暴露出的人性缺点，客观呈现了其伤痕累累的过去、其在生存压力下的挣扎，当良心遭遇利益、梦想碰上现实，他们是如何在堕落与坚守之间徘徊，剖析其做出错误抉择的心路历程。这种多层次、全方位塑造使人物角色更真实、有厚度，也更能映衬穷白人在阶级壁垒下的苦苦挣扎，引发人们反思造就悲剧、丑恶人物的社会政治、经济机制。

克鲁斯在《童年：一个地方的传记》中多角度塑造了亦正亦邪的继父帕斯卡尔，既写其温柔、善良的一面，又不避讳其在生活重压下的堕落。一方面，与克鲁斯的生父一样，继父帕斯卡尔也承担着养家糊口的重任，勤勤恳恳、不辞辛劳地劳作，每天在克鲁斯醒来之前便已在田间忙碌，为了照顾妻儿拼尽全力。他也是一名出色的劳动者，在长年累月的经验积累下，掌握了娴熟的劳动技能，克鲁斯称其宰杀牲畜的“技巧娴熟、优雅、精准，整个操作过程一气呵成”①，字里行间流露出对帕斯卡尔的崇拜与肯定。对克鲁斯而言，帕斯卡尔多数情况下都是一名慈爱的父亲，他毫不掩饰自己对继父的喜爱：“如果他（帕斯卡尔）坐下来，我经常会坐到他的怀里。如果他站着，我就常常拉着他的手。他总是对我说一些温柔的笑话，给我讲些没有结尾，但是下一次见面时能继续下去的故事。”②梦游后内心充满惧怕的小克鲁斯向帕斯卡尔寻求安慰，他十分温柔地抱住克鲁斯，笑着低声劝慰克鲁斯丝毫无需担心，称自己小时候也经常梦游，很快驱散了克鲁斯的恐慌。而另一方面，

① Crews, Harry. *A Childhood: The Biography of a Place*. Athens: University of Georgia Press, 1995, p.100.

② Crews, Harry. *A Childhood: The Biography of a Place*. Athens: University of Georgia Press, 1995, p.53.

克鲁斯也如实地呈现了帕斯卡尔的软弱一面,在巨大的经济压力和精神困顿之中,他愈发沉沦,试图通过酗酒逃避现实。他离家时间越来越长,回家后便与克鲁斯妈妈争吵,摔东西,甚至持枪威胁,最终导致了家庭破碎。尽管他试着挽回,苦苦哀求妻子回心转意,却始终无法摆脱酗酒的恶习,最后彻底放弃了自己的家庭,完全从克鲁斯的生命中消失,未能完成自己作为丈夫和父亲的责任。克鲁斯称帕斯卡尔与很多穷白人男性无异,"并没有比其他人好一点或差一点,就只是他们中的一个"①,一个在厄运中苦苦支撑却又难堪重负,最终崩溃放弃的双面人。同样走向堕落的还有父亲的朋友皮特,他勤劳、充满智慧,是劳动的一把好手,做的烟囱从不倒烟,建的房子、粮仓"笔直且坚固",给克鲁斯妈妈做的水槽尺寸和角度"像经过机器测量一样那么精准"②。然而,这样一名热心肠的能工巧匠,却在克鲁斯父亲去世时趁机将家里仅有的一点肉都偷走了。克鲁斯充满同情、心酸但绝无责备之意地写道:"他曾是父亲的朋友,很好的朋友,但是他还是把我们家的肉偷走了。可能很多人不理解或者不同情他的做法,但是我会。"③当生存的基本欲求超出了道德考量,一名好人也会做出缺德的事,而这只是人性使然。

此外,克鲁斯作品中也不乏从堕落中幡然醒悟,坚守底线之人。虽然现实无比残酷,他们为了生存一度彷徨、犹豫,甚至误入歧途,但是他们历经挣扎后选择回归脚踏实地地谋生方式,实现了自我救赎。例如《拳击大师》中的尤金,在拳击事业遭遇瓶颈时,他偶然发现可以通过击打下巴将自己打晕,于是放弃正规的拳击竞技,抛下尊严和诚信,打假拳或是表演击倒自己的绝技为上流社会做助兴表演以赚取不义之财。然而,他深知自己所作所

---

① Crews, Harry. *A Childhood: The Biography of a Place*. Athens: University of Georgia Press, 1995, p.155.

② Crews, Harry. *A Childhood: The Biography of a Place*. Athens: University of Georgia Press, 1995, p.42.

③ Crews, Harry. *A Childhood: The Biography of a Place*. Athens: University of Georgia Press, 1995, p.47.

为有违良知,内心时时感到羞愧和挣扎。当周围的人都追逐利益不能自拔之时,他想到母亲的教诲:“做错事不丢脸,丢脸的是知错不改”①,最终正视自己的错误,决意洗心革面,坚定地拒绝了腐朽的生活,回归初心,以诚信、尊严的方式开启新生活。尽管从事过无良勾当,尤金的正直、善良、仗义等品格依然未泯。他是家里的顶梁柱,在城市中苦苦支撑,不仅为了一己之利,还承担着接济家人的重任,定期向家里汇钱,并为自己能帮到家人感到开心和欣慰。为了朋友皮特两肋插刀,在其有困难时做其坚实的后盾,在其误入歧途时苦口婆心地劝诫。对于徒弟雅克,尤金更是扮演着慈父和良师的角色:“在体育馆外,尤金就是这孩子的眼睛、耳朵和良心”②,给予雅克生活上无微不至的关怀和精神上的引导,为其指引生活的方向,以其人格魅力赢得了雅克的信赖。雅克将尤金当作自己的精神向导、德行榜样和人生明灯,在尤金决意放弃所拥有的一切,从零开始时,毫不犹豫地跟随尤金的脚步。尤金不仅找回了自我,还帮助雅克建立起独立自主的人格,做出了与自己教练在逆境中抛弃自己的不同选择,带着雅克一起远离是非之地,寻求新的人生。克鲁斯笔下多是想为自己打拼生存空间,争取平等权益、使自己过上好一点的生活的穷白人。例如尤金本可以吃软饭,跟中上阶层的女友切瑞缇住豪宅、吃大餐,或是通过不当交易发家致富,摆脱社会底层的贫苦生活,但他最后依然选择遵从自己的内心,离开了利益的泥潭。布莱索(Erik Bledsoe)对此评论道:“不像斯诺普斯,这些白人渣滓角色既不是笨蛋,也无意管控城镇。通常是底层出身的新生代南方作家想要读者重新审视他们对于南方阶级的看法,想要人们给予其更多空间。”③

蒙昧无知、胸无点墨是穷白人屡屡遭人诟病的一点,中上阶层作家一般

① Crews, Harry. *The Knockout Artist*. New York: Perennial Library, 1989, p.147.

② Crews, Harry. *The Knockout Artist*. New York: Perennial Library, 1989, p.242.

③ Bledsoe, Erik. “The Rise of Southern Redneck and White Trash Writers.” *Southern Cultures* 6.1 (2000): 88.

将此归咎于穷白人生性愚钝,威尔伯·卡什认为穷白人头脑简单、毫无分析能力。珀西称他们智力低下。这样一来,笨拙愚蠢、才疏学浅就成了穷白人的内在固有属性,也构成了穷白人模式化形象的重要一环。"粗悍文学"中的穷白人确实大多数文化水平不高,以身体劳力为资本,从事最辛苦、低廉的工作,尽管如此,他们在劳作中表现出过人的创造力和聪明才智。尽管生产资料、工具十分有限,穷白人总是能够发挥创新才能积极应对,并在长久的劳作中积累起非常多的经验与智慧,例如《童年:一个地方的传记》中乡民们可以根据太阳的位置准确地说出时间,误差不会超过十分钟;父亲买不起善于耕作的骡子,便买了一匹便宜很多的母马作为替代品,即使这匹母马非常难以驯服,父亲也用刚柔并济的方法,成为村里唯一一个驾驭得了这匹马的人,并且将其变成了自己务农的好帮手。此外,穷白人之中的能工巧匠也层出不穷,霍利斯擅做铁器,可以手工制造枪支、骡子的挽具或货车车轮的铁镶边。只是由于他们在不平衡的权力机制下,无法平等享受社会的教育资源,使其不具有在其他领域竞争上位的机会与资格。旧南方主导话语想方设法将穷白人排除于受教育者行列之外,使得教育,尤其是高等教育成为中上阶层的特权。"农业主义者"弗莱彻就主张"劣等人"不应与"上等人"享受同样的教育机会,应分别就读小学水平的"贫民学校"与精英"研究院",因为教育是将本身存在于人内在的东西激发出来,而穷人智力低下,与"上等人"接受同样的教育纯属浪费时间和金钱①;斯塔克·杨也将高等教育当做贵族专属,称"非职业或技术类的大学教育只适合于一小部分人"②。"粗悍文学"从局内视角出发,提出穷白人并非自身不想或不适合接受教育,相反,他们渴求知识、积极上进,是不公平的社会机制阻碍了他们的进步。克鲁斯在多部作品中塑造了热切希望接受教育的穷白人角色,如《伤疤迷恋者》中皮特寄希望于退伍后的福利政策接受大学教育,却最终未能圆梦。亨

---

① Twelve Southerners. *I'll Take My Stand*. New York: Harper Torchbook, 1962, p.119.
② Twelve Southerners. *I'll Take My Stand*. New York: Harper Torchbook, 1962, p.339.

利直抒胸臆："我特别想接受教育。我自己没上过学。没上过学的人一无所有。"①穷白人多是因为贫穷等社会原因无缘教育，尤其是高昂学费将他们挡在高等学府的门槛之外，他们在经济领域的弱势由此延展到教育、文化领域，最终导致穷白人在社会中被进一步边缘化。穷白人的落寞、无奈心情也在克鲁斯作品中首次被呈现，《拳击大师》中尤金就无比"渴望教育，渴望能阅读、理解那些厚厚的书籍……"②这些求知若渴的形象反驳了将穷白人塑造为不学无术模式化形象的主流话语，揭示了该主流话语掩盖穷白人受教育权缺失等不公社会现象，加剧其在社会各领域的劣势地位的意识形态功能。

旧南方中上阶层作家时常塑造一些畸形穷白人形象，用丑陋、扭曲的形体作为其智力低下、道德堕落的象征和折射，进一步贬损、抹黑穷白人群体。在主导话语中，"皮肤惨白，胸膛凹陷，弯腰驼背……下巴短小，四肢佝偻，发育不良"③成为穷白人的标志形象，威廉·吉尔摩·西姆斯（William Gilmore Simms）塑造的穷白人"脸上疤痕累累，透着野性，完全名副其实……白牙杵出来，活像大铲子"④。或是身形侏儒，长着猿猴一样长的胳膊，双腿又细又短，还残废变形，被称作"粗短的小魔鬼"。这些旧南方叙事将穷白人外形的丑陋、畸变与品性的恶劣相互映衬，以加深人们对其的鄙夷。"粗悍文学"延续了南方哥特传统，畸形人也是其作品的一个重要元素。不过，这些不全是为畸形而畸形，也带有鲜明的揭露、控诉意指，往往折射着穷白人所承受的磨难，是其作为社会边缘群体遭受排斥、疏远和隔离的情况下精神压抑、焦虑的一种外化与显形，通过畸形、怪诞的手法烘托、强化以达到触目惊心的艺术效果。克鲁斯时常将畸形的穷白人形象与完美无缺的正常人形象相并置，通过对比将穷白人的悲惨世界更具冲击性地展现在世人眼前，传递更为

① Crews, Harry. *Scar Lover*. New York: Poseidon Press, 1992, p.107.

② Crews, Harry. *The Knockout Artist*. New York: Perennial Library, 1989, p.68.

③ Cash, Wilbur. *The Mind of the South*. New York: Vintage Books, 1991, p.200.

④ Simms, William Gilmore. *Forayers: Or the Raid of Dog-Days*. Whitefish: Kessinger Publishing, 2007, p.54.

直击人心的阶级问题批判。如《童年:一个地方的传记》中,克鲁斯将现实生活中伤残、绝望的乡亲与购物手册中光鲜亮丽的模特进行比照:

> 我最初对西尔斯手册感到着迷是因为里面的人都很完美。几乎我认识的所有人都有残缺,要么是手指被切断,脚趾劈裂,眼睛被弹出的钉子扎瞎,要么身上都是铁丝网、刀子、鱼钩留下的伤疤。但是购物手册里的人就没有受伤。他们不仅完好无缺,手脚健全、毫无伤痕,而且他们都很漂亮。他们的双腿笔直,头发浓密,脸上挂着幸福、快乐的神态,那种神态我从未在身边的人脸上看到过。①

通过将他们与一个可望而不可及的世界近乎残忍地并置,克鲁斯淋漓尽致地突显出畸形穷白人在生存重压下所遭受的磨难,无言地控诉着残酷生活对其的摧残,这不仅是畸形人与正常人之间的对比,也是落后的乡村地区与发达的城市地区之间触目惊心的对比,更是阶级之间的对比,传递着穷白人对“人生几多残忍的怨愤,及其落魄的生活下的煎熬与折磨”②。克鲁斯根据自己的生活经历塑造了大量畸形化穷白人形象,并借此抒发其作为社会边缘群体内心的异化感受,其作品中多次出现的伤疤意象更是穷白人心理创伤的直观再现。伤疤在克鲁斯看来,是穷白人的劳动勋章,是其在生存磨难和社会不公下人生受到伤害和磨损的明证,同时,它还是穷白人挣扎、斗争的标识,象征着权力的彰显和对权威的反抗,像《童年:一个地方的传记》中,克鲁斯称继父左眼下在打斗中留下的牙印形状伤疤“让他看起来更有力量,更强大,更特别”③。克鲁斯这种畸形、怪诞描写被称为“新南方哥特”④,表明

① Crews, Harry. *A Childhood: The Biography of a Place*. Athens: University of Georgia Press, 1995, p.58.

② Crews, Harry. *A Childhood: The Biography of a Place*. Athens: University of Georgia Press, 1995, p.141.

③ Crews, Harry. *A Childhood: The Biography of a Place*. Athens: University of Georgia Press, 1995, p.52.

④ Hobson, Fred. *The Southern Writer in the Postmodern World*. Athens & London: The University of Georgia Press, 1991, p.7.

其创作赋予了传统写作技巧以新的意义。

此外，克鲁斯不仅塑造畸形人，将穷白人不公阶级体制下被异化、边缘化的生存困境予以外显，蕴含着意识形态颠覆意义，还对人物做出多面刻画与阐释，表明穷白人虽然在现实重压下遭受着身心的损害，但是他们仍具美好、善良一面。像是《健美之躯》中特尼普锡德一家言行举止不修边幅，甚至有些滑稽，被人蔑称为“野蛮人”。多萝西的爸爸耳聋，妹妹过度肥胖，哥哥毛发厚重，未婚夫跛脚、斜视，他们一出场便令人啼笑皆非，全部穿着廉价服装品牌的促销品，衣服并不合身，款式夸张且颜色艳丽，由此烘托出强烈的怪诞氛围。与之相并置的是城市高级宾馆里的人们，男人肌肉发达、光滑无毛，女人体态匀称、肤如凝脂，“每个人都看起来很完美，牙齿洁白无瑕，头发浓密、狂野绝美，双眸清澈、闪耀着自信……他们欢欣、满足、骄傲地生活在自己的世界。”①畸形人与正常人之间壁垒分明的界限投射出底层阶级与中上阶层之间难以逾越的鸿沟，也象征着穷白人阶层遭受歧视和边缘化的生存状态。

“粗悍文学”作家还将畸形形象阶级倒置。在旧南方主导话语中，穷白人往往在外表、精神或道德等层面呈现缺陷、畸形状态，上流人士则风度翩翩、高风亮节，而在克鲁斯笔下，中上阶层成为长相丑陋、行为荒诞或道德缺损的形象。《拳击大师》中的切瑞缇虽然出身不凡，是名心理学博士，衣着、发型精致，但内心扭曲，喜欢通过近乎病态的手段窥探他人隐私，另有病态、瘦弱的商人不拉辛格姆，在纸醉金迷的娱乐场所从事非法交易谋取暴利。同样，《健美之躯》中的酒店老板虚伪、怪癖，喜欢自吹自擂，害怕被别人看到假发掉落的样子。这其中表达的信息是，无关地位高低，每个人都有复杂的情绪和性格，既有高光时刻，也有阴暗一面，不能简单地以好坏、黑白进行定义。人无完人，穷白人一样也有弱点，这是人性使然，旧南方文学无视人性

① Crews, Harry. *Body*. New York: Touchstone, 1992, p.126.

的复杂，而往往选取其缺陷进行放大，做脸谱化、模式化的形象生产，实质是阶级歧视的驱动，以维护其自身的优越感。克鲁斯等“粗悍文学”作家的目的是打破中上阶层对穷白人模式化形象的垄断生产，展现穷白人的真实风貌，让世人了解其善良、正直一面，同时也走近其生活中的无奈与绝望，用更多了解获得更多的理解。

布鲁格在《南方纪事》中对父亲的刻画并非一味从正面着墨，或是简单将其呈现为一名生性恶劣、无药可救之人。年轻的父亲“神气十足”“清清爽爽、相貌英俊”，总是穿戴得像模像样，头发梳得油光锃亮。然而，在生活的磨难和战争的洗礼下，父亲像很多无力承担起养家糊口重担的穷白人男人一样，开始酗酒，每次喝醉后会变得暴力，在家中上蹿下跳、狂呼乱吼，最后选择抛妻弃子、远走高飞，以逃避家庭责任。即使是这样一名不称职的丈夫和父亲，也并非一无是处，其内心依然留有些许良知。在其行将就木之时，要求布鲁格跟他见最后一面，并送给布拉格三大纸箱从旧货摊淘来的精装书，因为他知道布鲁格喜欢读书，便为儿子准备了这个特殊的礼物。尽管父亲一生做了很多错事，布鲁格难以原谅其在成长过程中的缺席，但父亲对儿子难得的细心与柔情，为其形象增添了多面性。

布鲁格母亲和淑女的生活方式不同，向往优雅闲适的生活却又过着粗犷劳累的日子，母亲有着善良的美好品质。艰苦生活并没有抹灭她的精神追求，她称自己喜欢文学，“因为那里有诗”；内心深处，爱的幽灵仍在徘徊。① 在布鲁格描绘的穷白人世界中，人们也有信仰与精神追求。母亲尽管不去教堂，每到星期天，准时打开电视听布道，跟着电视中的传教士做祈祷，虔诚地顶礼膜拜。社区中的亲友也十分看重宗教活动，出席礼拜时总是衣着整洁、穿戴讲究，对生活有着美好的希冀与寄托。②

布朗揭示了南方社会阶级间的冲突和对立，并明确指出穷白人居于劣

---

① Bragg, Rick. *All Over but the Shoutin'*. New York: Vintage Books, 1998, pp.63,66.

② Bragg, Rick. *All Over but the Shoutin'*. New York: Vintage Books, 1998, pp.70-71.

势地位的原因是由于中上阶层压迫的结果。他描写了白酒商店店主对穷白人的轻蔑、不屑态度：

> 店主叹了口气。总是一次次遇到这样的人，他们愚昧无知，这类白人比黑人还差。他不清楚他们来自何处，如何生活，也不知道他们之间怎么相处。他把单子扔到了柜台上，根本没有意识到也许正是自己导致了他们活成这样子。①

这种态度跟珀西所得出的穷白人在智力和精神上比非裔美国人还要低下的论断如出一辙，皆是出自中上阶层的傲慢。布朗在这里对中上阶层高高在上的价值评判进行了控诉，指出正是以其为主导的不公权力关系才导致了穷人被决定的生活。此外，店主在揣测穷白人生活时，还将其比喻成老鼠、海狸或兔子，用动物喻指穷白人，贬低穷白人的人格及心智，为将他们他者化、边缘化、劣势化提供了似乎难以辩驳的依据。

布朗小说《乔》中的同名主人公乔嗜酒成性，寻衅滋事，车里永远有枪和空酒瓶，打过架，坐过牢，家庭生活也是一塌糊涂，与儿子关系疏远，根本不知道彼此的近况。然而，在小说最后，他开枪杀死向韦德女儿实施强奸暴行的威利·罗素，出于正义、高尚的动机，展现出其英勇、正直的一面。

除了这些正、邪交织的双面人物，"粗悍文学"作家在其作品里也无情呈现部分穷白人的无良品质或劣行。《红脖男孩》的斯普林特行为莽撞荒唐，冲动用事。13岁时从姐姐那里偷钱带女朋友凯姆外出，但车费不够，却超长距离乘车，被司机发现后赶下车抛在一座山顶停车点，警察通知家人领他，被气急败坏的父亲一顿大骂。高中时，带着凯姆醉酒飙车，引起了警察注意被抓去坐了牢。之后几乎断了联系。一些年后又旧情难忘，突然来找凯姆。如果说，斯普林特的所作所为姑且算是少不更事，是与成长相伴的问题。那么，下面几个人物就要面临灵魂的拷问了。在《好心助人》(*Samaritans*,

---

① Brown, Larry. *Joe*. Chapel Hill, N.C.: Algonquuin Books, 1991, p.178.

1988)里，丈夫不知去向、拖老携幼，凄惶无告的女人在途中盯上一位好心人要求为其买酒喝，得手后又得寸进尺想方设法向其讨来30元钱后马上招呼母亲去喝酒，把饥肠辘辘的孩子晾在了一边，令周围的人目瞪口呆。好心助人的人没有得到好报，旁观者实在看不下去，恶狠狠地骂好心人是狗娘养的蠢货。好心人只好认了，沮丧地说：“某种程度上，他这话，我有同感。”①《花鲑鱼》(*Speckled Trout*)里的兰尼贪得无厌，意外发现别人家里种有大麻，遂偷去卖钱，获利不菲，尝到甜头，便欲壑难填，一发不可收，一偷再偷，结果自投罗网，掉进了对方布设的陷阱，性命难保。《可悲的血统》(*Sorry Blood*)情节荒诞。里面的安迪被妻子外出前布置了在家里挖沟的任务。他不敢抗命，但又着实不想出这个苦力，于是灵机一动，去沃尔玛超市找人代工，遇到了失忆回不了家的老头，便谎称自己是老头的儿子，将其骗回家，在烈日炎炎之下代他挖沟，自己则每天喝酒睡觉，看色情录像，过得很是惬意，被老头大骂“白人渣滓”②，良知泯灭，令人极为不齿，即使其妻子知道后也怒不可遏，对其大打出手。这类形象或无规则、法律意识，缺少责任感或自私贪婪，或懒惰无耻，即使行为践踏了他人的福祉，有悖伦理也要享乐在先。“粗悍文学”作家将其纳入其叙事视野，反映他们在透视穷白人厄运时既目光向外也目光向内的勇气。实际上，其中有的故事的标题就起得意味深长，隐含着德行的评判。《好心助人》带有强烈的反讽意味，也流露了五味杂陈的感慨，《可悲的血统》则是犀利的剖解和针砭。这尖锐地提醒，穷白人的遭遇，美国南方政治、社会难辞其咎，同时，自省、反思亦有必要，在劣势的状况中究竟应怎样不逾越基本规则、底线，把握好自我，促进对穷白人偏见、污名化问题的解决，值得深思。

---

① Brown, Larry. “Samaritans.” *Grit Lit: A Rough South Reader*, eds. Carpenter, Brian & Tom Franklin. Columbia: University of South Carolina Press, 2012, p.109.

② Gautreau, Tim. “Sorry Blood.” *Grit Lit: A Rough South Reader*, eds. Carpenter, Brian & Tom Franklin. Columbia: University of South Carolina Press, 2012, p.268.

"粗悍文学"作家创建的穷白人形象长廊从局内视域,以栩栩如生的各种面孔与品行组成的大千世界展示穷白人真相,从局内视角客观描绘穷白人良知与欲望同在、美德与缺陷并存的多维度、人性化形象,打破了旧南方主导话语对穷白人恶魔、小丑原型的程式化生产范式,宽光谱再现出一幅生动的穷白人众生相。针对过往较为单一脸谱、历史偏见,"粗悍文学"阐发出它的论辩:地位高低,财富多寡与品质优劣无必然联系。关照妇孺,同情弱者的"勇士"①托特、大是大非上挺身而出的少年、赴汤蹈火的消防队员等是德行榜样、正义化身、百姓保护神,表明穷白人亦有正能量和英雄崇拜,在"生存至上"氛围里同样有人坚守道德准则,并非皆无所不用其极之徒。也就是说,从人性角度看,穷白人与其他社会群体本质并无二致。"粗悍文学"作家拒绝将地位高低、财富多寡与品质、精神优劣进行捆绑定义的机械经济决定论,力证穷白人亦有坚守与向善之心。布朗说,劳动阶级文学的重要意义在于真实讲述他们的生活与岁月,增进人们了解,"让人知道他们和其他人一样也是人"②。当然,人无完人,他们难免良莠不齐。布朗就此进一步指出:"他们有时做错,因为他们并不完美,和我们所有人一样。我尽量给我的人物这些我们都看得出,感受到的人之特质"③;不应因其人性缺陷就对这个群体贴上标签,罔顾其高尚、正直、卑劣、无耻多元并存的复杂性是片面武断之举,也是阶级优越感作祟。应当说,布朗的这些精辟的表述极具代表性,充分阐释了"粗悍文学"作家笔下庞杂的穷白人群象所传达的意义,也是人们认识这些形象的权威指南。这其中的关键就是摘下阶级偏见的墨镜,从人性化的维度看待他们。他们驳斥了中上阶层以偏概全对穷白人认知、评

① McLaurin, Tim. *Keeper of the Moon: A Southern Boyhood. Grit Lit: A Rough South Reader*, eds. Brian Carpenter & Tom Franklin. Columbia: University of South Carolina, 2012, p.39.

② Watson, Jay (ed.). *Conversations with Larry Brown*. Jackson: University Press of Mississippi, 2007, p.195.

③ Watson, Jay (ed.). *Conversations with Larry Brown*. Jackson: University Press of Mississippi, 2007, p.36.

价的主流叙事，力求全方位展示穷白人的本真以消解人们对其本性的质疑。“粗悍文学”作家借助文本力量冲击了既往穷白人表现范式，为本阶级塑造多维立体形象，力求使穷白人在公众视域中正常化，人性化，赢回他们被剥夺了几个世纪的尊严。南方学者扎克瑞·沃农（Zackary Vernon）说：“克鲁斯的‘红脖颈自传’①的力量在于其能解构和南方下层阶级白人相联的模式化形象，最终获得‘历史上文学、电影里曾拒不给予他们的尊严。’②”③他们颠覆性的形象策略用自我正视取代了主导话语中他人的俯视，祛除了阶级歧视的蒙蔽，用反话语消解了中上阶层的话语暴力，打破了将穷白人隔离为另类和他者的权力机制，助力其争取公平对待，挑战等级秩序，消除阶级歧视和偏见。人性化穷白人形象也对这个曾是他者的群体正视自身，摆脱阶级歧视的负面观点和消极暗示，建构积极主动的身份认同具有十分重要的意义。多维度、人性化的穷白人形象的反话语助力推翻阶级歧视意识形态的统摄，助力世人对穷白人的改观和接受，打破阶级二元对立的社会架构，推动南方社会从中上阶层一元独尊向多元群体平等共存转变。

---

① Watkins, James. ‘“The Use of I, Lovely and Terrifying Word’: Autobiographical Authority and the Representation of ‘Redneck’ Masculinity in A Childhood.” *Perspectives on Harry Crews*, ed. Erik Bledsoe. Jackson: University Press of Mississippi, 2001, p.17.

② Watkins, James. ‘“The Use of I, Lovely and Terrifying Word’: Autobiographical Authority and the Representation of ‘Redneck’ Masculinity in A Childhood.” *Perspectives on Harry Crews*, ed. Erik Bledsoe. Jackson: University Press of Mississippi, 2001, p.18.

③ Vernon, Zackary. “The Enfreakment of Southern Memoir in Harry Crews's *A Childhood*.” *Mississippi Quarterly*, Spring 2014, p.195.

结　　论

发轫于20世纪80年代的美国南方“粗悍文学”标志着南方的穷白人在意识形态领域沉默静音、被局外人代为言说、形塑几个世纪之后终于掌握了发声的权利，开始自主地从局内人的视角讲述自我、家族的故事。这一新兴的文学类型为南方文学注入了新的生机，做出了重要贡献。将“粗悍文学”置于南方文学的历时轨迹中观照，可以清晰观察到其对南方文学的继承与突破。作品中具有浓郁的地方风情，主人公皆是来自南方，并终生生活在南方，其悲欢离合全都融合在南方的水土之中，像是在采访中克鲁斯就承认自己与南方千丝万缕的联系：“我住在南方，来自南方……创作也是围绕南方，主要是佐治亚和北佛罗里达——那里的乡音、天气，那里的一切。”①这一文学内置了哥特、怪诞、暴力等基因，张扬恣肆地宣示着南方传统在其血脉的延续。此外，里面既遗存有男性主导、女性附属的两性格局，亦显现着基于白人中心论的种族优越征候。这些都以独特、富有震撼力的方式明确无误地向世界表明，它们是来自美国南方的故事。

“粗悍文学”之于南方、南方文学的意义更为引人注目之处在于突破，言南方文学之前所未言，构建起一个与旧南方中上阶层笔下“优雅南方”天上人间的“暴戾南方”，揭示了南方生活曾经被有意掩盖、忽视的阴暗一面，开启了穷白人以纪实色彩的文学言说自我，还击外界肆意形塑的新纪元，也成

① Bellamy, Joe David. “Harry Crews: An Interview.” *Fiction International*, 6/7 (1976), p.84.

为人们客观认知、重新评价穷白人提供了可能。不同于"南方文艺复兴"及之前的南方文学中气派的大宅、洁净的前廊、衣着靓丽的绅士淑女、浪漫旖旎的田园风光等意象,"粗悍文学"作品围绕着精疲力竭、走投无路的佃农、工人等展开,真情讲述这些社会弃儿和边缘者的故事,作品充斥着畸形、怪诞、暴力、黑色幽默等元素,将破败茅屋、污秽旅馆、舞蛇狂欢节等元素引入文学话语的范畴。① 这些作品呈现穷白人在社会阶级歧视的目光中自我审视与认知困境,其在经济、教育、文化等方面匮乏状态下以生存为导向的处世原则,其在南方社会转型期对进城谋生的道路选择,及其善恶兼备、良莠共存的多维人物形象,挑战了将穷白人在社会历史中消音,或将其简单地喜剧化、妖魔化的旧南方中上阶层的主导话语。"粗悍文学"作家在沿循传统的基础上对南方文学的写作技艺进行了创新与发展,像是将南方哥特写作传统赋予意识形态意义,利用畸形意象传达穷白人在等级体制压抑之下所遭受的痛苦和挣扎,同时反叛旧南方文学意识形态的同化,他们称自己的写作目的是让人扪心自问,反观自己的行为准则、道德观、世界观和自我感知,实质就是让打破人们习以为常的认知方式和根深蒂固的刻板印象,挑战主导话语对人们的规训。

"粗悍文学"是文学,同时又与政治制度、权力机制、社会形态息息相关,是特定历史条件人特定地区的产物,故此具有鲜明的阶级属性。作家们深知,穷白人在南方受歧视,被压迫既是个人的苦痛,也是本社会群体的不幸,故此,以本群体名义抗争,发声,是他们的责任和义务。他们对自己的文学创作做出明确定性,自称"劳动阶级作家"②,或将其作品归于"劳动阶级文学"③类别。

---

① Hargraves, Michael. *Harry Crews: A Bibliography*. Westport: Meckler Publishing Corporation, 1986, pp.xiv-xv.

② Carpenter, Brian & Tom Franklin eds. *Grit Lit: A Rough South Reader*. Columbia: University of South Carolina Press, 2012, p.16.

③ Watson, Jay ed. *Conversations with Larry Brown*. Jackson: University Press of Mississippi, 2007, p.195.

如此高调地将阶级身份嵌入文学叙事非同寻常,这其中有其历史经纬。南方著名学者弗莱德·霍布森(Fred Hobson)曾一针见血地指出:“阶级问题在南方文学中始终是一个举足轻重的问题。”①由于南方独特、鲜明的阶级架构,中上阶层作为主导势力把控着社会生活的方方面面,并操纵意识形态传导自身思想意识,维护自身利益及权力优势地位,同时宣导对穷白人的贬低与歧视,压抑、限制穷白人的发展。文学作为一种意识形态的话语生产,自然也受到作家思想意识、价值观念的濡染,渗透着其阶级意识形态立场,从18世纪殖民地文学到20世纪60年代“南方文艺复兴”,美国南方文坛主要被中上阶层作家把持,正如琳达·泰特(Linda Tate)所说:“人们认为传统意义上的南方文学出自白人男性,少数出自白人女性,而且在多数情况下,由南方中上阶级白人书写并与其生活有关。”②穷白人经济、政治、文化等领域的弱势身份导致其话语权被剥夺,长期处于消音、无形状态,他们没有自我言说的机会,只得任凭中上阶层作家代为讲述其故事。中上阶层作家利用话语霸权推崇绅士、淑女为代表的贵族文化及其所尊崇的荣誉、仁爱、礼仪、同情等价值观念,其所倡导的优雅闲适生活方式,维护农耕文化,同时排斥和异化对自身构成威胁的穷白人阶层,生产出大量喜剧化、妖魔化的穷白人形象,对其品性大加诟病,将其贬损为低人一等的族群,以此进行阶级二元对立的区隔。

鉴于此,“粗悍文学”也带有鲜明的意识形态锋芒,可谓是美国南方穷白人的阶级告白,它“提供了政治抵抗的杠杆,也提供了阐发被边缘化群众之欲求的一种手段”③。克鲁斯等作家写作的首要目标是把握话语权,打造属

---

① Hobson, Fred. *The Southern Writer in the Postmodern World*. Athens: University of Georgia Press, 1991, p.22.

② Tate, Linda. *A Southern Weave of Women: Fiction of the Contemporary South*. Athens: University of Georgia Press, 1994, pp.5-6.

③ 道格拉斯·凯尔纳、斯蒂文·贝斯特:《后现代理论:批判性的质疑》,张志斌译,北京:中央编译出版社,2011年,第74-75页。

于自己的劳动阶级文学，将"粗悍文学"作为其自我展示、自我剖白的平台，用自我言说的故事冲击既有的话语范式。他们衷心肯定自己的劳动阶级身份，宣示其思想价值观念，勾勒全景式穷白人人物长廊，建构起穷白人话语的完整形态，促成了"白人无产阶级运动"①，亦被人称为"白人渣滓文艺复兴"(White Trash Renaissance)。② 这就形成了与旧南方文学及其所蕴含的思想意识和价值观念对撞的阶级反话语。这一话语既有颠覆性又有建构性，在解构的同时进行建构。其颠覆性在于它改变了穷白人长期被消音、被代为言说、被形塑的被动状态，质疑了"南方文艺复兴"及之前南方文学中绅士淑女优雅高尚价值理念的普适性，浪漫闲适田园生活的代表性，及穷白人喜剧化、妖魔化形象的正当性，由此解构"南方神话"，打破中上阶层在话语、权力体系中的权威性和中心性，助力清理穷白人污名、扭转其模式化形象，以消除人们对穷白人根深蒂固的歧视和偏见，推动穷白人争取平等权益，改写其在权力关系中的边缘、弱势地位，拒绝被主导话语规训到统一的话语框架之中。其建构性在于它填补了历史遗留的空白，史无前例地为穷白人提供了对本阶级进行主动定义与展示的渠道，表达自身与先前中上阶层代言所截然不同的对南方、人生、社会的独特认知，全方位、多角度呈现穷白人的思想观念、价值取向和人格特质，还原穷白人群体的本真，打造其文学话语的完整形态，使人们走近、重新认知、客观评价这一在中上阶层意识形态霸权之下长期被忽视、误解、扭曲的庞大群体。因此，"粗悍文学"在冲击、反叛、对抗"南方神话"的同时，也重塑、改写、再造了南方的文学话语。

"粗悍文学"文如其名，以高度纪实、富有冲击力的冷峻文风讲述穷白人穷困潦倒、时而夹杂暴力的南方故事。这其中的暴力元素既具有南方文化、文学的地域一般性，是南方传统的濡染、延续，又有穷白人社会处境的特殊

① Guinn, Matthew. *After Southern Modernism*. Jackson: University Press of Mississippi, 2000, p.5.

② Carpenter, Brian. "Introduction." *Grit Lit: A Rough South Reader*, ed. Brian Carpenter & Tom Franklin Columbia: University of South Carolina Press, 2012, p.xix.

性，是他们深陷物资匮乏、机会缺失、遭受歧视、不公的困境里不堪承受生存之重时精神的极度压抑和愤怒所产生得强烈的心理反弹、爆发、宣泄，也映射、戳穿了流传了几个世纪的、风光无限的、令人心驰神往的“南方神话”乃至美国梦的片面性，曝光了一个自诩，也被普遍以为文明富强的美国一个广袤地区长期未经充分揭示的残酷现实，一个庞大社会群体所处的社会不公、贫富悬殊、暴力猖獗、公序良俗缺失的悲惨世界。

“粗悍文学”作家通过穷白人的身份认同建构、价值观念阐释、人物形象塑造等几个方面展现了这一阶级话语颠覆性、建构性并存的特质。首先，作家们对穷白人身份的认领为“粗悍文学”奠定了劳动阶级属性，是其反驳中上阶层局外视角的叙述，重新言说自我的基点。穷白人曾长期在“白人渣滓”等污名身份机制下备受误解与歧视，为主流社会所不齿并将其拒之历史、文化建构进程之外，视其为他者、相异因素，在中上阶层主导话语建构起的等级化身份体制中被规训和定义，穷白人对自身身份自惭形秽，长期游走于社会边缘地带。“粗悍文学”作家历经曲折，意识到身份体认是其安身立命的基点，他们一方面破除阶级歧视的内化作用，克服穷白人身份给自身带来的耻辱感和恐惧感，转而积极认领劳动阶级身份，表达对穷白人乡亲、祖父辈的敬意与热爱，消解穷白人污名的消极喻指；另一方面主动进行身份定义，改写其默默无闻的社会、历史角色，用南方主人翁、建设者的身份置换其渣滓、毒瘤、社会负资产的标签。穷白人通过身份认领和主动言说打破中上阶层的话语霸权，洗去穷白人长期被污化、边缘化的历史身份，颠覆中上阶层主导的权力关系框架，为穷白人争取到其被长期剥夺的尊严、利益及平等地位。

在此基础上，他们坦率亮出自身的价值观念，表达其对社会关系、时代发展等方面的认知、判断与抉择。价值观投射着阶级意识，决定着本阶级个人、群体的行为模式和人生走向，可以更为全面地展示穷白人群体不同于旧南方绅士、淑女的思想意识，展现穷白人的本真。旧南方主导话语对荣誉、尊严、仁爱、同情等人生理想的推崇，彰显的是中上阶层的意志，并将其当做南方文化与道德基石，大加赞颂与传播。“粗悍文学”基于穷白人窘迫、艰辛的生存困境，从其经济基础出发，展现了穷白人虽难以否认尊严、怜悯等确具有文明、先进性的价值理想，却在现实中践行生存至上法则，将同情、尊严放置一边的无奈选择，彰显了特定历史条件下道德价值观的阶级性以及中上阶层价值理想对于时常须面对生存考验的穷白人的虚空性，也回应了人们对于穷白人道德低下的谴责，揭示出穷白人在阶级壁垒里所遭遇的社会资源被侵占、发展滞后脱节、公正平等缺席等历史、现实问题，同时释放出穷白人渴求平等、共享繁荣的集体政治诉求。

在“南方文艺复兴”及之前的南方文学中，在世代传承的庄园大宅、摇曳着木兰树的洁净庭院、广袤富饶的棉花种植园等体现时代风貌的场所为叙事空间，故事聚焦绅士、淑女的传奇人生，弥漫着浓厚的怀旧情结、历史意识，试图打造一个永恒时间的“南方神话”，也促成了世人对南方浪漫田园的经典认知。而“粗悍文学”中无旖旎的乡村美景，故事围绕穷白人生活劳作的破败茅草屋、牲口棚、庄稼地等展开，他们总是起早贪黑地忙碌奔波，为了眼下的生存殚精竭虑，其所描绘的“黑暗乡村”前所未有地暴露了南方乡下生活的不堪，展现出穷白人利益被牺牲、权利被剥夺的农业社会的弊端，揭穿了田园神话维护中上阶层优越地位的意识形态教化意义，回怼了将农业社会粉饰成充满诗情画意阿卡迪亚的主导话语。另外，“粗悍文学”中的穷白人选择顺应城市化、工业化时代潮流，投奔城市开拓生存空间、改善自身境遇，以冲出农业社会的阶级固化格局，寻求阶层上升流动。城市不仅是穷白人栖身的物理空间，更构成其逃离噩梦般乡村生活，驶入城市发展快车道，融入现代工商文明的“颠覆性”空间。由于空间与意识形态相交织，充斥着社会文化关系、权力运作，穷白人将生存边界推移、拓展至城市象征着权力僭越，追逐平等权益的反农业主义意识形态。

“粗悍文学”中，种族隔阂依然存在，部分穷白人遗留了对非裔美国人自以为是的种族优越感,白人至上心态挥之不去。与此同时,也有些穷白人认识到种族主义话语的人为建构性,试图跨越种族身份的界限,以民主、平等的理念构建友善的族际关系,实现不同族裔的和谐共存与发展。

在性别问题上,“粗悍文学”对传统男权主导性别架构既有沿循又有突破。一方面男权话语残存,主要角色皆多为白人男性,掌控着社会与家庭,女性在这样的性别格局会中被消音与边缘化。另一方面,部分作品开始表现出女性意识的觉醒,她们表现出强烈的反叛精神与自省意识,追求独立与自我,男性的阳刚气质遭到冲击、消解,显现出男性霸权话语的衰落迹象,使得建构平等并存的新型性别关系成为可能。

穷白人的身份认同与价值取向皆定义、形塑着其性格特点和内心世界,参与着人物形象的建构。穷白人在文学中长期被塑造为懒惰愚蠢、鲜廉寡耻的喜剧化、妖魔化形象,这实质是中上阶层利用其权力优势地位,推行阶级歧视意识形态的文学生产,使人们对穷白人的偏见与误解根深蒂固,更加深了其污名化、边缘化身份。“粗悍文学”对穷白人英雄、慈父、主持正义的少年等正面角色及平庸、卑劣之徒的多元塑造消解了旧南方主导话语中模式化的穷白人再现程式,打破了阶级歧视意识形态的同化与压制,质疑、挑战了主导话语生产的模式化形象的真实可靠性,对抗了否定、压制穷白人的等级秩序,及中上阶层意识形态的主导地位。此外,“粗悍文学”建构的良知与欲望同在,美德与邪念并存的宽光谱、立体型穷白人形象有助于推动对穷白人形象再现与认知的转向,表明就最基本人性诉求与价值判断而言,穷白人无异于其他社会群体,他们用自我正视取代被他人俯视,全方位、客观地展现穷白人的本真,使其在人们的视野中正常化,纠正人们的阶级偏见,改变人们对穷白人的消极认知。

由此,“粗悍文学”通过阐释穷白人的身份观、价值观、形象观,展现了鲜明生动、真实可信的穷白人的故事,针锋相对又多方位地顶撞了“南方文艺复兴”及之前南方文学从局外对穷白人的叙述。这一劳动阶级反话语彰显了南方文学本应在场,却在旧南方中上阶层话语霸权压制下长期缺场的多元性,以极具冲击性和反叛性的话语暴露了"南方文艺复兴"及之前南方文学的历史局限性、阶级保守性。旧南方中上阶层强加给穷白人的负面喻指、道德谴责、模式化形象透露出其作为优势权力集团对其他阶级的压制与偏见,是巩固不平衡的权力关系,强化阶级二元对立,限制相异因素发展的话语建构。他们反感城市化、工业化等社会现代化进程,留恋以种植园主为中心的农业社会,并且敌视、担忧下层阶级的崛起之势,其对社会进步的抗拒、对农耕文化的回望、对穷白人异军突起的焦虑都是其阶级意志的体现,同时也受到历史发展所限。威廉·珀西曾将穷白人的崛起视为灾难降临,慨叹南方美德消逝,邪恶丛生,英雄退场,歹徒横行,而他的侄子、著名美国作家沃克·珀西在为《防洪堤上的灯笼:种植园主之子回忆录》30年后再版所作的序言中指出威廉的"噩梦"已然成真,正是福克纳笔下的斯诺普斯家族已经庶民翻天。① "粗悍文学"作为一种阶级反话语,其激起的后续效应会引发人们掩卷沉思,反观"南方文艺复兴"及之前南方文学,并对其进行再审视、再评价。

"粗悍文学"与"南方文艺复兴"及之前南方文学之间可谓是一场意识形态的交锋,也上演了一场南方文学话语的兴衰反转大戏。可以说,"粗悍文学"的崛起颠覆了旧南方中上阶层长期主宰的南方文坛格局,打破了人们对"南方文艺复兴"是南方文学唯一代言的固有印象和认识误区,清楚无误地表明,南方文学其实有多块拼版、多个声部,只是它们所代表的群体在过去相当长的历史时期受压抑,被消音。他们现在开始讲述自己的故事,使得人们可以在更广阔的视野里、更多元的维度上观察、了解南方,从而朝认识真实的南方迈进一大步。"粗悍文学"的问世根本改变了南方文学的意识形态性质、作家组成格局及推进路向,引发南方文学视角由"旧时温文尔雅的农

① Percy, Walker. "Introduction." *Lanterns on the Levee.* Baton Rouge: Louisiana State University Press, 1973, p.xvi.

业主义权贵视角向……来自‘生活……暴戾地带’的、无特权的‘粗悍穷人’视点转变”①，堪称20世纪美国南方文坛最大历史变革。同时，“粗悍文学”作为一种阶级反话语，也是权力斗争的场所，投射着穷白人对中上阶层为中心的权力关系的拒斥、对抗、反叛与颠覆。它“履行着重要的任务，代表着前沿秩序，试行着新的社会方式，并有可能使社会变得适应性更强”②，加速霸权和中心的消解。由此，劳动阶级不断从主导势力那里赢得话语空间，在摧毁、破坏旧等级制度的同时，亦创建着新的权力体系。文学话语在阶级间的流转映衬出美国民主化、大众化的政治生态，体现了当今社会取向特权扩散、多元共生、平等中立的发展趋势。“粗悍文学”对穷白人群体弱势、边缘的艰难处境予以揭露，曝光了自诩而且也普遍被认为文明、繁荣富强的美国并未解决的阶级歧视、贫富差距、公正缺失等顽疾，展现穷白人否定、反抗不平衡的权力机制、阶级歧视和压迫等意识形态的鲜明立场，推动穷白人群体争取平等权利和地位、赢得公正与尊严、共享繁荣与进步，助力更公平、更合理、更人性社会秩序的建立。不同于叔父威廉·珀西对穷白人的深恶痛绝，30年后的沃克·珀西就对穷人家的孩子可以接受教育、竞选从政，工人阶级也可以自食其力等社会变迁持肯定态度，认为社会出现了“前所未有的进步”③。从更广阔的视野来看，”粗悍文学”可谓与美国非裔、亚裔、拉丁裔、印第安文学等一道共同汇成美国曾经的边缘群体挣脱弱势身份，打造自己主体叙事话语的时代潮流。

---

① Percy, Walker. “Introduction.” *Lanterns on the Levee*. Baton Rouge: Louisiana State University Press, 1973, pp.xviii-xix.

② Clarke, John, Stuart Hall, et al. “Subcultures, Cultures and Class: A Theoretical Overview.” *Resistance Through Rituals: Youth Subcultures in Post-war Britain*, eds. Stuart Hall, Tony Jefferson. London: Hutchinson & Co. Ltd, 1976, p.66.

③ Percy, William Alexander. *Lanterns on the Levee: Recollections of a Planter's Son*. Baton Rouge: Louisiana State University Press, 1988, p.xv.

参 考 文 献

[1] Abernathy, Jeff. "Agrarian Nightmare: Harry Crews' Dark Vision in *Naked in Garden Hills*." *The Southern Literary Journal*, vol. 34, no.1, 2001.

[2] Allison, Dorothy. "Deciding to Live." *Grit Lit: A Rough South Reader*, eds. Brian Carpenter and Tom Franklin. Columbia: University of South Carolina Press, 2012.

[3] Allison, Dorothy. "Dorothy Allison." Interview with Minnie Bruce Pratt. *Progressive*, July 1995.

[4] Allison, Dorothy. "River of Names." *Grit Lit: A Rough South Reader*, eds. Brian Carpenter and Tom Franklin. Columbia: University of South Carolina Press, 2012.

[5] Allison, Dorothy. *Bastard out of Carolina*. New York: Dutton, 1992.

[6] Allison, Dorothy. *Skin Talking about Sex, Class & Literature*. Ithaca, New York: Firebrand Books, 1994.

[7] Allison, Dorothy. *Trash*. Atlanta: Firebrand Books, 1988.

[8] Allison, Dorothy. *Two or Three Things I Know For Sure*. New York: Plume, Penguin, 1995.

[9] Althusser, Louis. *On the Reproduction of Capitalism: Ideology and Ideology State Apparatuses*, trans. by Goshgarian, G. M. London and New York: Verso, 2014.

[10] Altrusse, Louisr. *Lenin and Philosophy and Other Essays*, translated from French by Ben Brewster. New York: Monthly Review Press, 2001.

[11] Andrews, William L. "Postmodern Southern Literature: Confession of a Norton Anthologist". *Studies in the Literary Imagination*, vol. 35, no. 1, Spring 2002.

[12] Andrews, William L. et al. *The Literature of the American South: A Norton Anthology*.

New York: W. W. Norton & Company, Inc., 1998.

[13] Bailey, Fred Authur. *Class and Tenessee's Confederate Generation*. Chapel Hill: University of North Carolina Press, 1987.

[14] Baker, Larry. "'If I Do My Job Right': Harry Crews and His Readers". *The Georgia Review*, vol. 61, no. 4, winter 2007.

[15] Barker, Chris. *Cultural Studies: Theory and Practice. 2nd ed.* London: Sage Publications, 2003.

[16] Beatty, Patricia V. "Crew's Women." *A Grit's Triumph: Essays on the Works of Harry Crews*, ed. David K. Jeffrey. NY: Associated Faculty Press, 1983.

[17] Bell, David. "Variations on the Rural Idyll." *Handbook of Rural Studies*, eds. Paul Cloke, Terry Marsden and Patrick H. Mooney. London: Sage Publications, 2006.

[18] Bellamy, Joe David. "Harry Crews: An Interview." *Fiction International*, vol. 7, no. 6, 1976.

[19] Blazina, Chris. *The Cultural Myth of Masculinity*. Westport: Praeger Publishers, 2003.

[20] Bledsoe, Erik. "The Rise of Southern Redneck and White Trash Writers." *Southern Cultures*, vol. 6, no. 1, 2000.

[21] Bledsoe, Erik. *Perspectives on Harry Crews*. Jackson: University Press of Mississippi, 2001.

[22] Boles, John B. *A Companion to the American South*. Malden: Blackwell Publishers. Ltd, 2002.

[23] Bone, Martyn et al (eds.). *Creating and Consuming the American South*. Gainesville: University Press of Florida, 2015.

[24] Bone, Martyn. *The Postsouthern Sense of Place in Contemporary Fiction*. Baton Rouge: Louisiana State University Press, 2014.

[25] Bragg, Rick. *All Over but the Shoutin'*. New York: Vintage Books, 1998.

[26] Bragg, Rick. *Ava's Man*. New York: Vintage, 2002.

[27] Brinkmeyer Jr, Robert H. "Beyond the Veranda: Trends in Contemporary Southern Literature." Paper presented at Oklahoma Foundation for the Humanities Symposium "Southern Fried Culture: A New Recipe, A New South, A New Conversation", Tulsa,

Okla., March 1, 1996.

[28] Brown, Larry. “On Fire: A Personal Account of Life and Death and Choices.” *Grit Lit: A Rough South Reader*, eds. Brian Carpenter and Tom Franklin. Columbia: University of South Carolina Press, 2012.

[29] Brown, Larry. “Samaritans.” *Grit Lit: A Rough South Reader*, eds. Carpenter, Brian & Tom Franklin. Columbia: University of South Carolina Press, 2012.

[30] Brown, Larry. *A Late Start*. Chapel Hill: Algonquin Books, 1991.

[31] Brown, Larry. *Billy Ray's Farm: Essays from a Place Called Tula*. Chapel Hill: Algonquin, 2000.

[32] Brown, Larry. *Dirty Work*. Chapel Hill: Algonquin Books, 1989.

[33] Brown, Larry. *Facing the Music*. Chapel Hill: Algonquin Books of Chapel Hill, 1988.

[34] Brown, Larry. *Joe*. Chapel Hill, N.C.: Algonquuin Books, 1991.

[35] Bryant Jr., J. A. *Twentieth-Century Southern Literature*. Lexington: The University Press of Kentucky, 1997.

[36] Butler, Judith. *Gender Trouble: Feminism and the Subversion of Identity*. New York: Routledge, 2011.

[37] Caldwell, Erskine. *Tobacco road*. Athens: University of Georgia Press, 1995.

[38] Carlson, Douglas. “‘A Writer's Face’: The Letters of Harry Crews.” *The Georgia Review*, vol. 61, no. 4, 2007.

[39] Carpenter, Brian & Tom Franklin (eds.). *Grit Lit: A Rough South Reader*. Columbia: University of South Carolina Press, 2012.

[40] Carr, Duane. *A Question of Class: The Redneck Stereotype in Southern Fiction*. Bowling Green: Bowling Green State University Popular Press, 1996.

[41] Cash, Jean W. and Keith Perry (eds.). *Larry Brown and the Blue-Collar South*. Jackson: University Press of Mississippi, 2008.

[42] Cash, Jean W. and Keith Perry (eds.).*Rough South*, *Rural South*. Jackson: University Press of Mississippi, 2016.

[43] Cash, Wilbur J. *The Mind of the South*. New York: Knopf, 1941.

[44] Cixous, Helene. “The Laughter of Medusa.” Trans. Keith and Paula Cohen. *Signs*, vol.

4, no. 1, 1976.

[45] Clarke, John, Stuart Hall, et al. "Subcultures, Cultures and Class: A Theoretical Overview." *Resistance Through Rituals: Youth Subcultures in Post-war Britain*, eds. Stuart Hall, Tony Jefferson. London: Hutchinson & Co. Ltd, 1976.

[46] Coleman, Lerita. "Stigma: An Enigma Demystified." *The Dilemma of Difference: A Multidisciplinary View of Stigma*, eds. Stephen Ainlay, Gaylene Becker, Lerita Coleman. New York: Plenum Press, 1986.

[47] Connell, Raewyn. *Masculinities*. Berkeley: University of California Press, 1995.

[48] Cook, Sylvia Jenkins. *From Tobacco Road to Route 66*. Chapel Hill, NC: The University of North Carolina Press, 1976.

[49] Cooper, Ron. "Depravity is a Thing of the Spirit: Hating Harry Crews." *American Book Review*, vol. 38, no. 4, 2017.

[50] Couch, W. T. "The Agrarian Romance." *South Atlantic Quarterly*, vol. 36, no. 4, 1937.

[51] Covel, Robert C. "The Violent Bear It as Best They Can: Cultural Conflict in the Novels of Harry Crews". *Studies in the Literary Imagination*, Fall 1994, Vol. 27, Issue 2, pp. 75-85.

[52] Covington, Dennis. *Salvation on Sand Mountain*. New York: Addition Wesley, 1997.

[53] Crews, Harry. *Getting Naked with Harry Crews*. Gainseville: University Press of Florida, 1999.

[54] Crews, Harry. "Television's Junkyard Dog." *Esquire*, October 1976.

[55] Crews, Harry. "The Violence That Finds Us." *2 By Crews*. Northridge, Calif: Lord John Press, 1984.

[56] Crews, Harry. *A Childhood: the Biography of a Place*. Athens: University of Georgia Press, 1995.

[57] Crews, Harry. *A Feast of Snakes*. New York: Atheneum, 1976.

[58] Crews, Harry. *Blood and Grits*. New York: Harper Perennial, 1988.

[59] Crews, Harry. *Body*. New York: Touchstone, 1992.

[60] Crews, Harry. *Classic Crews: A Harry Crews Reader*. New York: Touchstone, 1993.

[61] Crews, Harry. *Florida Frenzy*. Gainesville: University Presses of Florida, 1982.

[62] Crews, Harry. *Getting Naked with Harry Crews*. Gainesville: University Press of Florida, 1999.

[63] Crews, Harry. *Scar Lover*. New York: Poseidon Press, 1992.

[64] Crews, Harry. *The Gospel Singer*. New York: William Morrow, 1968.

[65] Crews, Harry. *The Hawk Is Dying*. New York: Alfred A. Knopf, 1973.

[66] Crews, Harry. *The Knockout Artist*. New York: Perennial Library, 1989.

[67] Daniel, Pete. "The Transformation of the Rural South: 1930 to the Present." *Agricultural History*, vol. 55, no. 3, 1981.

[68] Darlene, Reimers Hill. "'Use To, the Menfolks Would Eat First': Food and Food Rituals in the Fiction of Bobbie Ann Mason." *Southern Quarterly*, vol. 30, no.2, 1992.

[69] Davenport, Francis Garvin. *The Myth of Southern History*. Nashville: Vanderbilt University Press, 1970.

[70] Day, Gary.*Class*. (New Critical Idiom Series). London & New York: Routledge, 2001.

[71] DeBord, Larry W., and Gary L. Long. "Harry Crews on the American Dream." *Southern Quarterly*, vol. 20, no. 3, 1982.

[72] DeBord, Larry W., and Gary L. Long. "Harry Crews's *A Childhood*: A Resource for Teaching Sociology." *Teaching Sociology*, vol. 9, no. 4, 1982.

[73] DeForest, John William. "A Union Officer in Reconstruction, quoted in Scott." *The Southern Lady*, 1883.

[74] Dickerson, James L. "America's 'Bad Boy Novelist' Enters Virgin Territory with Fay." *Book Page Online*, April 2000.

[75] Dunn, Joe P. and Howard Laurence Preston.*The Future South: A Historical Perspective for the Twenty-first Century*. Urbana and Chicago: University of Illinois Press, 1991.

[76] Duvall, John. *Race and White Identity in Southern Fiction: From Faulkner to Morrison*. Gewerbestrasse: Springer, 2008.

[77] Eagleton, Terry et al, eds. *Marxist Literary Theory: A Reader*. Oxford: Blackwell, 1996.

[78] Eagleton, Terry.*Criticism and Ideology: A Study in Marxist Literary Theory*. London: Verso, 2006.

[79] Eagleton, Terry. *Literary Theory: an Introduction*. Oxford: Basil Blackwell, 1983.

[80] Faulkner, William. *Faulkner at West Point*, eds. Joseph L. Fant, Ⅲ and Robert Ashley. Jackson: University Press of Mississippi, 2002.

[81] Faulkner, William. *Faulkner in the University*, eds. Frederick L. Gwynn and Joseph Blotner. Charlotteville: University Press of Virginia, 1995.

[82] Faulkner, William. *Light in August*. Beijing: Central Compilation & Translation Press, 2013.

[83] Faulkner, William.*The Mansion*. London: Chattoand Windus, 1959.

[84] Faulkner, William. *The Town*. New York: Random House, 1961.

[85] Faulkner, William. *As I Lay Dying*. New York: Vintage, 2011.

[86] Fitzhugh, George. *Sociology for the South, or the Failure of Free Society*, reprinted. New York: Burt Franklin, 1859.

[87] Flora, Joseph M., Lucinda H. Mackethan et al (eds.). *The Companion to Southern Literature: Themes, Genres, Places, People, Movements and Motifs*. Baton Rouge: Louisiana State University Press, 2005.

[88] Fonta, Anne, "Interview with Harry Crews, May 1972." *Recherches Anglaises et Americaines*, no. 5, 1972.

[89] Foucault, Michel. "Power and Sex." *Politics, Philosophy, Culture* (*Interview and Other Writings* 1977–1984), ed. Lawrence D. Kritzman. New York and London: Routledge, 1988.

[90] Foucault, Michel. "Question on Geography." *Power/Knowledge: Selected Interviews and Other Writings*, 1972–1977, ed. Colin Cordon. New York: Pantheon, 1980.

[91] Foucault, Michel. "The Subject and Power." *Michel Foucault: Beyond Structuralism and Hermeneutics*, eds. Hubert L. Dreyfus and Paul Rabinow. Chicago: The University of Chicago Press, 1982.

[92] Foucault, Michel. *Dits et Ecrits*, *III* (1976–1979). Paris: Gallimard, 1994.

[93] Foucault, Michel. *L'archéologie du Savoir*. Paris: Gallimard, 1969.

[94] Foucault, Michel. *The Archaeology of Knowledge*. London: Routledge, 2002.

[95] Friedman, Susan Stanford. *Mappings: Feminism and the Cultural Geographies of Encounter*. Princeton, NJ: Princeton University Press, 1998.

[96] Gautreau, Tim. “Sorry Blood.” *Grit Lit: A Rough South Reader*, eds. Carpenter, Brian & Tom Franklin. Columbia: University of South Carolina Press, 2012.

[97] Gautreaux, Tim. “A Conversation with Tim Gautreaux.” Interviewed by Dayne Sherman. *Conversations with Tim Gautreaux*, ed. L. Lamar Nisly. Jackson: University Press of Mississippi, 2012.

[98] Gay, William. “Where Will You Go When Your Skin Cannot Contain You?” *Grit Lit: A Rough South Reader*, eds. Brian Carpenter & Tom Franklin. Columbia: University of South Carolina Press, 2012.

[99] Geltner, Ted. *Blood, Bone and Marrow: A Biography of Harry Crews*. Athens: The University of Georgia Press, 2016.

[100] Gilbert, Sandra M., and Susan Gubar. *The Madwoman in the Attic: The Woman Writer and the Nineteenth-Century Literary Imagination*. New Haven: Yale University Press, 1979.

[101] Giles, James R. *Violence in the Contemporary American Novel*. Columbia: University of South Carolina Press, 2000.

[102] Girard, Rene. *Violence and the Sacred*. Baltimore: The Johns Hopkins University Press, 1979.

[103] Goad, Jim. *The Redneck Manifesto: How Hillbillies, Hicks, and White Trash Became America's Scapegoats*. New York: Simon and Schuster, 1997.

[104] Gray, Richard and Owen Robinson (eds.). *A Companion to the Literature and Culture of the American South*. Malden, MA & Oxford, UK: Wiley-Blackwell, 2004.

[105] Guinn, Matthew, *After Southern Modernism: Fiction of the Contemporary South*. Jackson: University of Mississippi Press, 2000.

[106] Gwin, Minrose. “Nonfelicitous Space and Survivor Discourse: Reading the Incest Story in Southern Women's Fiction.” *Haunted Bodies: Gender and Southern Texts*, eds. Anne Goodwyn Jones and Susan V. Donaldson. Charlottesville: University of Virginia Press, 1997.

[107] Haigron, David (ed.). *The English Countryside: Representations, Identities, Mutations*. Gewerbestrasse: Springer, 2017.

[108] Hall, Stuart (ed.). *Representation: Cultural Representations and Signifying Practices*. London: Sage, 1997.

[109] Hall, Stuart and Paul de Guy (eds.). *Questions of Cultural Identity*. London: Sage, 1996.

[110] Hargraves, Michael. *Harry Crews: A Bibliography*. Westport: Meckler Publishing Corporation, 1986.

[111] Harrison, Thomas, ed. "Interview with Harry Crews". *St. Petersburg Times* May 21, 1989, D 7.

[112] Hartigan Jr, John. "Who are these white people?: 'Rednecks,' 'Hillbillies,' and 'White Trash' as marked racial subjects." *White out: The Continuing Significance of Racism*, eds. Ashley W. Doane and Eduardo Bonilla-Silva. London: Psychology Press, 2003.

[113] Haug, Friz. "Ideology", trans by Peter Thomas. *Historical Materialism*, no. 15, 2007.

[114] Heller, Scott. "Reconstructuring Southern Women's Literature." *The Chronicle of High Education*, 7 July 2000.

[115] Henninger, Katherine. *Ordering the Facade: Photography and Contemporary Southern Women's Writing*. Chapel Hill, NC: The University of North Carolina Press, 2007.

[116] Hill, Darlene Reimers. "'Use To, the Menfolks Would Eat First': Food and Food Rituals in the Fiction of Bobbie Ann Mason." *Southern Quarterly*, vol. 30, no. 2, 1992.

[117] Hobson, Fred. *The Southern Writer in the Postmodern World*. Athens & London: The University of Georgia Press, 1991.

[118] Hoffman, Gerhard, Lothar Honnighausen and Valeria Gennaro Lerda, eds. *Rewriting the South-History and Fiction*. Tubingen: Francke Verlag, 1993.

[119] Hollibaugh, Amber. "Telling a Mean Story: Amber Hollibaugh Interviews Dorothy Allison." *Women's Review of Books* 9, July 1992.

[120] Holman, C. Hugh (ed.). *The Immoderate Past*. Athens: The University of Georgia Press. 1977.

[121] Holman, C. Hugh (ed.). *Views and Reviews of American Literature, History and Fiction*, 1st Ser. Cambridge, Mass., 1962.

[122] Hood, Mary. *And Venus Is Blue*. Athens: University of Georgia Press, 2001.

[123] Howard, June. *Form and History in American Literary Naturalism*. Chapel Hill: University of North Carolina Press, 1985.

[124] Huber, Patrick. “A Short History of Redneck: The Fashioning of a Southern White Masculine Identity.” *Southern Cultures*, Vol.1, Winter, 1995.

[125] Ingram, Russell, and Mark Ledbetter. “An Interview with Lewis Nordan.” *Missouri Review* 20.1 (1997).

[126] Ingram, Shelley. “Food and the Autobiographical Self in Harry Crew's a Childhood: the Biography of a Place”. *Food and Foodways*, vol. 24, no. 1-2, 2016.

[127] Isenberg, Nancy. *White Trash: The 400-year Untold History of Class in America*. New York: Penguin, 2017.

[128] Jahna, Ric. “‘Perspectives on Harry Crews’ by Erik Bledsoe.” *Studies in the Novel*, Vol. 36, No. 1, spring 2004.

[129] Jameson, Fredric. *Marxism and Form*. Shanghai: Shanghai Foreign Language Education Press, 2009.

[130] Jeffrey, David K., and Donald R. Noble. “Harry Crews: An Interview.” *Southern Quarterly*, vol. 19, no. 2, 1981.

[131] Johnstone, Barbara. “Violence and Civility in Discourse: Uses of Mitigation by Rural Southern White Men”. *The SECOL Review*, Vol. 16, 1992.

[132] Kardos, Michael. “*Grit Lit: A Rough South Reader* ed. by Brian Carpenter, Tom Franklin (review).” *Mississippi Quarterly*, Volume 65, Number 4, Fall 2012.

[133] Kay, Bonetti et al (eds.). “Larry Brown (1995).” *Conversations with American Novelists: The Best Interviews from the Missouri Review and the American Audio Prose Library*. Columbia: University of Missouri Press, 1997.

[134] Kenan, Randall. “Sorrow's Child.” *Nation*, vol. 255, no. 22, 1992.

[135] Lawson, Lewis A. *Another Generation: Southern Fiction Since World War II*. Jackson: University Press of Mississippi, 1984.

[136] Long, Gary L. Grit Truths: The Journalistic Essays of Harry Crews. *The Texas Review*, vol. 9, no. I-2, spring-summer 1988.

[137] Lynskey, Edward C. "Early Harry Crews: A True Grit's Religiosity". *Pembroke Magazine*, no. 23, 1991.

[138] Lytal, Tammy, Harry Crews, and Richard R. Russell. "Some of Us Do It Anyway: An Interview with Harry Crews." *The Georgia Review*, vol. 48, no. 3, 1994.

[139] Macherey, Pierre. *A Theory of Literary Production*. London: Routledge & Kegan Paul Ltd, 1978.

[140] Margaret, Eby. *South Toward Home: Travels in Southern Literature*. New York: W. W. Norton & Company, 2015.

[141] Mason, Bobbie Ann. "An Interview with Bobbie Ann Mason." Conducted by Albert E. Withelm. *Southern Quarterly*, vol. 26, no. 2, 1988.

[142] McLaurin, Tim. *Keeper of the Moon: A Southern Boyhood. Grit Lit: A Rough South Reader*, eds. Brian Carpenter & Tom Franklin. Columbia: University of South Carolina Press, 2012.

[143] McMillen, Neil R. *Dark Journey: Black Mississippians in the Age of Jim Crow*. Champaign: University of Illinois Press, 1989.

[144] Meriwether, James B. and Michael Millgate. *Lion in the Garden*. New York: Random House, 1968.

[145] Millett, Kate. *Sexual Politics*. Urbana: University of Illinois Press, 2000.

[146] Nathan, Daniel. "A Boxer's Body: The Cult of Masculinity and Homoeroticism in Harry Crews's [sic] *The Knockout Artist*." *Aethlon: The Journal of Sport Literature*, vol. 9, no. 2, Spring 1992.

[147] Newitz, Annalee, and Matt Wray (eds.). *White Trash: Race and Class in America*. New York: Routledge, 2013.

[148] Newitz, Annalee, and Matthew Wray. "What is 'White Trash'? Stereotypes and Economic Conditions of Poor Whites in the United States." *Whiteness: A Critical Reader*, ed. Mike Hill. New York: New York University Press, 1997.

[149] Nisbett, Richard E and Dov Cohen. *Culture of Honor: The Psychology of Violence in the South*. Boulder: Westview Press, 1996.

[150] Noble, Donald R. "Harry Crews Introduces Himself." *A Grit's Triumph: Essays on the*

Works of Harry Crews, ed. David K. Jeffrey. NY: Associated Faculty Press, 1983.

[151] Nordan, Lewis. "A Body in the River." *Grit Lit: A Rough South Reader*, eds. Brian Carpenter & Tom Franklin. Columbia: University of South Carolina, 2012.

[152] Nordan, Lewis. "The Making of a Book." *Oxford American*. March-April 1995.

[153] Nordan, Lewis. *Wolf Whistle*. Chapel Hill: Algonquin, 1993.

[154] Nussbaum, Martha C. *Hiding from Humanity: Disgust, Shame, and the Law*. Princeton: Princeton University Press, 2009.

[155] O'Gorman, Farrell. *Postwar Southern Fiction*. Baton Rouge: Louisiana State University Press, 2007.

[156] Parini, Jay (ed.). *The Norton Book of American Autobiography*. New York: W. W. Norton, 1999.

[157] Pelecanos, George P. "White Trash Dreaming. Review of*Fay*." *Washington Post Book World*, 18 June 2000.

[158] Percy, William Alexander. *Lanterns on the Levee: Recollections of a Planter's Son*. Baton Rouge: Louisiana State University Press, 1988.

[159] Pizer, Donald. *The Theory and Practice of American Literary Naturalism: Selected Essays and Reviews*. Carbondale and Edwardsville: Southern Illinois University Press, 1993.

[160] Poole, W. Scott. "'White Knuckle Ride': Stock Cars and Class Identity in the Postmodern South". *Studies in Popular Culture*, vol. 25, no. 1, October 2002.

[161] Powell, Dannye Romine. *Parting the Curtains: Interviews with Southern Writers*. Winston-Salem. N.C.: John F. Blair, 1994.

[162] Pratt, David. "'Squidbillies' and White Trash Stereotypes in the Corporate Postmodern South". *Appalachian Journal*, vol. 40, no.1/2, Fall 2012/ Winter 2013.

[163] Preez, Peter du. *The Politics of Identity: Ideology and the Human Image*. Oxford: Basil Blackwell, 1980.

[164] Rabinow, Paul, (ed.). *The Foucault Reader*. New York: Pantheon Books, 1984.

[165] Ray, Janisse. *Ecology of a Cracker Childhood*. Minneapolis: Milkweed Editions, 1999.

[166] Rea, Robert. "The Art of Grit Lit: An Interview with Tom Franklin and Chris Offutt."

Southern Quarterly Vol. 50, no. 3, Spring 2013.

[167] Roberson, Sarah. "Poor Whites in Recent Southern Fiction". *Literature Compass* 9/10, 2012.

[168] Robertson, Sarah. "The Memorialization of Southern Poor White Men's Labor in Rick Bragg's Memoir Trilogy." *Journal of American Studies*, vol. 47, no. 2, 2013.

[169] Rubin, Louis D. *The Literary South*. Baton Rouge: Louisiana State University Press, 1986.

[170] Russell, Richard Rankin. "'We pick at the scabs': Writerly Persistence and Family Woundedness in Harry Crews's *Blood Issue*". *The Mississippi Quarterly*, Vol. 64, Issue 1/2, Winter/Spring 2011.

[171] Scott, Romine. "Harry Crews's Away Games: Home and Sport in *A Feast of Snakes* and *Body*." *The Southern Quarterly*, vol. 37, no. 1, 1998.

[172] Seelye, John. "Georgia Boys: The Redclay Satyrs of Erskine Caldwell and Harry Crews." *Virginia Quarterly Review* 56, Autumn 1980.

[173] Shelton, Frank W. "Harry Crews after 'A Childhood'". *The Southern Literary Journal*, vol. 24, no. 2, Spring, 1992.

[174] Shelton, Frank W. "Harry Crews: Man's Search for Perfection". *The Southern Literary Journal*, vol. 12, no. 2, Spring, 1980.

[175] Shelton, Frank W. "The Non-Fiction of Harry Crews: A Review." *Southern Literary Journal*, vol. 16, no. 2, 1984.

[176] Shelton, Frank W. "The Poor Whites' Perspective: Harry Crews Among Georgia Writers." *Journal of American Culture*, vol. 11, no. 3, 1988.

[177] Simms, William Gilmore. *Forayers: Or the Raid of Dog-Days*. Whitefish: Kessinger Publishing, 2007.

[178] Smith, Dina. "Cultural Studies Misfit: White Trash Studies". *Mississippi Quarterly*, vol. 57, no. 3, Summer 2004.

[179] Somerville, Peter, Robert Smith and Gerard McElwee. "The Dark Side of the Rural Idyll: Stories of Illegal/Illicit Economic Activity in the UK Countryside." *Journal of Rural Studies*, vol. 39, 2015.

[180] Stampp, Kenneth. *Peculiar Institution*. New York: Vintage, 1989.

[181] Steinberg, Sybil. Review of *Fay*. *Publishers Weekly*, 10 January 2000.

[182] Summer, Bob. "Author's popularity is poised to expand." *Richmond Times-Dispatch*, no. 3, Nov. 1991.

[183] Tate, Linda. *A Southern Weave of Women: Fiction of the Contemporary South*. Athens: University of Georgia Press, 1994.

[184] Thomson, Rosemarie Garland. *Extraordinary Bodies: Figuring Physical Disability in American Culture and Literature*. New York: Columbia University Press, 1997.

[185] Tracy, Susan Jean. *In the Master's Eye: Representations of Women, Blacks, and Poor Whites in Antebellum Southern Literature*. Amherst: University of Massachusetts Press, 1995.

[186] Twelve Southerners. *I'll Take My Stand: the Southern Agrarian Tradition*. New York: Harper and Brothers, 1930.

[187] Vernon, Zackary, "The Enfreakment of Southern Memoir in Harry Crews's A Childhood." *Mississippi Quarterly*, Spring 2014.

[188] Vernon, Zackary. "Romanticizing the Rough South: Contemporary Cultural Nakedness and the Rise of Grit Lit". 21st-*Century Fiction*, Fall 2016.

[189] Volpe, Edmond L. *A Reader's Guide to William Faulkner: The Novels*. New York: Syracuse University Press, 2003.

[190] Walkerdine, Valerie. *Daddy's Girl*. Cambridge, MA: Havard University Press, 1997.

[191] Walton, Anthony. "The Hard Road from Dixie." review of *All Over but the Shoutin'* by Rick Bragg. *New York Times*, September 14, 1997.

[192] Watkins, James H. "Contemporary Autobiography and Memoir." *The History of Southern Women's Literature*, eds. Perry, Carolyn, and Mary Louise Weaks. Baton Rouge: Louisiana State University Press, 2002.

[193] Watson, Jay (ed.). *Conversations with Larry Brown*. Jackson: University Press of Mississippi, 2007.

[194] Watson, Sterling. "Arguments Over an Open Wound: An Interview with Harry Crews." *Prairie Schooner*, vol. 58, 1974.

[195] Welch, Rodney. "Larry Brown's Road Trip." Review of *Fay*. *Columbia* (*South Carolina*) *Free Times Book Review*, 12-19 April 2000.

[196] Weldon, Amy E. "When Fantasy Meant Survival: Writing, Class, and the Oral Tradition in the Autobiographies of Rick Bragg and Harry Crews." *The Mississippi Quarterly*, vol. 53, no. 1, 1999.

[197] Wells, Jonathan Daniel & Sheila R. Phipps. *Entering the Fray: Gender, Politics, and Culture in the New South*. Columbia: University of Missouri Press, 2010.

[198] Wray, Matthew. *Not Quite White: White Trash and the Boundaries of Whiteness*. Durham: Duke University Press, 2006.

[199] Young, Elizabeth. "Southern Cross." *The Village Voice*, vol. 43, no. II, 1998.

[200] Laclau, Ernesto. *New Reflections on the Revolution of Our Time*. London: Verso, 1990.

[201] 巴赫金:《巴赫金全集:第三卷》,白春仁、晓河译,石家庄:河北教育出版社,1998。

[202] 巴赫金:《小说理论》,白春仁、晓河译,石家庄:河北教育出版社,1998。

[203] 鲍尔多:《不能承受之重——女性主义、西方文化与身体》,綦亮、赵育春译,南京:江苏人民出版社,2009。

[204] 波伏娃:《第二性(I,II)》,郑克鲁译,上海:上海译文出版社,2011。

[205] 陈永国:《身份认同与文学的政治》,《清华大学学报(哲学社会科学版)》,2016 年第 31 卷第 6 期,第 22-31 页。

[206] 凯尔纳、贝斯特:《后现代理论:批判性的质疑》,张志斌译,北京:中央编译出版社,2011。

[207] 奥康纳:《上升的一切必将汇合》,北京:人民文学出版社,2016。

[208] 詹姆逊:《晚期资本主义的文化逻辑》,王逢振等译,北京:中国社会科学出版社,1997。

[209] 恩格斯:《家庭、私有制和国家的起源》,北京:人民出版社,2003。

[210] 康奈尔:《男性气质》,柳莉译,北京:社会科学文献出版社,2003。

[211] 布鲁克斯:《普通人——自耕农、佃农和穷白人》,见陆凡译,《福克纳评论集》,李文俊编选,北京:中国社会科学出版社,1980。

[212] 威廉斯:《乡村与城市》,韩子满等译,北京:商务印书馆,2013。

[213] 李文俊:《福克纳评论集》,北京:中国社会科学出版社,1980。

[214] 李杨:《颠覆·开放·与时俱进:美国后南方的小说纵横论》,北京:中国社会科学出版社,2018。

[215] 李杨:《美国“南方文艺复兴”——一个文学运动的阶级视角》,北京:商务印书馆,2011。

[216] 李杨、于诚:《“庶民翻天”:论当代美国南方穷白人文学的崛起》,《当代外国文学》, 2018 年第 139 卷第 2 期,第 13-19 页。

[217] 路易斯:《熊:超越美国》,见陶洁译,《福克纳评论集》,李文俊编选,北京:中国社会科学出版社,1980。

[218] 哈琴:《后现代主义诗学:历史·理论·小说》,李杨、李锋译,南京:南京大学出版社,2009。

[219] 阿尔都塞:《保卫马克思》,顾良译,北京:商务印书馆,2009。

[220] 阿尔都塞:《意识形态与意识形态国家机器》,见齐泽克等,《 图绘意识形态》,方杰译,南京:南京大学出版社,2002。

[221] 马克思、恩格斯:《马克思、恩格斯全集》,北京:中共中央马恩列斯著作编译局译,北京:人民出版社,1972。

[222] 马克思、恩格斯:《政治经济学批判序言》,见《马克思恩格斯选集第 2 卷》,北京:人民出版社,1972。

[223] 马新国:《西方文论史》,北京:高等教育出版社,2002。

[224] 马元龙:《主体、权力与反抗》,《马克思主义与现实》,2017 年第 5 期,第 87-95 页。

[225] 福柯:《必须保卫社会》,钱翰译,上海:上海人民出版社,1999。

[226] 福柯:《疯癫与文明》,刘北成、杨远婴译,北京:生活·读书·新知三联书店,2015。

[227] 福柯:《规训与惩罚》,刘北成、杨远婴译,北京:生活·读书·新知三联书店,2015。

[228] 福柯:《激进的美学锋芒》,周宪译,北京:中国人民大学出版社, 2003。

[229] 福柯:《另类空间》,王喆译,《世界哲学》, 2006 年第 6 期。

[230] 福柯:《权力的眼睛》,严锋译,上海:上海人民出版社,1997。

[231] 福柯:《性史》,黄勇民、俞宝发译,上海:上海文化出版社,1988。

[232] 卡勒:《文学理论》,李平译,沈阳:辽宁教育出版社,1998。

[233] 布鲁格:《南方纪事》,王聪译,北京:华夏出版社,2005。

[234] 霍尔等:《文化身份问题研究》,庞璃译,开封:河南大学出版社, 2010。

[235] 哈利泽夫:《文学学导论》,周启超、王加兴、黄玫等译,北京:北京大学出版社,2006。

[236] 汪行福、俞吾金、张秀琴:《西方马克思主义的意识形态理论及其最新发展态势》,北京:人民出版社,2017。

[237] 汪行福:《空间哲学与空间政治——福柯异托邦理论的阐释与批判》,《天津社会科学》,2009 年第 3 期。

[238] 汪民安:《福柯的界线》,南京:南京大学出版社,2008。

[239] 王伟光:《关于道德的阶级性与继承性》,《高校理论战线》,2009 年第 8 期,第 4-7 页。

[240] 福克纳:《献给爱米丽的一朵玫瑰花:短篇小说集》,李文俊等译,南京:译林出版社,2015。

[241] 福克纳:《村子》,张月译,北京:燕山出版社, 2015.。

[242] 维特根斯坦:《哲学研究》,李步楼译,北京:商务印书馆,1996。

[243] 武桂杰:《霍尔与文化研究》,北京:中央编译出版社,2009。

[244] 肖明翰:《威廉·福克纳研究》,北京:外语教学与研究出版社,1997。

[245] 韦尔蒂:《乐观者的女儿》,主万、曹庸译,上海:上海译文出版社,1980。

[246] 塞尔:《心灵、语言和实在——实在世界中的哲学》,李步楼译,上海:上海译文出版社,2001。

[247] 张剑:《西方文论关键词——田园诗》,《外国文学》,2017 年第 2 期,第 85-94 页。

[248] 张静:《身份认同研究》,上海:上海人民出版社,2006。

[249] 张之沧:《福柯的微观权力分析》,《福建论坛(人文社会科学版)》,2005 年第 5 期,第 45-50 页。

[250] 周宪:《福柯话语理论批判》,《文艺理论研究》,2013 年第 1 期。

[251] 勒薇尔:《福柯思想辞典》,潘培庆译,重庆:重庆大学出版社,2015。

后　记

历经多年研究、酝酿、构思、准备,《美国南方穷白人“粗悍文学”》终得以撰写完成、出版,从而和之前的《美国“南方文艺复兴”—— 一个文学运动的阶级视角》《颠覆·开放·与时俱进:美国后南方的小说纵横论》《论鲍比·安·梅森小说里美国后南方的嬗变》等形成了对美国南方文学的过去、现在的多视角系列探讨。

《美国南方穷白人“粗悍文学”》以阶级分析为主要路径对“粗悍文学”进行阐释评说。美国南方文学具有鲜明的阶级烙印,是南方独特的历史造就了它。美国南方的历史从欧洲移民踏上那片土地之后逐渐铸就了这一地区等级分明的三级政治社会机制和架构。大种植园主、贵族居于顶层,中产阶级次之,其下是穷苦的白人,包括无土地所有权的农民、农场工人、非技术劳动者、契约奴,黑人奴隶处于最底端。对此,不仅威尔伯·卡什在其经典之作《南方的思想意识》一书中对这一格局有过明确描述,当代著名南方作家沃克·珀西的叔父、“南方文艺复兴”作家威廉·亚历山大·珀西也将奴隶主、乡绅、统治阶级、穷白人、黑人奴隶形象比喻为南方这块布料的纤维“三股线”,不一而足。这一结构恒定地存在于南方相当长的时间,为旧南方的社会、经济体制提供了坚实的基础,对于打造鲜明的南方特色至关重要。阶级性也如同南方的DNA一样设定在其思想意识、想象和文学再现里,挥之不去。不仅“南方文艺复兴”可被视为是旧南方主流社会的一次强力发声,是它在第一次世界大战后美国南方在面临城市化和工业化蚕食的关键时期做出的反应，表达了其阶级意愿，即使在当代南方，阶级问题不仅没有随着时代的变迁而消散，反倒更加公开化。成为这一时期南方白人文学主力军的一批穷白人作家立场鲜明，堂而皇之以“劳动阶级”身份标签自居，登上南方文坛等于是将“纳什维尔农业主义者”、威廉·珀西、福克纳等“南方文艺复兴”作家所忧心忡忡、反感的“闯入者”行为进行到底。他们从局内人的角度讲述他们社会群体的故事，在多个关键点位间接或直接质疑、回怼了“南方文艺复兴”及之前的南方文学里的“南方神话”，揭示了其片面性以及对穷白人这样庞大的南方下层社会群体的虚幻缥渺性，使人真切地看到了迥异于传统印象里南方风情的另一个南方，也强烈提示了南方文学研究的视域的多样性。故此，在目前性别、种族研究方兴未艾的情势下，作为文化研究三大母题（性别、种族、阶级）之一的阶级研究不能，也不应缺场。

“阶级”这一关键词在中国20世纪政治生活里曾被长时间、高频率使用甚至滥用，难免使人产生观感疲劳，但是，仅是因此而刻意淡化、忽视、回避阶级研究的价值，走向另一个极端，失之偏颇，不是科学研究应有的公正、客观、理性的态度。无论你是否正视、承认，它都在那里，是一种客观存在，不以人的意志为转移。实事求是在科学研究里是至理名言，是唯一应遵循的准则。所以，不可否认，阶级性研究对特定历史条件下产生的文学作品有很强的适用性和阐释力，对美国南方文学尤其如此，是有助于透视这一区域文学本质的一个有效维度，对于对其做出全面、客观、深度解析和认识、评说至关重要。

在当今南方异军突起的“粗悍文学”作为文学叙事其艺术表现形式丰富多彩，运用了写实主义、自然主义、魔幻现实主义、极简主义、后现代主义、南方哥特、乡村黑色小说，尤其蕴涵、延续了南方文学传统里恐怖、怪诞、暴力元素，丰富、又冲击、挑战了南方文学长期述说的“南方神话”，为南方文学注入了新的时代生机。它推翻了中上阶层长期主宰的这一地区的文坛格局，根本改变了南方文学的意识形态性质、作家组成格局及推进路向，引发南方文学视角由旧时温文尔雅的农业主义权贵向贫民大众转型，堪称20世纪美国南方文坛最大历史变革，也极大消解了人们对“南方文艺复兴”是南方文学当然、唯一代言的原有的印象和认识误区，洞察其营造的“南方神话”的片面、局限性以及对南方所缺乏的代表性，促使人们对“南方文艺复兴”以及整个南方文学的定义、内涵进行再思考、再审视、再评价。

“粗悍文学”崛起的意义尚不止于此，作为穷白人的阶级告白、诉说，许多“粗悍文学”作家站在局内讲述自己、家族或本阶级故事，因而相较之前涉及穷白人的叙事具有无与伦比的真实性、权威性。“粗悍文学”用朴实简约却直击人心的笔触再现其穷困潦倒、冷峻灰暗的生活，多维度、宽光谱、人性化呈现良知与欲望同在、美德与劣行并存的穷白人人生百态，颠覆了旧南方主导话语基本以穷白人恶魔、小丑为原型的、较为单一的程式化生产范式，有助于为穷白人赢得前所未有的尊严。它曝光了一个自诩也被普遍以为文明富强的美国一个广袤地区长期未经充分揭示的残酷现实，一个庞大社会群体所处的社会不公、贫富悬殊、暴力猖獗、公序良俗缺失的“悲惨世界”。因此，从更高层面看，“粗悍文学”这一文学话语无疑亦具有其社会批判、纠偏价值，对于深入认识南方乃至美国亦具有重要参考价值。

在本书出版之际，感谢同济大学吕培明副校长、同济大学组织部、文科办以及同济大学离任领导人学术支持项目的大力支持，感谢同济大学出版社人文社科与艺术编辑部各位老师耐心、细致的编审工作。

李　杨

2021年6月

图书在版编目(CIP)数据

美国南方穷白人"粗悍文学" / 李杨，于诚，詹春娟著. —上海：同济大学出版社，2021.7
ISBN 978-7-5608-9658-8

Ⅰ. ①美… Ⅱ. ①李… ②于… ③詹… Ⅲ. ①文学研究—美国 Ⅳ. ①I712.06

中国版本图书馆 CIP 数据核字(2020)第 260148 号

美国南方穷白人"粗悍文学"

李 杨 于 诚 詹春娟 著

责任编辑 张 翠 **特约编辑** 丁会欣 **责任校对** 徐春莲 **封面设计** 潘向蓁

出版发行 同济大学出版社 www.tongjipress.com.cn
(地址:上海市四平路 1239 号 邮编:200092 电话:021-65985622)
经 销 全国各地新华书店
排 版 南京文脉图文设计制作有限公司
印 刷 常熟市华顺印刷有限公司
开 本 710 mm×960 mm 1/16
印 张 17.25
字 数 345 000
版 次 2021 年 7 月第 1 版 2021 年 7 月第 1 次印刷
书 号 ISBN 978-7-5608-9658-8

定 价 68.00 元